U0061479

CANTONESE VOCABULARY BOOKLET

JOINT PUBLISHING(H.K.)CO.,LTD.

粵語小詞典

滾熱辣香港話

6000例

從初學到升level全搞掂！

鄭定歐

-編著-

目錄

編寫說明

一、本書旨在顯示當代香港話的特色，既有別於傳統的廣州話，又增加了不少源自英語的借詞及混合型的借詞形式。另一方面，既有鮮活的語文性內容，又包含豐富的人文性描寫，殊與坊間現有的粵語語言資料有著明顯不同的取向。

二、本書採用《廣州話拼音方案》（1960 年版）作為注音系統。讀音從俗，即以香港聲音傳媒（電台電視）的慣常讀音為第一依據，筆者個人及所接觸到的社會人士在日常交往中的讀音為第二依據。

三、本書內含的方言特有字字形皆以香港報刊習慣書寫法為準。

四、本書以粵語注音排列，輔之以相應的普通話拼音索引、部首索引、以英文字母及阿拉伯數字開頭的索引，方便讀者查閱。

五、本書收錄的詞條，數量上接近 6000 個單位；時間跨度上為 2000-2020 年（6 月）。筆者相信這兩點足以幫助讀者窺視香港社會語言生活的真貌。詞條皆選自同時期的香港報刊，當中 95% 為香港社會特有詞，包括源自英語的借詞及混合型借詞。同時，本書還選錄少量現代澳門粵語，而與普通話同形同義的詞條則不收。另外，本書所收詞條在凸顯香港粵語特性之餘，也十分重視其正面性，負面詞彙（如涉及暴力、色情等內容）一律不收。若出於解釋的必要性，涉及部分粗鄙用語，則以星號 "*" 來表示。

六、本書十分重視粵例與普譯的設置，注釋僅作為必要的理解橋樑，
　　譯文或半譯或全譯則視乎目標詞語理解上的難度。

七、本書附贈 MP3 錄音，請掃描下方二維碼或登錄網站：https://
　　www.chinesemadeeasy.com/download/cantonese。

HELLO HONG KONG

普通話拼音索引

27

部首索引

本表漢字歸部主要依據《GB13000.1 字符集漢字部首歸部規範》，個別字稍作調整。

（一）部首目錄

（二）部首檢字表

45

英文字母及阿拉伯數字開頭索引

HELLO HONG KONG

A

A 貨 A fo³

俗指優質假貨。**粵** A 貨就係 A 貨，呃唔到人。**普** 假貨就是假貨，騙不了人。

A 字膊 A ji⁶ bog³

形容某人經常規避責任或推卸責任。**粵** 個個學你 A 字膊，點做嘢呀？**普** 人人都像你那麼不負責任，怎麼完成工作呀？

吖笨 a¹ ben⁶

話語類句，暗含挑釁的意味。**粵** 你試吓唔睬佢吖笨。**普** 你敢不理睬他嗎？

吖嗱 a¹ na⁴

句末語氣詞，表示懲罰。**粵** 遲到吖嗱！喺出便等！**普** 遲到了！在外面等，活該！

亞馬喇前地 a³ ma⁵ la¹ qin⁴ déi⁶

（澳門用語）前稱"銅馬廣場"，為澳門人的集體回憶。

阿邊個 a³ bin¹ go³

某人，出現於話到嘴邊忘記其姓名的情況。**粵** 頭先阿邊個嚟過。**普** 剛才那誰誰來過。

阿差 a³ ca¹

特指在港的印巴籍人士，略含貶義，忌用。

阿吱阿咗 a³ ji¹ a³ zo¹

找藉口，推三阻四。**粵** 佢喺度阿吱阿咗，就唔肯直接表態。

AM 車 AM cé¹

指政府車輛，如郵政、消防等部門車輛。

阿媽係女人 a³ ma¹ hei⁶ nêu⁵ yen²

對於胡攪蠻纏的回應語：這不是明擺著的嗎！**粵** 阿媽係女人，講都多餘。

阿貓阿狗 a³ mao¹ a³ geo²

張三李四，略含貶義。**粵** 阿貓阿狗都考A，有咩意思？

AO AO

指行政主任（Administrative Officer）。**粵** 佢啱啱升咗做 AO-II（二級行政主任）。

阿超著褲，焗住 a³ qiu¹ zég⁶ fu³, gug⁶ ju⁶

歇後語，表示不得不。**粵** 佢哋冇膽搏，阿超著褲，焗住投降。**普** 他們沒有膽量搏殺，只能投降。

阿四 a³ séi³

指任人差遣的人。**粵** 佢當助手阿四嗷，所以留唔到人。**普** 他任意指使助手做雜事，所以留不住人。

阿 Sir❶ a³ sir

指男老師。與"Miss"（尤指中小學女老師）相對。**粵** 新嚟個個阿 Sir 好有型。

阿 Sir❷ a³ sir

指男警察。與"Madame"（只用作面稱）相對。**粵** 啱啱有兩個阿 Sir 行過。

阿叔 a³ sug¹

俗指自己，含自大傲慢色彩。**粵** 唔好話阿叔唔提醒你，你噉做唔掂嘴。**普** 別說你大爺沒給你打招呼，你這樣幹不行。

阿星 a³ xing¹

"星"為 singh 的音譯，是印度人的一個大姓；由此引申為泛指印度人。

阿二 a³ yi²

領導層的第二把手。**粵** 大公司阿二唔易做。

阿姐 a³ zé¹

稱呼語，用於面稱服務性行業（如零售

業、飲食業）的女性。粵 阿姐，同我寫碗淨餃。普 服務員，給我下單要一碗淨水餃。

呀吓 a^3 ha^2

句末語氣詞，表示驚訝。粵 又估唔到呀吓，嗽都俾佢攞到獎。普 嘩，真沒想到，他竟然得獎！

呀 a^6

代表"十"的概數，一般用於"廿呀（二十幾）"、"卅呀（三十幾）"一直到"九呀"（九十多）。粵 個會有成七呀人參加。普 七十多人參加會議。

哎吔 ai^1 ya^4

語素詞，用於表人的名詞前，表示名義上的、臨時充當的。粵 張三只不過係佢嘅哎吔男友。

B

B

B

巴閉 ba^1 bei^3

形容了不起。粵 個計劃講就巴閉，但實情係另一回事。普 那計劃談起來挺了不起，但真實情況不是那樣的。

巴打絲打 ba^1 da^2 xi^1 da^2

致謝語，泛指各位。粵 多謝各位巴打（brother）絲打（sister）嘅厚愛。

巴士阿叔 ba^1 xi^2 a^3 sug^1

由於在巴士上使用手機時音量太大而引起一場小風波（2006 年），當事人冒出一句金句，即"我有壓力，你有壓力"。這句話，這個形象實實在在折射出港人壓力下生活的心態，而當事人被標籤為"巴士阿叔"。

巴士老鼠 ba^1 xi^2 lou^5 xu^2

指專門在長途汽車上作案的小偷。粵 哈，個司機醒目，捉到隻巴士老鼠。普 司機很醒目，逮著個車上扒竊的小偷。

巴仙 ba^1 xin^1

英語借詞：percent，百分比。此詞在日常交流中已不用，僅作為行業語出現於報刊財經版的技術報告。

芭蕉扇 ba^1 jiu^1 xin^3

俗指戶外使用的微型電風扇。粵 喺嬰兒車上安咗把芭蕉扇。

把 ba^2

量詞，與"聲音"搭配。粵 佢把聲好靚。普 她嗓子很美。

把鬼 ba^2 $guei^2$

動詞，表示沒用。粵 呢啲嘢你要嚟把鬼？

把口生喺人哋度 ba^2 heo^2 $sang^1$ hei^3 yen^4 $déi^6$ dou^6

固定結構，指只能無奈面對別人的閒言閒語。粵 把口生喺人哋度吖嗎！普 人家愛說什麼說什麼，我管不了！

把軚 ba^2 tai^5

把握汽車的方向盤。粵 當時架車由張三把軚。普 當時由張三開車。

霸番嚟 ba^3 fan^1 $léi^4$

搶佔。粵 幅地唔係買㗎，係霸番嚟㗎。普 那塊地是強行佔用的。

霸凌 ba^3 $ling^4$

指長期故意凌辱。粵 嗽嘅霸凌行為唔得！

霸路 ba^3 lou^6

指佔道經營。粵 一到挨晚，唔少食肆霸路開檔。普 一到傍晚，不少飲食店佔道經營。

霸王　ba³ wong⁴

在動賓結構中用作中嵌成分，表示強行不付款享用服務。常見搭配為"食霸王飯"、"坐霸王車"、"睇霸王戲"等。粵 佢被控擅自闖入酒店泳池游霸王水。普 他被控擅闖酒店不付款游泳。

霸王硬上弓

ba³ wong⁴ ngang⁶ sêng⁵ gung¹

指不顧後果硬來，尤指強姦。粵 佢霸王硬上弓，你都冇符㗎。普 他硬來，你也拿他沒辦法。

八　bad³

動詞，就某事瞎聊。粵 有冇時間八兩句咧？普 有功夫聊兩句嗎？

八達通　bad³ dad⁶ tung¹

香港最常用的小額支付工具。1997 年啟用，一直主導著全港交通工具支付市場，近年更延伸至零售消費層面。粵 買份報紙，用八達通"嘟"吓就得。

八卦　bad³ gua³

動詞，背後議論。粵 唔好八卦人哋嘅私事。普 別隨意議論人家的私事。

八號風球　bad³ hou⁶ fung¹ keo⁴

強烈暴風警告信號。全港進入戒備狀態，公司員工停止工作，公共交通停止營運，學校停課。粵 我到香港嗰日，撞正八號風球，喺機場滯留咗十個鐘。

八中四　bad³ zung³ séi³

指天文台掛八號風球的一項工作原則。全港共設有八個近海的測風站，至少有四個站風速達到每小時 63117 公里時就可發出八號風球。

百搭　❶　bag³ dab³

屬性詞，指可以共融某種物質的次類。粵 我係百搭 O 型血。

百搭　❷　bag³ dab³

形容可有多種搭配。粵 對鞋設計都好有style，應該幾百搭。普 這雙鞋可以跟多

種服飾相襯。

百萬行　bag³ man⁶ heng⁴

泛指步行籌款活動。參加者須捐款，籌款目標以百萬計，故名。粵 我都參加過好幾次百萬行，由中環行落銅鑼灣。

百足咁多爪

bag³ zug¹ gem³ do¹ zao²

形容人涉足面廣，事務多而雜。粵 佢百足咁多爪，好難搵到佢㗎。普 他事多，很難找得到他。

白　bag⁶

淺白易懂。粵 我講到咁白係驚佢唔明。普 我用最簡單直接的方式跟他解釋是擔心他不明白。

白兵　bag⁶ bing¹

特指電影"星球大戰"白色裝束的戰士。

白車　bag⁶ cé¹

俗指救護車。粵 有人跌傷，快啲叫架白車。

白菜仔　bag⁶ coi³ zei²

小白菜。粵 海鮮雜菜煲主要有蝦、粉絲、白菜仔啦。

白飯魚　❶　bag⁶ fan⁶ yu²

俗指丁香魚。粵 白飯魚同鹹魚一齊蒸，送飯一流。普 丁香魚跟鹹魚一塊兒蒸，挺下飯的。

白飯魚　❷　bag⁶ fan⁶ yu²

俗指平底的白色帆布鞋。粵 香港小學生上體育堂，一般著對白飯魚。

白鴿轉　bag⁶ gab² jun⁶

喻指 360 度的圈。粵 架車被撞，打咗幾個白鴿轉。普 那輛車被撞後，轉了幾個360 度的圈。

白工　bag⁶ gung¹

指僱主遵守勞工法例提供的工作；相對於"黑工"（黑市工人）。

白老鼠 bag⁶ lou⁵ xu²

喻指試驗的工具。粵 我整餸，佢哋做白老鼠俾意見。普 我弄吃的，他們試吃給意見。

白武士 bag⁶ mou⁵ xi⁶

指潛在的投資者。粵 有幾個白武士出資洽購。普 有幾個互不相識的投資者企圖接手。

白牌車 bag⁶ pai² cé¹

指未獲發出租車許可證而非法載客取酬的車輛。粵 機場上客區外圍有唔少白牌車，最好唔好幫襯。

白票 bag⁶ piu³

棄權票。粵 有幾個人投咗白票。普 有人投了空白的選票。

白手 bag⁶ seo²

俗指無犯罪記錄人士。

白頭浪 bag⁶ teo⁴ long⁶

指海面由於強風的作用而產生白色的浪花。粵 海面起咗白頭浪喇，最好唔好出海。

白頭佬 bag⁶ teo⁴ lou²

指年過半百的白髮人士。粵 再見佢時已變咗白頭佬。

白頭片 bag⁶ teo⁴ pin²

電影畫面出現之前的空白片段。

白鑊 bag⁶ wog⁶

副詞，指鍋裡不擱油。粵 黑豆用白鑊爆香。

白鮓 bag⁶ za³

指水母。喻指交通警員。粵 好唔好彩，今早俾白鮓捉到。普 很不走運，今早讓交通警員逮著。

白撞 bag⁶ zong⁶

指擅闖闖私人地方進行偷竊的個人或行為。粵 怕有人白撞，唔俾佢入。普 擔心

有人擅闖民居，所以拒絕他進來。

帛金 bag⁶ gem¹

送給辦喪事的苦主的慰問金。

擺到明 bai² dou³ ming⁴

明確表示。粵 佢哋擺到明唔俾張三進入委員會。

擺街站 bai² gai¹ zam⁶

（選舉用語）政黨或民間團體在路邊設置宣傳小攤子。

擺龍門 bai² lung⁴ mun⁴

"龍門"特指足球球門，位置上理應是固定了的，不能隨意搬動，而"擺龍門"喻指有人為了私利加以隨意搬動，以糊弄對方，騙取勝利。粵 龍門係由佢哋擺。普 規則是由他們定的（暗示競爭不公平、不公正）。

擺明 bai² ming⁴

明擺著。粵 嗰嘅部署擺明就係想掩飾。

擺明車馬 bai² ming⁴ gêu¹ ma⁵

叫陣。粵 擺明車馬拉你落台。

擺上神枱 bai² séng⁵ sen⁴ toi²

職場權術一種。一指明升暗降，實行架空；一指暗中排擠，趕盡殺絕。粵 呢次職務調動，無非係擺佢上神枱。

擺上枱 bai² séng⁵ toi²

刻意把某人私事公開，有誣害之嫌。粵 擺我上枱，有用嘅。

擺位 bai² wei²

指空間佈局。粵 單位太細難擺位。普 房子太小，難合理安置傢具。

擺和頭酒 bai² wo⁴ teo⁴ zeo²

表示賠禮而設的酒宴。粵 得罪咗人，擺幾圍和頭酒，表示一下誠意喇。

擺酒 bai² zeo²

（為家裡喜慶事）設宴。粵 孫女滿月，

B

週末擺酒。

拜文昌 bai³ men⁴ cêng¹

在道教傳統中，文昌帝君主宰讀書人的功名利祿。"拜文昌" 指參奉文昌帝，完成 "開筆禮"，以保佑學童學業進步。🔵 開學之前，唔少家長帶住仔女拜文昌。

拜山 bai³ san¹

掃墓。🔵 我哋一般正日拜山。🔴 我們通常在清明節當天掃墓。

班 ban¹

動詞，相約聚集。🔵 佢哋班咗廿架車去接人。🔴 他們約了二十多輛車一塊兒去接人。

班救兵 ban¹ geo³ bing¹

（由於人手不夠）請求救援。🔵 我哋唔夠十個人，唯有緊急班救兵。

班戟 ban¹ kig¹

英語借詞：pancake，薄煎餅。🔵 忙嗰陣，一塊班戟，一杯咖啡，就係一餐。🔴 忙的時候，一塊薄煎餅，一杯咖啡，就算一頓。

班馬 ban¹ ma⁵

泛指召集人馬前來助陣。🔵 我負責同佢哋傾，你快啲班馬。

班師比 ban¹ xi¹ béi²

指學校班級及教師的比例。🔵 希望攞到更多資助，改善班師比。

板間房 ban² gan³ fong²

指單位內部用木板分隔成面積更小的房間，沒有獨立的廚廁，租金低廉。

板腦 ban² nou⁵

縮略詞，平板電腦。

扮大喊十 ban⁶ dai⁶ ham³ seb⁶

喻指哭哭啼啼，認為社會對其不公。🔵 食得鹹魚抵得渴，咪扮大喊十。🔴 事前要充分考慮後果，事後別埋怨。

扮到隻雀噉 ban⁶ dou³ zég³ zêg³ gem²

形容（女性）打扮得非常漂亮。

扮鬼扮馬 ban⁶ guei² ban⁶ ma⁵

指言行服飾等出位逗趣。🔵 萬聖節啲細路哥個個都扮鬼扮馬。

扮蟹 ban⁶ hai⁵

假裝不知道。🔵 咪喺度扮蟹，你一定知道嘅。🔴 你別裝蒜。

扮晒老友 ban⁶ sai³ lou⁵ yeo⁵

套近乎。🔵 佢喺你面前扮晒老友係有求於你。

扮野 ❶ ban⁶ yé⁵

裝模作樣。🔵 佢好識扮野。朝早返工肯定早老細幾分鐘返到，放工老細走佢唔走。🔴 他很會裝相兒。看著老闆的時間來上下班。

扮野 ❷ ban⁶ yé⁵

佯作不知。🔵 你咪扮野呀！琴日我已經親口話你知。🔴 別裝聾作啞。

辦館 ban⁶ gun²

傳統的煙酒食品店鋪。🔵 專買陳年洋酒嘅辦館喺香港上環，九龍上海街仲搵得到，仲有生存空間。

嘭嘭聲 ❶ bang⁴ bang² séng¹

擬聲詞，形容猛烈程度。🔵 啲火燒到嘭嘭聲。

嘭嘭聲 ❷ bang⁴ bang² séng¹

擬聲詞，形容急速程度。🔵 股市升到嘭嘭聲。

包底 bao¹ dei²

承擔不足之數。🔵 一人出一百蚊，唔夠數我包底。

包到冚 bao¹ dou³ hem⁶

穿得嚴嚴實實。🔵 佢包到冚從醫院行出嚟。

B

包膠 bao¹ gao¹

指法例規定某些刊物要用塑料套包著才能出售。**粵**不雅書刊要包膠。

包起 bao¹ héi²

特指包養。**粵**當時李小姐俾張三包起咗。

包尾 bao¹ méi¹

取得最後一名。**粵**佢得三百票包尾。**普**只得選票三百，是最少的一個。

包拗頸 bao¹ ngao³ géng²

處處跟人爭辯。**粵**我至怕同佢講野，佢乜都包拗頸嘅。**普**我最怕跟他談事兒，他愛抬槓拌嘴。

包山后 bao¹ san¹ heo⁶

在香港長洲搶包山比賽中的女子冠軍。

包山王 bao¹ san¹ wong⁴

在香港長洲搶包山比賽中的男子冠軍。

包生仔 bao¹ sang¹ zei²

謔指一定實現，一定有結果。**粵**做生意冇包生仔嘅。**普**做生意不保證一定賺錢。

包頭 bao¹ teo⁴

俗指囚犯入獄時交出的隨身私人物品。

包雲吞 bao¹ wen⁴ ten¹

喻指用紙巾把鼻涕包起來扔掉。**粵**佢係噉包雲吞，傷風都唔定。**普**他不停用紙巾擤鼻涕，可能感冒了。

鮑魚擦 bao¹ yu⁴ cad²

廁所刷。

鮑魚骨 bao¹ yu⁴ gued¹

指豬的臉頰骨肉。**粵**鮑魚骨煲湯至正。

飽你唔死，餓你唔嚟

bao² néi⁵ m⁴ séi², ngo⁶ néi⁵ m⁴ cen¹

謔指收入微薄，勉強維持生活（你不會撐死，也不會餓死）。

飽肚 bao² tou⁵

解餓。**粵**食兩隻香蕉都幾飽肚。**普**吃香蕉挺解餓的。

爆 bao³

香港潮語往往用單音節詞來表達誇張的程度，典型的有"超"、"勁"、"怒"、"爆"、"癲"、"喪"。在一般語境下可互換。**粵**我個頭爆痛。**普**我的頭非常疼。

爆煲 bao³ bou¹

由於承受不了壓力而失敗。**粵**周轉不靈，債務壓力爆煲。**普**承受不了債務的壓力。

爆窗 bao³ cêng¹

指窗戶玻璃爆裂。**粵**颱風來襲，間間樓爆晒窗。

爆粗 bao³ cou¹

俗指說髒話罵人。**粵**嬲到爆粗。**普**由於暴怒而禁不住用髒話罵人。

爆大鑊 bao³ dai⁶ wog⁶

公開特大秘密。**粵**你唔道歉，唔賠償，我就喺報紙上爆你大鑊。

爆燈 bao³ deng¹

俗指非常高的程度。**粵**呢套電視劇收視爆燈。**普**收視率十分高。

爆格 bao³ gag³

英語借詞：burglar，指進屋偷竊。**粵**佢屋企琴晚俾人爆格，損失慘重。

爆肌 bao³ géi¹

炫耀渾身發達的肌肉。**粵**佢時不時喺演唱會度爆肌，顯示自己嘅實力。

爆缸 bao³ gong¹

俗指受傷流血。**粵**俾人打到眼角爆缸。

爆喊 bao³ ham³

嚎啕大哭。**粵**噩耗傳嚟，眾人爆喊。

B

爆嚿口 bao³ hêng² heo²

公開宣稱。粵 佢爆晒響口話親眼見到李四。

爆冷 bao³ lang⁵

指出現意料之外的情況。粵 張三爆冷勝出。

爆買 bao³ mai⁵

搶購，掃貨。粵 一有減價，佢就爆買。

爆門 bao³ mun²

強行破門進入。粵 由於單位無人應門，警方決定爆門入內。

爆棚 ❶ bao³ pang⁴

指滿座，座無虛席。粵 逢禮拜，茶樓一早就爆晒棚。

爆棚 ❷ bao³ pang⁴

指擠滿，沒有任何多餘的空間。粵 我個旅行袋爆晒棚。

爆棚 ❸ bao³ pang⁴

形容程度高。粵 信心爆棚。

爆 seed bao³ seed

狂罵。粵 張三突然爆 seed 質問李四。

爆石 bao³ség⁶

俗指排便。粵 入廁所咁鬼耐，係咪爆石呀？

爆呔 ❶ bao³ tai¹

車胎破裂。粵 架車半路中途爆呔，搞到我遲大到。

爆呔 ❷ bao³ tai¹

褲襠裂開，綳了。粵 你條褲爆呔都唔知。

爆肚 bao³ tou⁵

泛指臨時偏離設定文稿，自由發揮。粵 我注意到佢喺介紹中有幾處爆肚。

爆炸頭 bao³ za³ teo⁴

一種誇張的髮型，像爆炸後的蘑菇雲。

粵 佢嘅爆炸頭十分誇張，離遠就認得佢。

爆針 bao³ zem¹

警方利用線人所提供的資料破案。粵 靠爆針破案。

爆樽 bao³ zên¹

用瓶子襲擊他人頭部。粵 佢俾人爆樽，頭部受傷入院。

啤 ❶ bé¹

用水強力沖洗。粵 將嚿豬膶放喺水喉下面啤佢兩個字。普 把豬肝放在水龍頭下面沖十分鐘。

啤 ❷ bé¹

動詞，指喝啤酒。粵 有冇興趣啤一啤？

啤令 bé¹ ling²

英語借詞：bearing，軸承。粵 個啤令要換，聽朝搞掂。

啤酒妹 bé¹ zeo² mui¹

食肆裡特定啤酒品牌的女推銷員。

睥 bé¹

不禮貌地盯著（別人）。粵 喂！睥咩睥！普 你盯著人家幹什麼，德行！

睥住 bé¹ ju⁶

盯著。粵 張三睥住李四，粒聲唔出。普 盯著李四，一言不發。

筆 ❶ bed¹

量詞，用於具體的事情。粵 一筆還一筆，唔好撈亂。普 一件事情一件事情地處理，別搞亂。

筆 ❷ bed¹

量詞，用於款項。粵 呢筆數拖住先。普 這筆錢暫時拖著不還。

畢業 bed¹ yib⁶

原指學習期滿，達到規定的要求，結束學習，喻指光房住戶，三年租約期滿後成功提升租金負擔能力而搬離。粵 樓上嗰戶

007

畢業搬走咗。[普] 樓上租約期滿搬走了。

畢業袍 bed[1] yib[6] pou[4]

大學的碩博士生畢業時穿的特製袍子。

不敗金身 bed[1] bai[6] gem[1] sen[1]

喻指比賽中未嘗敗績。[粵] 甲隊客場 0 比 1 落敗，不敗金身被破。[普] 甲隊未能連勝。

不特止 … 仲要

bed[1] deg[6] ji[2] ... zung[6] yeo[3]

關聯結構，不但 … 還要。[粵] 冇得唞不特止，仲要馬上開工。[普] 不但沒法休息，還要馬上投入工作。

不倒騎士 bed[1] dou[2] ké[4] xi[6]

特指一個鼓勵癌症康復者一起騎自行車的民間團體，口號為“大病康復，享受新生”。

B

不摟 bed[1] leo[1]

向來如此。[粵] 佢做嘢不摟都係噉嘅喇。[普] 他的行事作風一貫如此。

不文手勢 bed[1] men[4] seo[2] sei[3]

指粗野下流，挑撥侮辱的手勢（如豎中指）。[粵] 佢嘅不文手勢激嬲咗我哋。[普] 他豎起中指惹怒了我們。

不設防 bed[1] qid[3] fong[4]

特指不採取避孕措施。[粵] 佢哋不設防想追多個。[普] 他們不避孕，想多要一個孩子。

不枉 bed[1] wong[2]

句首副詞，表示並非徒然。[粵] 不枉張三咁落力，佢哋最後險勝對手。[普] 張三的努力一點兒沒白費，他們最後險勝對手。

不食人間煙火

bed[1] xig[6] yen[4] gan[1] yin[1] fo[2]

形容清高傲世。[粵] 佢家道殷實，早就不食人間煙火。

北嫁 beg[1] ga[3]

特指港女北嫁。[粵] 今時今日，唔少香港女性選擇北嫁。[普] 現今不少香港女性到內地求偶。

北姑 beg[1] gu[1]

喻指持雙程證來港賣淫的內地女性（含貶義色彩）。

北水 beg[1] sêu[2]

喻指來自內地的資金。[粵] 有越嚟越多北水投資香港金融市場。

弊弊都冇咁弊

bei[2] bei[6] dou[1] mou[5] gem[3] bei[6]

強調格式，表示糟糕透頂。[粵] 唔見咗護照，真係弊弊都冇咁弊。

弊嘞 bei[6] lag[3]

感歎詞，糟糕。[粵] 弊嘞！公文袋漏咗喺的士度。[普] 糟糕！把公文袋落在出租車上了。

比得過 béi[2] deg[1] guo[3]

（實力上）能與（某人）相比。[粵] 我哋唔比得過佢哋。[普] 我們比不上他們。

比拼 béi[2] ping[3]

比較。[粵] 佢揀咗件衫，放上身比拼。[普] 他挑了件衣服，放在身上看看大小是否合適。

俾（畀）❶ béi[2]

動詞，給。[粵] 多咗張飛，俾你吖。[普] 富餘一張票，給你吧。

俾（畀）❷ béi[2]

助動詞，讓。[粵] 邊個俾你嚟㗎？[普] 誰讓你來的？

俾（畀）❸ béi[2]

助動詞，表被動。[粵] 真唔好彩，佢俾架單車撞親。[普] 他真不走運，給自行車撞了。

俾個天 … 做膽

béi[2] go[3] tin[1] ... zou[6] dam[2]

結構中的中嵌成分為人稱代詞“你”、

"佢 / 他（她）"，表示霸氣十足地向"你"、"他（她）"挑戰。粵 俾個天你做膽，你敢唔敢做吖！普 就算你膽力如天大，你敢做嗎？

俾面 béi² min²

給面子。粵 張三請埋我去，認真俾面。

俾條生路人行
béi² tiu⁴ sang¹ lou⁶ yen⁴ hang⁴

固定結構，表示不要揪著人家不放，讓其能生存下去。粵 係佢唔啱，不過大人大量，能否俾條生路人行呢？普 是他不對，不過大人大量，能否給他個機會？

俾人打死多過病死
béi² yen⁴ da² séi² do¹ guo³ béng⁶ séi²

形容歹徒作惡多端，死於非命的機率大於自然病死。粵 嗽嘅惡煞，俾人打死多過病死。

髀罅肉 béi² la³ yug⁶

豬小腿內側的腱子肉。

秘撈 béi³ lou¹

指在正職以外兼職，賺取外快。粵 工餘時間秘撈，係公開嘅秘密。

庇護工場 béi³ wu⁶ gung¹ cêng⁴

指提供給弱障人士工作的政府設施。

鼻哥窿 béi⁶ go¹ lung¹

鼻孔。粵 佢流鼻血，用紙巾塞住鼻哥窿。普 他流鼻血，用紙巾堵著鼻孔。

備胎 ❶ béi⁶ toi¹

備用車胎。粵 好彩帶咗個備胎。

備胎 ❷ béi⁶ toi¹

喻指備用的人選。粵 佢只係一個備胎。

避得一時，唔避得一世
béi⁶ deg¹ yed¹ xi⁴, m⁴ béi⁶ deg¹ yed¹ sei³

喻指迴避不是辦法，最終要面對現實。粵 避得一時，唔避得一世嘅，仲係當面傾掂佢好。普 能躲一陣子，躲不了一輩子，還是當面說清楚為好。

避年 béi⁶ nin⁴

避開過年的煩惱（債務、人際關係，等）。粵 佢一家大小近年都係外遊避年。

泵把 bem¹ ba¹

英語借詞：bumper，汽車前後的防撞桿。粵 架車嘅泵把撞甩咗。普 防撞桿給撞脫了。

賓館 ben¹ gun²

特指供男女幽會的時鐘酒店。粵 廣州嘅白天鵝賓館同香港嘅黑天鵝賓館根本係兩回事。

賓妹 ben¹ mui¹

菲律賓籍女傭。粵 香港家庭多數傾向於聘請賓妹係由於佢哋有較高嘅英語交際能力。

賓士 ben¹ xi²

德國奔馳牌（Benz）汽車的香港音譯詞。

品字形 ben² ji⁶ ying⁴

指前方及左右兩方的格局。粵 同行有三個保鏢品字形護駕。

崩 beng¹

指某物邊緣折斷而缺一塊。粵 指甲崩咗就要剪㗎啦。

崩壞 beng¹ wai⁶

指規章制度消磨，鬆懈。粵 管理層任由公司崩壞，不負責任。

餅 ❶ béng²

喻指經費。粵 如果基金個餅變細，一係每個人分少啲，一係少咗人分到研究經費。

餅 ❷ béng²

俗指一萬元。粵 啲高管開開吔幾十餅一個月。

餅碎 béng² sêu³

喻指份額不大的交易。粵 唔叫餅碎。

粵 不願做小生意。

餅印 béng² yen³

喻指子女長相跟父母十分相似。粵 佢係 100% 老實餅印。

病痛 béng⁶ tung³

指疾病帶來的疼痛。粵 日捱夜捱，捱到 周身病痛。普 日夜操勞，勞損過度而渾 身有病。

必收生 bid¹ seo¹ sang¹

指哥哥姐姐在該校就讀或父母在該校任 職的、報讀小學一年級的準學生。

呲份 bid¹ fen⁶

（警方用語）指警員在所屬的環頭區份 "行呲"（巡邏）。見條目【行呲】。

別墅 bid⁶ sêu⁵

俗指時鐘酒店，專供非婚男女幽會。

迫力 big¹ lig¹

英語借詞：brake，指剎車。粵 好彩個司 機及時踩迫力。

逼爆 big¹ bao³

形容人多，擠得水洩不通。粵 學校舉行 簡介會，兩千家長逼爆禮堂。

逼餐懵 big¹ can¹ mung²

形容十分擁擠。粵 我哋唔去，費事同人 逼餐懵。普 我們不去，免得跟人家擠。

逼到 big¹ dou³

形容十分擁擠，以致於出現某種情況。 粵 啲人逼到出行人路。普 人行道上人太 多，以致於有些人不得不在外邊行走。

逼到冚晒 big¹ dou³ hem⁶ sai³

形容在特定的空間人擠人。粵 演講廳一 早逼到冚晒。普 座無虛席。

逼到埋身 big¹ dou³ mai⁴ sen¹

形容問題已經出現在跟前，急需處理。 粵 健康問題逼到埋身。

邊 bin¹

疑問詞，表否定。粵 我邊得閒理？普 哪 兒有功夫去處理？

邊裁 bin¹ coi⁴

（球賽用語）"邊線裁判"的縮略詞。

邊度 bin¹ dou⁶

疑問詞，哪兒？粵 你去咗邊度？普 你上 哪兒去了？

邊度都唔使去

bin¹ dou⁶ dou¹ m⁴ sei² hêu³

形容糟糕透頂；哪兒哪都沒法立足。 粵 俾上司寫花你嘅 file 就邊度都唔使 去。普 上級在你的檔案裡給你一個差 評，你就很難找到同行的工作。

邊辦 bin¹ fan⁶

（社團用語）指屬於哪個社團（黑社會組 織）。粵 你邊辦㗎？普 你是哪一幫哪一 派的？

邊境禁區 bin¹ ging² gem³ kêu¹

指新界北部與深圳接壤的邊境禁區，包 括沙頭角、羅湖、文錦渡、打鼓嶺等 地。進入上述地區的非原居民必須持有 禁區紙（許可證）。

邊個❶ bin¹ go³

疑問詞，誰？粵 搵邊個？普 找誰？

邊個❷ bin¹ go³

疑問詞，誰。粵 邊個話有錢就大晒㗎？ 普 誰說有錢就可以凌駕一切的？

邊有咁大隻蛤乸隨街跳

bin¹ yeo⁵ gem³ dai⁶ zeg³ gab³ na² cêu¹ gai¹ tiu³

喻指哪會有那麼便宜的事兒。粵 唔使點 返工就月過十萬，邊有咁大隻蛤乸隨街 跳呀？普 不用怎麼上班就月入超過十萬 塊，天上哪裡會掉餡餅啊？

邊緣人 bin¹ yun⁴ yen⁴

指與社會主流格格不入或處於犯罪邊緣

的青少年。

變態 bin³ tai³

形容怪癖，心理反常。🔴 此人十分變態，收集裙底照。

便利貼 bin⁶ léi⁶ tib³

英語借詞：post-it，即留言用的彩色貼紙片。

便意 bin⁶ yi³

解決大小二便的意欲。🔴 行車途中突然有便意。

冰室 bing¹ sed¹

茶餐廳的前身，傳統冰室的特點有三：四人卡座，吊扇和僅供應飲料餐點。

標車參 biu¹ cé¹ sem¹

指偷走汽車，勒索贖金的非法行為。

標青 biu¹ céng¹

品質優良突出。🔴 德國車表現相當標青。

標籤 biu¹ qim¹

動詞，指把某人歸類。🔴 唔需要啦標籤我。🔵 無需把我視作某類人。

標參 biu¹ sem¹

綁票兒。🔴 個仔俾人標參，佢報警求助。

飆 biu¹

（汽車）高速行駛。🔴 離遠見架車飆埋嚟，唔撞死都嚇死。

飆車 biu¹ cé¹

俗指非法賽車。

飆汗 biu¹ hon⁶

形容大汗淋漓。🔴 冷氣壞咗，熱到飆汗。

飆眼水 biu¹ ngan⁵ sêu²

指眼睛受到刺激而流淚。🔴 啲煙攻到飆晒眼水。🔵 濃煙熏得我眼淚直流。

表情符號 biu² qing⁴ fu⁴ hou²

指 emoji，即使用微信、QQ 等軟件聊天時使用的顏文字。較流行的有兩套。一，包括"勁正"、"哈哈"、"嘩"、"慘慘"、"嬲嬲"。另一，包括"心心"（表讚許）、"扁嘴"（表不滿）、"嬲豬"（表拒絕接受）。

波 ❶ bo¹

英語借詞：ball，球。🔴 我唔踢波，但鍾意睇波。🔵 我不踢球，但喜歡看球類比賽。

波 ❷ bo¹

俗指女性乳房。🔴 佢嘅波好大。🔵 她的乳房挺豐滿的。

波霸 bo¹ ba³

諧指乳房豐滿的女性。

波波池 bo¹ bo¹ qi⁴

供幼兒玩耍、攞滿塑料小球的娛樂場地。

波地 bo¹ déi²

指小學生的操場。

波飛 bo¹ féi¹

球票。

波鞋 bo¹ hai⁴

球鞋。

波係圓嘅 bo¹ hei⁶ yun⁴ gé³

喻指機會均等，足球比賽沒有百分之百贏，也沒有百分之百輸。🔴 波係圓嘅，輸咗場使唔使飯都食唔落先。🔵 勝敗乃兵家常事，輸了兩場球犯不著連飯也吃不下吧。

波口位 bo¹ heo² wei²

指地鐵兩條路軌的交接處。🔴 前面波口位出咗問題，列車服務嚴重受阻。

波子 bo¹ ji²

德國名牌跑車 porsche（保時捷）的香港譯名。🔴 張三揸住架紅色波子令人注目。

B

波纜 bo¹ lam²
非法賭球的賭注。

波樓 bo¹ leo²
指對外營業的枱球室。

波浪旗 bo¹ long⁶ kéi⁴
上小下大的波浪形旗子。

波牛 bo¹ ngeo⁴
俗指酷愛踢足球的人士。

波士 bo¹ xi²
英語借詞：boss，老闆。

波友 bo¹ yeo²
球類運動的同伴。

坡紙 bo¹ ji²
俗指新加坡元。

玻璃 bo¹ léi¹
（茶餐廳用語）指白灼生菜。

玻璃腸粉 bo¹ léi¹ cêng² fen²
形容腸粉之又薄又香。

玻璃心 bo¹ léi¹ sem¹
喻指思緒紛亂。

菠蘿 bo¹ lo⁴
喻指土製炸彈。

菠蘿蓋 bo¹ lo⁴ goi³
俗指膝蓋骨。

菠蘿頭 bo¹ lo⁴ teo⁴
俗指貨櫃固定裝置。粵 出車前一定要檢查菠蘿頭係唔係穩固。

菠蘿油 bo¹ lo⁴ yeo⁴
香港本土經典包點，即傳統的菠蘿包夾著黃油，加以微熱食用。粵 下午茶例牌係菠蘿油加檸樂。

嘴❶ bo³
句末語氣詞，表同意。粵 佢講得幾啱嘴。普 他講得還不錯。

嘴❷ bo³
句末語氣詞，表祈使。粵 你唔好唔記得嘴。普 你可別忘了。

撳白波仔 bog¹ bag⁶ bo¹ zei²
喻指打高爾夫球。

撳爆頭 bog¹ bao³ teo⁴
喻指腦袋開花。粵 佢俾人用啤酒樽撳爆頭。普 用啤酒瓶子襲擊，腦袋開了花。

撳槌 bog¹ cêu²
最終決定。粵 佢最後撳槌買咗嗰件衫。

撳濕 bog¹ seb¹
俗指打傷流血。粵 佢唔夠人打，俾人撳濕。普 打不過人家，給人打傷流血。

搏 bog³
爭取。粵 排兩粒鐘搏執死雞。普 排兩個小時的隊希望能撿到便宜（即有預約者沒來而補上）。

搏炒 bog³ cao²
工作故意表現不好或故意出差錯以求被解僱。粵 佢志在搏炒，皆因佢另外搵到份好工，又唔想主動辭職。

搏大霧 bog³ dai⁶ mou⁶
渾水摸魚。粵 搏大霧買特惠票，其實差兩歲先至夠資格。普 他企圖趁亂買優惠票……。

搏得就搏 bog³ deg¹ zeo⁶ bog³
心存僥倖而嘗試（做某事）。粵 明知機會唔大，但搏得就搏嘅喇。

搏一鋪 bog³ yed¹ pou¹
冒險一試。粵 贏咗 OK，輸咗就係嗰幾百蚊，所以最後確定搏一鋪。普 輸了就那麼幾百塊錢，所以最後決定一試。

駁 bog³

換乘。粵 出入市中心，仲要駁程小巴。普 去市區還得換乘，坐一段路小巴。

駁長 ❶ bog³ cêng⁴

延長（具體含義）。粵 呢條繩唔夠長，搵第條駁長佢。普 這繩子不夠長，找另一根接上（使更長）。

駁長 ❷ bog³ cêng⁴

延長（抽象含義）。粵 呢種有得醫，唯有打針食藥駁長條命。普 這病沒法治，只能打針吃藥延長生命。

薄身 bog⁶ sen¹

屬性詞，形容薄，不厚（"身"為墊字）。粵 最好著啲薄身而保暖嘅衫。普 最好穿薄而暖和的衣服。

幫 bong¹

介詞，表示替。粵 你幫我通知佢吖。

幫補 bong¹ bou²

（金錢上）幫助舒緩。粵 無法子唔做兼職，志在幫補買樓首期。普 得做兼職，舒緩交付買樓首期的壓力。

幫輕 bong¹ héng¹

（金錢上）幫助減輕。粵 搵份兼職，幫輕吓屋企。普 找個兼職，在經濟上減輕家裡的負擔。

幫眼 bong¹ ngan⁵

幫助挑選。粵 有佢兩個幫眼，唔會買錯。普 有他們倆幫我挑，不會買錯。

幫拖 bong¹ to¹

聲援，支持。粵 佢平日得罪人多，宜家想搵個人幫拖都幾難。

磅 bong²

體重秤。粵 屋企買個磅，隨時注意體重。

綁死 bong² séi²

指套牢。粵 唔想俾長約綁死。普 避免給長期合約套牢。

傍身 bong⁶ sen¹

（金錢等）放在身邊，隨時應急。粵 搵多個錢傍身，有乜野唔好。普 多掙些隨時能動用的錢，有什麼不好。

磅水 bong⁶ sêu²

俗指付款。粵 喂！你攞咗盒蛋糕，仲未磅水喎。

煲碟 bou¹ dib²

長時間反復看光盤（主要是電影）。粵 假期我就匿埋屋企煲碟。普 貓在家裡看電影。

煲乾水 bou¹ gon¹ sêu²

喻指手頭緊，沒錢。粵 今個月嚴重透支，月底煲乾水。

煲劇 bou¹ kég⁶

長時間反復看電視劇集。

煲水新聞 bou¹ sêu² sen¹ men²

俗指編造的、毫無實質內容的小道消息。粵 佢哋兩個之前嘅緋聞都係煲水新聞。

煲呔 bou¹ tai¹

英語借詞：bowtie，蝴蝶領結。

煲煙 bou¹ yin¹

俗指一根接一根地抽煙。粵 佢哋幾個一便煲煙一便吹水。

保姆車 bou² mou⁵ cé¹

指專門接送幼兒園、小學生上學放學的、合法經營的車輛。

保護費 bou² wu⁶ fei³

喻指黑社會向自己地盤內合法經營的個人或店鋪索取的金錢。

保鮮紙 bou² xin¹ ji²

保鮮膜。

補單 bou² dan¹

追加訂單。粵 工廠放假，想補單都有

B

得補。

補飛 bou² féi¹

設法扭轉不利的形勢。粵 等你老闆講完閙完先，你至好諗計補飛呀。普 等老闆先講完，再想辦法挽回敗局。

補咪表 bou² mei¹ biu¹

指給咪表續錢，以免停車被抄牌罰款。

補眠 bou² min²

補覺。粵 為爭取休息時間，佢唯有喺辦公室補眠。

補水 ❶ bou² sêu²

名詞，指加班費。粵 基本工資唔夠使，只能加班賺補水。

補水 ❷ bou² sêu²

動詞，指支付加班費。粵 加班要補水。

補鑊 bou² wog⁶

挽回因失誤造成的損失。粵 自知講錯嘢，即時補鑊。

補妝 bou² zong¹

添補化妝品使面容保持亮麗。粵 登台演講之前，李太急急補咗一下妝。

補鐘 bou² zung¹

另外加時間。粵 考牌之前幾日，佢聯繫師傅補鐘。

布甸 bou³ din¹

英語借詞：pudding，布丁。粵 呢度啲芒果布甸一流。

布菲 bou³ féi¹

英語借詞：buffet，自助餐。粵 為咗慳時間，晏晝食布菲。普 為了省時間，中午吃自助餐。

布冧 bou³ lem¹

英語借詞：plum，李子。粵 啲布冧酸酸咪咪好食。普 李子有點兒酸。

報大數 bou³ dai⁶ sou³

誇大實際數字。粵 報大數，無非係想呃錢。普 誇大數字，想騙錢罷了。

報料 bou³ liu²

泛指向不知情的人士透露消息。粵 有人同我哋報料，張三唔喺晉升名單度。

報串 bou³ qun³

告密。粵 佢居然向警察報串。

報細數 bou³ sei³ sou³

故意少報數字。粵 我都唔明佢點解要報細數。有乜著數吖？普 我實在不明白他為什麼要少報，沒什麼好處嘛。

報事貼 bou³ xi⁶ tib⁶

英語借詞：post-it，留言用的彩色貼紙片。

捕獲 bou⁶ wog⁶

謔指某人意外地被人碰見並認出。粵 張三朝早跑步被晨運客捕獲。

暴雨警告 bou⁶ yu⁵ ging² gou³

據香港天文台以每小時錄得的雨量計算，分三類：超過 30 毫米雨量的為黃雨，超過 50 毫米的為紅雨，超過 70 毫米的為黑雨。

砵 bud¹

擬聲詞作動詞用，指駕駛者對另一駕駛者或行人按喇叭表示不滿（"砵"為喇叭的擬聲）。粵 佢被控俾人砵後打人。

缽仔糕 ❶ bud³ zei² gou¹

一種用小碗蒸的摻和紅豆或綠豆的大米糕點。

缽仔糕 ❷ bud³ zei² gou¹

喻指女性假胸。

杯茶 bui¹ ca⁴

語素詞，只能跟人稱代詞連用，而且只能出現於 "係"、"唔係" 等格式，表示喜歡或不喜歡。粵 Tee 從來唔係我杯茶。普 我向來不喜歡穿 T 恤衫。

杯葛 bui¹ god³

英語借詞：boycott，抵制。

杯中茶 bui¹ zung¹ ca⁴

合心意的人或物。粵 到底呢個女人係唔係張三嘅杯中茶呢？

背 bui³

閉塞，與社會脫節。粵 咁背嘅你！

背囊 bui³ nong⁴

雙肩包。

背心袋 bui³ sem¹ doi²

形狀跟背心相似的塑料袋；相對於"平口袋"。

搬竇 bun¹ deo³

俗指搬家。粵 惹上官非，心急搬竇。

搬龍門 bun¹ lung⁴ mun⁴

肆意更改遊戲規則，以維護私利。見條目【擺龍門】。粵 佢哋吓吓搬龍門，右法子討論。普 每次都耍賴……。

本地薑 bun² déi⁶ gêng¹

喻指當地出人頭地的好手。粵 就高爾夫球嚟講，香港要培養一個真正嘅本地薑，談何容易。

本地薑唔辣

bun² déi⁶ gêng¹ m⁴ lad⁶

喻指本地人才比不上外地人才，盲目迷信外援。

半鹹淡 bun³ ham⁴ tam⁵

屬性詞，形容講的語言不標準。粵 佢講嘅香港話半鹹淡，有時真係聽死人。

半天吊 bun³ tin¹ diu³

（車輛）一半在實地，另一半在半空。粵 架車撼穿外牆，車頭衝出凌空半天吊。

半拖 bun³ to¹

屬性詞，指沒有後跟的鞋。粵 我鍾意著半拖運動鞋，舒服好多。

半隻腳 ❶ bun³ zég³ gêg³

喻指接近某個結果。粵 考到呢個職位，半隻腳已經踩入人生勝利組啦。普 考上這個職位就差不多等於仕途無限。

半隻腳 ❷ bun³ zég³ gêg³

喻指接近達到某種狀態。粵 我都八十尾喇，半隻腳入咗棺材。普 我已經快九十歲了，接近人生的終點了。

伴碟菜 bun⁶ dib⁶ coi³

指隨正餐供應的小菜。

buy ❶ buy

讚同。粵 我第一次聽到呢個計劃，已經非常之 buy。普 十分讚同這個計劃。

buy ❷ buy

接受。粵 呢種講法，傻嘅先會 buy。普 傻子才會接受。

buy 唔落 buy m⁴ log⁶

指不認同某人的言行。粵 呢種講法，似是而非，buy 唔落。普 不認同這種說法。

C

C

扠錯腳 ca¹ co³ gêg³

腳沒踏到實地而失去平衡。粵 扠錯腳跌嘅。普 腳踏空而摔倒了。

扠鼻 ca¹ béi⁶

用手指捅對方鼻子，一種攻擊性行為。

扠電 ❶ ca¹ din⁶

充電。粵 扠電唔好扠過夜，好危險。普 充電時間不要隔夜。

扠電 ❷ ca¹ din⁶

喻指長期工作後稍事休息，恢復精神體

力。粵忙咗成個月，去澳門又吓電都好。

叉電器 ca¹ din⁶ héi³
英語借詞：charger，充電器。

叉頸 ca¹ géng²
掐著對方脖子，一種攻擊性行為。

叉喉箍頸 ca¹ heo⁴ ku¹ géng²
指掐著對方喉嚨，攢著對方脖子的攻擊性行為。

茶煲 ca⁴ bou¹
英語 trouble 的諧音詞，指麻煩。粵煩少我一陣得唔得呀，你個人真係茶煲。

茶杯裡的風波
ca⁴ bui¹ lêu³ dig¹ fung¹ bo¹
小範圍內的風波，影響有限。粵呢場爭拗，茶杯裡的風波啫。

茶餐廳 ca⁴ can¹ téng¹
融合港式大排檔和西式小餐館的特點的食肆，包容性很強，無論中西日韓式食物都可引入，價錢合理，服務快捷。

茶餐廳三寶
ca⁴ can¹ téng¹ sam¹ bou²
指茶餐廳三種典型的餐點，即星洲炒米（新加坡式炒米粉）、港式奶茶、蛋撻。

茶啡之間 ca⁴ fé¹ ji¹ gan¹
茶餘飯後；正餐之後一般喝點兒"茶"或"啡"（咖啡）。粵呢件新聞成為街坊茶啡之間嘅熱話。

茶芥加一 ca⁴ gai³ ga¹ yed¹
傳統食肆加收小費（10%）的行規。"茶"泛指茶水；"芥"泛指調味醬汁，如芥末、辣椒醬等。

茶記 ca⁴ géi³
俗指茶餐廳。粵呢啲菜式其他茶記少見。

茶水阿姐 ca⁴ sêu² a³ zé¹
機構內聘請的專門負責茶水供應的女服務員。

茶水間 ca⁴ sêu² gan¹
機構內部設置的小間，供應飲用熱水。

茶友 ca⁴ yeo²
指一起飲早茶的相識。

茶走 ca⁴ zeo²
名詞，指加煉乳而不加糖的奶茶。

查實 ca⁴ sed⁶
副詞，其實。粵查實，你唔一定要親身去。

扠 ca⁵
刪除。粵呢幾個字扠咗佢。

插 cab³
嚴厲地譴責。粵遲到一次啫，就俾老細插到暈。普晚到一次罷了，就給老闆狠狠批評。

插旗 cab³ kéi⁴
喻指進軍某行業建立自己的品牌。粵要喺銅鑼灣插旗，就要出奇制勝。

插罅墮軌 cab³ la³ do⁶ guei²
指從月台罅隙踏空跌落路軌。

插水 ❶ cab³ sêu²
（氣溫、股價等）大幅下降。粵氣溫將持續插水。

插水 ❷ cab³ sêu²
（形象、質量等）大幅下滑。粵緋聞一傳出，佢嘅形象即時插水。

插水 ❸ cab³ sêu²
（足球用語）假摔以博取罰球。粵第 20 分鐘，佢插水想搏個十二碼，但球證睇到，判無效。

擦餐勁 cad³ can¹ ging³
大撮一頓。粵啱出糧，今晚擦餐勁嘅。

C

擦餐豪 cad³ can¹ hou⁴

花費不少大吃一頓。粵 冬至喇，唔少市民都會擦餐豪嘅。普 冬至過節，不少人捨得花錢吃好的。

擦掂老細鞋
cad³ dim⁶ lou⁵ sei³ hai⁴

喻指拍老闆馬屁。粵 想加薪，擦掂老細鞋至講。普 先得成功地說服老闆。

擦鞋 cad³ hai⁴

俗指拍馬屁。粵 識得擦鞋係香港職場生存藝術之一。

擦鞋擦出面
cad³ hai⁴ cad³ cêd¹ min²

喻指公開地、不加掩飾地拍馬屁。粵 連紙巾都遞埋，真係擦鞋擦出面。

賊鴛鴦 cag² yun¹ yêng¹

雌雄歹徒。粵 警察捉到一對賊鴛鴦喺便利店偷嘢。

拆 cag³

形容聲音沙啞。粵 嗌到把聲拆晒。普 喊得嗓子都喊啞了。

拆彈 cag³ dan⁶

緊急處理具突發性殺傷性的問題。粵 佢態度開始軟化，變得"樣樣有得傾"，想替自己拆彈。普 …… 變得什麼都能談，想給自己找個下台階。

拆掂 cag³ dim⁶

擺平。粵 筆錢點分，大家拆掂佢。普 這筆錢如何分配，大家平衡一下。

拆穿西洋鏡
cag³ qun¹ sei¹ yêng⁴ géng³

"西洋鏡"喻指謊言或詭計；"拆穿西洋鏡"即指揭穿謊言或揭破詭計。粵 拆穿佢哋講一套做一套嘅西洋鏡。

拆賬 cag³ zêng³

指員工跟公司的利益分配，如四六拆賬，指的是 100 元的進賬，員工得 40。

差館 cai¹ gun²

俗指警署。粵 拉佢返差館。普 押他回警署。

差餉 cai¹ hêng²

差餉是向有房產物業者徵收的稅項。

差人 cai¹ yen⁴

俗指警察。粵 嚟咗兩個差人。

踩 ❶ cai²

有特定目的地探訪。粵 我哋踩過過千間餐廳，準備搞個後勤平台。

踩 ❷ cai²

狠加批評。粵 齣戲俾啲影評人踩到體無完膚。

踩 ❸ cai²

陷入困境。粵 你唔可能控制毒癮，只能越踩越深。

踩波車 cai² bo¹ cé¹

（足球用語）指不小心腳踏在球上而失去平衡摔倒。

踩場 ❶ cai² cêng⁴

喻指到對方的地盤搞亂示威。

踩場 ❷ cai² cêng⁴

警方到現場戒備，以防罪案發生。

踩空 ❶ cai² hung¹

失足。粵 踩空跌落坑渠。普 行走不小心摔倒在溝裡。

踩空 ❷ cai² hung¹

沒踩著下一個台階。粵 差啲踩空台階。

踩夜車 cai² yé⁶ cé¹

夜間蹬自行車。

柴 cai⁴

（警方用語）指臂上表示職級的 V 型標

誌；高級警員為一柴，警長為三柴（二柴已取消）。

柴可夫 cai⁴ ho² fu¹

謔指司機（由柴可夫斯基演變而來）。**粵** 由佢老公做柴可夫，送佢哋返屋企。

慘慘豬 cam² cam² ju¹

"豬" 為墊字，包含特定語用色彩（多為兒童用語）。**粵** 原來並非咁威咁豬，而係慘慘豬。**普** 原來並不是那麼兒靈，而是有點兒笨。

慘豬 cam² ju¹

（兒童用語）感歎詞，表憐憫。**粵** 跌成噉，慘豬咯。**普** 摔成這樣，怪可憐的！

慘勝 cam² xing³

指付出重大代價而取得的勝利。**粵** 甲隊以 99 比 98 慘勝。

餐茶 can¹ ca⁴

指套餐包括的飲料（茶或咖啡）。**粵** 午餐鋸扒，有餐湯，有薯菜，有餐茶，埋單一百蚊度。

餐買餐食 can¹ mai⁵ can¹ xig⁶

食材當天買當天吃，以保證新鮮。

餐牌 can¹ pai²

（飯館、餐廳）菜單兒。**粵** 餐牌有嘅，都可以點。**普** 菜單兒上沒列明的，也可以點。

餐室 can¹ sed¹

小型西餐館。**粵** 間餐室唔大，勝在口碑好好。

餐湯 can¹ tong¹

包含在套餐內的湯，不另外收費。

餐搵餐食 can¹ wen² can¹ xig⁶

形容掙一頓就吃上一頓。**粵** 餐搵餐食嘅啦。**普** 有上頓沒下頓而已。

鏟 can²

形容貼近表面清理。**粵** 吖啲頭髮鏟到好短。**普** 頭髮剪得很短。

鏟車 can² cé¹

叉式起重車。

鏟青 can² céng¹

"青" 指裸露頭顱的顏色；"鏟青" 即形容頭髮理得極短。**粵** 有九成頭髮鏟青。

殘 can⁴

形容憔悴。**粵** 大病之後，個樣殘咗好多。**普** 顯得憔悴多了。

殘障人士 can⁴ zêng³ yen⁴ xi⁶

殘疾人士。

橙同蘋果 cang² tung⁴ ping⁴ guo²

喻指兩件事情無從比較。**粵** 呢兩件事係橙同蘋果嘅關係，有得直接比較。

撐起 cang³ héi²

支持（某活動繼續進行）。**粵** 請唔到人，唯有全家出動，撐起間餐廳。**普** 全家齊上陣，好讓餐廳能經營下去。

撐枱腳 cang³ toi² gêg³

喻指情侶或夫妻兩人一起外出共膳。**粵** 發現佢同李小姐兩個喺度撐抬腳。

抄橋 cao¹ kiu²

抄襲（別人的主意等）。**粵** 抄人哋橋有乜意思？

抄牌 ❶ cao¹ pai⁴

指警方把違反交通規則的車輛資料抄錄下來以提出檢控。**粵** 死喇，架車俾警察抄牌。**普** 糟了，車子讓警察下了罰單。

抄牌 ❷ cao¹ pai⁴

索取對方的電話號碼。**粵** 我都有向佢抄牌。**普** 我曾經向他索要電話號碼。

吵大鑊 cao² dai⁶ wog⁶

大吵起來。**粵** 兩人一言不合吵大鑊。

炒 ❶ cao^2

車輛碰撞。**粵** 的士失控，連炒五車。

炒 ❷ cao^2

駕車失事。**粵** 張三炒電單車受傷。

炒 ❸ cao^2

（足球用語）打敗。**粵** 甲隊四比一炒乙隊。

炒 ❹ cao^2

（足球用語）指射門打偏了。**粵** 兩個罰球都炒咗。

炒飛機 $cao^2 féi^1 géi^1$

（足球用語）指射門射高了。**粵** 可惜佢臨門一腳炒咗飛機。

炒貴 $cao^2 guei^3$

倒賣商品，索取高價。**粵** 黃牛飛炒貴幾倍。

炒蝦拆蟹 $cao^2 ha^1 cag^3 hai^5$

俗指粗話髒言，俗不可耐。**粵** 個個炒蝦拆蟹媽媽聲，認真市井。**普** 人人破口大罵，髒話不絕於耳。

炒起 $cao^2 héi^2$

俗指使氣氛活躍起來。**粵** 請幾個歌手炒起派對氣氛。

炒欄 $cao^2 lan^4$

撞向護欄。**粵** 架車炒欄反肚。**普** 撞向護欄，隨即翻轉，四輪朝天。

炒老闆魷魚

$cao^2 lou^5 ban^2 yeo^2 yu^2$

喻指員工主動辭職。**粵** 鋪好晒後路至炒老闆魷魚。

炒埋一碟 $cao^2 mai^4 yed^1 dib^6$

把零碎的東西堆集一起。**粵** 個報告係將原已計劃嘅工作炒埋一碟，欠缺整體策略。

炒散 $cao^2 san^2$

做散工或兼職工。**粵** 退休之後，一直炒散。

炒梯級 $cao^2 tei^1 keb^1$

指扶手電梯被外物如手推車車輪等卡著的時候，梯級不能正常移動，以致移位、互撞、甩脫、傾側，造成乘客失去平衡摔倒，乃至被捲入電梯槽內受傷。

炒成 $cao^2 séng^4$

指車輛碰撞變成某種狀態。**粵** 佢架車越線炒成廢鐵。

車 $cé^1$

動詞，表用車運送。**粵** 我車你返工。**普** 我開車送你上班。

車 cam $cé^1 cam$

指行車記錄器；"cam" 為英語 "camera" 的縮略形式，即攝影機。**粵** 車 cam 顯示嘅影象跟當事司機嘅口述不同。

車公誕求籤

$cé^1 gung^1 dan^3 keo^4 qim^1$

特指大年初二車公誕，沙田鄉議局主席到車公廟為香港求籤，探求來年是吉是凶的運程。

車唧 $cé^1 jig^1$

通過油壓提升車身以便進行維修的工具。**粵** 車唧要固定穩當，以免發生危險。

車罅 $cé^1 la^3$

兩車之間狹窄的平行通道。**粵** 佢猧車罅過路遭撞死。**普** 他在兩車之間的狹窄通道穿行給軋死。

車厘子 $cé^1 léi^4 ji^2$

英語借詞：cherry，櫻桃。

車龍 $cé^1 lung^4$

喻指汽車擁堵，排成長隊。**粵** 車龍有成三公里咁長。

C

車手 ❶ cé¹ seo²

喻指企圖利用假提款卡提款的歹徒。

車手 ❷ cé¹ seo²

（澳門用語）指販毒分子。粵 幾個後生仔當車手來澳門散貨。普 幾個年輕的販毒分子受犯罪集團指使來澳門銷售。

車頭紙 cé¹ teo⁴ ji²

貼在車輛擋風玻璃上相關的許可證明。

車頭相 cé¹ teo⁴ sêng²

特指擱在殯車前面逝者的照片。

車胎(呔)膠粒 cé¹ toi¹ (tai¹) gao¹ neb¹

指廢棄的車胎打碎後製成的膠粒，用於人造草足球場、兒童遊樂場的軟墊等。

車胎(呔)碎 cé¹ toi¹ (tai¹) sêu³

（澳門用語）指廢的車胎經切碎後變成的工業廢料。粵 火警由車胎碎引發。

車胎人 cé¹ toi¹ yen⁴

特指《米芝蓮指南》的美食天書。

車仔檔 cé¹ zei² dong³

指賣熟食的街頭小推車。粵 靠喺屋邨內開車仔檔賣魚蛋謀生。

車仔麵 cé¹ zei² min⁶

香港有名小吃麵食。除了湯汁和麵條外，配料由顧客自由選擇和搭配，基本的配料為魚丸子、牛丸子、豬浮皮、豬血、蘿蔔等。

車長 cé¹ zêng²

指巴士、地鐵駕駛員。

車長位 cé¹ zêng² wei²

指巴士、地鐵駕駛員的位置。

扯鼻鼾 cé² béi⁶ hon⁴

打鼾。粵 火車瞓臥鋪至怕隔籬鋪扯鼻鼾。

扯起條筋 cé² héi² tiu⁴ gen¹

喻指突然想做某事。粵 佢琴日突然扯起

條筋，跟團到大灣區睇樓。

扯煙 cé² yin¹

指一根接一根地抽煙。粵 煙不離手扯唔停。

斜 cé³

形容坡度很大。粵 條路太斜少人行。普 路太陡，走的人不多。

斜孭袋 cé⁴ mé¹ doi²

斜挎包。

邪骨 cé⁴ gued¹

喻指具有色情嫌疑的按摩場所。反義詞為"正骨"。粵 呢個區有唔少邪骨嘅地方嘛。

邪足 cé⁴ zug¹

喻指具有色情嫌疑的沐足場所。

7 仔 ced¹ zei²

特指 7-11 便利店。粵 我樓下就有間 7仔，非常方便。

七人車 ced¹ yen⁴ cé¹

七人座轎車。

出 ❶ cêd¹

付出（數額）。粵 大家一齊嚟搞，得。不過，佢哋出幾多錢？普 大家合作，可以。不過，他們準備付出多少錢？

出 ❷ cêd¹

生產。粵 之前出咗隻可以包住塊面嘅太陽帽。

出 ❸ cêd¹

透露（消息）。粵 本來唔想講，但係報紙出咗，唔講唔得。普 本來不想講，但是報紙發表了，不講不行了。

出 ❹ cêd¹

表示位置"靠外"。反義詞為"入"，表示靠裡。粵 啲人越企出去，霸咗三分之一條馬路。普 人都靠外站，佔了三分之

C

020

一條馬路。

出冊 cêd¹ cag³
俗指出獄。🔵 刑滿出冊。

出車 cêd¹ cé¹
購置車輛。🔵 想出車，搵銀行幫手啦。

出錯糧 cêd¹ co³ lêng⁴
發的工資數額有誤。🔵 公司出錯糧，冇將補貼加埋入去。

出到 ❶ cêd¹ dou³
數額達到（某數字）之多。🔵 個價出到成五球。🔴 價格提高到五百萬。

出到 ❷ cêd¹ dou³
抵達某地。🔵 架車開得好快，半個鐘頭就出到灣仔。

出飛 cêd¹ féi¹
指旅行社向顧客發出機票、車票、船票等。🔵 要聽日先出到飛。

出街 ❶ cêd¹ gai¹
出門。🔵 一個二個出晒街，冇人喺屋企。

出街 ❷ cêd¹ gai¹
公開。🔵 個計劃一出街就甩轆。🔴 計劃一公開就發現錯漏不小。

出雞，出豉油
cêd¹ gei¹, cêd¹ xi⁶ yeo⁴

一般來說，吃雞少不了醬油。雞比醬油貴，即"雞"代表花費大，"醬油"代表花費少。🔵 我哋出雞，佢連豉油都唔肯出。🔴 我們負責大部分的經費，他連小部分也不願意負責。

出櫃 cêd¹ guei⁶
顯示同性戀傾向。🔵 屋企人接納佢出櫃。

出口術 cêd¹ heo² sêd⁶
即興發言，胡吹一通。🔵 除咗出口術，仲攞得出乜實際行動吖。🔴 除了胡吹，

還能拿出什麼實際行動？

出奇 cêd¹ kéi⁴
奇怪。🔵 姐弟戀好出奇咩？🔴 沒什麼可大驚小怪的。

出冷 cêd¹ lang⁵
（賽馬用語）爆冷門。🔵 今仗此馬有力出冷。

出律師信 cêd¹ lêd⁶ xi¹ sên³
喻指打官司，用法律手段解決。🔵 唔道歉，唔賠償，我就出律師信。

出嚟行 ❶ cêd¹ lei⁴ hang⁴
踏足社會。🔵 出嚟行，最緊要識番個律師。

出嚟行 ❷ cêd¹ lei⁴ hang⁴
在社會上打滾。🔵 想繼續出嚟行嘅，都會現身協商還錢。🔴 想繼續混下去，得親自出現協商還錢。

出嚟行，預咗要還
cêd¹ lei⁴ hang³, yu⁶ zo² yiu³ wan⁴

指參與社會活動，要充分考慮代價。🔵 下一步點行，自己話事，但係記住：出嚟行，預咗要還。🔴 下一步怎麼走，自己決定，但要有付出代價的心理準備。

出糧 cêd¹ lêng⁴
發工資。🔵 月尾出糧。

出貓 cêd¹ mao¹
（考試）作弊。🔵 讀書時成日出貓。

出名 cêd¹ méng²
眾所周知。🔵 香港租金出名貴。

出年 cêd¹ nin²
明年。🔵 佢出年畢業。

出千 cêd¹ qin¹
賭博中欺騙。🔵 冇人鍾意同佢打麻雀，佢都慣咗出千。

C

出晒面 cêd¹ sai³ min²

公開表露，不作掩飾。粵 張三追李小姐追到出晒面。

出世紙 cêd¹ sei³ ji²

俗指出生證明書。

出身 cêd¹ sen¹

指兒女長大成人，踏入社會工作。粵 三個仔都出晒身，有一個同佢一齊住。

出手低 cêd¹ seo² dei¹

指吝嗇。粵 佢哋出手低，派果汁，我哋請食西餅。

出閘 cêd¹ zab⁶

（賽馬用語）指馬匹衝出閘門比賽。

仄 cég³

英語借詞：check，檢查。粵 等我仄吓時間表先。

楼 cei¹

語素詞，用於單位數字的後面，表示活動的領域。粵 佢係歌影視三楼明星。

砌低 cei³ dei¹

打敗（某人）。粵 一係砌低，唔係跪低。普 要麼打敗對手，要麼向對手投降。

砌夠 cei³ geo³

（數量上）湊夠。粵 求其砌夠十個人。

砌落去 cei³ log⁶ hêu³

窮追猛打。粵 佢唔肯認輸，係要砌落去

砌生豬肉 cei³ sang¹ ju¹ yug⁶

誣陷。粵 如果有真憑實據，都唔敢亂砌生豬肉。

砌贏 cei³ yéng⁴

打贏；控制。粵 單憑政府之力，係砌唔贏個市場嘅。普 僅靠政府是無法駕馭市場的。

齊班 cei⁴ ban¹

湊齊（人數）。粵 個團隊仲未齊班。

齊齊 cei⁴ cei⁴

一齊。粵 齊齊去行街。普 一塊兒逛街。

齊齊整整 cei⁴ cei⁴ jing² jing²

表示該在的都應該在，不缺誰。粵 希望佢早日返嚟，一家人齊齊整整。

齊腳 cei⁴ gêg³

湊齊人數。粵 十個人一圍，齊腳先開餐。普 十個人一桌，人到齊了才開始吃。

齊人 cei⁴ yen⁴

應該到的人都到了。粵 今日難得咁齊人。

齊章 cei⁴ zêng¹

（為了共同進行某種活動）該到的人都到了。粵 佢哋嗰隊今次嘅人腳十分齊章。

趁佢病，攞佢命

cen³ kêu⁵ béng⁶, lo² kêu⁵ méng⁶

固定結構，表示趁對手弱勢，趕盡殺絕。粵 佢間公司官司纏身，一於趁佢病，攞佢命。普 那家公司有官非，要不趁機加以打擊，削弱其實力。

襯 ❶ cen³

門戶相對。粵 好多人都話我襯佢唔起。

襯 ❷ cen³

（服飾）搭配。粵 白裙避免襯黑鞋，易有上輕下重感覺。

陳大文 cen⁴ dai⁶ men⁴

虛指某人，如張三李四。粵 就算有個陳大文肯出錢接手都冇用，因為時機已過。

春茗 cên¹ ming⁵

特指春節前後各企業機構、社團等舉行的員工團聚或商業公關活動，尤指酒會或飯局。

C

[蠢過豬頭] cên² guo³ ju¹ teo⁴

形容十分愚蠢。[粵] 販毒，分分鐘坐監，蠢過豬頭。

[巡] cên⁴

（執法者）巡邏。[粵] 巡得唔夠，冇阻嚇力。

[層] ceng⁴

事情的某方面。[粵] 呢層只有當事人先知。

[層層疊] ceng⁴ ceng⁴ dib⁶

一件衣服再套上另一件衣服。[粵] 冬天著衫最好層層疊，保暖好而且增減隨意。

[青瓜] céng¹ gua¹

黃瓜。[粵] 呢啲青瓜爽口。[普] 青瓜爽脆。

[請齊人] céng² cei⁴ yen⁴

指聘請名額已滿。[粵] 冇位俾你嘞，我哋請齊人嘞。

[請飲茶] céng² yem² ca⁴

話語類句，意欲行賄。[粵] 張三突然遞上一千蚊紙，表示"請飲茶"。

[請著] céng² zêg⁶

成功聘請。[粵] 請著個咁有責任心嘅工人算你好運。

[窗花] cêng¹ fa¹

指裝在窗戶上的帶有空欄的金屬框子，一來防盜，二來防止屋裡人員從窗戶墮落。[粵] 窗花要上鎖。

[窗門] cêng¹ mun²

窗子。[粵] 落雨記得閂窗門。[普] 把窗子關上。

[搶包山] cêng² bao¹ san¹

香港自清朝開始的、獨特的民間節慶活動。太平清醮期間在長洲島北帝廟前，12 名參加決賽者（九男三女）競賽攀上掛滿"平安包"的圓錐型鐵架，在三分鐘內成功摘取最多者為勝。"平安包"為代表福氣的特製包點。

[搶火] cêng² fo²

形容火舌猛然噴吐。[粵] 爐頭突然搶火爆炸。

[搶鏡] cêng² géng³

令人注目。[粵] 佢嘅表現相當搶鏡。

[搶貴] cêng² guei³

由於互相搶奪而抬高價格。[粵] 搶貴人才嘅成本。

[搶手] cêng² seo²

爭相搶購。[粵] 呢個區寫字樓好搶手。

[搶嘢] cêng² yé⁵

打劫。[粵] 我俾人搶咗啲嘢。

[搶贏] cêng² yéng⁴

互相競賽而勝出。[粵] 幾個人跳起嚟頂波，結果張三搶贏。

[搶閘] cêng² zab⁶

比別人搶先一步。[粵] 個項目本來由我哋做，點知俾佢哋搶咗閘。[普] 這個項目讓他們搶了先。

[搶閘出世] cêng² zab⁶ cêd¹ sei³

特指大年初一率先誕下嬰兒。[粵] 個 B 女零時零一分搶閘出世。

[腸仔] cêng² zei²

小香腸。[粵] 同我加兩條腸仔喺車仔麵度。

[唱得兩嘴] cêng³ deg¹ lêng⁵ zêu²

形容某人能唱（歌）。[粵] 識得玩樂器之餘，仲唱得兩嘴。

[唱到面黃] cêng³ dou³ min⁶ wong⁴

形容讓人狠狠批評，十分尷尬。[粵] 佢以為自己好叻，結果俾人唱到面黃。

[唱…歌仔] cêng³ ... go¹ zei²

形容以往的那一套行不通。[粵] 宜家炒牌撈得掂呢隻歌仔唱唔成嘞。[普] 炒牌而能賺大錢的那一套現在不行了。

C

唱 K cêng³ K

指唱卡拉 OK。粵 大家爭咪唱 K。

唱賣 cêng³ mai⁶

高聲叫賣。粵 佢喺呢間茶樓做咗廿年，專門唱賣點心。

唱片騎師 cêng³ pin² ké⁴ xi¹

英語借詞：Disc Jockey，指在電台或相關場所負責播放唱片的人士。

唱淡 cêng³ tam⁵

（對經濟行情）不看好。粵 股市嘅嘢，大家唱淡，更要睇清。

暢錢 cêng³ qin²

兌換。粵 返深圳，你最好暢定啲錢先。

暢旺 cêng³ wong⁶

（生意）發展理想。粵 銷情暢旺。

長斜急彎 cêng⁴ cé³ geb¹ wan¹

路面坡度大，距離長而彎道突然轉折。粵 呢個路段要小心，有長斜急彎。

長褲 cêng⁴ fu³

褲子。粵 買咗一條長褲，一條短褲。

長更 cêng⁴ gang¹

長時間值班（一般為十二小時）。粵 連續五日長更太辛苦。

長氣 cêng⁴ héi³

說起來沒完沒了。粵 佢一開口就長氣到死。普 嘮叨半天。

長氣袋 cêng⁴ héi³ doi²

喻指參加長跑或長途游泳賽的人士。粵 佢正一長氣袋，跑一萬米閒閒地。

長期病患者

cêng⁴ kéi⁴ béng⁶ wan⁶ zé²

指染上長期慢性基礎病（如糖尿病、心臟病、肝肺腎病等）的病人。

長期飯票 cêng⁴ kéi⁴ fan⁶ piu³

俗指女性結婚（長期依賴丈夫，不愁生活）。粵 生活太艱苦，佢都想搵張長期飯票。

長命 cêng⁴ méng⁶

壽命長。粵 就睇吓你係唔係夠長命等到。普 就看你是否活得夠長享受得了。

長命斜 cêng⁴ méng⁶ cé³

喻指坡度很大的一段路。粵 出入要行一段長命斜，好唔方便。

長命火 cêng⁴ méng⁶ fo²

喻指燃燒很長一段時間的火災。粵 長命火燒咗三日終於被撲熄。

長命官司 cêng⁴ méng⁶ gun¹ xi¹

喻指需持續頗長一段時間的官司。粵 長命官司正式開打。

長貧難顧 cêng⁴ pen⁴ nan⁴ gu³

指長期貧困很難得以照顧，必須設法自救。粵 今日借你五百，聽日借你一千，唔係辦法，長貧難顧吖嘛。

長平公主 cêng⁴ ping⁴ gung¹ ju²

謔指平胸的女性。

長情 cêng⁴ qing⁴

十分鍾愛。粵 對太太非常長情。

長衫 cêng⁴ sam¹

即旗袍。香港中式長衫已有百多年歷史。由於製作精細，融合東西方設計特色而於 2014 年被列為非物質文化遺產項目。

長生店 cêng⁴ seng¹ dim³

譚指殯儀業店鋪，業務包括售賣棺材、壽衣等。

長壽節目 cêng⁴ seo⁶ jid³ mug⁶

指持續頗長一段時間的節目。粵 個系列經已去到第七輯，成為長壽節目。

C

長遠 cêng⁴ yun⁵

指長期打算。粵 冇諗到咁長遠。普 沒考慮到那麼長期的計劃。

長揸食息 cêng⁴ za¹ xig⁶ xig¹

指長者的資產的管理方式：長期擺銀行靠利息生活（不作任何投資活動）。粵 退休之後，唯有長揸食息。

長陣小巴 cêng⁴ zen⁶ xiu² ba¹

指設有 19 個座位的長型小巴。

長做長有 cêng⁴ zou⁶ cêng⁴ yeo⁵

形容持續不斷。粵 靠口碑，生意就長做長有。普 有口碑，生意就能長期維持下去。

場 cêng⁴

語素詞，表示活動。粵 睇嚟仲有下場。普 下面還有活動安排。

抽 ceo¹

量詞，用於連貫起來的東西；串。粵 我唔見咗抽鎖匙。普 我丟了串鑰匙。

抽飛 ceo¹ féi¹

指中途退出，沒有完成整個申請手續。粵 我都有申請津貼，但係計吓條數唔喵，決定抽飛。

抽氣扇 ceo¹ héi³ xin³

換氣扇。粵 呢度有啲怪味，你開開個抽氣扇吖。普 有股怪味兒，你開一下換氣扇。

抽水 ❶ ceo¹ sêu²

男性藉故以肢體碰觸女性，企圖騷擾。粵 坐開啲，想抽水呀！普 別靠那麼近，用心不良嘛！

抽水 ❷ ceo¹ sêu²

趁機火上加油批評。粵 張三乘機抽水，大鬧李四。

抽水 ❸ ceo¹ sêu²

對某些新聞議題作出出位的反應，以博取大眾的注意。粵 張三乘機就李四嘅說話抽水。普 妄加評論。

抽水更 ceo¹ sêu² gang¹

（澳門用語）指公務員在辦公時間外出處理私人事務。

抽頭 ceo¹ teo⁴

指汽車司機扭動方向盤以圖擺脫車龍。粵 司機打算抽頭切入中線。

揪 ceo¹

動詞，打架鬥毆。粵 一揪三。普 一個打三個。

揪秤 ceo¹ qing³

批評。粵 呢個名稱，俾委員會揪秤，不得再用。

湊 ❶ ceo³

照料，撫養（小孩兒）。粵 兩個孫由佢湊。普 由他照料兩個孫子。

湊 ❷ ceo³

帶領（小孩兒）上學。粵 朝早我湊仔返學，下晝佢湊仔放學。

湊仔經 ceo³ zei² ging¹

泛指育兒經驗和技巧。粵 幾個新手媽咪圍埋一齊大談湊仔經。

湊仔公 ceo³ zei² gung¹

指看小孩兒的男性，如父輩、爺輩。粵 退休之後，喺屋企做湊仔公。

臭格 ceo³ gag³

俗指警署羈留室。

酬庸 ceo⁴ yung⁴

輸送利益，作為報酬。粵 呢個工程猶如分餅仔酬庸佢哋間公司。普 這個工程就像利益分配獎勵他們公司。

吹波波 cêu¹ bo¹ bo¹

俗指對駕駛人士進行酒精呼氣測試。粵 交警要求佢落車吹波波。

C

吹大機 cêu¹ dai⁶ géi¹

指登上警方流動指揮車接受酒精呼氣測試。🕪 你拒絕吹波波就會被強制吹大機。

吹雞 ❶ cêu¹ gei¹

"雞" 指哨子。🕪 踏正三點，球證吹雞開波。🕮 剛好三點，裁判吹哨，球賽開始。

吹雞 ❷ cêu¹ gei¹

泛指糾集眾人採取行動。🕪 緊急關頭，佢哋阿頭吹雞求援。🕮 他們的頭兒緊急搬救兵。

吹水 ❶ cêu¹ sêu²

瞎聊。🕪 不如去麥記吹陣水先走咧。🕮 要不到麥當勞聊會兒才走？

吹水 ❷ cêu¹ sêu²

吹牛。🕪 張三淨係識吹水，唔好信佢呀！

吹水唔抹嘴

cêu¹ sêu² m⁴ mad³ zêu²

信口開河，誇誇其談。🕪 嗰班人淨係識吹水唔抹嘴，極不負責任。

吹脹 cêu¹ zêng³

奈何。🕪 服務毫無改善，吹脹。🕮 拿他們沒辦法。

催糧 cêu¹ lêng⁴

催促（公司）發工資。🕪 佢間公司唔掂，啲員工吓吓要催糧。

取錄 cêu² lug⁶

錄取。🕪 俾大學取錄讀碩士。

娶得美人歸

cêu² deg¹ méi⁵ yen⁴ guei¹

指最終（跟未婚妻）結婚。🕪 張三拍咗三年拖，終於娶得美人歸。

翠肉（玉）瓜 cêu³ yug⁶ gua¹

西葫蘆。

除 cêu⁴

脫（衣服、鞋襪等）。🕪 我除咗眼鏡就乜都睇唔清楚。

除牌 cêu⁴ pai⁴

吊銷營業牌照。🕪 間診所有醫德，最終被除牌。

隨口噏，當秘笈

cêu⁴ heo² ngeb¹, dong³ béi³ keb¹

胡謅亂說當作大道理。🕪 隨口噏，當秘笈，自欺欺人。🕮 拉大旗，作虎皮而已。

chok chok

形容十分不穩定。🕪 呢隻股嘅價格十分之 chok，經常要望實。

chok 樣 chok yêng²

扮酷；犯矯情。🕪 對住鏡頭，chok 樣咬手指。

CLS CLS (qi¹ nen² xin³)

為 "黐撚線" 之諧音；見該條目。

初初 co¹ co¹

副詞，起初。🕪 初初佢唔瞓。🕮 起初他不願意。

初哥 co¹ go¹

泛指新手。🕪 滑雪初哥。

搓手 co¹ seo²

搓洗手掌，尤指用酒精潔手液搓揉以達致消毒的目的。

搓手液 co¹ seo² yig⁶

酒精潔手液。

錯手 co³ seo²

失手。🕪 錯手傷人。

挫弱 co³ yêg⁶

削弱（對方的銳氣、實力等）。🕪 噉搞法，無非係想挫弱我哋公司。

026

鋤散 co⁴ san²

猛烈批評。**粵** 如果撞數撞得唔緊，肯定俾人鋤散。

坐霸王車 co⁵ ba³ wong⁴ cé¹

逃票。**粵** 佢想坐霸王車，車長唔俾佢落車。

坐定定 co⁵ ding⁶ ding⁶

老老實實地坐好，不亂動。**粵** 要啲小學生坐定定聽報告有難度。

坐夠年期 co⁵ geo³ nin⁴ kéi⁴

"坐" 指在特定的職位上工作，而達到了一定的年限。**粵** 坐夠年期就升職。

坐堂 co⁵ tong⁴

（警察用語）指報案室的當值主管。

坐月 co⁵ yud²

坐月子。

坐正 co⁵ zéng³

由副職轉為正職。**粵** 佢副職做滿五年先坐正。

㧎 coi¹

感歎詞，對不吉利的說話表示強烈的不滿。**粵** 㧎！乜講埋晒啲掃興嘢㗎！**普** 去你的！淨說些掃興的話。

踩 coi² / cai²

指連續工作。**粵** 做保安，堅持月踩廿六晚通宵。

彩虹行動 coi² hung⁴ heng⁴ dung⁶

一個同性戀組織的名稱，以爭取同性戀平權為宗旨。

彩虹戰衣 coi² hung⁴ jin³ yi¹

特指自行車國際比賽的冠軍服。

彩椒 coi² jiu¹

特指紅色或黃色的柿子椒，比青椒甜。**粵** 用彩椒做沙律，增加美觀。

彩池 coi² qi⁴

賽馬、六合彩等合法博彩所設的投注項目。

彩數 coi² sou³

運氣。**粵** 仲有禮品一份。至於係乜，就要睇你嘅彩數，事關份份唔同。**普** 還有一份禮品。至於是什麼，就要看你的運氣，因為每一份都不相同。

睬你都傻 coi² néi⁵ dou¹ so⁴

話語類句，表示斷然拒絕，不屑一顧。**粵** 開出嗷嘅條件，睬你都傻喇！

財不可露眼

coi⁴ bed¹ ho² lou⁶ ngan⁵

避免公開暴露身上的錢財。**粵** 公共場所儘用信用卡，財不可露眼吖嗎。

C

財困 coi⁴ kuen³

財務困難。**粵** 呢排財困等錢使。**普** 最近手頭緊。

財務公司 coi⁴ mou⁶ gung¹ xi¹

指有限制牌照銀行，即不可接受客戶小額的活期存款，但可接受有限制的大額定期存款，同時也可貸款、擔保和融資。**粵** 我個人唔會借錢俾你，搵財務公司喇。

財仔 coi⁴ zei²

俗指合法借貸的財務公司。

倉 cong¹

指監獄或羈留場所。

廠車 cong² cé¹

公司接載員工上下班的車輛。

廠佬 cong² lou²

貶稱只會開工廠掙錢而毫不關心工業界升級轉型的人士。

床位寓所 cong⁴ wei² yu⁶ so²

獲政府有關部門發放牌照、合法經營的籠屋。

床褥 cong⁴ yug²

床墊。

操大隻 cou¹ dai⁶ zég³

鍛煉以使身材粗壯。**粵** 去健身室操大隻。

操啡 cou¹ fid¹

"啡" 為英語借詞：fit。"操啡" 即指使身體處於最佳狀態。**粵** 操啡備戰出年比賽。

操肌 cou¹ géi¹

指負重訓練以增強肌肉。

粗重功夫 cou¹ cung⁵ gong¹ fu¹

粗活兒。**粵** 啲粗重功夫等佢嚟做。

粗身大勢 cou¹ sen¹ dai⁶ sei³

形容孕婦的身段。**粵** 佢粗身大勢，需要特別照顧。

草 cou²

喻指沒有價值的東西，與 "寶" 相對。**粵** 初初大家都以為 A 係寶，B 係草，搞錯晒。

草米 cou² mei⁵

顆粒狀的人造草。**粵** 噴撒草米以綠化環境。

躁底 cou³ dei²

形容脾氣急。**粵** 你可唔可以唔咁躁底呀？

躁漢 cou³ hon³

脾氣特別急躁的男性。**粵** 佢躁漢一個，唔聽人解釋，淨係識發脾氣。

嘈 cou⁴

吵鬧。**粵** 唔好再嘈，媽咪嬲豬嘅。**普** 別再吵，媽媽生氣了。

儲 cou⁵

積累。**粵** 多參加啲比賽，儲吓經驗。

儲齊 cou⁵ cei⁴

把某系列收集齊。**粵** 呢套公仔我卒之儲齊咗嘞。**普** 這套小人兒我終於收集齊了。

儲假 cou⁵ ga³

把假期積累起來。**粵** 連續五日停休儲假去旅遊。**普** 連續五天不歇班把假期攢起來去旅遊。

儲夠 cou⁵ geo³

攢到規定的數量。**粵** 年資儲夠後，可升為高級助理。

儲錢 cou⁵ qin²

攢錢。**粵** 儲錢俾首期。

儲熟客 cou⁵ sug⁶ hag³

留住熟客。**粵** 一餐一位五百蚊咁貴，好難儲熟客。

速速 cug¹ cug¹

快速。**粵** 外賣速速送到。

速速磅，唔好四圍望

cug¹ cug¹ bong⁶, m⁴ hou² séi³ wei⁴ mong⁶

話語類句，表示趕快付錢，別藉故拖延。

速龍小隊 cug¹ lung⁴ xiu² dêu²

指警方用作控制騷亂場面的快速應變戰術小隊。

充電 cung¹ din⁶

外遊休息。**粵** 聖誕假期唔少港人選擇外遊，充吓電鬆一鬆。

衝燈 cung¹ deng¹

指行人未遵照交通燈指示亂過馬路。**粵** 衝燈追巴士，好牙煙。**普** 亂過馬路去趕巴士，很危險。

衝關豬 cung¹ guan¹ ju¹

喻指受人操縱企圖夾帶違禁品過海關的人士。**粵** 千祈唔好做衝關豬，俾海關捉到，留案底㗎。

C

衝紅公仔 cung¹ hung⁴ gung¹ zei²

"紅公仔"指交通信號燈的紅燈；"衝紅公仔"即指行人衝紅燈。

重慶大廈 cung⁴ hing³ dai⁶ ha⁶

位於九龍尖沙咀彌敦道南端的重慶大廈1961年落成。當年由一群華僑出資籌建，命名"重慶"，以紀念抗戰勝利，與重慶毫無關聯。就目前來說，重慶大廈實際上是一棟低端、廉價的商住大廈，南亞裔及東非裔人士是大廈的主要居民。給人的印象是，這是一個香港特有的另類國際化地標。

重口味 cung⁵ heo² méi⁶

形容言行出位，令人反感。粵 評委未必接受到重口味。

重身 cung⁵ sen¹

形容酒類醇厚。粵 鋸扒最好揀隻重身嘅嘅紅酒。普 吃牛排最好挑一瓶醇厚的乾紅。

重手 cung⁵ seo²

掂量起來覺得有分量。粵 揦起上嚟都幾重手。

D

打 ❶ da²

（律師用語）處理某類案件。粵 我唔係打刑事嘅。

打 ❷ da²

動詞，表示區分。粵 連邊棟樓打邊棟樓都分唔清，點做地區工作呀？普 哪幢跟哪幢樓房都分不出，怎麼做地區工作？

打跛腳都唔使憂
da² bei¹ gêg³ dou¹ m⁴ sei² yeo¹

原指"給打瘸了腿（即喪失工作能力）也不愁生活"；形容某人十分富有。粵 賺到呢筆錢，打跛腳都唔使憂嘞。

打吡賽 da² béi² coi³

英語借詞：derby，德比賽（參見《現代漢語詞典（第7版）》第272頁）。（香港賽馬用語）特指參加比賽的全部是優秀的四歲馬。

打邊爐 ❶ da² bin¹ lou⁴

涮火鍋。粵 今晚打邊爐。

打邊爐 ❷ da² bin¹ lou⁴

喻指煙民在室外圍著垃圾筒抽煙。

打邊爐唔同打屎忽
da² bin¹ lou⁴ m⁴ tung⁴ da² xi² fed¹

諧謔語，"涮火鍋跟打屁股是兩碼事兒"，即兩事兒完全不同。粵 你借張三錢同張三借你錢，打邊爐唔同打屎忽嘛。

打簿 da² bou²

查看銀行存折上款項來往的記錄。粵 等陣間去打簿，睇吓今個月出糧未。普 待會兒去查看銀行流水，看這個月發工資沒有。

打本 da² bun²

指給某人所需的本錢去進行某項活動。粵 張三打本撐李四創業。

打柴 ❶ da² cai⁴

（警隊內部用語）指被上司降職。粵 佢喺行動中擅離職守，被王警司打柴。

打柴 ❷ da² cai⁴

指物品損壞。粵 部電腦打咗柴，用唔到。

打殘 da² can⁴

喻指破壞。粵 打殘佢哋提出嘅動議。

打斜 da² cé³

斜著。粵 行出馬路，打斜跑去對面巴士站追車。

打赤肋 da² cég³ lag³

裸露上身。粵 天氣太熱，幾個工人打晒赤肋運貨。

打沉 da² cem⁴

毀滅。粵 信心差啲俾評判打沉。普 信心差點兒給評判給毀了。

打粗 da² cou¹

指責屬懲罰在特定場合說髒話，如法庭、地鐵、表演場所等。

打低 da² dei¹

淘汰。粵 佢以 300 票打低其餘五位候選人。

打底 ❶ da² dei²

動詞，表作為依靠。粵 有份人工打底好好多。普 有一份工資作為依靠挺不錯。

打底 ❷ da² dei²

後置副詞，起碼。粵 教舞每月平均有一萬蚊打底。

打地鋪 da² déi⁶ pou¹

席地而睡。粵 飛機延誤，唯有喺機場打地鋪。

打躉 da² den²

長時間在某處逗留。粵 經常到茶餐廳打躉。

打定輸數 da² ding⁶ xu¹ sou³

預計贏面不大。粵 佢哋上訴打定輸數。

打份牛工 da² fen⁶ ngeo⁴ gung¹

形容工作辛苦，收入低。粵 教育水平低，只能打份牛工。

打風都打唔甩

da² fung¹ dou¹ da² m⁴ led¹

喻指關係十分密切，不容易被破壞。粵 佢哋兩個雖然屢傳分手，但私底下卻打風都打唔甩。

打風流波 da² fung¹ leo⁴ bo¹

喻指球隊毫無鬥志，毫無表現。粵 兩隊都係打風流波，結果悶平。

打假波 da² ga² bo¹

打假球。

打格仔 da² gag³ zei²

喻指用打格子的方式掩蓋圖片等不雅（如色情）或令人不安（如血腥）的地方。

打攪晒 da² gao² sai³

話語類句，打擾了。

打機 da² géi¹

玩電子遊戲。粵 成日顧住打機。普 整天沉迷於電玩。

打個白鴿轉 da² go³ bag⁶ gab³ jun⁶

喻指到附近走走，兜一圈又回來。粵 仲有半個鐘先開會，我哋打個白鴿轉啫。

打個突 da² go³ ded⁶

形容聽到十分負面的消息，心裡感到受到刺激。粵 聽到佢生 cancer，真係打咗個突。普 聽說他得癌，深感不安。

打個吟 da² go³ lang¹

到附近溜達溜達。粵 我一陣就返，出去打個吟啫。

打工仔 da² gung¹ zei²

泛指受薪人士，與僱主相對。

打乞嗤 da² hed¹ qi¹

打噴嚏。

打口水仗 da² heo² sêu² zêng³

喻指吵架，爭辯，只動口不動手。

打荷 da² ho⁴

指食肆廚房的工種，負責擺盤出菜。

打荷包 ❶ da² ho⁴ bao¹

掏腰包。粵 因住俾人打荷包。普 小心給人掏腰包。

打荷包 ❷ da² ho⁴ bao¹

（籃球或足球用語）指對方球員不經意把球搶走。

打尖 da² jim¹

加塞兒。粵 佢抱住個細蚊仔打咗十幾人尖。

打咭 da² kad¹

特指員工把上班和下班的時間透過計時器打印記錄在工卡上。粵 唔好唔記得打咭。

打困籠 da² kuen³ lung²

（交通）嚴重堵塞。粵 前面有交通意外，啲車打晒困籠。普 交通擁堵得很。

打爛 da² lan⁶

（茶餐廳用語）指一客雞蛋炒飯。

打爛醋埕 da² lan⁶ cou³ qing⁴

形容十分妒忌（男女關係）。粵 佢見女朋友係噉同人傾偈，即時打爛醋埕。

打爛齋砵 ❶ da² lan⁶ zai¹ bud³

原指破了齋戒，引指為打破先例。粵 佢揸咗幾十年車，記錄良好。今次撞車真係打爛齋砵囉。

打爛齋砵 ❷ da² lan⁶ zai¹ bud³

指球類、賽馬獲得首場勝利。粵 佢隻馬終於打爛今季齋砵，喺第四場勝出。

打爛仔交 da² lan⁶ zei² gao¹

為打架而打架的野蠻行為。參與者不講理性，感覺先行；不談價值，利益至上，更不顧事實，擅長混淆是非。

打冷 da² lang¹

"冷"（lang1）為潮州話"人"的粵語諧音。"打冷"泛指一切具潮州風味的菜式。粵 打冷有乜好食？普 潮州菜有什麼好吃的？

打甩門牙帶血吞

da² led¹ mun⁴ nga⁴ dai³ hüd³ ten¹

直譯為"門牙給打掉了就帶血嚥下去"，喻指不怕犧牲的精神。粵 憑著"打甩門牙帶血吞"的鬥志，反勝對手。

打理 da² léi⁵

照料。粵 呢啲花易打理，每個禮拜淋一次水就得。

打鑼嘅搵 da² lo² gem² wen²

形容急忙到處找（某人）。粵 過咗兩個鐘都未見影，啲人打鑼嘅搵佢。

打亂章 da² lün⁶ zêng¹

不按規矩辦事。粵 佢個人慣打亂章，極之唔可靠。

打窿機 da² lung¹ géi¹

打孔器。

打孖上 ❶ da² ma¹ sêng⁵

指雙倍份量。粵 呢種芝士，蛋白質打孖上。

打孖上 ❷ da² ma¹ sêng⁵

指同時出現。粵 喜事打孖上：升職又嫁女。

打麻雀 da² ma⁴ zêg²

打麻將。粵 打四圈麻雀玩吓。

打盲毛 da² mang⁴ mou⁴

指隨機在街頭進行暴力搶劫。

打女 da² nêu²

武打影片中的女打手。

打寫字樓工 da² sé² ji⁶ leo⁴ gung¹

做文員。粵 女仔一般鍾意打寫字樓工。

打蛇餅 da² sé⁴ béng²

喻指人很多，迴旋地繞著排隊。粵 樓宇認購首日，啲人打晒蛇餅噉去登記。

打賞 da² sêng²

賞錢。粵 收取打賞並不違法。

D

打手槌 da² seo² cêu⁴

特指足球守門員用拳頭擊打皮球以破壞射門。

打衛生麻雀

da² wei⁶ sang¹ ma⁴ zêg²

指賭注小的麻將娛樂。粵 時不時同佢哋打吓衛生麻雀。

打穩陣波 da² wen² zen⁶ bo¹

形容行動謹慎，避免出錯。粵 任期仲有一個月，都係打穩陣波好啲。

打和❶ da² wo⁴

打成平局。粵 打個和已經偷笑。

打和❷ da² wo⁴

喻指收支平衡。粵 好難有得賺，我自己亦打唔到個和。

打回頭 da² wui⁴ teo⁴

退回。粵 委員會唔滿意呢個方案，將佢打回頭。

打骰 da² xig¹

全權負責。粵 公司業務由張三打骰。

打醒十二分精神

da² xing² seb⁶ yi² fen¹ jing¹ sen⁴

密切留意，以防萬一。粵 聽日面試，九個人爭一個位，你要打醒十二分精神至好呀。普 面試競爭激烈，要格外當心。

打小人 da² xiu² yen⁴

特指在香港灣仔鵝頸橋橋底進行的民俗活動。那裡是個煞氣大的三岔路口。有需要的人士會在那裡僱請打手（俗稱小人婆）用拖鞋猛烈敲打鋪在地面的紙人，以擺脫霉運，驅走對自身不利的小人。打小人的經典口訣有"打到你有氣冇埞唞"（把你揍得氣絕身亡）。"打小人"民俗活動曾榮登美國《時代》雜誌，獲選為"2009年亞洲最佳事件"。

打逆境波 da² yig⁶ ging² bo¹

形容在競爭中處於下風，但仍然爭取逆轉局勢。粵 呢場逆境波好難打，贏則保級，輸則降級。

打爭氣波 da² zang¹ héi³ bo¹

形容在競爭中處於下風，但仍然爭取進球不示弱。粵 我哋贏面唔大，但球員都表示要打場爭氣波，唔好俾人睇死。

搭 dab³

請求某人順便幫忙購買。粵 佢知道我亦要上北京就搭我買飛。普 他知道我也去北京就讓我順便給買票。

搭膊 dab³ bog³

用手輕輕搭著別人的肩膀，表示友好。粵 搭膊合影。

搭沉船 dab³ cem⁴ xun⁴

指賭博時帶來的霉氣，連累他人輸錢。

搭夠 dab³ geo³

彌補。粵 經驗不足，熱情搭夠。普 用熱情接待來彌補。

搭順風車 dab³ sên⁶ fung¹ cé¹

搭便車。粵 我係搭佢哋嘅順風車㗎。

搭上搭 dab³ sêng⁶ dab³

並非直接認識而是通過他人介紹認識。粵 佢哋三個係幾個月前透過朋友搭上搭結識嘅。

搭枱 dab³ toi²

拼桌用膳。粵 有晒吉枱，只好同佢哋搭枱。普 沒有空桌子，只好跟他們拼桌。

搭通天地線 dab³ tung¹ tin¹ déi⁶ xin³

（成功）利用人脈網。粵 佢人面廣，由佢去搭通天地線至啱。普 他人脈廣，由他跟相關人士連絡。

踏 dab⁶

動詞，跟時間上一小時內每五分鐘的整

數搭配。🟢 踏八囉嗦，好走勒。🔵 四十分了，該離開了。

踏正 dab⁶ zéng³

動詞，跟小時的整數搭配。🟢 踏正三點開會。🔵 三點整開會。

撻沙魚 dad³ sa¹ yu²

比目魚。

撻生魚 dad³ sang¹ yu²

喻指重重地摔了一跤。🟢 街市濕滑，一唔在意就撻生魚噉撻。

帶教 dai³ gao³

特指聘請退休護士，由她們臨床指導年資較淺的護士的措施。

帶工費 dai³ gung¹ fei³

特指過境水客夾帶走私物品至內地的報酬。

帶挈 dai³ hid³

幫助別人獲得好處。🟢 係佢帶挈我搵快錢。

帶兩梳蕉 dai³ lêng⁵ so¹ jiu¹

"一梳蕉"（一把香蕉）形似五個指頭的一隻手。"帶兩梳蕉"則形容登門拜訪時兩手空空。🟢 淨係帶兩梳蕉去，好肉酸嘅嘚。🔵 空著手去，挺尷尬的。

帶眼識人 dai³ ngan⁵ xig¹ yen⁴

誠心地提醒對方注意不要輕信，不要停留在表面，上當受騙（尤指愛情婚姻方面）。🟢 人心難測，要學會帶眼識人。

帶旺 dai³ wong⁶

使（生意）興旺。🟢 寒流帶旺火鍋消費。

大 dai⁶

價值高於。🟢 人仔大過港紙。🔵 人民幣匯率比港幣高。

大把 dai⁶ ba²

很多，有的是。🟢 唔使急，仲有大把時間。🔵 別著急，我們有的是時間。

大白象工程

dai⁶ bag⁶ zêng⁶ gung¹ qing⁴

喻指花費大量公帑的面子工程。

大班 dai⁶ ban¹

俗指大企業高層或掌舵人。

大髀 dai⁶ béi²

（動物）大腿。

大鼻 dai⁶ béi⁶

"大鼻"源自香港滙豐銀行總行門前的一對鼻子特別大的銅獅。引指目中無人、高傲驕橫。🟢 佢為人大鼻，冇晒朋友。

大笨象 dai⁶ ben⁶ zêng⁶

謔指香港滙豐銀行。

大餅 dai⁶ béng²

喻指面值一元、兩元、五元的硬幣。

大步蹈過

dai⁶ bou⁶ nam³ guo³

特指從死亡邊緣救回來。🟢 希望佢大步蹈過喥啦。🔵 希望他命不該絕，能挽救回來。

大大話話 dai⁶ dai⁶ wa⁶ wa⁶

副詞，少說。🟢 大大話話都要成千銀。🔵 少說都得千把塊錢。

大帝 dai⁶ dei³

形容諸多挑剔、不好伺候的人士。🟢 成班大帝喺度食煙飲酒，搞到烏煙瘴氣。

大定 dai⁶ déng⁶

大額訂金。🟢 佢哋要求我哋落大定。

大跌眼鏡 dai⁶ did³ ngan⁵ géng²

喻指事情的結果出乎意料，令人感到吃驚。🟢 令人大跌眼鏡嘅係佢突然宣佈辭職。

大刁 dai⁶ diu¹

"刁"為英語借詞：deal，交易。"大刁"

D

033

即大宗買賣。**粵** 呢單大刁由佢哋公司促成嘅。

大花筒 dai⁶ fa¹ tung⁴

喻指胡亂花錢；手大。**粵** 佢哋兩個最大花筒。**普** 他倆花錢最多。

大飛 dai⁶ féi¹

特指活動於內地與香港海岸的走私高速快艇；一般裝有八個引擎。

大覺瞓 dai⁶ gao³ fen³

形容舒舒服服地睡一覺。**粵** 交咗個報告之後，淨係想返屋企大覺瞓。

大吉利是 ❶ dai⁶ ged¹ lei⁶ xi⁶

對十分負面的事情的應對語（講者的心理是藉此化解不吉利）。**粵** A：你咪係同老婆分居？B：大吉利是！冇啵嘅事！**普** B：哪裡！沒的事兒！

大吉利是 ❷ dai⁶ ged¹ lei⁶ xi⁶

形容絕對不應該發生的事兒。**粵** 新年流流打交，真係大吉利是！**普** 新年打架，絕不吉利！

大館 dai⁶ gun²

特指建於 1841 年的香港中區警署建築群（中環荷李活道）。此建築群包括三項法定古蹟，即前中區警署、中央裁判司署和域多利監獄，共 16 棟歷史建築物。2018 年活化後成為集歷史文物及當代藝術於一身的新地標，開放供公眾參觀。2019 年獲聯合國科教文組織文化遺產保護獎。

大過天 dai⁶ guo³ tin¹

固定動詞，表示重點之重。**粵** 食飯大過天。**普** 吃飯比什麼都重要。

大坑舞火龍

dai⁶ hang¹ mou⁵ fo² lung⁴

香港銅鑼灣大坑舞火龍是當地的傳統習俗。該項習俗源自 19 世紀末客家人聚居的大坑村，為祛除瘟疫而在中秋節前後連續三晚舉行，即農曆八月十四至十六。高潮為打龍餅（喜結龍團）。2011 年被列入第三批中國國家級非物資文化遺產名錄。

大戲 dai⁶ héi³

特指粵劇。**粵** 老人家鍾意睇大戲。

大口仔 dai⁶ heo² zei²

俗指警方使用的法德魯 38 毫米的防暴槍。

大汗疊細汗

dai⁶ hon⁶ dib⁶ (dab⁶) sei³ hon⁶

形容大汗淋漓。**粵** 行山行咗半個鐘經已係大汗疊細汗。

大紙 dai⁶ ji²

指面額為五百塊或一千塊的紙幣。**粵** 攞一萬蚊，九千大紙，一千一百一百嘅。**普** 取一萬塊，九千面額為一千元的，餘下一千面額為一百元的。

大字形 dai⁶ ji⁶ ying⁴

指手腳完全擺開的姿態。**粵** 瞓到大字形攤喺梳化度。**普** 累得手腳分開地倒在沙發上。

大卡 dai⁶ ka¹

指大明星；見條目【卡士】。**粵** 請大卡拍片。

大纜都扯唔埋

dai⁶ lam⁶ dou¹ cé² m⁴ mai⁴

毫無關聯。**粵** 呢兩件事大纜都扯唔埋嘅。

大佬 ❶ dai⁶ lou²

名詞，指有血緣親屬關係的親哥哥。

大佬 ❷ dai⁶ lou²

話語標記，表示不認同對方的言行；跟聽話人的性別無關。**粵** 大佬呀，你快啲得唔得？**普** 嘿，我說呀，你能不能快點兒！

| 大佬文化 | dai⁶ lou² men⁴ fa³ |

指論資排輩的做法。⑧ 非常厭惡大佬文化。

| 大路 ❶ | dai⁶ lou⁶ |

屬性詞，大家都很熟悉的。⑧ 大路情歌唱到悶。⑥ 老唱那些老掉牙的情歌，沒勁兒！

| 大路 ❷ | dai⁶ lou⁶ |

形容詞謂語，表示最普通不過。⑧ 遲到嘅藉口都好大路，就係"塞車"。

| 大龍鳳 | dai⁶ lung⁴ fung⁶ |

騙局。⑧ 公眾諮詢猶如一場大龍鳳。

| 大媽 | dai⁶ ma¹ |

特指在公園（如屯門公園）公開表演賣唱卡拉OK的中年女士。

| 大孖沙 | dai⁶ ma¹ sa¹ |

富豪。⑧ 佢老公好低調，但係個大孖沙，非常有錢。

| 大馬 ❶ | dai⁶ ma⁵ |

指警方專用的大馬力摩托。⑥ 出事現場停咗幾部大馬。

| 大馬 ❷ | dai⁶ ma⁵ |

特指馬來西亞。⑧ 去大馬旅行。

| 大霧 | dai⁶ mou⁶ |

形容霧很大。⑧ 山頂好大霧。

| 大眼雞 ❶ | dai⁶ ngan⁵ gei¹ |

香港海域常見魚類一種：金目鯛。由於其眼睛特大，引指為早期的木製漁船。

| 大眼雞 ❷ | dai⁶ ngan⁵ gei¹ |

俗指前置式洗衣機，相對於頂揭式。

| 大牛 | dai⁶ ngeo⁴ |

喻指五百元現鈔。⑧ 佢撳咗兩張大牛俾我。⑥ 他通過自動櫃員機取了一千塊錢給我。

| 大牛龜 | dai⁶ ngeo⁴ guei¹ |

喻指舊式的、體積大的電視機。

| 大安旨意 | dai⁶ ngon¹ ji² yi³ |

形容精神鬆懈，不在意。⑧ 面對地域競爭，我哋唔可以大安旨意。⑥ 不能掉以輕心。

| 大牌 | dai⁶ pai² |

形容架子大。⑧ 咁大牌，我哋請唔起。

| 大排檔 | dai⁶ pai⁴ dong³ |

路邊露天小食肆。一般晚上營業到凌晨。

| 大祠堂 | dai⁶ qi⁴ tong² |

喻指赤柱監獄。

| 大嘥鬼 | dai⁶ sai¹ guei² |

特指環保局減廢運動中的動漫人物。

| 大晒 ❶ | dai⁶ sai³ |

形容某事壓倒一切。⑧ 搵錢大晒。

| 大晒 ❷ | dai⁶ sai³ |

形容某人比任何人重要。⑧ 主任大晒咩？都要排隊㗎嘛。⑥ 主任又怎麼著？也得排隊。

| 大晒 ❸ | dai⁶ sai³ |

無主句式，表示玩牌全贏。

| 大塞車 ❶ | dai⁶ seg¹ cé¹ |

指非常擁堵。⑧ 喺度大塞車，運路行罷喇。⑥ 哪兒擁堵得很，繞路走好了。

| 大塞車 ❷ | dai⁶ seg¹ cé¹ |

喻指事情堆積如山，一時無法處理。⑧ 議程大塞車，要加會審理。

| 大石磧死蟹 | dai⁶ség⁶ zag³ séi² hai⁵ |

喻指強權壓服。⑧ 佢哋否你出局都冇計喎，大石磧死蟹吖嗎。⑥ 他們把你踢出局，你也沒辦法，這就是強權。

| 大使 | dai⁶ sei² |

形容花費大（含不滿）。⑧ 千幾蚊？做

035

D

乜咁大使？⑯ 犯得著花那麼些錢嗎？

大細超　dai⁶ sei³ qiu¹

偏袒一方。⑳ 有關方面大細超。

大信封　dai⁶ sên³ fung¹

特指解僱信。⑳ 公司有三個人收到大信封。

大聲公　dai⁶ séng¹ gung¹

手提擴音器。⑳ 攞住個大聲公喺度嗌。
⑯ 手拿擴音器在喊。

大收旺場 ❶　dai⁶ seo¹ wong⁶ cêng⁴

指電影票房取得佳績。

大收旺場 ❷　dai⁶ seo¹ wong⁶ cêng⁴

指生意額十分理想。⑳ 火鍋食肆座無虛席，大收旺場。

大手　dai⁶ seo²

豪氣地。⑳ 喺時裝店大手揀咗一堆衫。

大手筆　dai⁶ seo² bed¹

出重金。⑳ 公司大手筆宣傳新產品。

大手客　dai⁶ seo² hag³

豪客。⑳ 大手客斥九千萬連購五伙。

大水喉　dai⁶ sêu² heo⁴

喻指有錢的贊助者。⑳ 俾佢哋搵到大水喉，財政唔成問題。

大頭蝦　dai⁶ teo⁴ ha¹

喻指健忘人士。⑳ 佢大頭蝦將背囊賴喺車度。⑯ 糊里糊塗把背包遺留在車裡。

大棠紅葉　dai⁶ tong⁴ hung⁴ yib⁶

指元朗大棠地區深冬時節紅葉綻放（香港景點之一）。

大肚婆　dai⁶ tou⁵ po²

孕婦（含貶義，忌用）。

大話　dai⁶ wa⁶

謊言。⑳ 佢講大話，事情唔係噉。

大話精　dai⁶ wa⁶ jing¹

撒刁之徒。⑳ 最乞人憎係嗰啲大話精，見人講人話，見鬼講鬼話。

大話冚大話
dai⁶ wa⁶ kem² dai⁶ wa⁶

用一個謊言掩蓋另一個謊言。⑳ 大話冚大話，就冇晒誠信。

大圍　dai⁶ wei⁴

大局。⑳ 呢啲唔係個人事而係大圍事。

大鑊 ❶　dai⁶ wog⁶

遇到或惹上不利的事情。⑳ 你大鑊，作出虛假聲明，要負刑責㗎。⑯ 你遭難了……。

大鑊 ❷　dai⁶ wog⁶

指情況壞得很。⑳ 銀行唔借錢俾你，有幾大鑊？

大鑊 ❸　dai⁶ wog⁶

感歎詞，糟糕！⑳ 每人平均要成千銀㗎，大鑊！

大食　dai⁶ xig⁶

能吃，飯量大。⑳ 佢大食過我。⑯ 他比我能吃。

大食會　dai⁶ xig⁶ wui²

指每個參加者需準備一款自製或購買的食物的聚餐會。

大耳窿　dai⁶ yi⁵ lung¹

以高於法律規定的利息借貸謀利的人士。⑳ 千祈唔好同大耳窿借錢，否則永無翻身之日。⑯ 千萬別跟高利貸借錢。

大熱　dai⁶ yid⁶

熱門。⑳ 張三退休，李四接棒大熱。⑯ 大家看好李四接棒。

大熱天時　dai⁶ yid⁶ tin¹ xi⁴

天氣炎熱的時候。⑳ 大熱天時至怕揸車。

大熱勝出 dai⁶ yid⁶ xing³ cêd¹

泛指在比賽或選舉中被眾人看好的一方勝出。與"大爆冷門"相對。粵 結果毫無懸念，張三大熱勝出。

大蓉 dai⁶ yung²

（茶餐廳用語）指大碗雲吞麵。

大閘蟹 dai⁶ zab⁶ hai⁵

喻指無法獲利賣出的投資者。

大執 dai⁶ zeb¹

大幅度調整。粵 個餐牌每個月都會大執。

大隻 dai⁶ zég³

指身材粗壯。粵 佢嬌小玲瓏，但佢老公鬼死大隻。普 她先生非常粗壯。

大仔奶 dai⁶ zei² nai⁵

俗指供滿六個月但未滿三十六個月嬰幼兒食用的奶粉。

大陣仗 dai⁶ zen⁶ zêng⁶

煞有介事。粵 警方煞有介事封路戒備。

大張保 dai⁶ zêng¹ bou²

供遊客乘坐觀光的仿古全木製中式帆船（2017 年建成），以一百多年前縱橫香港水域的長洲海盜張保仔命名。

大狀 dai⁶ zong⁶

俗指大律師。

擔凳仔，霸頭位

dam¹ deng³ zei², ba³ teo⁴ wei²

喻指準備好搶奪最有利的位置，志在必得。

擔起頭家 dam¹ héi² teo⁴ ga¹

養活一家。粵 丈夫意外身亡，佢決心獨自擔起頭家。

擔心都擔心唔嚟

dam¹ sem¹ dou¹ dam¹ sem¹ m⁴ lei⁴

指對事情發展不能自主。粵 飛機幾時返到香港，聽天由命喇，擔心都擔心唔嚟嘅。普 …… 擔心也沒用。

擔演 dam¹ yin²

擔綱演出。粵 由佢哋三個擔演。

膽搏膽 dam² bog³ dam²

明知故犯；鋌而走險。

膽粗粗 dam² cou¹ cou¹

形容草率地。粵 膽粗粗提出一啲唔成熟嘅意見。

膽正命平 dam² zéng³ méng⁶ péng⁴

形容歹徒下手兇狠（膽正），不顧後果（命平）。粵 班人為錢，乜都敢做，膽正命平。

單 dan¹

量詞，用於事情。粵 香港節奏快，新聞一單冚一單。普 新聞接踵而來。

單車 dan¹ cé¹

自行車。

單打 dan¹ da²

嘲笑。粵 我至嬲佢成日喺朋友面前單打我太肥。

單打獨鬥 dan¹ da² dug⁶ deo³

單槍匹馬。粵 單打獨鬥做唔成事，要團結。

單單打打 dan¹ dan¹ da² da²

表示話裡有刺。粵 兩人在言語上係有啲單單打打。普 互相揶揄。

單丁位 dan¹ ding¹ wei²

單一的。粵 只賣剩單丁位，相連位冇嘞。普 只剩下單獨的座位，沒有相連的了。

單飛 dan¹ féi¹

獨立發展。粵 佢決定退出團隊，單飛發展。

037

單身狗 dan¹ sen¹ geo²

謔稱單身漢。粵 結婚！再唔做單身狗！

單身寡佬 dan¹ sen¹ gua² lou²

泛指單身漢。

單身寡仔 dan¹ sen¹ gua² zei²

較年輕的單身男性。

單挑 dan¹ tiu¹

一對一打架。粵 你敢唔敢同佢單挑？

單拖 dan¹ to¹

獨自一人（尤指沒有妻子或女朋友陪同）。粵 琴晚飯局，佢單拖出席。

單位面積 dan¹ wei² min⁶ jig¹

香港樓宇單位面積分五級，詳列如下（以方呎計算）：A 型單位：431 以下。B 型單位：432-752。C 型單位：753-1075。D 型單位：1076-1721。E 型單位：1722 以上。

單張 dan¹ zêng¹

隨街派送的宣傳品。

蛋 dan²

（足球用語）表示零分。粵 甲隊三蛋炒乙隊。普 甲隊三比零贏乙隊。

彈 App dan⁶ App

指手機程序停止運作。

彈開 dan⁶ hoi¹

急速分開。粵 一見到記者影相，兩人即時彈開。

彈卡 dan⁶ kad¹

信用卡遭銀行櫃員機拒絕並退出。

彈牙 dan⁶ nga⁴

指食物，如麵條、肉丸子，不太硬也不太軟的口感。粵 呢度啲牛筋丸係貴啲，但夠彈牙。普 這裡的牛筋丸雖貴，但有彈性，有嚼頭。

彈票 ❶ dan⁶ piu³

名詞，指空頭支票。粵 試過收到彈票。

彈票 ❷ dan⁶ piu³

動詞，指開支票者戶口餘額不足兌現支票，銀行予以退回。粵 你張支票銀行彈票㗎。

吡 ded¹

（很不客氣地）頂撞，當面使人難堪；撅。粵 一句吡埋去，佢當堂冇聲出。普 一句很不客氣的說話令他啞口無言。

凸 ded⁶

動詞，使（某物）鼓出來。粵 著西裝唔好凸肚腩。普 穿西服別把肚皮凸出來。

得 ❶ deg¹

無主動詞，用於句首，表示只有。粵 得你一個咋？普 怎麼只有你一個人？

得 ❷ deg¹

動詞，表示只有。粵 你得一個仔咋？普 你只有一個男孩兒嗎？

得 ❸ deg¹

動詞，表示有能耐。粵 你係得嘅。普 你真行。

得 ❹ deg¹

結構助詞，表能性。粵 成八十歲，仲行得，食得。普 都八十歲了，還能走，能吃。

得把口 deg¹ ba² heo²

空談。粵 日日講減壓，其實得把口。

得啖笑 deg¹ dam⁶ xiu³

一笑置之。粵 聽到有關嘅質疑，我哋只會得啖笑。

得歡樂時且歡樂

deg¹ fun¹ log⁶ xi⁴ cé² fun¹ log⁶

固定結構，表示抓住機會享受時光。

得個吉 deg¹ go³ ged¹

沒有任何成果。🔲 使咗咁多錢，結果又係得個吉。🔲 花了那麼些錢，結果還是白花。

得個 … 字 deg¹ go³ ... ji⁶

固定結構，表讓步，一般用於反說。🔲 嗰嘅展銷會得個多字，毫無新意。🔲 數量不少，唯欠新意。

得 … 咁大把 deg¹ ... gem³ dai⁶ ba²

固定結構，表示只有那麼些（含嘲諷義）。🔲 得兩萬蚊咁大把。🔲 只有兩萬塊而已。

得閒 deg¹ han⁴

得空兒。🔲 我禮拜五至得閒。🔲 星期五才得空兒。

得閒出嚟飲茶 deg¹ han⁴ cêd¹ lei⁴ yem² ca⁴

話語類句，互相道別時的客套語（僅希望保持聯繫而已，並無實質內容）。

得閒死唔得閒病 deg¹ han⁴ séi² m⁴ deg¹ han⁴ béng⁶

諧稱十分忙碌。🔲 年尾趕貨，真係得閒死唔得閒病。

得嚟 deg¹ lei⁴

固定結構，用於兩個形容詞之間，表示遞加。🔲 吞拿魚好味得嚟又唔肥膩。🔲 金槍魚味道好，而且不肥膩。

得失 deg¹ sed¹

動詞，招人不滿。🔲 亂講野容易得失人。

得失心 deg¹ sed¹ sem¹

患得患失的心態。🔲 我都攞過獎，得失心有咁重。🔲 我獲過獎了，輸贏的心理壓力不大。

得意 deg¹ yi³

形容新穎有趣。🔲 套制服幾得意。

得著 deg¹ zêg⁶

名詞，指收穫。🔲 參加呢次辯論學到啲嘢，有啲得著。

得滯 deg¹ zei⁶

後置副詞，表示程度高。🔲 嘈得滯，瞓唔著。🔲 太吵了，睡不著。

得罪人多，稱呼人少 deg¹ zêu⁶ yen⁴ do¹, qing¹ fu¹ yen⁴ xiu²

形容橫蠻潑辣的待人處事作風。🔲 平時得罪人多，稱呼人少，出咗事有人幫。

得咗 deg¹ zo²

話語類句，表示"成功了"。🔲 我得咗嘞！

特長更 deg⁶ cêng⁴ gang¹

指朝 9 晚 12 的值班工作。🔲 返特長更，每月工作 25 日，三個月你都捱唔到。

特登 deg⁶ deng¹

副詞，特意。🔲 我哋喺特登嚟探你。

特的 deg⁶ dig¹

（澳門用語）電召出租車。🔲 叫架特的，方便又唔貴得幾多。

特赦證人 deg⁶ sé³ jing³ yen⁴

被免罪的污點證人。🔲 佢轉咗做特赦證人，指控其他共犯。

低 B❶ dei¹ B

形容簡單，與需求脫節。🔲 宣傳內容低 B，冇人睇。

低 B❷ dei¹ B

形容智商低。🔲 佢係建築師出身，智力點會低 B 吖？

低水 dei¹ sêu²

（匯率用語）匯率低。🔲 今年日圓低水，所以去日本豪一豪。

底 ❶ dei²

語素詞，指功底。粵 始終唔係跳舞底，會緊張。普 沒有跳舞的功底，自然緊張。

底 ❷ dei²

量詞，用於糕點。粵 呢底蘿蔔糕用料十足，好正。

底褲 dei² fu³

內褲。

底衫 dei² sam¹

內衣。

抵 ❶ dei²

助動詞，該。粵 我傻仔抵罰。

抵 ❷ dei²

動詞，值。粵 五百蚊三條牛仔褲，抵。

抵得諗 dei² deg¹ nem²

指顧大局，不怕吃眼前虧。粵 想升職要抵得諗。普 想升職就要懂得忍讓。

抵死 ❶ dei² séi²

動詞，惡作劇。粵 張三仲抵死，佢話唔係遲到，而係又一次遲到。

抵死 ❷ dei² séi²

形容詞謂語，表示一針見血，發人深省。粵 呢個講法非常抵死。

抵食夾大件

dei² xig⁶ gab³ dai⁶ gin⁶

物超所值。粵 境內外短線遊，揀啱嘅，好多時都係抵食夾大件。普 選對短線遊，很划得來。

抵癮 dei² yen⁵

喻指有意識地抗拒冒起的癮頭兒。粵 佢難抵煙癮，出咗去食支煙。

第度 dei⁶ dou⁶

別的地方。粵 就喺度買算嘞，第度唔知有冇。

第個 dei⁶ go³

指輪候的下一個。粵 第個係邊個？普 下一個是誰？

第尾 dei⁶ méi¹

指順序的最後一名。粵 考第尾。普 考試最後一名。

第 N 次 dei⁶ N qi³

表示次數太多，記不清第幾次。粵 佢係第 N 次改個囉喎。普 他不知改了多少遍。

第世啦 dei⁶ sei³ la¹

話語類句，表示沒門兒。粵 借錢俾佢？第世啦！普 借錢給他？休想！

第時 dei⁶ xi⁴

（未來的）下一次。粵 第時記得預早啲出門口。

第一滴血 dei⁶ yed¹ dig⁶ hüd³

喻指第一個受害者（單位企業）。粵 飲食業倒閉潮下第一滴血，金龍酒樓執笠，百人失業。

第日 dei⁶ yed⁶

改天。粵 今日唔得閒，第日再傾。普 改天再談。

第二秩序 dei⁶ yi⁶ did⁶ zêu⁵

特指非法渠道，如黑社會。粵 香港法庭唔容許任何人繞過法律，利用第二秩序嚟解決問題。

遞紙仔 dei⁶ ji² zei²

指通過便條的書面方式，而不是口頭說的方式。粵 遞紙仔劫銀行。

地布 déi⁶ bou³

腳踏墊。

地下情 déi⁶ ha⁶ qing⁴

隱瞞的戀情。粵 兩人早就發展地下情。

地牛 déi⁶ ngeo⁴

俗指當捲閘拉下時把它固定於地面的鎖。粵 乞徒剪斷捲閘地牛犯案。

地盤 déi⁶ pun⁴

建築地盤。粵 出入地盤都要戴安全帽。

地盤工 déi⁶ pun⁴ gung¹

在建築地盤工作的工人。

地拖 déi⁶ to¹

拖把。

地獄 déi⁶ yug⁶

屬性詞，形容非人道的安排。粵 地獄更表，日踩 16 個鐘。普 非人道的值班表，每天工作 16 小時。

地震 déi⁶ zen³

喻指機構、組織大調整，大改組。粵 公司高層地震。

哋 déi⁶

人稱代詞表示複數的後綴。粵 佢哋有佢哋，我哋有我哋，唔使你哋出聲。普 他們幹他們的，我們幹我們的，用不著你們說三道四。

揼 dem²

投放（金錢）。粵 揼州萬宣傳。

揼本 dem² bun²

下本錢。粵 揼啲本，搵專人幫手。

揼落鹹水海

dem² log⁶ ham⁴ sêu² hoi²

直譯為"扔進大海"；喻指白白損失。粵 啲錢就噉樣揼咗落鹹水海。

揼落去 dem² log⁶ hêu³

投放（金錢），含完成義。粵 點知揼咗落去嘅錢會唔會有回報。普 誰也不知道投放進去的錢是否有回報。

揼石仔 dem² ség⁶ zei²

原指早年在工地把建築用的石料敲碎；

這是最底層的工種，喻指腳踏實地做基層工作。粵 你唔喺區內揼幾年石仔，點了解民意？

揼邪骨 dem⁶ cé⁴ gued¹

到色情場所按摩。

揼骨 dem⁶ gued¹

"揼"指用拳頭敲打身體某部位，如背部，引指按摩。

燉冬菇 den⁶ dung¹ gu¹

（機構、警隊內部）降職或長時間不予升職。粵 得罪咗佢，實燉你冬菇。

鈍 den⁶

形容認知遲鈍。粵 噉都唔明，只能怨自己資質鈍。

燈膽 deng¹ dam²

電燈泡。

燈火下樓台 deng¹ fo² ha⁶ leo⁴ toi⁴

喻指風光地退休。粵 喺銀行做咗四十年，升咗做行長先退休，可謂燈火下樓台嘞。

燈位 deng¹ wei²

特指紅綠燈所處的位置。粵 我宜家喺 A 街同 B 街嘅交通燈位度。

燈油火蠟 deng¹ yeo⁴ fo² lab⁶

指維持公司企業必要的運作成本。粵 扣埋燈油火蠟、工人薪資等各樣使費，純利一啲都唔高。

登登登櫈 deng¹ deng¹ deng¹ deng³

擬聲詞，表示有出乎意料之外的事情要宣佈。粵 登登登櫈，聽日唔使返工。普 請大家注意了，明天不用上班。

登六 deng¹ lug⁶

指滿六十歲。粵 我出年就登六咁嚟㗎。

等到頸都長

deng² dou³ géng² dou¹ cêng⁴

D

引頸企待。**粵** 呢度啲居民等地鐵通車等到頸都長。

等下世 deng² ha⁶ sei³

等下一輩子才能實現，即指沒可能。

等 … 門 deng² ... mun⁴

指某人等待另一人回家才休息。**粵** 老婆等我門。

等運到 deng² wen⁶ dou²

守株待兔。**粵** 縐埋手等運到。**普** 抱著手，什麼也不幹，等待命運的眷顧。

等 … 先 deng² ... xin¹

關聯結構，表示委婉請求：讓 … 吧。**粵** 等佢哋行先。**普** 讓他們先走吧。

釘契 déng¹ kei³

吊銷屋契。

釘牌 déng¹ pai⁴

吊銷營業牌照。

釘書機 déng¹ xu¹ géi¹

釘書器。

揼 déng³

扔。**粵** 唔好揼嘢落街。**普** 別把東西往窗外扔（尤指高空擲物）。

揼煲 déng³ bou¹

情侶分手。**粵** 咩話？拍拖唔夠半年就話揼煲？

揼彎 déng³ wan¹

高速拐彎。**粵** 架車揼彎失控撞山坡。

兜 deo¹

指來回往返。**粵** 喺嗰度轉車好麻煩，要兜足三分鐘。**普** 要來回轉圈三分鐘。

兜炒 deo¹ cao²

指食材調料在炒菜鍋裡翻動。**粵** 爆香燒肉，然後加入調料兜炒。

兜搭 deo¹ dab³

懷有特定目的跟某人搭訕。**粵** 佢喺勞工處俾一個自稱係索償代理兜搭，話可以幫忙。

兜兜轉轉 deo¹ deo¹ jun³ jun³

形容反反復復，極不穩定。**粵** 今年卅呀五歲嘅佢，感情生活兜兜轉轉。

兜番轉頭 deo¹ fan¹ jun³ teo⁴

折回來。**粵** 前面嘅路唔通，唯有兜番轉頭。

兜口兜面 deo¹ heo² deo¹ min⁶

劈頭蓋臉。**粵** 兜口兜面鬧。**普** 當面罵起來。

兜路 ❶ deo¹ lou⁶

指出租車故意繞路。**粵** 兜路、拒載、濫收車資，呢啲都係的士司機中害群之馬嘅伎倆。

兜路 ❷ deo¹ lou⁶

繞路。**粵** 回程我哋兜路避塞車。

兜路走 deo¹ lou⁶ zeo²

迴避。**粵** 我建議你見到佢哋兜路走。

兜亂 deo¹ lün⁶

把順序等打亂安排。**粵** 特登將佢哋兜亂，唔俾佢哋坐埋一齊。**普** 故意把他們的座位安排打亂，不讓他們坐在一塊兒。

兜遠 deo¹ yun⁵

繞遠。**粵** 走呢條路就兜遠咗嘞。

斗零 deo² ling²

原指五分錢，現引指非常少的數目。**粵** 賭咗咁耐馬，依然斗零獎金未攞過。**普** 賭馬這麼久，丁點兒的獎金也沒拿著。

鬥平 deo³ péng⁴

商業競爭中靠低價取勝。**粵** 鬥平係有得做嘅。**普** 靠低價推銷是不可能成功的。

竇 deo^{3}

名詞，俗指居所。粵 卒之俾佢搵到個平竇。普 他終於找到一個租金不高的居所。

豆丁 deo^{6} déng^{1}

小小孩兒。粵 豆丁都識啦。

豆腐膶 deo^{6} fu^{6} yên^{2}

原指豆腐乾，引指空間極小。粵 間屋內櫳豆腐膶咁細。

豆芽戀 deo^{6} nga^{4} lün^{2}

喻指剛觸及情戀的男女少年。

豆豉眼 deo^{6} xi^{6} ngan^{5}

形容小眼睛。

抖 deo^{6}

領取（工資）。粵 白抖糧唔做嘢。普 白拿工資不幹活兒。

揄 deo^{6}

（足球用語）把球踢到某個位置。粵 張三揄個波入中路，李四門前頂入。

堆埋 dêu^{1} mai^{4}

堆積。粵 啲嘢堆埋俾一個人做。

堆埋一齊 dêu^{1} mai^{4} yed^{1} cei^{4}

集中。粵 食飯時間啲客堆埋一齊嚟。普 顧客集中出現。

對 dêu^{2}

向前伸出頭或手。粵 唔好對個頭出去。

對草 dêu^{2} cou^{2}

特指吸食大麻。粵 對草後失常。

對煙 dêu^{2} yin^{1}

抽煙比輸贏。

對酒 dêu^{2} zeo^{2}

喝酒比輸贏。

對下 dêu^{3} ha^{6}

順序的第二個。粵 年紀最大係 83 歲嘅張三，對下係 72 歲嘅李四。

對開 dêu^{3} hoi^{1}

指在某一具體地點的對面。粵 架車行到 27 號對開突然拋錨。

對落 dêu^{3} log^{6}

指具體的地點 / 部位的下方。粵 佢左腳膝頭對落需要切除。

對上 ❶ dêu^{3} sêng^{5}

指相關關係的前列。粵 阿珍對上有兩個大佬。

對上 ❷ dêu^{3} sêng^{5}

指相關事件的前列。粵 對上休息日係本月 12 號。

對上一次 dêu^{3} sêng^{5} yed^{1} qi^{3}

指相關事件最近的一次。粵 佢哋對上一次加價係今年一月。

對頭車 dêu^{3} teo^{4} cé^{1}

迎面而來的車輛。粵 睇住對頭車！

啲 di^{1}

數量詞，表少量。粵 知啲唔知啲。普 一知半解。

啲打 di^{1} da^{3}

擬聲詞，表葬禮上傳統的哀樂。

疊碼仔 dib^{6} ma^{5} zei^{2}

（澳門用語）賭場內拉客賭博從中獲利的人士。

疊埋心水 dib^{6} mai^{4} sem^{1} sêu^{2}

收拾心情，專心行動。粵 唔好諗咁多，疊埋心水做嘢。普 別想太多，專注工作。

疊聲 ❶ dib^{6} séng^{1}

說話的聲音交叉重疊。粵 三人不時疊聲互相批評。

D

疊聲 ❷ dib⁶ séng¹

交叉重疊的聲音。**粵** 佢唔理疊聲繼續發言。

疊水 dib⁶ (dab⁶) sêu²

形容有錢。**粵** 佢哋嘅研究團隊相當疊水。

碟 dib⁶

底平而淺的小盤子。**粵** 嚟碟花生送酒。**普** 來一小碟花生下酒。

碟頭 dib⁶ teo⁴

指盛菜餚的盤子大，份量多。**粵** 街坊菜，碟頭大。

碟頭飯 dib⁶ teo⁴ fan⁶

蓋澆飯。

蝶式 dib⁶ xig¹

蝶泳。**粵** 佢游蝶式好叻。**普** 他蝶泳很棒。

跌跛 did³ bei¹

摔瘸。**粵** 跌跛隻腳。**普** 摔瘸了腿。

跌膊衫 did³ bog³ sam¹

裸露肩膀的女性上衣。

跌穿 did³ qun¹

（金融用語）跌破。**粵** 本地廣告總支出跌穿 20 億港元，僅錄得 19 億。

跌 Watt did³ watt

"Watt" 即英語借詞 "瓦特"，引指水準。"跌 Watt" 喻指水準下降。**粵** 一換大廚，味道就立刻跌 Watt。

的 dig¹

強行把某人送往某地。**粵** 張三由兩個警察的返差館。**普** 拘捕歸案。

的起心肝 dig¹ héi² sem¹ gon¹

決定去做。**粵** 的起心肝娶番個老婆。**普** 下定決心結婚成家。

的水 dig¹ sêu²

鬢角。

的而且確 dig¹ yi⁴ cé² kog³

副詞，的的確確。**粵** 的而且確係你唔啱。**普** 確實是你不對。

滴汗 ❶ dig⁶ hon⁶

形容吃驚，不可置信。**粵** 啱識咗三個月就話結婚？我滴汗嘞。

滴汗 ❷ dig⁶ hon⁶

形容尷尬，不知所措。**粵** 我入到男廁，竟然見到個女人喺度化妝，滴汗！

點 dim²

疑問詞，怎麼。**粵** 點同佢講？**普** 怎麼跟他說？

點辦 dim² ban⁶

話語類句，表徵詢意見。**粵** A：點辦？B：我都唔知點辦。**普** A：怎麼辦？B：我也不知道怎麼辦。

點餐紙 dim² can¹ ji²

食肆裡的菜單，帶有方形框子，供顧客圈點選擇。與茶樓的【點心紙】有些許差異。

點對點 dim² dêu³ dim²

指按小時定點開出的公共交通工具（如一點、兩點、三點班車等）。**粵** 嗰度有架點對點嘅穿梭巴士去機場。

點 … 都 dim² ... dou¹

呼應結構，"再 … 也"。**粵** 點忙都要食飯嘅。**普** 再忙也得吃飯。

點解 dim² gai²

疑問詞，為什麼？**粵** A：點解？B：冇得解。**普** A：為什麼？B：不為什麼。

點係呀 dim² hei⁶ a³

客氣地拒絕用語。**粵** A：呢個送俾你。B：點係呀？**普** B：怎麼好意思呢？

點五步 dim² ng⁵ bou⁶

電影裡髒話的諧音 "屌老母"，即 * 你媽。

點心紙 ❶ dim² sem¹ ji²

茶樓裡的點心單子，帶有方形框子，供顧客圈點選擇。

點心紙 ❷ dim² sem¹ ji²

喻指問卷調查表。粵 填寫嗰張土地供應點心紙。

店鋪阻街 dim³ pou³ zo² gai¹

指在店鋪前面的公眾場所，如人行道、擺放商品，妨礙交通的違法行為。粵 店鋪阻街罰千五蚊。

掂膊直髮 dim³ bog³ jig⁶ fa³

形容到肩的長髮。粵 我鍾意佢掂膊直髮嘅造型。

掂 dim⁶

形容詞，表行、可以、沒問題。粵 A：掂唔掂？B：掂。普 A：行嗎？B：行。

癲 ❶ din¹

形容大夥兒盡情地玩兒。粵 考完試，齊齊癲番晚。

癲 ❷ din¹

形容瘋狂。粵 樓市癲過 97 高峰。

癲埋一份 din¹ mai⁴ yed¹ fen⁶

（跟某人）盡情地玩兒。粵 唔同你哋癲埋一份。

電燈膽 din⁶ deng¹ dam²

喻指那些不知情趣地妨礙情侶會面的人。粵 包廂貴啲，但勝在有人做電燈膽。

電髮 din⁶ fad³

燙髮。粵 出糧嗰日，電番個靚髮。

電攣 din⁶ lün¹

電捲燙（頭髮）。

電腦螢幕 din⁶ nou⁵ ying⁴ mog⁶

電腦屏幕。

電燙斗 din⁶ tong³ deo²

電熨斗。

電筒 din⁶ tung²

手電筒。

電話銷售 din⁶ wa² xiu¹ seo⁶

英語借詞：cold call。粵 我哋唔會向市民以電話銷售形式推銷產品。

電視汁撈飯 din⁶ xi⁶ zeb¹ lou¹ fan⁶

喻指邊看電視邊吃飯。粵 我都係電視汁撈飯大。普 我從小就愛邊看電視邊吃飯。

丁 ❶ ding¹

語素詞，指人，只能跟一、二、三數字連用。粵 平時銀行櫃枱嘅出納員只有兩三丁。

丁 ❷ ding¹

量詞，指人，含詼諧色彩。粵 你丁友原來喺度。普 你這傢伙原來在這兒。

丁財兩旺 ding¹ coi⁴ lêng⁵ wong⁶

零售業指人流（"丁"）和生意（"財"）都不錯。粵 今年嘅迎花會丁財兩旺，皆大歡喜。

丁丁 ding¹ ding¹

謔指小男孩兒的雞雞。

丁父憂 ding¹ fu⁶ yeo¹

指父親離世。粵 自從舊年五月丁父憂之後，佢一有時間就會陪媽咪外遊。

丁蟹效應 ding¹ hai⁵ hao³ ying³

丁蟹，為股災電視劇《大時代》（1992年）的主角。該劇描述了他從坐擁 50 億財富一下子變成負債過百億的歷程。由此，"丁蟹效應" 喻指股市暴跌。

D

045

丁權 ding¹ kün⁴

特指香港新界原居民（所謂"丁"）的合法傳統權益，而原居民必須透過申請"免費建屋牌照"在自己擁有實質權益的土地興建丁屋。

丁母憂 ding¹ mou⁵ yeo¹

指母親離世。粵 佢丁母憂，缺席會議。

丁屋 ding¹ ngug¹

指新界原居民在有權有地的條件下興建的自住居所。

丁屋政策 ding¹ ngug¹ jing³ cag³

丁屋政策於 1972 年頒佈，原意強調為臨時的恩恤政策，並非原居民特權。

叮 ❶ ding¹

除名。粵 拒絕服從，即叮！

叮 ❷ ding¹

拒絕。粵 一齊考訓練班，張三順利過關，李四竟然被叮。

叮出局 ding¹ cêd¹ gug⁶

開除。粵 聽者不從嘅話，就會被叮出局。

叮噹 ding¹ dong¹

日本動漫人物，現稱"多啦 A 夢"。

叮噹馬頭 ding¹ dong¹ ma⁵ teo⁴

指最具優勢的頭兩名競爭者。

叮熟 ding¹ sug⁶

"叮"為擬聲詞，指微波爐提示的聲音。"叮熟"即用微波爐烤熟（食物）。粵 叮熟雞翼。

叮一聲 ding¹ yed¹ séng¹

副詞，指突然醒悟。粵 面臨財困，佢先會叮一聲知道自己做咗啲嘢。

叮走 ding¹ zeo²

取消某人資格，讓其退出某組織或某項活動。粵 嗰個陪審員被法官叮走。

頂檔 ding² dong³

管用。粵 嗾嘅措施最多頂到三年檔。普 這種措施最多管用三年。

頂更 ding² gang¹

替代值班。粵 前線人員罷工，公司派兼職頂更。

頂腳 ding² gêg³

前排與後排之間的空間狹窄，乘客的腳無法伸展自如。粵 架新巴幾好，前排後排之間有足夠空間，唔頂腳。普 乘客的腳可以伸展自如。

頂住頂住 ding² ju⁶ ding² ju⁶

耿耿於懷。粵 一諗起嗰件事，個心就頂住頂住唔舒服。普 一想起那件事，心裡就很不舒暢，難以排解。

頂硬上 ding² ngang⁶ séng⁵

冒著危險，頂著頭皮幹。粵 修路工為兩餐頂硬上都要㗎喇。

頂心杉 ding² sem¹ cam³

事事跟自己頂著幹的人士，眼中釘。

頂頭鎚 ding² teo⁴ cêu⁴

（足球用語）用頭頂球。

頂肚 ding² tou⁵

暫時解餓。粵 食碗麵，頂吓肚。

定 ding⁶

連詞，還是。粵 究竟佢係齋講定真做？普 究竟他是說說而已還是動真格？

定驚 ding⁶ géng¹

安撫人心，不必驚慌。粵 佢同大家定驚，話聽日下晝出糧。

定係 ding⁶ hei⁶

疑問詞，表選擇。粵 邊個去，你定係佢？普 誰去，你還是他？

定晒形 ding⁶ sai³ ying⁴

愣住。粵 聽到佢嚟咗，當堂定晒形。

D

定性 ding⁶ xing³

懂事，懂得人情世故。粵 仔仔仲未定性，所以反對佢結婚。

刁時 diu¹ xi⁴

（球賽用詞）英語借詞：deuce，平局。粵 最後一局，兩人足足刁時六次。

丟淡 diu¹ tam⁵

事情因時間而變得淡薄。粵 件事都丟淡咗，仲講嚟做乜。

釣金龜 diu³ gem¹ guei¹

喻指年輕女性成功嫁給年老的富有人家。

釣艇 diu³ téng⁵

供人租用外出釣魚的小艇。

釣夜魚 diu³ yé⁶ yu²

指夜間釣魚。

釣魚 diu³ yu²

喻指打瞌睡。粵 事故原因是當時司機釣魚。

吊 diu³

調高。粵 將價錢吊到高一高，願者上鈎。

吊吊揈 ❶ diu³ diu¹ fing³

形容來回擺動，晃來晃去。粵 條繩綁實啲，唔使喺度吊吊揈。

吊吊揈 ❷ diu³ diu¹ fing³

引指無所事事，吊兒郎當。粵 你最好讀番張 cert，搵番份工，唔使成日喺度吊吊揈。普 唸個文憑（課程），找個工作，別整天在這兒混兒。

吊吊揈 ❸ diu³ diu¹ fing³

喻指事情掛著，沒有最後落實。粵 成件事仲嚟啲吊吊揈，合同未簽也都假。

吊腳 diu³ gêg³

地處偏僻，交通不方便。粵 咽度相當吊腳，但係勝在租金平。

吊雞 diu³ gei¹

俗指建築地盤的重型長臂吊運機。

吊雞車 diu³ gei¹ cé¹

俗指裝有吊桿的運輸或工程車輛。粵 架車壞咗，要叫架吊雞車嚟運走。

吊味 diu³ méi⁶

使味道、口感更佳。粵 跟住落少少肉吊吓味。

吊命 diu³ méng⁶

指靠輔助醫療器械延續生命。粵 癌症晚期，打針輸液都係吊命而已。

吊泥鯭 diu³ nei⁴ mang¹

喻指拼車的出租車司機在路邊等待同路的乘客。粵 朝朝早上班時段梗有個的士大佬喺咽度吊泥鯭。

吊鹽水 ❶ diu³ yim⁴ sêu²

打點滴。

吊鹽水 ❷ diu³ yim⁴ sêu²

喻指（工廠）開工不足。粵 搵食艱難，唔少人開工不足，吊鹽水。

吊鹽水 ❸ diu³ yim⁴ sêu²

喻指勉強維持。粵 電影業本身已經喺度吊鹽水。

吊滯 diu³ zei⁶

形容生意清淡。粵 消費市場持續吊滯。

掉嗷啲 diu⁶ gem² di¹

把部分（東西）扔掉。粵 屋企大掃除，咪掉嗷啲唔等使嘅野。普 把沒用的東西扔掉。

調返轉 diu⁶ fan¹ jun³

指角色轉換。粵 掉返轉係你，你點諗？普 如果當事人是你，你怎麼想？

調轉 ❶ diu⁶ jun³

指位置上的改換。粵 將對鞋左右調轉嚟著。普 指左腳穿右鞋，右腳穿左鞋。

D

047

調轉 ❷ diu⁶ jun³

引指顛倒事實。🗣 宜家佢直情調轉哋嘢嚟講。🗣 現在他說話，乾脆顛倒事實。

調轉係 diu⁶ jun³ hei⁶

假設角色。🗣 調轉係我都係噉諗。🗣 如果是我，也會這樣想。

調亂 diu⁶ lün⁶

位置上的改換。🗣 BB 嘅底衫同面衫調亂咗嚟著。🗣 嬰兒的內衣當外衣穿，外衣當內衣穿。

多 ❶ do¹

（茶餐廳用語）屬性詞，為"多士"的簡稱，如"油占多"（黃油果醬吐司）、"奶油多"（煉乳黃油吐司）等。

多 ❷ do¹

數量大。🗣 我人多過你。🗣 我人比你多。

多寶獎金 do¹ bou² zêng² gem¹

特指六合彩的累積獎金。🗣 今晚六合彩多寶獎金六千萬。

多得你唔少 do¹ deg¹ néi⁵ m⁴ xiu²

話語標記，由於聽話人的失誤，給說話人添加麻煩；說話人對此表示不滿或無奈。🗣 整到我又要重做，多得你唔少咯。

多多益善，少少唔拘
do¹ do¹ yig¹ xin⁶, xiu³ xiu³ m⁴ kêu¹

接受捐贈時的客套語，表示數量多寡都歡迎。🗣 捐款係多多益善，少少唔拘。

多到上鼻 do¹ dou³ sêng⁵ béi⁶

俗指非常多。🗣 人哋建議嘅心心多到上鼻。🗣（在網絡上）得到的稱讚多的是（"心心"指網絡上的表情符號，表讚同）。

多個人多份熱鬧
do¹ go³ yen⁴ do¹ fen⁶ yid⁶ nao⁶

歡迎參加的客套語，表示人越多越好玩兒。

多啦 A 夢 do¹ la¹ A mung⁶

源自日本的動漫人物 Doraemon；原稱"叮噹"。

多籮籮 do¹ lo⁴ lo⁴

形容事情之多。🗣 瘀事多籮籮。

多士 do¹ xi²

英語借詞：toast，吐司。

多士爐 do¹ xi² lou⁴

烤麵包機。

多餘 do¹ yu⁴

動詞，表示沒道理。🗣 嗽嘅擔心唔係多餘嘅。🗣 擔心是有其道理的。

朵 do²

俗指名氣。🗣 嫌佢哋個朵唔夠嚮。🗣 嫌他們的牌子不夠硬（認受度不足）。

墮後 ❶ do⁶ heo⁶

靠後走，不靠前。🗣 佢特登墮後，唔想入鏡。

墮後 ❷ do⁶ heo⁶

指競爭中處於靠後的位置。🗣 張三領先排第一，李四墮後排第七。

墮馬 ❶ do⁶ ma⁵

從馬背上摔下來。🗣 四號騎師墮馬受傷。

墮馬 ❷ do⁶ ma⁵

"馬"，俗指摩托；從摩托摔下來。

墮馬 ❸ do⁶ ma⁵

喻指選舉失敗。🗣 呢次選舉張三意外墮馬。🗣 ……落選。

度 ❶ dog⁶

考慮。🗣 下一步點做，要時間度一度。

度 ❷ dog^6

協調。**粵** 幾時再開會要同秘書處度時間。

度期 dog^6 kéi^4

計算日期。**粵** 我哋都有工作度唔到期。**普** 無法安排另外的時間去做。

度身訂造 dog^6 sen^1 déng^6 zou^6

指專為某人製作某物。**粵** 嗰嘅小組多餘嘅，純粹係為嗰班人度身訂造。

度水 dog^6 sêu^2

設法向人借錢。**粵** 月尾手緊，到處度水。

待薄 doi^6 bog^6

刻薄（某人）。**粵** 出得嚟租樓過獨立生活，梗係唔想待薄自己。

袋 doi^6

動詞，俗指收到（報酬）。**粵** 拍兩日戲袋五位數。**普** 收入過萬。

袋袋平安 doi^6 doi^6 ping^4 ngon^1

謔指不客氣地收下（所得金錢禮物）。**普** 名貴禮物，佢就袋袋平安。**普** ⋯⋯歸為己有。

袋好 doi^6 hou^2

擱口袋裡，妥善保管。**粵** 呢條係你嘅鎖匙，袋好呀。**普** 你的鑰匙保管好。

袋鼠國 doi^6 xu^2 guog^3

喻指澳大利亞。**粵** 去咗袋鼠國旅遊。

袋走 doi^6 zeo^2

獲得。**粵** 最終袋走銅牌。

當下 dong^1 ha^6

名詞，眼前的際遇。**粵** 享受當下。

當紅炸子雞

dong^1 hung^4 za^3 ji^2 gei^1

喻指眼下最受歡迎的人或物。**粵** 部機可以話係當紅炸子雞，價錢平，細細部周圍走。

擋格 dong^2 gag^3

擋著並推開來襲的棍棒。**粵** 佢用手擋格開條棍，先右受傷。

黨友 dong^2 yeo^2

指同一政黨的人士。

當人係羊牯

dong^3 yen^4 hei^6 yêng^4 gu^2

把人看做是傻瓜，容易受騙。

檔販 dong^3 fan^2

指有固定場所（攤檔）販賣貨品的人士。

都係 dou^1 hei^6

副詞，還是。**粵** 結果都係冇簽約。

都似 dou^1 qi^5

後置結構，表示很可能發生的情況。**粵** 俾佢知道，離婚都似。

都算係嘅 dou^1 xun^3 hei^6 gem^2

能說過去，還算不錯。**粵** 以學生身份能夠搵到幾千蚊都算係嘅。

都有之 dou^1 yeo^5 ji^1

後置結構，表示可能出現十分負面的情況。**粵** 股價大跌，到時跳樓都有之。

刀手 dou^1 seo^2

特指黑社會中負責用刀具傷害對方的打手。

刀仔鋸大樹 dou^1 zei^2 gê^3 dai^6 xu^6

（賽馬用語）喻指以小博大。**粵** 事實證明呢套戲成功刀仔鋸大樹。**普** 投資少，盈利可觀。

倒掛金勾 dou^2 gua^3 gem^1 ngeo^1

（足球用語）背向球門凌空抽射，皮球從自己頭頂上飛過。**粵** 臨完場前，7 號一記倒掛金勾，得分！（"記"，指招兒。）

倒米 dou^2 mei^5

喻指破壞。**粵** 噉搞法分分鐘幫自己倒米。**普** 這種做法隨時毀了自己。

D

倒錢落海 dou² qin² log⁶ hoi²

純屬浪費金錢。粵 香港搞球賬面上確實係倒錢落海。普 在香港發展足球賬面上無法不蝕本。

倒瀉籮蟹 dou² sé² lo⁴ hai⁵

形容亂套（把裝螃蟹的籮筐打翻，螃蟹到處橫行亂跑）。粵 個會乜都未準備好就開，直情倒瀉籮蟹。

賭波 dou² bo¹

足球賭博。

賭餉 dou² hêng²

（澳門用語）賭博稅收。

到爆 dou³ bao³

後置程度補語，形容程度非常高。粵 細個嗰陣戈到爆。普 小時候淘氣極了。

到埠 dou³ bou⁶

抵達目的地。粵 到埠後俾電話我。

到癲 dou³ din¹

後置程度補語，形容程度非常高。粵 玩到癲。普 玩兒瘋了。

到加零一 dou³ ga¹ ling⁴ yed¹

後置程度補語，表示程度高。粵 張三衰到加零一。普 壞得很。

到極 dou³ gig⁶

後置程度補語，形容程度非常高。粵 可討論嘅話題多到極。普 話題有的是。

到喉唔到肺

dou³ heo⁴ m⁴ dou³ fei³

喻指沒得到滿足。粵 得半粒鐘打機，到喉唔到肺。普 只有半小時玩兒電玩，聊勝於無。

到離地 dou³ léi⁴ déi⁶

後置程度補語，形容程度非常高。粵 價錢貴到離地

到死死吓 dou³ séi² séi² ha²

後置程度補語，形容程度非常高。粵 俾佢嚇到我死死吓。

到貼地 dou³ tib³ déi²

後置程度補語，形容程度非常高。粵 虛偽到貼地。普 十分虛偽。

度 dou⁶

處所詞綴，表處所、地方。粵 喺邊度呀？呢度定嗰度？普 在哪兒？在這兒還是那兒？

道德高地 dou⁶ deg¹ gou¹ déi⁶

佔據道德高地，指在道德上說得過去，不會讓人詬病。

道具鈔 dou⁶ gêu⁶ cao¹

指僅作電影道具用的仿製紙幣。

渡海泳 dou⁶ hoi² wing⁶

指從尖沙咀公眾碼頭出發至灣仔金紫荊廣場公眾碼頭、全程一公里的橫渡維港比賽。粵 琴日有三千幾人游渡海泳。

嘟卡 dud¹ kad¹

用電子卡作驗證或付款；"嘟"為擬聲詞，代表閱讀器發出的聲音。粵 出入資料室要嘟卡。

篤 ❶ dug¹

（用手指）戳。粵 成日掛住篤手機。

篤 ❷ dug¹

拄。粵 腳趾受咗傷，全程篤住拐杖行。普 拄著拐棍兒走。

篤 ❸ dug¹

虛報數字。粵 竟然夠膽月篤 100 個鐘加班津貼。普 竟然虛報加班 100 小時，企圖騙取加班費。

篤爆 dug¹ bao³

戳破謊言。粵 張三即時篤爆李四講大話。

篤波 dug¹ bo¹

打桌球。粵 我落咗班時不時去篤吓波，放鬆一下。

篤背脊 dug¹ bui³ zég³

喻指背後說人壞話。粵 張三至鍾意篤人背脊。

篤定 dug¹ ding⁶

副詞，肯定。粵 支球隊今季篤定做阿四。普 肯定只得第四名。

篤灰 dug¹ fui¹

告密。粵 佢俾人篤灰，搞到冇咗份工。普 他被人舉報，以至於丟了份工作。

篤穿 dug¹ qun¹

揭露。粵 有一個夠膽篤穿內幕。普 沒人敢曝光內幕。

篤醒 dug¹ séng²

提醒。粵 呢件事篤醒咗好多後生仔，喺香港打工，殊不容易。

篤手指 dug¹ seo² ji²

指用針筆扎手指來檢測血糖水平。

篤數 dug¹ sou³

造假賬；報大數據，騙取經費。粵 間報社主管被控篤數，結果被逼辭職。

篤油 dug¹ yeo²

（給汽車）添加燃料油。粵 踩油門篤油。普 加大油門。

篤魚蛋 dug¹ yu⁴ dan²

"魚蛋"，即魚丸子，特別是咖喱魚蛋，為香港著名的街頭小吃，常以竹籤串成一串賣出（意念上為"篤"）。"篤魚蛋"就是（在街頭）吃魚丸子的意思。

毒品 dug⁶ ben²

香港警方近年檢獲的毒品主要種類為海洛英、大麻、可卡因、搖頭丸、冰毒以及氯胺酮。

毒品快餐車

dug⁶ ben² fai³ can¹ cé¹

俗指聚眾販毒和吸毒的車輛，隨時可開走。

毒品飯堂 dug⁶ ben² fan⁶ tong⁴

俗指聚眾販毒和吸毒的住宅單位和酒店房間。

毒車 dug⁶ cé¹

內藏毒品的車輛。

毒男 ❶ dug⁶ nam⁴

指吸毒、販毒、沉淪毒海的男性。

毒男 ❷ dug⁶ nam⁴

日語借詞，與毒品毫無關聯，指內向離群、社會地位低、不受異性歡迎但活躍於網絡世界的男性。

獨家村 dug⁶ ga¹ qun¹

喻指拒絕交朋結友和社交聚會的人士。

獨角獸 dug⁶ gog³ seo³

指估值超過 10 億美元而未上市的初創企業。粵 香港創科獨角獸，專營人工智能、人臉識別等，超越台灣。普 香港的創科初創企業，專營人工智能、人臉識別等項目，超越台灣。

獨沽一味 dug⁶ gu¹ yed¹ méi²

喻指只注重單一方面的開發。粵 獨沽一味難發圍。普 只專於一行，難有突破。

獨行 dug⁶ hang⁴

屬性詞，形容單獨外出或行事的（人士）。粵 歹徒專向獨行女性下手。普 歹徒專門找單獨出行的女性施暴。

短陣小巴 dün² zen⁶ xiu² ba¹

有 16 個座位的小巴；相對於 19 座的"長陣小巴"。

斷錯症 dün³ co³ jing³

判斷錯誤。粵 如果佢哋噉認為，就係斷錯症啦。普 如果他們這樣認為，那就是判斷失誤。

斷估 dün³ gu²

估計。粵 斷估佢唔敢。普 料想他也不敢（做出這種事）。

斷正 ❶ dün³ jing³

謂語，只用於句末，表示指不欲公開的行為被撞破。粵 佢兩個拍拖斷正。普 他倆被撞見在談戀愛。

斷正 ❷ dün³ jing³

謂語，只用於句末，表示犯罪行為被公開揭露。粵 張三無牌駕駛斷正。普 被警察逮捕正著。

斷唔會 dün³ m⁴ wui²

絕對不會。粵 噉嘅機會佢斷唔會放棄嘅。普 這麼好的機會他當然不會放掉的。

冬蟲草 dung¹ cung⁴ cou²

冬蟲夏草。粵 冬蟲草好名貴，但小心唔好俾人呃咗。普 冬蟲夏草是名貴藥材，但小心別被人騙了。

冬菇 dung¹ gu¹

香菇。

冬菇頭 dung¹ gu¹ teo⁴

（男性髮型一種）鍋蓋頭。粵 佢整咗個冬菇頭，好有型。普 他弄了個鍋蓋頭的髮型，很酷。

冬菇亭 dung¹ gu¹ ting⁴

特指屋邨的熟食店，屋頂呈冬菇狀，故名。

冬甩 dung¹ led¹

英語借詞：donut，甜甜圈。

冬天三寶 dung¹ tin¹ sam¹ bou²

指冬天港人喜歡享用的食品：火鍋、韓燒和燒烤。

凍到震 dung³ dou³ zen³

形容凍得發抖。粵 最低氣溫得三度，直情凍到震。普 最低溫度只有三度，真是冷得直發抖。

凍啡 dung³ fé¹

冰著喝的咖啡，相對於"熱啡"。

凍價 dung³ ga³

凍結價格。粵 地鐵下半年凍價。普 地鐵下半年不漲價。

凍過水 dung³ guo³ sêu²

喻指沒有成功的機會。粵 方案通過嘅機會凍過水。普 方案通過的機會渺茫。

凍職 dung³ jig¹

免除升職的機會。粵 人事部主管被凍職。

凍齡 dung³ ling²

喻指雖然年齡增長而容貌身段沒太大變化的女性。粵 阿珊雖然年過半百但係我哋嘅凍齡女神。普 阿珊雖然五十多了，但依然年年都那麼漂亮。

凍鴛 dung³ yêng¹

凍鴛鴦奶茶的縮略詞。

凍租 dung³ zou¹

租金維持不變。粵 市道差，凍租都難捱。普 現在市道行情不好，業主就算不漲租，商家也很難支撐下去。

動 L dung⁶ L

突然做出異常的舉動。粵 佢喺張三發言中段忽然動 L 企起身鼓掌。普 他在張三發言期間突然莫名其妙地站起來鼓掌。

戙 dung⁶

喻指站著（擋道）。**粵** 咪戙喺門口度阻住晒。

戙高腳 dung⁶ gou¹ gêg³

把腿提高。**粵** 女仔人家，大庭廣眾面前唔好戙高腳。**普** …… 公眾面前別翹起二郎腿。

棟篤笑 dung⁶ dug¹ xiu³

指脫口秀，香港棟篤笑公認的始創人為黃子華已於 2018 年 7 月謝幕。

E

e-通道 e tung¹ dou⁶

俗指香港與內地自助出入境檢查系統。

哎吔吔 ei¹ ya¹ ya¹

感歎詞，表示憤慨。**粵** 哎吔吔！放我飛機！**普** 哎！竟然把我給甩了！

F

花 fa¹

形容待人接物的過往記錄很差。**粵** 佢個男朋友人品唔好，個底好花。**普** 她男友過往的記錄很差勁。

花車巡遊 fa¹ cé¹ cên⁵ yeo⁴

指農曆新年期間在港島中環舉行的公眾娛樂活動。巡遊涉及多輛花車並有多項歌舞表演助興。

花蟹 fa¹ hai⁵

俗指 10 元紙幣。**粵** 銀包剩番兩張花蟹。

花紅 fa¹ hung⁴

指僱主在年底根據僱員全年的業績而發放的獎金。

花紅更 fa¹ hung⁴ gang¹

（澳門用語）指澳門治安警察局向休班、休假警務人員提供的 "有報酬的勞務工作"，允許他們進行每天不超過四小時的額外工作。

花碼 fa¹ ma⁵

碼子。一般應用於坊間食肆餐飲價目表及傳統菜市場貨品價目表。

花名 fa¹ méng²

綽號。**粵** 名可能改錯，花名係唔會錯嘅。**普** 起的名字可能起得不好，但綽號是不會起錯的。

花女 fa¹ nêu²

舉行婚禮時手拿鮮花陪伴新娘的小女孩兒。

花灑 fa¹ sa²

蓮蓬頭。

花生客 fa¹ sang¹ hag³

旁觀者。**粵** 我哋都係花生客啫。

花生騷 ❶ fa¹ sang¹ sou¹

肥皂劇。

花生騷 ❷ fa¹ sang¹ sou¹

"花生" 為英語 fashion 的諧音，指時裝表演。

花生友 fa¹ sang¹ yeo²

好奇地等待八卦新聞的旁觀者。**粵** 當晚留守電視機嘅花生友大失所望。

花生熱話 fa¹ sang¹ yid⁶ wa⁶

茶餘飯後的熱門話題。**粵** 成為市民嘅花生熱話。

花王 fa¹ wong⁴

花匠；園藝工人。

花仔 fa¹ zei²

舉行婚禮時手拿鮮花陪伴新郎的小男孩兒。

花樽 fa¹ zên¹

花瓶。

花樽腳 fa¹ zên¹ gêg³

喻指女性往下收細的腿。粵 長頸、寬肩、細腰、花樽腳，係著長衫理想身段。

化寶 fa³ bou²

指在廟宇焚燒冥鏹。

化骨龍 fa³ gued¹ lung⁴

謔指家裡供養的小孩兒。粵 仲有兩日就開學，我為咽三條化骨龍嘅開學用品忙到不亦樂乎。

化學 fa³ hog⁶

喻指人生變幻無常。粵 一個人對住間屋，成日都會諗起佢，覺得做人真係好化學。普 ……說走就走了（離世）。

發 fad³

生意興隆。粵 呢啲嘅嘅鋪一係就好發，一係就好快執。普 這樣的店鋪要麼生意很好，要麼很快就倒閉。

發辦 fad³ ban²

拿主意。粵 大家夾咗三千蚊買禮物俾張三，由李四發辦。普 大家湊了三千元準備買禮物，由李四決定買什麼。

發鈔銀行 fad³ cao¹ ngen⁴ hong⁴

香港法定有三家發行鈔票的銀行，分別為滙豐、渣打、中銀。

發財巴 fad³ coi⁴ ba¹

（澳門用語）指從關閘或內港碼頭免費接送客人到各個賭場或從賭場去關閘或內港碼頭的專車。

發財埋便 fad³ coi⁴ mai⁴ bin⁶

麻將館（合法賭博場所）招徠顧客用語，意謂"想發財，請內進"。

發達 fad³ dad⁶

好處多多。粵 中咗頭獎就發達嘞。

發達記 fad³ dad⁶ géi³

話語類句，表示好處多多。粵 嘩，發達記！咁多平嘢執！普 真棒！有那些便宜貨兒可選。

發福 fad³ fug¹

（中年人）發胖。粵 佢話自己舊年發福唔少，希望今年能成功收身。普 他說自己去年胖了不少，希望今年能瘦下來。

髮夾彎 fad³ gab² wan¹

"髮夾"即髮卡；喻指急彎。粵 行呢條路有唔少髮夾彎。

發姣 fad³ hao⁴

（女性）賣弄風騷，打情罵俏。

發爛渣 fad³ lan⁶ za²

因無法應對別人的指摘而發脾氣要無賴。粵 佢講大話俾人篤穿就發晒爛渣。

發夢冇咁早

fad³ mung⁶ mou⁵ gem³ zou²

話語類句，形容絕對不可能。粵 想做委員會主席？發夢冇咁早！普 沒門兒！

發泡膠盒 fad³ pou⁵ gao¹ heb²

泡沫塑料容器。

發錢寒 fad³ qin² hon⁴

見錢眼開，財迷心竅。粵 你發錢寒呀，俾三千蚊你都做。普 你怎麼財迷心竅，給你三千塊錢你也幹？

發水麵包 fad³ sêu² min⁶ bao¹

形容身材肥胖。粵 佢成個發水麵包噉，步伐緩慢。

發台瘟 fad³ toi⁴ wen¹

（演藝界用語）演出偶爾失準。粵 發台瘟個個歌手都試過。

發威 fad³ wei¹

爆發能量。粵 臨完場前發威，三分鐘入咗兩球。

發圍 fad³ wei⁴

脫穎而出。粵 呢種音樂 90 年代先喺香港發圍。

快勞 ❶ fai¹ lou²

英語借詞：file，文件。粵 你嘅快勞我哋睇過。

快勞 ❷ fai¹ lou²

英語借詞：file，文件夾。粵 唔該俾個黃色快勞我。普 給我黃色的文件夾。

快樂不知時日過
fai³ log¹ bed¹ ji¹ xi⁴ yed⁶ guo³

喻指時間過得很快。粵 快樂不知時日過，假期就快結束。

快相機 fai³ sêng² géi¹

俗指警方偵測車速攝影機。

番 fan¹

體貌助詞，表示回復。粵 戒咗兩日煙，忍不住又食番。

番書仔 fan¹ xu¹ zei²

謔稱在英文中學（而不是在中文中學）讀書、畢業的學生或指留學西方的年輕人。粵 佢係正牌番書仔，留學英國多年。

返貨 fan¹ fo³

進新貨。粵 宜家有貨，晏啲先返貨。

返歸 fan¹ guei¹

回家。粵 搭巴士返歸。

返轉頭 fan¹ jun³ teo⁴

回復到以前的狀態。粵 輸到貼地就返唔到轉頭。普 慘敗以後就很難回復常態。

返嚟 fan¹ lei⁴

回來。粵 幾時返嚟？返到嚟俾電話我。

返頭客 fan¹ teo⁴ hag³

回頭客。粵 積累返頭客。

返早放早 fan¹ zou² fong³ zou²

早上班早下班。粵 上班時間可以自己揀：返早放早定返遲放遲？

返足 fan¹ zug¹

整天上班。粵 秘書處週末隨時返足全日。

翻煲 fan¹ bou¹

再煮。粵 湯渣最好唔好翻煲。普 湯裡煮過的食材不宜再煮。

翻炒 fan¹ cao²

重新再用。粵 翻炒舊橋冇意思。普 重新再用舊方法沒勁兒。

翻唱 fan¹ cêng³

重新唱。粵 佢哋用新嘅科技翻唱舊歌幾好。

翻兜 fan¹ deo¹

見條目【翻閹】。

翻叮 fan¹ ding¹

重新（開始）。粵 年初流標嗰幅地會喺九月翻叮招標。

翻發 fan¹ fad³

指舊病復發。粵 食咗呢啲藥，半年冇翻發。

翻肥 fan¹ féi⁴

減肥之後重新增肥。粵 減肥之後，要吓吓注意唔好翻肥。

翻烘 fan¹ hong³

重新烘烤。粵 唔新鮮嘅麵包，記得翻烘。

F

翻新機 fan¹ sen¹ géi¹

指套上新外殼和包裝的舊手機。

翻撻 fan¹ tad¹

（跟已分手的舊情人）重新談戀愛。
粵 張三同佢嘅前度女友翻撻。

翻枱 fan¹ toi²

在客人多的情況下，食肆會要求飯局時間為一個半鐘，以便服務多一撥客人。
粵 店長務求儘快翻枱。

翻痛 fan¹ tung³

病痛復發。粵 車禍之後，條腰不斷翻痛。

翻熱 fan¹ yid⁶

重新加熱。粵 先將肉類煮熟，再喺現場翻熱。

翻閹 fan¹ yim¹

謔指公務員退休之後獲政府返聘。粵 佢退休兩年之後，成功翻閹。

翻執 fan¹ zeb¹

返工，重新加工、製作或施工。粵 九成工程要翻執係質素差。

反彈 ❶ fan² dan⁶

提出反對意見。粵 新規定引發員工強烈反彈。

反彈 ❷ fan² dan⁶

出現反向效果。粵 止痛藥食太多會反彈。

反瞓 fan² fen³

睡覺不老實。粵 B 女好反瞓，從床頭瞓到落床尾。

反價 fan² ga³

指賣方在交易過程中突然提價。粵 業主叫價由 310 萬，反價至 330 萬。

反艇 fan² téng⁵

指舢板翻側，船底朝天。粵 啱度海面有艇仔反艇。

反枱 fan² toi²

決裂。粵 雖然有反對聲音，但未去到反枱程度。

反肚 ❶ fan² tou⁵

形容魚類死亡，肚子朝天。粵 氣溫太低，成個魚塘嘅魚反晒肚。

反肚 ❷ fan² tou⁵

形容車輛翻側，四輪朝天。粵 天雨路滑，架車撞到反肚。

反肚 ❸ fan² tou⁵

形容船隻翻扣，船底朝天。粵 浪太大，隻艇突然翻肚，各人落水逃生。

反遮 fan² zé¹

雨傘反方向張開。粵 大風吹到反遮。

煩 fan⁴

令人厭煩。粵 你煩少啲我哋得唔得？

飯 fan⁶

米飯。粵 嚟三碗飯。普 來三碗米飯。

飯腳 fan⁶ gêg³

陪同其他人吃飯的人士。粵 多約幾個飯腳嚟一齊食飯，人多熱鬧啲。

飯市 fan⁶ xi⁵

飯館中午供應主食的服務。粵 宜家仲早，飯市未開。

飯鐘 fan⁶ zung¹

公司企業每天給予員工帶薪的用飯時間。粵 我哋嘅飯鐘得一粒鐘，叫外賣好過。

辦 fan⁶

某人從事的那一方面。粵 正合佢喎辦。普 正是他的強項。

辦數 fan⁶ sou³

指參與的活動或涉足的範圍的多少。

F

🔴 辮數太多累事。

啡 ❶ fé[1]

名詞，指咖啡。🔴 飲茶歎啡。

啡 ❷ fé[1]

形容詞，指類似咖啡的褐色。🔴 回收箱提示：藍廢紙、黃鋁罐、啡膠樽。🔵 藍色的回收箱擱廢紙，黃色的擱鋁罐，褐色的擱塑料瓶子。

啡蛋 fé[1] dan[2]

外殼褐色的雞蛋。

啡友 fé[1] yeo[2]

指愛品嚐、懂門路的咖啡發燒友。

忽 ❶ fed[1]

泛指方面。🔴 佢皮膚仲好有光澤，有忽似 55 歲。🔵 沒有哪一塊像 55 歲的人的。

忽 ❷ fed[1]

引指方面。🔴 問題係，大家一齊諗錯咗邊忽。🔵 在哪方面判斷出了問題。

佛都有火 fed[6] dou[1] yeo[5] fo[2]

喻指行為如此惡劣，連最不容易動怒的人（"佛"）都生氣（"有火"）了。🔴 嗾篤人背脊，佛都有火喇。🔵 這樣污衊人家，誰不生氣？

佛系港青 fed[6] hei[6] gong[2] qing[1]

指對現實社會生活存有強烈的無奈感的青年群體，其基本的生活態度是什麼都不強求，一切隨緣等運到。

罰息 fed[6] xig[1]

懲罰性地繳交預定的利息。🔴 提早還錢可能要罰息（如借貸 12 個月，提早三個月還清的話，那三個月的預訂利息還是要繳交的）。

揮低 fei[1] dei[1]

"揮"為英語 fight（打擊）的音譯詞，指把某人打下去。🔴 你哋人少勢弱，好容易俾人揮低。

廢 fei[3]

形容不中用。🔴 嗾搞法，選個代表出嚟都係廢嘅。

費事 fei[3] xi[6]

能避免且避免。🔴 我同佢唔熟，費事講人哋嘅野。🔵 避免議論別人的事兒。

非常學堂 féi[1] sêng[4] hog[6] tong[4]

專為初中輟學了一段時間而又想復學的學生而設的學校。

飛 ❶ féi[1]

名詞，票。🔴 有多飛，邊個要？🔵 有富餘的票，誰要？

飛 ❷ féi[1]

動詞，（活動）取消。🔴 個節目臨時被飛。

飛邊 féi[1] bin[1]

（茶餐廳用語）去掉方包的邊兒。🔴 西多士（吐司）飛邊。

飛出嚟 féi[1] cêd[1] lei[4]

指某人某物甩出來。🔴 張三仆落地，連眼鏡都飛埋出嚟。🔵 摔倒在地，連眼鏡也甩了出來。

飛丁 féi[1] ding[1]

俗指新界原居民越村申請興建丁屋（而不是在原住的村子申請）。

飛佛 féi[1] fed[6]

英語借詞：favourite，指鍾愛的東西。🔴 我都唔唱 K 嘅，跳舞先係賣飛佛（my favourite）。

飛虎隊 féi[1] fu[2] dêu[2]

俗指懲教署的區域應變隊，專責應對監獄突發事件。

飛機場 féi[1] géi[1] cêng[4]

謔指乳房小、平胸的女性。

F

飛起 féi¹ héi²

把某人排除在外。粵 佢哋決定飛起張三。

飛行醫生 féi¹ heng⁴ yi¹ sang¹

指駐守在政府飛行服務隊直升機裡的急救醫生。

飛紙仔 féi¹ ji² zei²

指用紙飛機傳遞小道消息。

飛擒大咬 féi¹ kem⁴ dai⁶ ngao⁵

形容商家漫天要價。粵 喺自己屋企開 P 好喎，啲嘅聖誕大餐，你唔怕飛擒大咬呀？普 在自己家裡開派對好了，外面那些聖誕大餐，宰你沒商量。

飛落街 féi¹ log⁶ gai¹

甩脫到街上。粵 個窗飛咗落街。

飛蚊症 féi¹ men¹ jing³

長者眼疾一種，眼前會出現一些飛舞的黑點。

飛棚 féi¹ pang⁴

指在維修大廈外牆時搭建的懸空式棚架作為工作平台。

飛沙走奶 féi¹ sa¹ zeo² nai⁵

謔指不加糖（"沙"即顆粒狀白糖）和牛奶的咖啡。

飛身 féi¹ sen¹

立刻趕去（做）。粵 啲嘅筍工，梗係飛身去做啦。

飛水 féi¹ sêu²

汆。粵 鴨腎要飛水。

飛天蠄蟧 féi¹ tin¹ kem⁴ lou²

喻指攀爬棚架潛入大廈的高層單位進行爆竊的盜賊。

飛天入海 féi¹ tin¹ yeb⁶ hoi²

喻指天大的困難。粵 佢係猛人一個，飛天入海都難佢唔到。

飛士 féi¹ xi²

英語借詞：face，面子。粵 喺嘅場合講嘅嘅說話，有晒佢飛士喇。普 丟盡了臉。

飛躍道 féi¹ yêg³ dou⁶

指在建築群之間攀爬和跳躍的極限運動。

飛站 féi¹ zam⁶

跳站。粵 搞錯呀！架巴士飛站！（帶強烈不滿語氣的"搞錯呀！"為"有冇搞錯呀！"的縮略式。）

飛將軍 féi¹ zêng¹ guen¹

負責高空拯救（如企圖自殺或高空危難人士）的消防員。

飛咗去 féi¹ zo² hêu³

（電話信息）接駁到。粵 我琴日打電話俾佢，佢嘅電話飛咗去留言。

菲傭 féi¹ yung⁴

菲律賓籍的外傭，佔全港外傭總數的54%（2017 年資料）。

痱滋 féi¹ ji¹

口瘡。粵 工作壓力大同埋夜瞓都會生痱滋。

肥 ❶ féi⁴

形容詞，指胖。粵 白色易著得肥。普 穿白色容易顯胖。

肥 ❷ féi⁴

動詞，使發胖。粵 沙律醬食肥人。

肥 ❸ féi⁴

英語借詞：fail，考試失敗。粵 佢肥咗小六升中一個試。

肥底 féi⁴ dei²

指容易發胖的人士。粵 自己本身肥底，食多少嘢就即時加磅。

肥到襪都著唔落

féi⁴ dou³ med⁶ dou¹ zêg⁶ m⁴ log⁶

"胖得連（彎腰）穿襪子也穿不了"，形

F

058

容非常非常胖。

肥肥白白 féi⁴ féi⁴ bag⁶ bag⁶

白白胖胖。🗣 個 BB 好得意，肥肥白白。

肥雞餐 féi⁴ gei¹ can¹

俗指 "優離計劃"，即以優厚的補償吸引員工自願提早離職。

肥過肥仔水 féi⁴ guo³ féi⁴ zei² sêu²

見條目【肥仔水】，俗指獲利甚豐。🗣 呢次得頭獎，肥過肥仔水嘞。

肥豬肉 féi⁴ ju¹ yug⁶

喻指肥缺。🗣 呢嚿肥豬肉實爭崩頭。🔵 這肥缺準引來激烈的競爭。

肥佬 féi⁴ lou²

英語借詞：fail，表考試不及格。🗣 A：考成點？B：肥佬咗。🔵 A：考得怎麼樣？B：黃了。

肥妹 féi⁴ mui¹

原指胖妞兒，引指茶餐廳的熱巧克力（因熱巧克力多喝容易長胖）。

肥騰騰 féi⁴ ten⁴ ten⁴

形容脂肪多；肥實。🗣 嚿豬肉肥騰騰，攞嚟蒸鹹魚至啱。

肥仔 ❶ féi⁴ zei²

形容詞謂語，指得到好處。🗣 今年公務員肥仔，額外加薪 0.5%。

肥仔 ❷ féi⁴ zei²

話語類句，俗指金錢收穫不錯。🗣 嘩，中咗頭獎，肥仔嘞。

肥仔水 féi⁴ zei² sêu²

肥仔水，原指一種可舒緩嬰孩腸痛的藥水。謔指大有收穫。🗣 啖就肥仔水嘞。🔵 那就太棒了。

分餅仔 fen¹ béng² zei²

俗指商業集團內部利益分配。

分薄 fen¹ bog⁶

攤薄。🗣 增加小巴一定會分薄的士嘅生意。

分分鐘 fen¹ fen¹ zung¹

表示隨時會發生負面的後果。🗣 手機不離手呀，唔係分分鐘俾人攞咗去。🔵 不然隨時會讓人家順手牽羊。

芬佬 fen¹ lou²

俗指基金管理人；"芬" 為英語 fund（基金）的音譯詞。

粉擦 fen² cad²

黑板擦。

瞓 fen³

睡（覺）。🗣 咁夜仲唔瞓？

瞓覺 fen³ gao³

睡覺。🗣 你瞓覺記得熄燈。

F

瞓身 fen³ sen¹

全力以赴。🗣 成個團隊瞓晒身去準備。

瞓彎 fen³ wan¹

指開摩托轉急彎時，車手順勢側著身子。🗣 佢揸電單車鍾意瞓彎。

否 feo¹

英語借詞：fault。（球賽用語）人犯規或球出界。

浮波 feo⁴ bo¹

指泳客帶著的小型救生球。

浮金 feo⁴ gem¹

喻指漂浮於海面的人類糞便（糞便一般為黃色，謔指 "金"）。

浮薪 feo⁴ sen¹

喻指金融界高層的花紅。

Fit 馬 fit ma⁵

喻指公司裡的優秀員工，中堅分子。

059

科以罰金 fo¹ yi⁵ fed⁶ gem¹

（澳門用語）罰款。粵 超速駕駛將科以三千蚊罰金。

火柴盒 fo² cai⁴ heb²

屬性詞，形容外形像火柴盒般的建築物。粵 火柴盒學校。

火滾 fo² guen²

生氣。粵 聽到佢噉講，真係火滾。

火麒麟 fo² kéi⁴ lên²

指嗜好多多的人士。粵 佢乜都鐘意，乜都好，正一火麒麟。

火龍 fo² lung⁴

指山火。粵 山火凌晨仍未撲熄，火龍處處。

火牛 fo² ngeo⁴

變電器。

火星撞地球

fo² xing¹ zong⁶ déi⁶ keo⁴

兩個性情剛烈的人難免有衝突，進而難以協作。

火燒腳 fo² xiu¹ gêg³

俗指走路時下肢出現疼痛、麻痺等病癥。

火燒連環鋪

fo² xiu¹ lin⁴ wan⁴ pou³

形容大火波及相鄰的店鋪。

火遮眼 fo² zé¹ ngan⁵

形容怒火沖天，引致不理性的行為。

火燭 fo² zug¹

火災。粵 三樓火燭，半粒鐘被撲滅。

貨櫃屋 fo³ guei⁶ ngug¹

指利用貨櫃作為居所。

貨尾 fo³ méi⁵

賣剩的商品。粵 貨尾平賣。

方包 fong¹ bao¹

（四方形）白麵包。

坊間 ❶ fong¹ gan¹

小區。

坊間 ❷ fong¹ gan¹

社會大眾。粵 坊間有不少猜測同討論。

坊眾 fong¹ zung³

泛指社區人士。粵 呢座廟係當時坊眾集資建成嘅。

房車 fong² cé¹

小轎車。

放 ❶ fong³

動詞，播放。粵 呢隻歌我放過幾次。

放 ❷ fong³

動詞，下班休息。粵 我係自由身，鍾意放幾點就幾點。

放 ❸ fong³

動詞，賣出。粵 收買呢一行，收幾多，放幾多，全憑經驗。普 買入多少，賣出多少，全靠經驗。

放 ❹ fong³

形容詞，表豪放。粵 玩得好放又好自然。

放長雙眼 fong³ cêng⁴ sêng¹ ngan⁵

拭目以待。粵 會唔會又係雷聲大，雨點小呢？真係要放長雙眼睇吓嘞。

放大 fong³ dai⁶

有意擴大事態。粵 大家都係為屋企著想，其他嘢唔重要，唔使放咁大。普 都是為家庭著想，沒必要小題大做。

放低幾両 fong³ dei¹ géi² lêng²

謔指小便（一般說法為"放低二兩"或"放低四兩"）。

放飯 fong³ fan⁶

公司企業中午時段允許員工離開崗位吃飯休息。粵 放飯得一個鐘。

放飯時間 fong³ fan⁶ xi⁴ gan³

指員工停止工作吃飯的時段。粵 趁放飯時間嚟參加。

放飛機 fong³ féi¹ géi¹

喻指失約。粵 次次約你，你都放我哋飛機。

放飛劍 fong³ féi¹ gim³

喻指隨意吐痰。

放狗 fong³ geo²

遛狗。粵 屋邨範圍內嚴禁放狗。

放學 fong³ hog⁶

喻指離開法庭。粵 各被告准許提早放學。

放唔低 fong³ m⁴ dei¹

喻指無法了結。粵 放唔低另一段感情。

放慢手腳 fong³ man⁶ seo² gêg³

形容工作上消極怠慢。

放蚊 fong³ men¹

喻指打哈欠。粵 嘅嘅報告，聽到吔人頻頻放蚊。

放生 fong³ sang¹

故意不檢控、不懲處嫌疑違規犯法之人士。

放蛇 fong³ sé⁴

指警方佯裝顧客，潛入犯罪集團收集證據，待時機成熟時採取拘捕行動。

放水 ❶ fong³ sêu²

謔指小便。粵 等我放篤水先。普 讓我先撒泡尿。

放水 ❷ fong³ sêu²

喻指給錢。粵 有水放水，有水散水。

普 有錢給錢，沒錢走人。

放數 fong³ sou³

放債。

放閃 fong³ xim²

指不時在社交平台上發放與情人秀恩愛的照片、文字與視頻的行為，目的在於向眾人曬幸福，同時公開宣示男方或女方已名花有主。粵 老婆生日張三放閃。

放笑彈 fong³ xiu³ dan²

說笑話。粵 佢個人好幽默，不時放笑彈。

放疫監 fong³ yig⁶ gam¹

謔指疫情消退，無須隔離，可以自由活動。見條目【坐疫監】。

放軟口風 fong³ yun⁵ heo² fung¹

喻指口頭上不再強硬。粵 佢終於放軟口風，應承會考慮大家嘅意見。

放軟手腳 fong³ yun⁵ seo² gêg³

喻指行動上不再強硬。粵 打擊犯罪活動，唔會放軟手腳。普 堅持嚴屬對付。

防賊咁防 fong⁴ cag⁶ gem³ fong⁴

形容警惕性高。粵 佢住新界村屋，屋企裝咗唔少防盜裝置，直情防賊咁防。

防滾架 fong⁴ guen² ga³

指開蓬跑車意外翻車時座位頭枕與擋風玻璃頂部自動形成的堅固框架以保護車內人士，以保障車內人士的人身安全。

防潮珠 fong⁴ qiu⁴ ju¹

防潮丸。

防煙門 fong⁴ ying¹ mun⁴

樓宇內各層的樓梯門，旨在火警時防止煙火蔓延。

妨擾 fong⁴ yiu²

（法律用語）為民事侵權的一種，包括噪音、塵土、惡臭、漏水等影響住戶或鄰居的行為。

friend 底 friend dei²

素有交情。粵 有問題，我哋係 friend 底嘛。

夫妻檔 fu¹ cei¹ dong³

夫妻店。

苦主 fu² ju²

泛指受害人。粵 苦主被騙入股，損失五十萬。

乪被 fu³ péi⁵

睡覺不老實，踢被子。

符碌 ❶ fu⁴ lug¹

英語借詞：fluke，表示僥倖。粵 做嘢靠符碌，唔會長久。普 做事心存僥倖是不會長久的。

符碌 ❷ fu⁴ lug¹

糊糊混混。粵 習慣逃避問題，但求符碌過關。

符符碌碌 fu⁴ fu⁴ lug¹ lug¹

稀里糊塗。粵 唔係個個好似你咁好命，符符碌碌都做到主席㗎。普 不是人都像你那麼運氣好，稀里糊塗當上主席。

符碌命 fu⁴ lug¹ méng⁶

形容人不靠實際能力卻僥倖地成功。

扶實 fu⁴ sed⁶

穩穩地扶著某人某物。粵 扶實佢上車。普 好好扶他上車。

扶手電梯 fu⁴ seo² din⁶ tei¹

自動扶梯。

父幹 fu⁶ gon³

父輩的支持。粵 置業靠父幹。普 置業需要有家庭的支持。

闊腳褲 fud³ gêg³ fu³

指褲腿比較寬餘的褲子。

闊佬 fud³ lou²

指有錢人士，引指闊氣。粵 今日咁闊佬請我哋食飯呀？

闊佬懶理 fud³ lou² lan⁵ léi⁵

愛搭不理。粵 向佢哋查詢時，對方居然闊佬懶理。

闊太 fud³ tai²

非常富有而享受高級物質生活的已婚女性。

闊條麵 fud³ tiu² min⁶

寬條麵。粵 牛腩撈麵最好用闊條麵。

闊閘機 fud³ zab⁶ géi¹

比較寬闊的入閘機，可讓大件行李通過。

福袋 fug¹ doi²

指在特定的節慶場合下商家贈送的禮物包。

福位 fug¹ wei²

俗指骨灰龕位。

腹大便便 fug¹ dai⁶ bin⁶ bin⁶

大腹便便。粵 懷孕快五個月嘅李太腹大便便。

復康巴士 fug⁶ hong¹ ba¹ xi²

專供傷健人士往返醫院診病的小型巴士。

灰 fui¹

因受打擊而志氣消沉。粵 我曾經灰過，挫敗過。

灰爆 fui¹ bao³

形容心灰意冷。粵 連續肥咗兩次，灰爆！普 考試連續兩次不及格，特沒勁兒。

灰底 fui¹ dei²

指色調深沉、趨向悲觀的基調。粵 啲畫作灰底嘅比較多。

F

062

灰位 fui¹ wei²

指骨灰龕。

歡樂時光 fun¹ log⁶ xi⁴ guong¹

英語借詞：happy hours。特指酒吧於下午四點到八點的時段以優惠價格供應飲品，以迎合工薪階層下班後消遣的需要。粵 有冇興趣喺歡樂時光嚟度啤一啤？

風暴警告 fung¹ bou⁶ ging² gou³

特指香港氣象台發出的警告信號。一號為戒備信號；三號為強風信號；八號為烈風信號；九號為暴風信號；十號為颶風信號。

風花雪月 fung¹ fa¹ xud³ yud⁶

形容不著天際地瞎聊。粵 呢啲嘅嘅聚會不過係聯誼性質，大家只會風花雪月，嘻嘻哈哈一番。

風火輪 fung¹ fo² lên²

俗指雙輪電動代步車。

風紀 fung¹ géi²

指在校內協助校方維持校規的中學生。

風琴欄 fung¹ kem⁴ lan⁴

指分隔路中的風琴式防撞欄。

風褸 fung¹ leo¹

風衣。

風筒 fung¹ tung²

吹風機。

風扇 fung¹ xin³

電風扇。

瘋狗浪 fung¹ geo² long⁶

指泳灘近海的暗湧。

封口 fung¹ heo²

三緘其口。粵 個個都封晒口。書 不願開口。

封蠟 fung¹ la³

把縫隙封上。粵 冷氣機槽應封蠟，以防呀老鼠猾入嚟。

封灘 fung¹ tan¹

特指由於救生員不足，海灘的救生服務暫停。

封肚 fung¹ tou³

女方表示不再生小孩兒。粵 佢生咗個仔，又追到個女，決定封肚。

逢八抽一 fung⁴ bad³ ceo¹ yed¹

（麻將用語）某局的勝者須按先前定下的比例抽取贏得的份額，如"逢八抽一"，用以支付場租、晚飯消費或作最後攤分等。

鳳巢 fung⁶ cao⁴

婉稱女性性工作者提供服務的工作間。

鳳樓 fung⁶ leo⁴

婉稱女性性工作者提供服務的場所。

鳳姐 fung⁶ zé²

婉稱（女性）性工作者。

奉子成婚 fung⁶ ji² xing⁴ fen¹

由於未婚先孕而結婚。粵 我個女係奉子成婚。

G

家 ga¹

量詞，表示種類。粵 也你都信"音樂胎教"呢家野㗎？

家頭細務 ga¹ teo⁴ sei³ mou⁶

家務瑣事。粵 放咗工返到屋企仲要打理家頭細務。

家庭廁所 ga¹ ting⁴ qi³ so²

指給家庭方便的公用廁所，如媽媽帶小男孩兒或成年兒子帶年邁母親。

加操 ga¹ cou¹

加大操練的力度。粵 一個禮拜一堂唔夠，要加操，起碼兩堂。

加底 ga¹ dei²

(食肆用語)指米飯、麵條加量。

加料 ga¹ liu²

臨時增加菜式。粵 叫住咁多先，唔夠再加料。普 先點那幾樣菜，不夠再增加。

加埋把口 ga¹ mai⁴ ba² heo²

插嘴。粵 關你乜事？唔使加埋把口罵。

加密 ga¹ med⁶

增加服務班次。粵 高峰時段，地鐵加密至半分鐘一班。

加雙筷子 ga¹ sêng¹ fai³ ji²

喻指吃飯的人多了一位。粵 嚟多咗一個人，有所謂，加雙筷子啫("雙"為粵語中筷子的量詞)。

加一 ga¹ yed¹

飲食業通行的加收百分之十的服務費。

假假哋 ga² ga² déi²

副詞，少說。粵 呢份工假假哋都有成三萬銀一個月㗎。

架勢 ga³ sei³

形容了不起。粵 先去過一次日本，好架勢咩？普 只去過一次日本旅遊，有什麼了不起的！

㗎 ❶ ga³

句末語氣詞，表肯定。粵 把遮唔係你㗎。普 這把雨傘可不是你的。

㗎 ❷ ga³

句末語氣詞，表選擇。粵 你去唔去㗎？普 你到底去還是不去？

㗎 ❸ ga³

句末語氣詞，表疑問。粵 邊個話你知㗎？普 是誰告訴你的？

咖啡店 ga³ fé¹ dim³

英語借詞：café，主要供應咖啡和西式點心、小吃，著重生活品味以及用膳環境。

咖啡妹 ga³ fé¹ mui¹

喻指女性交通督導員，其職責為發出違泊告票和勸喻行人合法過馬路。粵 仲泊架車嚟度？因住俾咖啡妹抄牌呀。

咖啡仔 ga³ fé¹ zei²

喻指男性交通督導員。

咖喱雞 ga³ léi¹ gei¹

喻指吻痕。粵 我想問下，點解你衫領度有笪咖喱雞嘅？

嫁雞隨雞 ga³ gei¹ cêu⁴ gei¹

指女性結婚以後生活種種安排接受夫家方面的影響。粵 我入呢行係嫁雞隨雞㗎咋。普 我丈夫幹這行，我結婚以後也跟他幹這行。

嫁喜禮餅 ga³ héi² lei⁵ béng²

專為嫁(女兒出嫁)喜(喜慶日子)特製的餅食。

嫁女 ga³ nêu²

女兒出嫁。粵 佢哋下個月嫁女，全家上下忙於準備。

嫁女餅 ga³ nêu² béng²

女兒結婚父母請親戚朋友同事吃的特製點心。

嫁作人婦 ga³ zog³ yen⁴ fu⁵

指女性結婚，成為人妻。粵 佢個女終於喺三十歲嗰年嫁作人婦。

甲蟲車 gab³ cung⁴ cé¹

謔指波子(保時捷)跑車，因外形跟甲蟲相似而得名。

夾 ❶ gab³

眾人商議之後安排某活動。粵 夾唔到個時間去飲茶。

夾 ❷ gab³

形容詞謂語，相似。粵 我哋嘅興趣好夾。

夾 ❸ gab³

連詞，表示疊加，而且。粵 入到嗰嗰學校，要好叻夾夠運。普 成績要好而且運氣好。

夾斗 gab³ dao²

類似人口腔的硬腭，一張一合能把東西夾住的運輸器械。粵 由夾斗吊上貨車運走。

夾斗車 gab³ dao² cé¹

裝有泥夾的平斗車。

夾計 gab³ gei²

指眾人商議想辦法。粵 大家夾計買二手車做物流生意。

夾歌 gab³ go¹

利用樂器協調。粵 我鍾意彈結他同佢夾歌。

夾口供 gab³ heo² gung¹

串供。粵 未夾過口供，遲早甩轆。普 來不及互相串通，早晚暴露。

夾心階層 gab³ sem¹ gai¹ ceng⁴

指中等收入的社會階層。

夾停 gab³ ting⁴

指有意識地前後堵著，迫使對方動彈不得。粵 突然有兩架車一前一後將佢架車夾停。

夾租 gab³ zou¹

眾人共租一居住單位，由各人分攤其租金。粵 屋租太貴，要同人夾租先負擔得起。

格價 gag³ ga³

比較價錢。粵 行多幾間鋪頭格吓價。

格開 gag³ hoi¹

用胳膊擋並使分開。粵 格開賊人支槍。普 擋開賊匪的槍。

格力犬 gag³ lig⁶ hün²

（澳門用語）特指逸園賽狗場（2018年停止營運）的賽犬。

格仔山 gag³ zei² san¹

特指九龍啟德機場年代的九龍仔山，整座小山覆蓋著紅白相間的方框（格仔），以引導即將降落的飛機，故名。

胳肋底 gag³ lag¹ dei²

胳肢窩。粵 天氣太熱，胳肋底都濕晒。普 胳肢都全濕了。

隔 gag³

動詞，距離。粵 張三隔住個身位同李四握手（張三、王五、李四三人並排，句子強調張三跟李四握手，中間超越王五的距離）。

隔開 gag³ hoi¹

不挨坐。粵 佢哋兩個同枱食飯，但係隔開坐。

隔空 gag³ hung¹

不在現場。粵 我哋身在北京，隔空支持你哋。

隔籬 gag³ léi⁴

隔壁。粵 隔籬係乜嘢人住？

隔籬埠 gag³ léi⁴ feo⁶

香港人指澳門。粵 每逢週末，唔少香港人過隔籬埠賭錢。

隔籬鄰舍 gag³ léi⁴ lên⁴ sé³

街坊鄰舍。粵 舊時住喺屋邨，隔籬鄰舍都識得。

G

隔年 gag³ nin⁴

每隔一年。粵 研討會隔年舉辦。

隔山打牛 gag³ san¹ da² ngeo⁴

喻指三車相撞。粵 後面兩架車收掣不及，結果隔山打牛，撞埋一齊。

隔涉 gag³ xib³

偏遠。粵 嗰度位置好隔涉，平日冇乜人到。

隔日 gag³ yed⁶

每隔一天。粵 餐廳隔日轉餐牌。

隔渣殼 gag³ za¹ hog³

撈網。粵 攞個隔渣殼撈起啲湯渣。

街邊檔 gai¹ bin¹ dong³

街頭攤販。粵 失業擺街邊檔賣遮。普 失業在街頭小攤上賣雨傘。

街邊貨 gai¹ bin¹ fo³

街上攤販出售的廉價貨品，與"公司貨"相對。

街車 gai¹ cé¹

相對於賽車的普通車輛。

街燈 gai¹ deng¹

路燈。

街渡 gai¹ dou²

私人營運的擺渡服務小艇。

街坊 ❶ gai¹ fong¹

名詞，社區人士。粵 我哋專做街坊生意。

街坊 ❷ gai¹ fong¹

形容詞，指社區意味濃，容易被接受。粵 "萬事勝意"，意頭好，夠街坊。

街坊報 gai¹ fong¹ bou³

指社區小報。

街坊舖 gai¹ fong¹ pou³

指社區民生小店。

街街 gai¹ gai¹

（兒童用語）表示上街。粵 有街街去，嘥豬呀。普 不能上街玩兒，不高興吧？

街工 gai¹ gung¹

服務於社區大眾的工作人員。

街客 ❶ gai¹ hag³

指來自街上的散客。粵 主要做網上生意，唔依靠街客。

街客 ❷ gai¹ hag³

指不屬於某機構企業編制的人士。粵 工廈食堂一般只能接待內部職工，不能接待街客。

街口 gai¹ heo²

路口。粵 街口有間麵舖，啲雲吞麵好食。

街招 gai¹ jiu¹

招貼。粵 睇街招先知你哋有啲嘅服務。

街麗 gai¹ lei⁶

婉稱街頭兜客的女性性工作者。

街舖 gai¹ pou³

臨街的店舖，與"樓上舖"相對。

街數 gai¹ sou³

指企業外部的債務（如對供應商的欠款等），有別於內部的債務（如員工的薪酬等）。粵 公司拖欠街數二百萬。

街頭智慧 gai¹ teo⁴ ji³ wei³

指工作人員現場應對的技巧和能力。粵 公司請人，唔單只睇學歷，更注重其街頭智慧。

街市 gai¹ xi⁵

菜市場。粵 街市買餸勝在新鮮同有人情味。

街市字 gai¹ xi⁵ ji⁶

（食肆用語）特指賬簿上或水牌上的書寫符號。

街友 gai¹ yeo²

對露宿者含尊重義的別稱。

解辣 gai² lad⁶

減輕口腔裡辣的感覺。**粵** 食完麻辣湯米線，叫杯凍甜飲解解辣。

解畫 gai² wa²

作出解釋或說明。**粵** 需要由監督部門嘅人出嚟解畫。

解穢酒 gai² wai⁶ zeo²

指葬禮之後，苦主請來吊唁的親朋戚友吃的酒席，傳統上只有七道菜。

解款車 gai³ fun² cé¹

運鈔車。

戒啡 gai³ fé¹

戒咖啡。**粵** 戒煙、戒啡、戒酒，我有樣成功。

戒口 ❶ gai³ heo²

忌口。**粵** 傷風感冒，要戒吓口，唔好食咁多糖。

戒口 ❷ gai³ heo²

由於喜好的原因，不吃某種食物。**粵** 我乜都食，冇乜特別戒口。

戒甩煙癮 gai³ led¹ yin¹ yen⁵

把抽煙的習慣戒除。**粵** BB 出世之後，佢決心戒甩煙癮。

芥菜老薑生菜仔

gai³ coi³ lou⁵ gêng¹ sang¹ coi³ zei²

諧謔語，喻指女性際遇之不幸，"嫁錯（芥菜）老公（老薑）生錯仔（生菜仔）"，既遇人不淑又兒子叛逆。

芥辣 gai³ lad⁶

芥末。**粵** 乾炒牛河要鑊氣夠，加上芥辣一流。

鎅 gai³

用刀具輕割。**粵** 腸仔鎅螺旋紋，快熟。

普 用刀在香腸表面拉出螺旋紋。

鎅女 gai³ nêu²

跟女性搭訕，示意追求。

鎅票 gai³ piu³

指在選舉中分薄票源。

鎅手 gai³ seo²

用刀具在手上自殘。**粵** 為情鎅手。

鎅鳶 gai³ yiu²

指放風箏時試圖把別人風箏的線截斷的遊戲。

監房 gam¹ fong⁴

監獄囚室。**粵** 宣判之後，佢被送上囚車即時還押監房。

減磅 gam² bong²

減輕重量，尤指減肥。**粵** 你最好多菜少肉，設法減磅。

減實 gam² sed⁶

表示最低價，不能再減。**粵** 件衫減實五百蚊。

減音窗 gam² yem¹ cêng¹

為減低車輛噪音對居民的影響的特製窗戶。**粵** 向北嘅單位都裝有減音窗。

監粗嚟 gam³ cou¹ lei⁴

不管別人是否同意強行做。**粵** 大家唔揼傾到掂，有得監粗嚟。**普** 大家要堅持互相溝通，不能胡來。

揀 gan²

挑選。**粵** 你揀人，人揀你。**普** 人家也會考慮你是否合適（指不要自視過高，自以為是）。

揀唔落手 gan² m⁴ log⁶ seo²

質量太差，無法挑選。**粵** 呢啲人出嚟選，簡直揀唔落手。

揀啱路 gan² ngam¹ lou⁶

喻指選定方向。**粵** 揀啱路就要堅持落去。

G

揀蟀 gan² zêd¹

"蟀"，即蟋蟀，引指為民間使蟋蟀相鬥的習俗。"揀蟀"就是要挑選體強好戰的蟋蟀，喻指精心挑選，發掘專才。🔵創新團隊派人到上海揀蟀。

鹼水糉 gan² sêu² zung²

常見糉子的一種，主要餡料為豆沙或蓮蓉，進食時一般沾白糖。

間 gan³

隔開使成為較小的空間。🔵呢個大房可間兩房。

間尺 gan³ cég²

尺子。

間唔中 gan³ m⁴ zung¹

偶爾。🔵間唔中會去吓深圳。🔴時不時會去深圳。

更分 gang¹ fen²

值班的時段。🔵出咗事，三個更分嘅監管人員都要接受問話。

更台 gang¹ toi⁴

供有關人士值班視察的、高出地面的建築。

交波 gao¹ bo¹

（把責任等）移交給。🔵呢個問題係上屆政府交波俾現屆政府嘅。

交吉 gao¹ ged¹

"吉"為避諱代字，指"空"（音同"凶"）。賣家把騰空的住宅單位交出給買家。🔵忙於清理房間，方便交吉俾新住戶。

交功課 gao¹ gung¹ fo³

喻指事前交出所做的種種準備工作。🔵下禮拜三開會，你必須喺禮拜一上晝交到功課。

交枱 gao¹ toi²

指食肆要求第一撥顧客儘早吃完，讓出食桌給下一撥。🔵被逼擒擒青食趕交枱。🔴被迫匆匆忙忙吃完清空桌子。

郊野公園 gao¹ yé⁵ gung¹ yun²

供市民休憩郊遊的公園。郊野公園散佈於全港各處，共佔香港總面積四成以上。香港島有香港仔、大潭、薄扶林等；九龍有獅子山、八仙嶺、林村等。

膠布 gao¹ bou³

橡皮膏。🔵手指流血，去7仔買塊膠布。

膠兜 ❶ gao¹ deo¹

塑料盤子。🔵洗好啲菜放喺膠兜度。

膠兜 ❷ gao¹ deo¹

室外運送傷者用的塑料床。🔵救護員將傷者放入膠兜，再抬上救護車送院。

膠袋 gao¹ doi²

塑料袋。

膠蟹 gao¹ hai⁵

特指2002年開始發行的塑料版十元紙幣，其圖案酷似螃蟹，故名。🔵個袋得幾張膠蟹。

膠紙 ❶ gao¹ ji²

（捆綁用）膠帶。

膠紙 ❷ gao¹ ji²

（包裝用）透明膠。

膠論 gao¹ lên⁶

不著實際、謬誤百出的議論。

膠味 ❶ gao¹ méi⁶

作假的成分。🔵雖然已50歲，但毫無膠味，完全係天然大美人（即未經整容）。

膠味 ❷ gao¹ méi⁶

造作，不自然。🔵佢呢張相唔靚，帶啲膠味。🔴臉部繃緊，不自然。

膠手套 gao¹ seo² tou³

乳膠手套。

膠災 gao¹ zoi¹

特指海洋的塑料污染。

搞出個大頭佛

gao² cêd¹ go³ dai⁶ teo⁴ fed⁶

捅了個大簍子。粵 個會嘅議程印錯晒，結果主講嘉賓一個未到，搞出個大頭佛嘞。

搞出人命 ❶ gao² cêd¹ yen⁴ méng⁶

致人死亡。粵 唔好以為郁吓手，出吓氣就算。搞出人命邊個負責？

搞出人命 ❷ gao² cêd¹ yen⁴ méng⁶

致女方成孕。粵 你哋要住埋一齊，我冇意見，但係，千祈唔好搞出人命。普 …… 千萬別懷上小孩兒。

搞到一鑊粥

gao² dou³ yed¹ wog⁶ zug¹

搞到一團糟。粵 舊契到期先申請分分鐘會搞到一鑊粥。普 舊約到期才申請隨時會搞到一團糟。

搞搞震，冇幫襯

gao² gao² zen³, mou⁵ bong¹ cen³

成事不足，敗事有余。粵 用咗大家咁多嘅錢，買埋晒咁多唔等使嘅嘢嚟，正一搞搞震冇幫襯。普 花錢淨買些沒用的東西，瞎胡鬧。

搞基 gao² géi¹

"基" 為英語借詞：gay，指同性戀。

搞亂檔 gao² lün⁶ dong³

干擾、破壞別人的計劃、部署。粵 唔俾佢哋嚟，費時喺度搞亂檔。普 別讓他們來，以免他們在這兒搞亂。

搞作 gao² zog³

動作（含貶義）。粵 佢一向搞作多多。

攪珠 gao² ju¹

搖號。粵 三月攪珠，五月揀樓。普 三月搖號，五月選樓。

校緊 gao³ gen²

調校使之固定。粵 幫佢校緊單車頭盔。

較飛 ❶ gao³ féi¹

罔顧。粵 邊個都唔會攞自己嘅健康嚟較飛。普 誰也不會罔顧自己的身體健康（都會加以顧惜）。

較飛 ❷ gao³ féi¹

對 … 不負責任。粵 個司機一路飆車一路煲劇，直情攞乘客性命較飛。普 對乘客的性命安全極不負責任。

較腳 gao³ gêg³

溜；偷偷地走開。粵 返工三日即較腳。普 …… 走了。

鉸剪 gao³ jin²

剪刀。

教落 gao³ log⁶

依據前輩的教導。粵 我阿爸教落，中午之前唔好飲酒，容易傷身。

教路 ❶ gao³ lou⁶

指點。粵 搵專業人士教路。

教路 ❷ gao³ lou⁶

指出。粵 佢教路話揀葡萄唔係越大串越好。

教識徒弟冇師傅

gao³ xig¹ tou⁴ dei² mou⁵ xi¹ fu²

直譯為 "教會徒弟，師傅沒法活"，指傳統工匠的潛規則，即關鍵技術要留一手。

教友 gao³ yeo⁵

同屬一個教會的成員。

覺覺豬 gao⁴ gao¹ ju¹

（兒童用語）睡覺覺。粵 覺覺豬嘞，聽晚先再講嘞。

嘅 ❶ gé²

句末語氣詞，一表反詰。粵 噉都得嘅？

G

嚃 這樣還成？

句末語氣詞，二表疑問。**粵** 把遮係你嘅？**普** 這兩傘是你的吧？

句末語氣詞，三表同意。**粵** 你去都好嘅。**普** 你去也好。

嘅 ❷ gé³

結構助詞，表領屬，功能相當於"的"。**粵** 我嘅事我自己知。**普** 這是我的事，我心裡很清楚。

鋸扒 gê³ pa²

喻指吃牛排（"鋸"指刀子來回切割）。

急症 geb¹ jing³

急診。**粵** 佢流鼻血，要睇急症。

吸到實 geb⁶ dou³ sed⁶

緊盯著。**粵** 要吸到實，唔好俾佢走甩。**普** 得緊盯著，別讓牠跑了。

吉的 ged¹ dig¹

空載出租車。

吉鋪 ged¹ pou³

空置的臨街店鋪。

吉蒂猫 ged¹ tai³ mao¹

特指 Hello Kitty 動漫人物。

吉位 ged¹ wei²

富餘的空間。**粵** 架車後面仲有吉位。

吉人天相 ged¹ yen⁴ tin¹ sêng³

上天保佑。**粵** 張三俾車撞到重傷，希望佢吉人天相嘞。**普** 上天保佑，平安無事。

拮到痛處 ged¹ dou³ tung³ qu³

觸到痛處。**粵** 一句話拮到佢嘅痛處。

腳板底 gêg³ ban² dei²

腳底。

腳風順 gêg³ fung¹ sên⁶

指踢足球運氣佳。

腳瓜 gêg³ gua¹

腿肚子。**粵** 踢波嗰陣，腳瓜損咗都唔知。**普** 踢球的時候，腳肚子流血也沒察覺。

腳骨力 gêg³ gued¹ lig⁶

腿腳勁兒，指走動的能力。**粵** 廿分鐘路程以斜路為主，上落少啲腳骨力都唔得。**普** 走上走下缺點兒腳勁都不行。

腳程 gêg³ qing⁴

指走路的距離。**粵** 五分鐘腳程就到地鐵。

腳頭好 gêg³ teo⁴ hou²

走運。**粵** 佢腳頭好帶旺咗我。**普** 他運氣好，幫助我事業發展。

腳位 gêg³ wei²

指座位之間擱腳的地方（指有足夠的空間）。**粵** 坐動車去上海幾好吖，腳位好舒服。

腳軟 gêg³ yun⁵

腿發軟。**粵** 行咗幾步突然腳軟要坐低休息。

腳睜 gêg³ zang¹

腳後跟。

雞 gei¹

動詞，俗指指責，說人不是。**粵** 你唔好雞我。

雞髀 gei¹ béi²

雞腿。

雞槌 gei¹ cêu²

雞小腿。

雞蛋仔 gei¹ dan² zei²

香港街頭美食之一。取麵粉和雞蛋、牛奶調成麵糊，倒入特製的餅鑽烘烤圓形小球，與雞蛋形狀相似而得名。

雞啄唔斷 gei¹ dêng¹ m⁴ tün⁵

形容話特別多。**粵** 佢哋兩個一見面就雞啄唔斷。

雞精化 gei¹ jing¹ fa³

喻指精選。粵 閱讀傾向雞精化同碎片化。普 只看精選節錄,少看全文全書。

雞精書 gei¹ jing¹ xu¹

喻指內容濃縮的文本。粵 呢本有關大廈管理嘅雞精書值得一讀。

雞肋位 gei¹ lag⁶ wei²

指不好使用的狹小空間。粵 樓梯底個雞肋位就變成小酒室。

雞毛鴨血 gei¹ mou⁴ ngab³ hüd³

狼狽不堪。粵 佢借錢唔還,我俾佢搞到雞毛鴨血。

雞批 gei¹ pei¹

雞肉餡餅。

雞腎 gei¹ sen⁵

雞胗。

雞碎咁多 gei¹ sêu³ gem³ do¹

形容少得可憐。粵 經費雞碎咁多,聊勝於無。

雞翼 gei¹ yig⁶

雞翅。

雞仔 gei¹ zei²

俗指犯罪集團最下線成員。

計 gei³

以 … 為準。粵 我哋中國人計舊曆㗎。

計到盡 gei³ dou³ zên⁶

排除任何疏漏地計算。粵 條數計到盡,都仲爭三千蚊。普 怎麼個精打細算,也還有三千塊錢的缺口。

計漏 gei³ leo⁶

忘記把某個數字計算在內。粵 計漏佣金。

計數機 gei³ sou³ géi¹

計算器。

髻 gei³

髮髻;丸子頭。

機艙老鼠 géi¹ cong¹ lou⁵ xu²

俗指在機艙內偷竊的不法分子。

饑饉 30 géi¹ gen² 30

指香港世界宣明會 1973 年開始舉辦至今的自選時地揸餓行善的活動。

基佬 géi¹ lou²

貶稱男同性戀者。

基婆 géi¹ po²

貶稱女同性戀者。

羈留病房 géi¹ leo⁴ béng⁶ fong²

為待審人犯或囚犯專設的病房。

幾 ❶ géi²

泛指數詞。粵 A:你個仔讀緊中幾?B:中五。

幾 ❷ géi²

副詞,表某種程度。粵 公司好似仲幾等錢使。普 公司好像有點兒周轉不靈。

幾杯到肚 géi² bui¹ dou³ tou⁵

喻指喝了點兒酒。粵 幾杯到肚就開始發牢騷。

幾大就幾大,燒賣就燒賣

géi² dai² zeo⁶ géi² dai², xiu¹ mai¹ zeo⁶ xiu¹ mai²

這是香港話特有的句式,前段五言,表示中心意思;後段同樣五言則只是墊音,要求押韻並增加諧趣色彩。表示無論如何,豁出去了。粵 幾大就幾大,燒賣就燒賣,我唔怕佢搞我。

幾多 géi² do¹

疑問詞,多少?粵 你要幾多?

G

幾耐 géi² noi⁶

疑問詞，多久？粵 要等幾耐？

幾時 ❶ géi² xi⁴

用在肯定句，表示無論什麼時候。粵 講信用，做人幾時都要係噉。

幾時 ❷ géi² xi⁴

用在疑問句，表示什麼時候。粵 幾時返香港？

紀律部隊 géi² lêd⁶ bou⁶ dêu²

特指保安局下轄的、維持社會治安的部隊，包括警察、海關、消防、入境處、懲教署、醫療輔助隊、政府飛行服務隊和民眾安全服務隊。

記招 géi³ jiu¹

縮略詞，指記者招待會。

記缺點 géi³ küd³ dim²

中小學裡素質教育懲罰方式的一種。粵 喺學校講粗口會記缺點。

忌廉 géi⁶ lim¹

英語借詞：cream，奶油。粵 忌廉蛋糕。

甘 gem¹

形容數量多。粵 屋企有人出埠做嘢、讀書，打長途電話費用實在幾甘。普 家裡人出國工作、讀書，電話費用不菲。

今朝有交今朝嗌

gem¹ jiu¹ yeo⁵ gao¹ gem¹ jiu¹ ngai³

直譯"今早要吵架就今早吵"，喻指沒有隔夜仇。粵 話唔嗌交係假嘅，但係我哋係"今朝有交今朝嗌"嗰隻。普 說不吵架是假的，但是我們是吵完就完那一類。

今時今日 gem¹ xi⁴ gem¹ yed⁶

強調眼下的情勢。粵 今時今日做家長，真係唔容易。

今日不知明日事

gem¹ yed⁶ bed¹ ji¹ ming⁴ yed⁶ xi⁶

喻指充滿不確定性。粵 宜家呢個世界，今日不知明日事（指無須為未來作長遠的計劃）。

金巴 gem¹ ba¹

特指在港珠澳大橋上來往各口岸的穿梭巴士；由於車身塗上金色，故名。

金巨羅 gem¹ bo¹ lo¹

寵壞的小孩兒。粵 金巨羅一喊，成家人都有晒佢符。

金漆招牌 gem¹ ced¹ jiu¹ pai⁴

金字招牌。

金多寶 gem¹ do¹ bou²

特指六合彩滾存累計的彩金。

金菇 gem¹ gu¹

金針菇。

金晴火眼 ❶ gem¹ jing¹ fo² ngan⁵

形容詞謂語，指（累得）頭昏腦脹。粵 連續捱咗兩個更，直情捱到金晴火眼 普 連上兩天班，疲憊不堪。

金晴火眼 ❷ gem¹ jing¹ fo² ngan⁵

副詞，指十分警覺地盯著。粵 目標人物出現，大家金晴火眼噉盯住佢一舉一動。

金豬 gem¹ ju¹

特指清明節掃墓拜祭用的燒乳豬全體。

金主 gem¹ ju²

指資助人。粵 由於幕後金主退出，活動取消。

金勞 gem¹ lou¹

簡稱勞力士鍍金手錶。

金毛 gem¹ mou¹

指頭髮染成金黃色的青年，含貶義。

金銀衣紙 gem¹ ngen⁴ yi¹ ji²

掃墓祭品，象徵財富。

金牛 gem¹ ngeo⁴

俗指港幣一千元現鈔。

金盆洗手 gem¹ pun⁴ sei² seo²

獲得巨大利益之後退出；洗手不幹。**粵** 佢四張幾嘢就金盆洗手，退休移民。**普** 他四十來歲就功成身退，移民外國。

金錢交易 gem¹ qin⁴ gao¹ yig⁶

喻指性交易。**粵** 案件嘅關鍵係當中是否涉及金錢交易。

金手指 gem¹ seo² ji²

俗指誣告別人的人士。**粵** 呢啲人遠離為妙，金手指嚟㗎。

金童玉女 gem¹ tung⁴ yug⁶ nêu²

喻指男才女貌的一對。**粵** 當代網壇金童玉女必數張三同李四。

金魚缸 gem¹ yu² gong¹

俗指"香港股票聯合交易所"，其大廳只有持有交易牌照公司的經紀人可進入，而這些經紀人一律穿著紅背心工作，猶如金魚在金魚缸中游動，故名。**粵** 呢種情況亦會發生喺金魚缸之中。

金融螞蟻 gem¹ yung⁴ ma⁵ ngei⁵

指水客利用"螞蟻搬家"的方式走私外幣或人民幣來港。

金鐘罩 gem¹ zung¹ zao³

尚方寶劍。**粵** 佢未退休，仲有個金鐘罩喺度，你郁唔到佢㗎。

甘草演員 gem¹ cou² yin² yun⁴

指綠葉配角。**粵** 為咗培養新人，佢安心做甘草演員。

柑 gem¹

橘子。

感嚫 gem² cen¹

由於天氣驟變而身體不適。**粵** 暑熱啫，感嚫吓。

噉 gem²

連詞，表示順應；那麼。**粵** 要錢㗎？噉，我就唔去囉。

噉都得 gem² dou¹ deg¹

反問句，表示驚訝、不滿、抗議。**粵** A：嘩，噉都得？B：人哋係特權人士，咪唔得！**普** A：嚯，這也行？B：人家是特權人士，什麼不行！

噉唔係 gem² m⁴ hei²

話語類句，表示理所當然：可不是嘛。**粵** A：遲到就冇份。B：噉唔係。**普** A：誰遲到誰就沒有。B：可不是嘛。

噉又係嘅 gem² yeo⁶ hei⁶ gé²

應答語，表示讓步。**粵** A：人哋抱住個BB，俾佢上車先喇。B：噉又係嘅。**普** B:倒也是。

噉就一世 gem² zeo⁶ yed¹ sei³

一輩子倒霉。**粵** 俾人影到放上網，噉就一世。**普** 讓人家拍到，往網上一擱，那就倒了大霉了。

咁 gem³

程度副詞，這麼，那麼。**粵** 咁鹹，點食呀？**普** 這麼鹹，沒法吃。

咁啱得咁蹺

gem³ ngam¹ deg¹ gem³ kiu²

句首副詞，恰巧。**粵** 咁啱得咁蹺，喺樓梯口撞到佢。

禁區紙 gem³ kêu¹ ji²

尤指新界北部邊境禁區通行證。

撳 gem⁶

動詞，按。**粵** 攞部計算機出嚟撳吓咪知囉。

撳錯掣 gem⁶ co³ zei³

按錯鍵。**粵** 你撳錯掣嘞，應該撳A，唔係撳B。

G

撳得住 gem⁶ deg¹ ju⁶

能勸服，能壓制，能阻止（某人做某事）。粵 我未必撳得住佢嘅。

撳燈 gem⁶ deng¹

指在問答比賽中回答時須把桌面上的燈按亮。

撳釘 gem⁶ déng¹

摁釘。

撳機 gem⁶ géi¹

指在銀行自動櫃員機用提款卡取錢。粵 唔夠錢唔緊要，去撳機咪得囉。

撳錢 gem⁶ qin²

通過自動櫃員機提款。粵 我撳咗啲錢俾佢。

撳鐘 gem⁶ zung¹

按鈴。粵 撳咗幾次鐘，冇人應。

跟 ❶ gen¹

跟進。粵 張三同佢哋嘅來往，你幫我跟一跟。

跟 ❷ gen¹

跟進（做）。粵 啲嘅手板眼見功夫都冇人跟，個個懶到出汗。普 這樣輕易而舉的事兒也沒人跟進，全是懶骨頭。

跟出跟入 gen¹ cêd¹ gen¹ yeb⁶

全程陪伴。粵 佢為喎女跟出跟入。普 她一直在女兒身邊陪伴。

跟得 gen¹ deg¹

屬性詞，表示陪伴在側、寸步不離的人士（一般跟表親屬的名詞連用）。粵 個囝囡溜冰個陣，佢就跟得媽咪上身，全程幫佢影相。普 兒子滑冰的時候，她就變成一個十分體貼的母親，全程給他拍照。

跟吓眼 gen¹ ha⁵ ngan⁵

喻指提供意見。粵 呢個計劃同我跟吓眼啦。普 幫我參謀參謀。

跟住 gen¹ ju⁶

連詞，表示後續動作。粵 呢本書你睇完我跟住睇。普 你看完了我接著看。

跟身 gen¹ sen¹

隨身帶上。粵 手機要跟身。

跟手 gen¹ seo²

接著。粵 你洗完碗，跟手清潔埋個廚房。

斤兩 gen¹ lêng²

喻指個人的能耐、影響力等。粵 自己幾多斤兩自己知。

緊 gen²

體貌助詞，表示動作在進行中。粵 佢開緊會，唔行得開。普 他正在開會，離不開。

緊要 gen² yiu³

形容詞，要緊。粵 打邊爐，最緊要係湯底。

緊張 ❶ gen² zêng¹

動詞，表非常看重。粵 佢非常緊張個仔嘅成績。

緊張 ❷ gen² zêng¹

在乎。粵 消費者唔係話緊張嗰啲錢，而係唔抵得佢哋嘅服務態度。普 不在乎那些錢，而是對他們的服務態度很不滿。

緊張到嘔 gen² zêng¹ dou³ ngeo²

形容十分緊張。粵 宣佈得獎名單嗰陣，佢緊張到嘔。

近 gen⁶

介詞，表靠近。粵 近窗口好啲。普 最好靠近窗戶。

更生 geng¹ sang¹

（法律用語）感化。粵 少年犯罪判更生。

更生人士 geng¹ sang¹ yen⁴ xi⁶

指青少年罪犯、吸毒人士和長年監禁而獲得提早釋放的人士。政府的更生工作

G

就是幫助他們改過自新、重投社會。

羹 geng[1]

小勺。粵 我飲咖啡要隻羹。

梗 geng[2]

當然。粵 聽到噉講梗嬲啦。普 聽到這樣的說話當然生氣。

梗頸四 geng[2] géng[2] séi[3]

俗指在比賽中得第四名。粵 張三得梗頸四。

梗係 geng[2] hei[6]

副詞，肯定。粵 唔使審，梗係佢。普 不用問，肯定是他。

梗有一間喺左近
geng[2] yeo[5] yed[1] gan[1] hei[6] zo[2] gen[2]

原為 "7-11 便利店" 的宣傳口號，後轉為形容同類商店非常多（直譯為 "附近肯定有一家同類的商店"）。

驚 ❶ géng[1]

擔心。粵 驚幫人變成害咗自己。

驚 ❷ géng[1]

害怕。粵 出人命先知驚。

驚青 géng[1] céng[1]

擔心害怕。粵 唔使咁驚青。

驚你呀 géng[1] néi[5] a[4]

話語類句，表示不在乎。粵 去咪去，驚你呀。普 我就去，才不把你放在眼裡。

驚死 géng[1] séi[2]

生怕。粵 個個湧上前，驚死蝕底。普 爭先恐後，生怕吃虧。

驚條鐵 géng[1] tiu[4] tid[3]

話語類句，表示沒有什麼可擔心的（"條鐵" 為墊字，含粗俗色彩）。粵 佢哋早早就嗽做㗎啦，驚條鐵。普 他們早那麼幹，擔心個屁！

頸巾 géng[2] gen[1]

圍脖。

頸箍 géng[2] ku[1]

用於固定傷者頭部的裝置。粵 由救護員替佢戴上頸箍，送上救護車。

頸鏈 géng[2] lin[2]

項鏈。

薑米 gêng[1] mei[5]

顆粒度很小的薑粒。

薑汁撞奶 gêng[1] zeb[1] zong[6] nai[5]

香港特色甜品，由熱牛奶混合新鮮的老薑汁凝固而成。

九九九 geo[2] geo[2] geo[2]

特指香港救急及報警電話號碼。

九個蓋冚十個煲
geo[2] go[3] goi[3] kem[6] seb[6] go[3] bou[1]

喻指拆東牆補西牆，即信用卡持有人不善理財的後果。由於未能清還信用卡欠款而被迫繳付最低賬款時，往往難免陷入 "蓋" 越來越少，"煲" 越來越多的惡性循環：周轉不靈 — 繳付利息 — 繼續借貸。

九龍皇帝 geo[2] lung[4] wong[4] dei[3]

本名為曾灶財，筆名 "國皇"。他的塗鴉墨寶遍佈港九各區，為港人熟悉的街頭書法大師。2007 年去世。

九唔搭八 geo[2] m[4] dab[3] bad[3]

前言不搭後語。粵 佢喺記者面前講嘢九唔搭八係常態。普 說話不著邊際；答非所問。

九秒九 geo[2] miu[2] geo[2]

副詞，形容迅速地。粵 張三九秒九行番李四身邊。

九五更 geo[2] ng[5] gang[1]

指上午 9 時上班、下午 5 時下班的工作日制。

九條街 geo² tiu⁴ gai¹

固定結構，強調程度之高。粵 打開蓋，香味隔九條街都聞到。普 打開蓋子，遠遠都能聞其香味。

狗臂架 geo² béi² ga²

俗指直角三角形的支架。

狗公 geo² gung¹

謔指那些主動跟陌生女性搭訕，企圖結識她們的男性。

狗屎垃圾 geo² xi² lab⁶ sab³

瑣碎而無價值的東西。粵 呢啲新聞全部係狗屎垃圾。

夠班 geo³ ban¹

符合標準、期待。粵 佢嘅演技似乎未夠班。

夠膽死 geo³ dam² séi²

竟敢。粵 夠膽死喺你老細面前劈炮吖。普 敢不敢在你老闆面前提出辭職！

夠分 geo³ fen¹

指分數夠。粵 佢個女好叻，夠分入讀大學學位課程。

夠腳 geo³ gêg³

人手足夠（做）。粵 如果佢兩個肯參加就夠腳籌劃第二集。

夠薑 geo³ gêng¹

（威脅用語）有種；膽敢。粵 錢，你夠薑送，佢夠薑收。普 錢，你敢送，他敢收。

夠 … 嚟 geo³ … lei⁴

固定結構，常用於否定，指能力、實力等不如對方。粵 我哋唔夠人嚟。普 我們競爭不過人家。

夠料 geo³ liu²

資格、能力被認可。粵 佢哋未夠料作出判斷。

夠未呀 geo³ méi⁶ a³

跟動詞連用的強調式反問句。粵 你哋嘈夠未呀？普 你們吵什麼，有完沒完！

夠皮 geo³ péi²

獲得滿足感。粵 舊年參加 35 公里賽唔夠皮，今年一於加碼，參加 50 公里賽。

夠秤 geo³ qing³

資格、能力達到要求。粵 選主任，你都未夠秤。普 你沒資格參加選舉當主任。

夠數 geo³ sou³

數量合適。粵 三個仔女夠晒數。

夠鐘 geo³ zung¹

喻指到達某個時限。粵 張三年底夠鐘退休。

救命鐘 geo³ méng⁶ zung¹

指醫院內病床邊安裝的連接病人與值班護士的電鈴，供緊急需要救助時使用。

救生員 geo³ sang¹ yun⁴

特指泳池和泳灘的拯溺員工。

舊年 geo⁶ nin²

去年。粵 我舊年六月到香港。

舊生 geo⁶ seng¹

校友。粵 張三佢哋幾個係廣州中山大學嘅舊生。

舊陣時 geo⁶ zen⁶ xi²

以前。粵 我屋企舊陣時住喺廣州西關。普 我家裡以前住在廣州西關。

嚿 ❶ geo⁶

量詞，塊。粵 食嚿蛋糕頂肚。普 吃塊蛋糕解餓。

嚿 ❷ geo⁶

俗指港幣一百元。粵 A：實際幾多嚿先？B：四嚿。普 B：四百塊。

076

居屋 gêu¹ ngug¹

2011 年香港特區政府宣佈復建居屋，原意為以申請人負擔得起的售價，讓買不起私人樓宇而又超過入住公屋資格的市民得以自置居所。

舉旗 gêu² kéi⁴

（警方用語）指舉起警告性的四方旗，表示會對示威人士採取行動，如"舉黃旗"，表示在場人士違法，可能會被檢控；"舉紅旗"，示意停止衝擊，否則使用武力驅散；"舉黑旗"，示意在場人士馬上撤離，否則會使用催淚彈；"舉橙旗"，表示會採取武力，包括開槍。

句 gêu³

量詞，表時間：小時。粵 遲到兩句鐘。

嘰嘰趄趄 gi⁴ gi¹ ged⁶ ged⁶

形容嘀嘀咕咕（表示不滿）。粵 唔俾佢出街，佢就喺屋企嘰嘰趄趄。

篋 gib¹

一般指擱衣物的小箱子。粵 我行李唔多，一個背囊，一個行李篋。

唸帽 gib¹ mou²

英語借詞：cap，指帶有帽舌的帽子。粵 佢戴頂唸帽好有型。

唸汁 gib¹ zeb¹

指一種微酸麻辣為基礎的調味醬汁。

劫空寶 gib³ hung¹ bou²

喻指歹徒犯案時撲空。粵 收錯風，劫空寶。普 由於收到錯誤的信息，犯案時撲了個空（沒有找到目標人物或錢財）。

澀 gib³

指"澀"的味道。粵 黑啤勝在又澀又苦，男人至愛。

傑 gid⁶

句末感歎詞，表示倒霉。粵 分分鐘會被起訴危險駕駛，傑！普 隨時被起訴危險駕駛，那可倒霉！

傑斗 gid⁶ deo²

英語借詞：kidult，貶稱大小孩兒；老來俏。

傑運 gid⁶ wen⁶

指香港傑出運動員選舉，共設八個項目，名單公佈後供全體市民投票。得票最高者即獲得"八傑"的榮譽，而獲得八個項目的之中最高得票者即獲年度"星中之星"大獎。

擊靈鼓 gig¹ ling⁴ gu²

靈鼓指車公廟設置的銅鼓。年初三善信擊銅鼓，祈求成功轉運。

激嬲 gig¹ neo¹

惹生氣。粵 佢又一次飛甩我哋，激嬲晒成村人。普 又一次爽約，把大夥兒全都給惹生氣了。

激瘦 gig¹ seo³

形容體重急速下降。粵 大病一場，激瘦十斤。

極 gig⁶

連詞，表讓步，不論（多）。粵 特殊極都一定要守法。普 不論多特殊也一定要守法。

極之 gig⁶ ji¹

程度副詞，十分。粵 你嗽講嘢，佢極之唔高興。

檢定教師 gim² ding⁶ gao³ xi¹

學歷符合規定並在教育署註冊，從而取得教師資格的人士。該等人士分為兩類：學位教師（有資格教中學）及文憑教師，再細分為小學或中學文憑教師。

肩脊肉 gin¹ zég³ yug⁶

里脊肉。

堅 gin¹

形容真實的、不是虛假的，與"流"相對。粵 呢個消息睇嚟係堅嘅。

堅離地 gin[1] léi[4] déi[6]

形容完全脫離現實（"堅"為副詞）。[粵] 呢項更改堅離地，大家發起抵制。

堅料 gin[1] liu[2]

確實的消息，與"流料"相對。[粵] 佢調咗上上海做嘢，聽日就走。堅料嚟㗎！

堅挺 gin[1] ting[5]

真實；不容置疑。[粵] 啲數據非常堅挺。

見 gin[3]

感覺。[粵] 我血糖低，唔餓得，一餓易見暈。

見點 gin[3] dim[2]

用於詢問對方健康的用語。[粵] 你見點？邊度唔舒服？[普] 你覺得怎麼樣？哪裡不舒服？

見工 gin[3] gung[1]

到聘用單位參加面試。

見好就收 gin[3] hou[2] zeo[6] seo[1]

得到好處，要適可而止，平安離場。[粵] 都贏咗咁多咯，見好就收喇，因住輸番晒嚿。[普] 已經贏了那麼些了，打住得了，當心把贏的全部又輸掉。

見紅 gin[3] hung[4]

（金融用語）虧損。[粵] 外匯基金第一季度見紅，但幅度唔大。

見招拆招 gin[3] jiu[1] cag[3] jiu[1]

按照具體問題的特點加以化解。[粵] 單嘢都幾複雜，見招拆招喺喇。[普] 這事兒挺複雜的，出現問題就用既定的方式去解決就是了。

見錢開眼 gin[3] qin[2] hoi[1] ngan[5]

形容非常貪財。[粵] 正一世界仔，見錢開眼，乜都做得出。[普] 這個唯利是圖的傢伙什麼事都做得出來。

見使 ❶ gin[3] sei[2]

指貨幣禁花。[粵] 日圓貶值，港元更見使。

見使 ❷ gin[3] sei[2]

指空間好用。[粵] 內櫳見使，起居方便。

見真章 gin[3] zen[1] zêng[1]

指受到真正的考驗。[粵] 線路調整預料下週一上班時段見真章。

件 gin[6]

量詞，指小孩兒。[粵] 我同我老公生咗三件。

件頭 gin[6] teo[2]

語素詞，一般與"兩"、"三"搭配使用，指成套衣服的組件。[粵] 中學校服一般為兩件頭，上衣配裙或褲。

鍵盤戰士 gin[6] pun[2] jin[3] xi[6]

喻指只會敲鍵盤通過網誌隔空發聲而未能親自站出來表達意見的人士。

經 ging[1]

語素詞，指一套相關技巧，如馬經、食經、溱仔經等。

經屋 ging[1] ngug[1]

（澳門用語）政府蓋建的公共房屋。

矜貴 ging[1] guei[3]

形容很難得、很珍貴的東西。[粵] 呢隻古董錶係阿爺傳落嚟㗎，極之矜貴。

警花 ging[2] fa[1]

警隊中年輕漂亮的女性警員。

勁 ❶ ging[6]

程度副詞，表示很多。[粵] 今個月勁多朋友生日。

勁 ❷ ging[6]

厲害。[粵] 俾人插得最勁就係張三。[普] 給人批評得最厲害的就是張三。

勁賺 ging[6] zan[6]

賺一大筆錢。[粵] 賣咗間舊屋，勁賺

G

一筆。

叫得 giu³ deg¹

既然被稱為（並引出邏輯的結果）。粵 叫得同樂日，梗係有嘢玩。普 既然是同樂日，當然得有不少遊戲供大家玩樂。

叫起手 giu³ héi² seo²

指臨時需要的時候。粵 袋住啲現金，叫起手有得用。普 拿點兒現金，需要時用得著。

叫咪 giu³ mei¹

拿擴音器大聲進行宣傳。粵 你企喺呢度叫咪，會影響我哋生意㗎。

叫停 giu³ ting⁴

停止（某種現象）持續下去。粵 係時候叫停，唔能夠繼續肥落去。

叫做 ❶ giu³ zou⁶

表示承認某種事實。粵 叫做搵到兩餐噉啦。普 可以說賺到幾個錢糊口。

叫做 ❷ giu³ zou⁶

算是。粵 佢叫做做過三四年阿頭。普 他算是當過三四年的頭兒。

撬 giu⁶

挖走。粵 出多一倍人工撬佢過嚟。普 多給一倍工資把他挖過來。

撬客 giu⁶ hag³

利用各種手段搶走同行的客戶。粵 諗住撬客另起爐灶。普 打算把同行的原有客戶挖走。

撬票 giu⁶ piu³

利用各種手段搶走同區不同黨派的選票。

歌嫂 go¹ sou²

喻指在公共場所賣唱的大媽。粵 歌嫂在公園裡獻唱收利是不違法。

歌仔 go¹ zei²

歌曲（帶親切色彩）。粵 妹妹仔，唱隻歌仔聽聽吖。

嗰便 go² bin⁶

那邊。粵 行嗰便會兜遠咗

嗰個 go² go³

那個。粵 唔該俾嗰個我睇吓吖。

嗰吓 go² ha⁵

一剎那。粵 得一個人嚟參加，嗰吓真係好頭痛。普 只有一個人來參加，那會兒真的是很頭疼。

嗰皮 go² péi⁴

語素詞，表擁有某種資格。粵 做委員得，做主席始終唔係嗰皮。普 當委員可以，當主席還不夠格。

嗰隻 go² zég³

語素詞，用於句末，強調屬於某一類型。粵 張三係有錢仔，雖然唔係十分有錢嗰隻。

嗰陣 go² zen⁶

那時候。粵 嗰陣啱啱落大雨。

個 go³

（佣金用語）指百分之一（1%）。粵 買賣二手樓，佣金係一個。賣一手樓就唔同，收佣六至七個都有。

個囉噃 go³ lo³ bo³

複合句末助詞，用於提醒，帶有叮囑的口吻。粵 行快兩步，唔係嚟唔切個囉噃。普 不然會來不及了。

個腦生喺屎忽度

go³ nou³ sang¹ hei³ xi² fed¹ dou⁶

腦袋長在屁股上；俗指嚴重誤判。

個屁 go³ péi³

語素詞，用於句末，表示強烈否定。粵 你識個屁。普 你懂個屁！

個心離一離 go³ sem¹ léi⁴ yed¹ léi⁴

形容被嚇一大跳。粵 嚇死人呀！我個心

G

離一離呀！

個心實晒 go³ sem¹ sed⁶ sai³

形容非常難過。粵 知道佢走咗，個心實晒。

箇中 go³ zung¹

限定詞，當中。粵 聽嚟易做，親身試過先知箇中難處。

割席 god³ zeg⁶

原意為跟朋友絕交，引指不再沾染某物。粵 同毒品割席。

各花入各眼

gog³ fa¹ yeb⁶ gog³ ngan⁵

蘿蔔白菜，各有所愛。粵 各花入各眼，好難講邊條裙啱你嘅嚐。

角 gog³

屬性詞，借用自英語：corner。粵 嗰便有個咖啡角。普 那兒有個喝咖啡的地方。

角落頭 gog³ log¹ teo²

角落。粵 佢哋兩個匿埋喺角落頭打機。普 他們倆躲在角落裡打機。

覺 ❶ gog³

察覺。粵 佢話我瘦咗，我都唔覺嘅。普 我沒留意。

覺 ❷ gog³

在意。粵 以前我哋會供月餅會，每個月俾少少錢冇咁覺。普（“月餅會”是以前預售月餅的一種方式，可分期付款）每個月給點兒錢不那麼顯眼。

蓋掩 goi³ yim²

附在物件上、可隨意打開的蓋兒。粵 電箱嘅蓋掩俾人撬開。

乾旦 kin⁴ dan²

（粵劇用語）指由男性演出花旦一角。

乾蒸 gon¹ jing¹

喻指烈日下曝曬。粵 巴士站冇瓦遮頭，喺嗰度等車，唯有乾蒸。普 巴士站沒有遮陽蓬，在那兒等車，只好曝曬。

乾身 gon¹ sen¹

不帶水分的。粵 最好帶啲乾身嘅食物，唔好水滴滴嗰。

乾塘 ❶ gon¹ tong⁴

喻指沒有錢剩下。粵 月底乾塘。普 錢花光了。

乾塘 ❷ gon¹ tong⁴

喻指身體透支。粵 張三乾塘，爆冷出局。

乾衣機 gon¹ yi¹ géi¹

烘乾機。

趕 ❶ gon²

形容詞謂語，指匆忙。粵 見佢行色匆匆，問佢做乜咁趕。

趕 ❷ gon²

時間上不富餘。粵 仲爭半粒鐘就開車，好趕。

趕搭尾班車

gon² dab³ méi⁵ ban¹ cé¹

指趕在最後期限之前提出申請。粵 離售樓處閂門之前五分鐘，仲有好幾個人趕搭尾班車。

趕燈尾 gon² deng¹ méi⁵

“燈”指紅綠交通燈，喻指轉燈號的一剎那。粵 佢過馬路嗰陣衝燈，俾趕燈尾嘅的士撞傷（“佢”衝燈，即由綠轉紅的一剎那；“的士”趕燈尾，即由紅轉綠的一剎那）。

趕急 gon² geb¹

形容詞，時間太短（無法準備）。粵 五月出報告太趕急。

趕唔切 gon² m⁴ qid³

來不及。粵 議題太多，趕唔切討論。

G

趕鴨仔 gon² ngab³ zei²

謔指參加旅行團由於時間上的規限給人轟著走，像鴨子被趕著往前跑一般。**粵** 我鍾意自由行，唔使俾人趕鴨仔。

趕死線 gon² séi² xin³

"死線"為英語借詞：deadline，指最後期限。**粵** 為趕死線，工地發生唔少工業意外。

趕收工 gon² seo¹ gung¹

喻指趕著結束。**粵** 大會好似趕收工，每人僅得五分鐘發言。

趕頭趕命 gon² teo⁴ gong²méng⁶

趕前不趕後。**粵** 頭班車啱啱走咗，大家趕頭趕命搵的士追。**普** 首班車剛開走，大家立刻打的追趕。

江湖救急 gong¹ wu⁴ geo³ geb¹

話語類句，用於懇求緊急救濟。**粵** 江湖救急籌得卅萬。

缸車 gong¹ cé¹

氣體或液體收集車，收集容器則是一個缸。

港紙 gong¹ ji²

俗指港幣。**粵** 今日港紙換人仔係幾多？

港籍學生班

gong² jig⁶ hog⁶ sang¹ ban¹

（深圳用語）指深圳市教育局和香港教育局共同開設的、為在深圳生活的港籍學生提供小學的就讀服務；港生畢業後可直接參加香港中學學位分配。

港豬 gong² ju¹

謔稱本土沒有思想、習慣圈養、隨波逐流的群體。

港漫 gong² man⁶

港產漫畫書的簡稱。

港女 gong² nêu²

對偏激、傲慢、愛慕虛榮的香港女性的貶稱。

港華 gong² wa⁴

香港中學名校"華仁書院"的簡稱。

港運會 gong² wen⁶ wui²

指全港運動會，由 2007 年起每兩年舉行一次

港式奶茶 gong² xig¹ nai⁵ ca⁴

即淡奶配紅茶，其製作技巧於 2014 年被列入香港非物質文化遺產清單。

講彩數 gong² coi² sou³

憑運氣。**粵** 搵唔搵到有時講彩數。

講大咗 gong² dai⁶ zo²

說話過分誇張，要求殊不合理。

講多無謂 gong² do¹ mou⁴ wei⁶

喻指不必花過多的唇舌。**粵** 講多無謂，睇結果最實際。

講命水 gong² méng⁶ sêu²

講運氣。**粵** 有時請人嘅嘢，真係講命水。**普** 聘請員工，有時的確要講運氣（即有時請到合適的人，有時則請不到）。

講實 gong² sed⁶

實話實說。**粵** 講實嘞，聽日上畫十一點過數。

講聲 gong² séng¹

說明一下。**粵** 我要預先講聲，呢啲係公司安排。

講手 gong² seo²

動武打架。**粵** 兩隊講手，三人被逐。

講數 gong² sou³

討價還價。**粵** 張三出幾多錢，李四出幾多錢，最後聽日講掂條數。

講少句，當幫忙

gong² xiu² gêu³, dong³ bong¹ mong⁴

話語類句，表示希望出現爭拗的雙方能夠冷靜下來，理性地思考。

G

講笑搵第樣

gong² xiu³ wen² dei⁶ yêng²

話語類句，表示斷然否定（直譯為"想開玩笑找別的事情"，意譯為"別在眼下的事情上開玩笑"）。粵 A：一個月做足廿六日，俾你一萬蚊，點？B：講笑搵第樣。普 B：不幹！

講嘢有骨 gong² yé⁵ yeo⁵ gued¹

說話帶刺兒。

講就天下無敵，做就無能為力

gong² zeo⁶ tin¹ ha⁶ mou⁴ dig⁶, zou⁶ zeo⁶ mou⁴ neng⁴ wei⁴ lig⁶

誇誇其談，紙上談兵。

降呢 gong³ nê¹

排名、等級下降。與"升呢"相對。粵 排名降呢，得第五。普 排名下降，只得第五名。

高 gou¹

比 … 高。粵 佢哋願意高市價一成收購。普 比市價高一成（的價格）收購。

高登仔 gou¹ deng¹ zei²

特指聚眾發聲揭露社會問題的人士。

高開低收 gou¹ hoi¹ dei¹ seo¹

（選舉用語）指民意支持度高但得票率低。

高空擲物 gou¹ hung¹ zag⁶ med⁶

香港刑事案例之一，指由樓宇高處向街上拋擲物品的違法行為。

高企 gou¹ kéi⁵

指指數等處於高位。粵 健身室使用率高企。

高買 gou¹ mai⁵

特指店鋪偷竊，香港為刑事行為。

高一皮 gou¹ yed¹ péi⁴

指技術等級佔優。粵 張三篤波，明顯高我一皮。普 張三打枱球，技術明顯比我高。

高一線 gou¹ yed¹ xin³

指機率小幅度佔優。粵 相比之下，張三嘅勝算仲係高一線

高踭鞋 gou¹ zang¹ hai⁴

高跟鞋。

高章 gou¹ zêng¹

水平高。粵 啲排骨燒得幾高章。普 這道排骨做得真棒。

告到褲都甩埋

gou³ dou³ fu³ dou¹ led¹ mai⁴

不留情面地進行法律訴訟，以求徹底打垮對方。粵 借錢唔還，一於告到佢褲都甩埋。普 不管怎樣都要追訴他到底。

姑爺仔 gu¹ yé⁴ zei²

俗指教唆或強迫女性賣淫的男士。

孤兒單 gu¹ yi⁴ dan¹

喻指有效但沒人跟進的合同（多數是由於簽約的一方人員離職）。粵 由於佢手上嘅係孤兒單，就好難追討番預付嘅款項。

古靈精怪 gu² ling⁴ jing¹ guai³

稀奇古怪的。粵 乜野國籍嘅人，乜野古靈精怪嘅人都遇到過。

估 gu²

猜。粵 你估邊個嚟咗。普 你猜誰來了。

鼓埋泡腮 gu² mai⁴ pao¹ soi¹

"腮"指腮幫子，形容生悶氣不開心。粵 佢一個人坐喺度，鼓埋泡腮，唔理人亦冇人理佢。

蠱惑 gu² wag⁶

形容狡猾，奸詐。粵 條友好蠱惑，唔好同佢行得咁埋。普 那傢伙挺狡猾的，離他遠點兒。

G

蠱惑仔 ❶ gu² wag⁶ zei²

指行蠱惑人士，即參加黑社會活動。

蠱惑仔 ❷ gu² wag⁶ zei²

原指突出表現黑社會"江湖義氣"的漫畫，後於 90 年代演變為香港影壇系列影片。

顧掂 gu³ dim⁶

照顧好。粵 先顧掂自己。

顧家 gu³ ga¹

照顧家庭，處處以家庭利益為重。粵 佢丈夫好好，好顧家。

顧忌 gu³ géi⁶

名詞，顧慮。粵 佢好多顧忌，係乜顧忌要佢自己先知。

寡 gua²

形容淡而無味。粵 蘿蔔糕煎糕食落比較寡。

寡婦 gua² fu⁵

語素詞，謔指丈夫沉迷某種活動而冷落了的妻子。粵 足球寡婦。

寡佬證 gua² lou² jing³

俗指"無結婚記錄證明書"，即由政府婚姻註冊處簽發的單身證明。本港男士與內地女士在內地註冊結婚必須提供此證明。

寡佬團 gua² lou² tün⁴

謔指一眾單身漢。粵 隔籬住咗個寡佬團。普 隔壁住著多個單身漢。

掛 gua³

（天氣預告用語）發出。粵 啱啱掛咗黃雨。普 （天文台）剛剛發出黃雨警告信號。

掛單 gua³ dan¹

指醫生不是以常駐的方式看病而是按照合同有需要時才提供服務。粵 佢係喺嗰間醫院掛單，唔長駐。

掛紅旗 gua³ hung⁴ kéi⁴

"紅旗"指警示信號。粵 清水灣掛起紅旗。普 表示不適宜下水游泳（由於天氣惡劣、水質污染或出現鯊魚）。

掛拍 gua³ pag²

特指網球運動員退出網壇，不再參加比賽。粵 佢掛拍之後，自己開咗間網球學校。

摑 ⋯ 巴 guag³ ... ba¹

給某人一記耳光。粵 嬲起上嚟，摑咗佢一巴。普 生起氣來，抽了他一個耳光。

怪雞 guai³ gei¹

形容不正常。粵 點解佢仲未到嘅？怪雞嘞。

怪獸家長 guai³ seo³ ga¹ zêng²

虎媽狼爸，尤指過分著重子女的學業成績而在學習上、生活上對子女強加種種不必要的壓力的家長。

怪責 guai³ zag³

責怪。粵 個個都怪責我。

關愛座 guan¹ ngoi³ zo⁶

指在公共交通上設置的、旨在方便有需要的人士使用的座位。

關人個關 guan¹ yen⁴ go³ guan¹

話語類句，表示事不關己，高高掛起。粵 出咗事想搵佢哋就影都唔見，關人個關。

慣 guan³

動詞，習慣。粵 政府醫院輪候太耐，慣咗有事就去私家醫院。普 因公立醫院排號太久，所以通常一不舒服就去私立醫院看診。

躓低 guan³ dei¹

摔了一跤。粵 行到超市門口，唔小心躓低。

骨 gued¹

英語借詞：quarter，指一刻鐘；僅用於一個骨（十五分鐘）和三個骨（四十五分鐘）。粵 仲要等一個骨。

骨場 gued¹ cêng⁴

俗指按摩場所，含貶義。"骨"來自"採骨"，即按摩。

倔頭路 gued⁶ teo⁴ lou⁶

死胡同。粵 點知前面係條倔頭路。

掘草皮 gued⁶ cou² péi⁴

喻指在賭馬中贏錢（相對於"鋪草皮"，賭馬中輸錢）。粵 一心想嚟掘草皮，啲馬迷嚟鋪草皮就真。普 原本一心來贏錢，但大多數馬迷是來輸錢罷了。

歸邊 guei¹ bin¹

選擇採取某個立場。粵 一投票就被逼歸邊。

鬼 guei²

句首副詞，表示強烈否定。粵 鬼同你去！普 才不會跟你去呢！

鬼才 guei² coi⁴

屬性詞，形容能力超群。粵 鬼才導演。

鬼打咁精神

guei² da² gem³ jing¹ sen⁴

精神振作，活躍起來。粵 聽到有著數據就鬼打咁精神。普 聽說會有好處就頓然活躍起來。

鬼單 guei² dan¹

俗指商戶發出的手寫單（非正式單據，上面並無日期或編號）。

鬼火咁靚 guei² fo² gem³ léng³

形容十分漂亮。粵 個示範單位包裝得鬼火咁靚。

鬼機 ❶ guei² géi¹

指包裝完好，但內部已被換上非原廠零件的手機。粵 唔覺意買咗部鬼機。

鬼機 ❷ guei² géi¹

指飛機在航空管理顯示屏上出現的雙重影像。

鬼叫 … 咩 guei² giu³ … mé¹

話語形式，暗含"活該"的意思。粵 鬼叫你遲到咩。普 誰叫你遲到的！

鬼鬼哋 guei² guei³ déi²

"鬼"喻指外國人（不含貶義）。"鬼鬼哋"形容某人長相有點兒像外國人。粵 佢個樣鬼鬼哋。

鬼佬 guei² lou²

泛指外國人（不含貶義）。

鬼馬 guei² ma⁵

逗笑兒。粵 張三演出好鬼馬㗎。普 很會逗笑兒。

鬼 … 馬 guei² … ma⁵

固定結構，內嵌相同動詞，強調沒有必要。粵 A：同我上網查吓。B：查鬼查馬咩！普 B：沒用！

鬼剃頭 guei² tei³ teo⁴

斑禿，即患者某部位頭髮嚴重脫落。粵 未夠四張嘢就鬼剃頭。普 未滿四十歲就脫髮嚴重。

鬼畫符 guei² wag⁶ fu⁴

喻指字跡十分潦草，難以辨認。粵 寫到鬼畫符噉，點睇得明？

貴 guei³

價格高。粵 佢哋貴我哋一成。

貴得交關 guei³ deg¹ gao¹ guan¹

貴得厲害。粵 去中東旅遊嘅簽證費貴得交關。

貴價 guei³ ga³

屬性詞，形容價錢昂貴。粵 唔係貴價跑車一定受歡迎。

G

貴利 guei³ léi²

高利貸。粵 香港對借貸利率係有限制嘅，千祈唔好墮入貴利陷阱。

貴買平用 guei³ mai⁵ péng⁴ yung⁶

價格高但很禁用。粵 貴買平用，抵吖。普 貴但耐用，值！

貴人相助 guei³ yen⁴ sêng¹ zo⁶

喻指得到意想不到的幫助。粵 好彩有貴人相助，問題先至解決到。

櫃桶 guei⁶ tung²

抽屜。粵 鎖匙喺最頂嘅櫃桶。普 鑰匙在最上的那個抽屜。

櫃位 guei⁶ wei²

（銀行）櫃枱。粵 領信用卡，請到七號櫃位。

櫃員 guei⁶ yun⁴

（銀行）櫃枱上的工作人員。

跪低 ❶ guei⁶ dei¹

出故障。粵 個新信號系統又跪低。

跪低 ❷ guei⁶ dei¹

被打敗。粵 一係砌低，一係跪低。普 要麼打敗他們，要麼被他們打敗。

跪低 ❸ guei⁶ dei¹

承認錯誤，轉變立場。粵 佢突然跪低改口承認錯誤。

跪洗衫板 guei⁶ sei² sam¹ ban²

香港太太懲罰丈夫的傳統方式之一（跪在帶棱兒的搓板上）。

軍裝警員 guen¹ zong¹ ging³ yun⁴

指穿著警服的警員；與便衣警員相對。

均真 guen¹ zen¹

公平。粵 佢分錢好均真，179.20 元照計。

滾 guen²

煮開了。粵 飯滾先放臘腸同蒸。普 米飯煮開了才把臘腸放進去一塊兒蒸。

滾地葫蘆 guen² déi⁶ wu⁴ lou²

形容滿地打滾兒的人士。粵 車內乘客受撞擊變成滾地葫蘆。

滾熱辣 guen² yid⁶ lad⁶

滾熱。粵 碗牛肉粥滾熱辣，因住焫嘅。普 牛肉粥滾熱，小心燙著。

轟 gueng¹

猛烈批評。粵 乘客轟港鐵安排失當。

谷出 gug¹ cêd¹

使（身體某部位）突出。粵 張三太太著住低胸裝，谷出三吋事業線。普 …… 凸顯三吋長的乳溝。

谷得太盡 gug¹ deg¹ tai³ zên⁶

喻指體力嚴重透支。粵 要量力而為，谷得太盡容易傷身。

谷戰 gug¹ jin³

（賽馬用語）指快活谷（跑馬地）的賽事。

焗 gug⁶

烤。粵 佢好識焗蘋果批。

焗爐 gug⁶ lou⁴

烤箱。

焗桑拿 gug⁶ song¹ na⁴

"桑拿"為英語借詞：sauna，尤指芬蘭式的蒸汽浴。粵 時不時去焗吓桑拿，好舒服。

癐 gui⁶

累。粵 癐到唔識笑。普 累得沒有笑容。

癐爆 gui⁶ bao³

形容非常累。粵 一家人癐爆返酒店休息。

癐到趴低 gui⁶ dou³ pa¹ dei¹

形容太累，走不動。粵 搭咗十幾個鐘嘅飛機，我直情癐到趴低。

G

官地 gun¹ déi⁶

政府擁有的土地，有別於"私地"。

官非 gun¹ féi¹

官司。粵 官非纏身。

棺材本 gun¹ coi⁴ bun²

養老送終的本錢。粵 呢啲係我嘅棺材本，唔能夠郁。

棺材床位 gun¹ coi⁴ cong⁴ wei²

謔指僅夠一人居住的微型單位。

觀音兵 gun¹ yem¹ bing¹

喻指懷著功利心態對女性細心體貼的男性。

觀音開庫 gun¹ yem¹ hoi¹ fu³

香港農曆新年的民間習俗。每年年初觀音娘娘開庫，善信們可趁機借庫，如到紅磡觀音廟、銅鑼灣大坑蓮花宮或筲箕灣天后廟領取一份標明庫錢的紅色利是，祈求來年"財源滾滾"、"順順利利"。庫錢上限為十億元。向觀音借庫後須記得還錢答謝神恩。

罐頭片 gun³ teo² pin²

指預先錄製的、可隨時重複使用的視像。

罐頭作品 gun³ teo² zog³ ben²

指那些因循所謂成功過的套路而不斷重複製作，這類作品毫無新鮮感，最終歸於失敗。

捐血 gün¹ hüd³

獻血。

狷窿狷罅 gün¹ lung¹ gün¹ la³

"狷"指鑽，凡任何可鑽進去的窿窿（"窿"）、縫隙（"罅"）都得鑽進去找。喻指千方百計去找某物。粵 呢種布鞋我哋喺北京狷窿狷罅先搵到。

倦勤 gün⁶ ken⁴

缺席比賽。粵 今場佢哋嘅主力有幾個因傷倦勤。

工廈老鼠 gung¹ ha⁶ lou⁵ xu²

指專門在工廠大廈內盜竊的歹徒。

工展會 gung¹ jin² wui²

每年一屆的工展會於農曆新年前在港島銅鑼灣維多利亞公園舉行。這是一個並不限於工業產品的大賣場，深受市民歡迎。

工咭 gung¹ kad¹

指記錄員工上班和下班時間的特製卡片。

工業行動 gung¹ yib⁶ hang³ dung⁶

香港僱員與其僱主在勞資糾紛中表示抗議而採取的集體行動，如按章工作、怠工、罷工等。

公 gung¹

特指香港硬幣上帶有人像（如今帶有圖案）的一面；相對於帶有文字（如一元兩元）的另一面。粵 開公你贏，開字我贏（指在擲幣定輸贏的遊戲中，如果是帶人像或圖案的一面朝天，那算你贏）。

公德心 gung¹ deg¹ sem¹

指尊重公共道德的心態。粵 啲人一啲公德心都冇，亂揼垃圾都冇嘅。

公定字 gung¹ ding⁶ ji⁶

話語類句，見條目【公】。粵 我同你賭過吖，呢度係一個五蚊銀，你要公定字？普 你要賭有圖案的一面，還是有文字的一面？

公價人情 gung¹ ga³ yen⁴ qing⁴

指參加別人婚宴、約定俗成的禮金。粵 去飲結婚酒，公價人情宜家要六百。

公關騷 gung¹ guan¹ sou¹

"騷"為英語借詞：show，指秀、表演。粵 會議最終淪為公關騷，有解決任何問題。普 淪為一場公關聯誼活動。

公職王 gung¹ jig¹ wong⁴

喻指身兼多項公職的人士。

公主病 gung¹ ju² béng⁶

指港女一切以個人為中心，愛花別人的錢，愛抱怨別人嫉妒自己，怪別人不夠體貼自己等的毛病。

公主抱 gung¹ ju² pou⁵

名詞，指一手抱著對方的背部，一手抱起對方的雙腿的方式整個地抱起對方。粵 佢以公主抱的方式抱起妻子。

公文袋 gung¹ men⁴ doi²

文件袋。

公民廣場 gung¹ men⁴ guong² cêng⁴

俗指香港金鐘政府總部東翼前地。

公帑 gung¹ tong²

政府的財政費用。粵 呢種安排牽涉公帑不多。

公事包 gung¹ xi⁶ bao¹

公文包。

公眾體統 gung¹ zung³ tei² tung²

指在公眾場所符合公德、禮儀、身份的行動，如偷拍他人敏感部位即涉嫌破壞公眾體統。

攻 gung¹

（煙霧、氣味等）很快地衝向某一空間。粵 現場烈焰衝天，濃煙直攻半空。普 濃煙衝上半空。

攻入 gung¹ yeb⁶

（煙霧、氣味等）很快湧進某一空間。粵 啲濃煙攻晒入上層住宅單位。

功夫菜 gung¹ fu¹ coi³

指工序多而複雜，烹調費時的菜式。

功夫港漫 gung¹ fu¹ gong² man⁶

特指香港本土的功夫連環圖製作、出版。上世紀 80 年代以《龍虎門》為代表。

功架 gung¹ ga³

功底。粵 呢啲嘅嘅設計盡顯佢嘅功架。

供甩 gung¹ led¹

指房供已清。粵 你層樓供甩未？

共享辦公室 gung⁶ hêng² ban⁶ gung¹ sed¹

流動工作間。

果占 guo² jim¹

英語借詞：jam，指果醬。

裹蒸糭 guo² jing¹ zung²

常見糭子的一種，主要餡料為叉燒、火腿、肥豬肉、鹹蛋黃等。

過 ❶ guo³

動詞，給（多指通過銀行轉賬）。粵 老實過錢俾個仔。

過 ❷ guo³

超過。粵 只要過 500 蚊即可免費送貨。

過 ❸ guo³

介詞，表比較。粵 佢仲明白過你呀。普 他比你更明白。

過 ❹ guo³

助詞，表示能性，多用於否定句。粵 你玩佢唔過嘅。普 你準輸給他。

過膊 guo³ bog³

指頭髮下垂至肩膀以下。粵 佢頭髮好長，過晒膊。

過大海 guo³ dai⁶ hoi²

指從香港去澳門。粵 佢周不時都鍾意過大海賭兩手。

過得人過得自己

guo³ deg¹ yen⁴ guo³ deg¹ ji⁶ géi²

形容互相遷就。粵 大家將將就就，過得人過得自己。

過檔 guo³ dong²

指從某機構到另一機構任職。粵 佢出年年初過檔嗰間公司出任董事長。

過渡房 guo³ dou⁶ fong²

旨在改善輪候公屋多年的劏房戶居住環境的過渡性居屋。

過肥年 guo³ féi⁴ nin⁴

喻指過一個收穫甚豐的新年。粵 今年公司會發放三個月花紅，員工真係過肥年嘞。

過埠新娘 guo³ feo⁶ sen¹ nêng⁴

境外嫁到香港或香港嫁到境外的女性。

過機 ❶ guo³ géi¹

通過閘機進站。粵 條友仔竟然攞張長者卡過機。普 那傢伙竟然拿著長者優惠卡經閘機進站。

過機 ❷ guo³ géi¹

過磅。粵 呢件行李要過機磅重。

過乾癮 guo³ gon¹ yen⁵

指無法享受。粵 睇住啲靚酒冇得飲，直情係過乾癮。

過江龍 guo³ gong¹ lung⁴

指自境外來港尋找商機的實力人士。粵 嗰間糕餅店係嚟自日本嘅過江龍。

過骨 ❶ guo³ gued¹

過關。粵 英文考試有三個人過唔到骨。普 ⋯⋯過不了關。

過骨 ❷ guo³ gued¹

（澳門用語）指移送檢查機構處置。粵 警長涉嫌偽造文件過骨。

過海 guo³ hoi²

特指利用交通工具來往於維多利亞港彼岸。粵 我好趕時間，可唔可以車我過海呀？

過節 guo³ jid³

嫌隙。粵 原來佢哋兩個有過節。普 ⋯⋯互有嫌怨。

過橋 guo³ kiu²

喻指代人受過。粵 又搵我嚟過橋？普 這不是拉我墊背嗎！

過乜 guo³ med¹

程度補語，實在、太。粵 啲嘅安全措施兒戲過乜。普 太不負責任了。

過世 guo³ sei³

過一輩子。粵 退休金就咁多，點搵過世吖。普 退休金就那麼些，這輩子這麼夠用？

過數 guo³ sou³

轉賬。粵 支票戶口唔夠錢過數，就會彈票。普 賬戶餘額不足以轉賬，就會被退回。

過頭笠 guo³ teo⁴ leb¹

套衫。

過彎 guo³ wan¹

駛過彎路。粵 呢個路段彎位多，高速過彎，容易失控。

過時過節 guo³ xi⁴ guo³ jid³

逢年過節。粵 我怕人多，過時過節都係匿埋屋企煲劇。普 我擔心人多，逢年過節都是躲在家裡看錄像帶。

過夜客 guo³ yé⁶ hag³

（旅業用語）指不在當天離開而選擇在港過夜的旅客。

過一棟 guo³ yed¹ dung⁶

欺騙。粵 差啲連張三都被過一棟。普 差點兒連張三也被騙了。

過日辰 guo³ yed⁶ sen⁴

喻指打發時間。粵 退休之後點過日辰？

過人世 guo³ yen⁴ sei³

過一輩子。粵 佢討厭喺香港打工供樓過人世。

國企股 guog³ kéi⁵ gu²

指直接在香港招股上市的中國國企。

國際學校 guog³ zei³ hog⁶ hao⁶

專為外籍家庭的子女或計劃住外國升學的兒童提供教育的學校。

光房 guong¹ fong²

又稱"社會房屋"，即把政府物業以低於市價租給有住屋困難但需求迫切的家庭，最多三年，以幫助他們提升租金負擔能力。🔵 嗽嗽單親家庭係可以申請入住光房嘅。

光管 guong¹ gun²

日光燈。

光頭 guong¹ teo⁴

指車胎嚴重磨蝕。🔵 呢個車胎光晒頭，要換。

H

哈囉喂 ha¹ lo² wei³

英語借詞：Halloween，指萬聖節。

蝦碌 ha¹ lug¹

失誤。🔵 好彩考牌過程冇蝦碌。🔴 幸好考駕照的過程相當順利。

蝦人 ❶ ha¹ yen⁴

"蝦"指欺負，即要完成某項工作要求很高。🔵 你哋頭髮又粗又硬，好蝦人剪。🔴 頭髮很難剪。

蝦人 ❷ ha¹ yen⁴

喻指難以適合各人口味。🔵 榴槤好蝦人食，鍾意嘅視之如珍寶，唔鍾意嘅當佢係貓屎。🔴 不是每個人都喜歡吃榴蓮。

吓吓 ha⁵ ha⁵

副詞，表隨時。🔵 宜家喺酒樓擺酒，每圍吓吓都過萬。🔴 現在在酒樓設宴，每一桌隨時叫價超過一萬。

吓吓到肉 ha⁵ ha⁵ dou³ yug⁶

喻指擊中要害。🔵 佢嗰三點批評，吓吓到肉。

吓…吓…又 ha⁵ … ha⁵ … yeo⁶

指動作持續及其結果。🔵 打開個電視機，睇吓睇吓又瞓著咗。🔴 ⋯⋯看著看著睡著了。

吓話 ha⁵ wa²

句末助詞，用於疑問句，旨在請求聽話人同意。🔵 我哋應該走吓話？🔴 我們是否應該走了？

吓…又 ha⁵ … yeo⁶

表示出現頻率的形式。🔵 啲連鎖店開吓一間又一間。🔴 開了一家又一家。

下午茶 ha⁶ ng⁵ ca⁴

指食肆下午 3 時至 6 時供應茶點和簡餐的時段。🔵 下午茶食嘅嘢係平好多。🔴 下午茶吃的東西便宜很多。

下晝 ha⁶ zeo³

下午。🔵 買唔到朝早飛，下晝至走得。🔴 買不到早上的票，下午才能走。

下咗啖氣 ha⁶ zo² dam⁶ héi³

指隨著時間，怒氣緩和消解。🔵 件事都過咗近兩個月，佢哋應該下咗啖氣嘞。🔴 ⋯⋯心境回復平靜。

黑布蒙頭 hag¹ bou³ mung⁴ teo⁴

指戴上黑色的頭套（以保護其隱私）。🔵 疑犯被黑布蒙頭押返警署。

黑店 hag¹ dim³

指雖合法經營，但屢屢違法欺騙顧客的店鋪。

黑膠碟 hag¹ gao¹ dib²

指上世紀五六十年代出產的黑色硬塑料唱盤。

黑鬼油 hag¹ guei² yeo⁴

俗指曬黑產品，即塗上曬太陽時可增加色素分泌，令肌膚變黑。

黑工 hag¹ gung¹

指來港從事未經入境處許可的工作，即違反對其有效的逗留條件而可被檢控的人士。

黑過墨斗 hag¹ guo³ meg⁶ deo²

固定結構，形容倒霉透頂。粵 減薪又降職，黑過墨斗。

黑口黑面 hag¹ heo² hag¹ min⁶

黑著臉，很不高興。粵 佢成日黑口黑面，粒聲唔出，好似成村人得罪咗佢。
普 他整天黑著臉，一言不發，好像大夥兒得罪了他似的。

黑學生 hag¹ hog⁶ sang¹

加入黑社會的學生。

黑廁 hag¹ qi³

指住宅單位內沒有通風窗戶的廁所。粵 單位嘅套廁係無窗黑廁。

黑超 hag¹ qiu¹

俗指太陽眼鏡。粵 戴上黑超襯黑色皮褸。

黑箱車 hag¹ sêng¹ cé¹

俗指政府搬運屍體的車輛。

黑頭 hag¹ teo⁴

指皮膚上出的黑點豆狀皰疹。

黑入 hag¹ yeb⁶

動詞，指通過互聯網非法侵入他人的計算機系統。粵 不法之徒黑入網站，攞走客戶嘅信用卡資料。

黑雨 hag¹ yu⁵

黑色暴雨警告，指香港天文台短時間（過去兩小時）內在境內錄得超過 100 毫米的降水量。

黑雨訊號 hag¹ yu⁵ sên³ hou⁶

"黑色暴雨警告訊號" 的簡稱。

黑仔 hag¹ zei²

喻指倒霉人士。粵 呢間樓嘅業主真係黑仔。普 業主倒霉透頂。

嚇到鼻哥窿冇肉
hag³ dou³ béi⁶ go¹ lung¹ mou⁵ yug⁶

謔指被突發事件嚇得魂飛魄散。粵 架車就爭唔夠一米撞到佢，嚇到佢鼻哥窿冇肉。

嚇到腳軟 hag³ dou³ gêg³ yun⁵

形容被嚇得渾身癱軟，走不動。

嚇到面青 hag³ dou³ min⁶ céng¹

形容被嚇得大驚失色。

嚇到心都離
hag³ dou³ sem¹ dou² léi⁴

形容心驚膽戰，內心無法平靜。

嚇窒 hag³ zed⁶

形容被嚇得無言而對，唯有打消念頭。粵 要使咁多錢直情嚇窒咗佢。

揩冰 hai¹ bing¹

吸食冰毒（一種毒品）。

揩到 hai¹ dou²

剮蹭。粵 架單車揩到我架車車身。

嘥口 hai⁴ heo²

指口感粗糙，不順滑。粵 牛扒煎一下就得，唔係嘥口唔好食。

蟹 hai⁵

螃蟹。

餡 ham²

泛指內藏的東西。粵 佢大派利是，啲餡都係廿蚊。普 裡面都是二十塊錢。

餡料 ham² liu²

餡兒。粵齋食方包，有夾任何餡料。

喊得一句句

ham³ deg¹ yed¹ gêu³ gêu³

形容心理受到刺激，十分傷心。粵睇到嗷嘅業績，小股東喊得一句句。普業績如此不理想，小股東痛心不已。

喊到七彩 ham³ dou³ ced¹ coi²

形容哭得十分傷心。

喊到啡啡聲

ham³ dou³ fé⁴ fé² séng¹

嗥嚎大哭；"啡啡聲" 為淚流滿面擬聲詞。

喊到收唔到聲

ham³ dou³ seo¹ m⁴ dou² séng¹

大哭不止。

咸豐年代 ham⁴ fung¹ nin⁴ doi⁶

諧指十分久遠，沒人能記得清楚。

鹹蛋黃 ham⁴ dan² wong²

原指鹹鴨蛋蛋黃兒，喻指西下的夕陽，顏色十分鮮艷。粵喺呢度睇到個鹹蛋黃好靚㗎。

鹹碟 ham⁴ dib²

色情光盤。

鹹豬手 ham⁴ ju¹ seo²

動詞，非禮（別人）。粵現場有保安，我唔驚被鹹豬手。普……不怕被非禮。

鹹水 ham⁴ sêu²

海水。

鹹水管 ham⁴ sêu² gun²

指樓宇沖刷馬桶的管道；香港市民沖馬桶的水是海水（鹹水）。

鹹水樓 ham⁴ sêu² leo²

泛指無良承建商用鹹水（海水）攪拌水泥建造的樓宇，質量甚差，以致於終於被拆卸。

鹹魚 ham⁴ yu²

喻指無理想無志氣的社會人士。粵做人如果有夢想，同條鹹魚有乜分別？

鹹肉糭 ham⁴ yug⁶ zung²

常見糭子的一種，主要餡料為綠豆、肥豬肉、鹹蛋黃等。

慳 han¹

節省。粵慳得一蚊，得一蚊。普能省一塊錢，就是一塊錢。

慳啲喇 han¹ di¹ la¹

話語類句，表示極不可能。粵A：佢會借錢俾你？B：慳啲喇！普B：沒門兒！

慳家 han¹ ga¹

節儉。粵慳家老婆好易養。

慳慳埋埋 han¹ han¹ mai⁴ mai⁴

積攢。粵慳慳埋埋嗰啲錢，去趟歐洲使晒。普積攢起來的那些錢，跑趟歐洲就花光了。

慳荷包 han¹ ho⁴ bao¹

省錢。粵就喺度食喇，平平哋，算係幫你慳少少荷包喇。普讓你省點兒錢吧。

慳位 han¹ wei²

省地方。粵浴室唔大，但淋浴設計都幾慳位。

閒閒哋 han⁴ han² déi²

形容常見的情況。粵排隊買戲飛，閒閒哋排你兩粒鐘。普排隊買電影票，排兩個小時的隊並不罕見。

閒來無事 han⁴ loi⁴ mou⁴ xi⁶

趁有閒功夫。粵閒來無事，上深圳買吓書。

閒坐間 han⁴ zo³ gan¹

指休閒休息室。粵會所設施有健身室、

H

閒坐間。

限米煮限飯

han⁶ mei⁵ ju² han⁶ fan⁶

喻指要充分了解現有條件的限制。🔵 限米煮限飯，有啲野係急唔嚟嘅。🔴 條件所限，有些事情是急不來的。

限奶令 han⁶ nai⁵ ling⁶

指配方奶粉出口管制的措施（即出境人士每次只能攜帶最多兩罐奶粉），以確保本港供應的穩定。

行 ❶ hang⁴

走。🔵 由公司行個零字就到地鐵北角站。🔴 走七八分鐘就到地鐵北角站。

行 ❷ hang⁴

實行。🔵 近排公司行咗個新制度。

行呸 hang⁴ bid¹

（警方用語）指警員在所屬環頭的區份裡徒步巡邏。（香港警察總部管理的大區叫"環頭"，如香港東區；小區叫"區份"，如北角。）

行大運 hang⁴ dai⁶ wen⁶

特指賭馬贏大獎。🔵 入場馬迷都希望行個大運。

行得正，企得正

hang⁴ deg¹ zéng³, kéi⁵ deg¹ zéng³

喻指光明磊落。🔵 行得正，企得正，怕咩？

行到腳軟 hang⁴ dou³ gêg³ yun⁵

腿走酸了。🔵 鬼咁遠路，行到腳軟。

行番轉頭 hang⁴ fan¹ jun³ teo⁴

往回走。🔵 前面咁多人排隊，唔排啦，行番轉頭啦。

行街 ❶ hang⁴ gai¹

逛街。

行街 ❷ hang⁴ gai¹

茶餐廳指外賣，自取或外送。🔵 蛋治熱啡行街。🔴 雞蛋三明治、熱咖啡外賣。

行街紙 hang⁴ gai¹ ji²

俗指政府入境處向受相關法令規限的人士（如非法入境者）簽發的暫住證，該等人士不得接受僱傭工作。

行開喇你 hang⁴ hoi¹ la¹ néi⁵

話語類句，表示厭煩地驅趕。🔵 行開喇你！🔴 躲一邊兒去！

行開咗 hang⁴ hoi¹ zo²

話語類句，指碰巧不在（所以無法接聽電話）。🔵 佢行開咗，唔喺個位度。

行爛鞋 hang⁴ lan⁶ hai⁴

喻指把鞋子都跑破了。🔵 行爛咗兩對鞋。

行路唔帶眼

hang⁴ lou⁶ m⁴ dai³ ngan²

形容走路不小心，沒看清路面情況。🔵 佢行路唔帶眼，撞埋牆都有嘅。

行清 hang⁴ qing¹

清明節拜山。

行山 hang⁴ san¹

步行上山走走。🔵 香港山多，週末好多人鍾意行吓山。

行山徑 hang⁴ san¹ ging⁶

政府為方便港人漫步山間而專設的小徑。

行山杖 hang⁴ san¹ zêng²

專為行山人士設計的拐棍。

行運行到落腳趾尾

hang⁴ wen⁶ hang⁴ dou³ log⁶ gêg³ ji² méi¹

直譯為"運程從頭影響到小腳指頭"，喻指運氣極好，接二連三都交上好運道。

行運一條龍，衰運一條蟲

hang⁴ wen⁶ yed¹ tiu⁴ lung⁴, sêu¹ wen⁶ yed¹ tiu⁴ cung⁴

喻指人運氣好時，事事順景；運氣差時，事事逆景。

行先　hang⁴ xin¹

優先考慮，優先處理。粵 宜家係學業行先。

行船　hang⁴ xun²

出海當水手。粵 佢後生嗰陣行船。

行人路　hang⁴ yen⁴ lou⁶

人行道。

行人隧道　hang⁴ yen⁴ sêu⁶ dou⁶

地下通道。

行遠路　hang⁴ yun⁵ lou⁶

走很遠的路。粵 住喺呢度唔係好方便，買嘢要行遠路。

考❶　hao²

投考（某行業）。粵 中學畢業後去考差人。普 投考當警察。

考❷　hao²

要求。粵 做法簡單，但費時，考耐性。普 要求很有耐性。

考起　hao² héi²

指某難題讓人無從解答。粵 呢單嘢真係俾你考起。普 這件事真叫你給問住了。

巧手　hao² seo²

屬性詞，精製的。粵 呢間酒樓巧手粵菜好受歡迎。

校草　hao⁶ cou²

喻指學校裡最帥的男學生。

校花　hao⁶ fa¹

喻指學校裡最美的女學生。

靴咁大個鼻　hê¹ gem³ dai⁶ go³ béi⁶

形容目中無人，十分驕傲。粵 你靴咁大個鼻，梗係有人理你喇。普 你傲氣十足，當然沒人理你。

嘑　hê¹

擬聲動詞，發出"嘑"的聲音表示不滿；噓。粵 俾人嘑。普 給人噓。

嘑聲四起　hê¹ sêng¹ séi³ héi²

眾人集體地公開發出表示不滿、抗議的聲音。粵 張三假唱，結果嘑聲四起。

hea❶　hé³

原意指盡量不消耗體力、腦力的一種生存狀態，因應不同語境而衍生出種種不同的含義，如：無所事事。粵 唔想退休之後，日日留喺屋企 hea。

hea❷　hé³

到處閒逛。粵 喂，你一陣想去邊度 hea 呀？陪你 hea 吖嘛。

hea❸　hé³

輕鬆度過（時光）。粵 旅遊就係玩吓、食吓、hea 吓。

hea❹　hé³

得過且過。粵 有啲初中生未搵到目標之前，讀書係比較 hea。

hea❺　hé³

不思進取。粵 你咁 hea 㗎？寧願 hea 喺屋企都唔搵工！

hea❻　hé³

規劃粗疏，缺乏跟進措施。粵 臨時遊樂場爛 hea 四十年。

hea 爆　hé³ bao³

形容無所事事，感覺十分無聊無奈。粵 八號風波來襲，輲咗喺屋企三日，hea 爆。普 八號颱風來襲，窩在家裡三天，真不是滋味。

hea 答 | hé³ dab³

以敷衍搪塞的態度作答。**粵** 佢不滿對方 hea 答而離場抗議。

hea 底 | hé³ dei²

習慣於散漫。**粵** 佢係 hea 底，你催佢有用。

hea 住 | hé³ ju⁶

沒有章法，隨機應付。**粵** 我係新手媽咪，又冇人教，唯有 hea 住湊仔。

恰 | heb¹

欺負。**粵** 細個嗰陣喺學校成日俾人恰。**普** 小時候在學校整天被人欺負。

瞌 | heb¹

閉目小睡。**粵** 瞌咗一陣，精神好好多。

合眼緣 | heb⁶ ngan⁵ yun⁴

乍看起來覺得不錯。**粵** 買衫最重要係合眼緣。

合約教師 | heb⁶ yêg³ gao³ xi¹

基於合約聘用的大專界教師；合約期往往只有一個學期。

乞兒兜揦飯食 | hed¹ yi¹ deo¹ la² fan⁶ xig⁶

直譯為 "在乞丐的碗裡抓飯吃"，喻指在窮人身上打主意。

喺 ❶ | hei²

動詞，表示人或物的位置；在。**粵** 下畫我會喺辦公室。

喺 ❷ | hei²

介詞，與處所詞連用。**粵** 我哋喺六樓會議室開會。

喺 ❸ | hei²

介詞，表示處所的起點；從。**粵** 我琴日先喺上海返嚟。

喺度 | hei² dou⁶

在這兒。**粵** A：個藍色快勞喺邊度？B：喺度。

喺度食 | hei² dou⁶ xig⁶

話語類句，指堂吃（店內就餐）。**粵** 你嘅福建炒飯喺度食定行街？**普** 堂吃還是外賣？

喺番度 | hei² fan¹ dou⁶

（開支）彌補平衡。**粵** 百蚊都唔夠，飲少餐茶都喺番度。**普** 少喝頓茶不就彌補回來了嗎？

係 | hei⁶

是。**粵** A：邊個係華仔？B：我係。

係咁大 | hei⁶ gem³ dai²

直譯為 "你的個兒就長到這兒"，喻指生命就此結束；玩兒完。**粵** 架車直頭喺衝過嚟，我心諗呢次係咁大嘞。**普** 那輛車直接衝過來，我心想這次慘了。

係噉意 | hei⁶ gem² yi²

興頭兒上；隨機地。**粵** 見咁平，咪係噉意買咗兩件。

係 … 至啱 | hei⁶ ... ji³ ngam¹

單句關聯結構，表示 "是 … 才對"。**粵** 開會日期唔係禮拜二，係禮拜三至啱。

係就 | hei⁶ zeo⁶

話語標記，表催促。**粵** 係就行快啲啦，茶樓好難搵位㗎。**普** 如果你真的想去就快走兩步。

起出 | héi² cêd¹

搜獲。**粵** 警方喺商場男廁起出黑幫十把刀。

起底 | héi² dei²

故意披露相關人士及其親屬的個人資料，如個人背景、居住地址、工作地點、聯絡電話等。**粵** 最慘係俾人起底滋擾。

起筷 | héi² fai³

話語類句，用於邀請在座人士（開始）

用餐。粵 起筷起筷！

起雞皮　héi² gei¹ péi⁴

雞皮疙瘩。粵 游完水一上岸，即刻起晒雞皮。

起弶　héi² kêng⁵

抗拒。粵 佢哋一開會就起晒弶，點收科？普 他們一開會就吵起來，如何收拾？

起孖　héi² ma¹

（賽馬用語）指騎師在同一時段先後連贏兩場賽事。

起霧 ❶　héi² mou⁶

出現霧氣。粵 行山最忌落雨同起霧。

起霧 ❷　héi² mou⁶

出現哈氣。粵 我眼鏡起晒霧。普 我眼鏡都是哈氣。

起跳　héi² tiu³

以（某數字）為起點提升。粵 做分行經理，月薪入萬蚊起跳。

起鑊　héi² wog⁶

熗鍋。粵 用薑片起鑊。

氣場　héi³ cêng⁴

由自信心、權威感顯示出來的氣派。粵 佢昂首闊步噉行，氣場好大。

氣袋　héi³ doi²

謔指長跑運動員。

撼　hem²

激烈碰撞。粵 小巴撼貨車尾。

撼頭埋牆　hem² teo² mai⁴ cêng⁴

形容極度失望或懊悔，要死要活的。粵 爭取到固然開心，爭取唔到亦唔使撼頭埋牆。

冚唪唥　hem⁶ bang⁶ lang⁶

副詞，表統統。粵 冚唪唥都唔要。

普 全不要。

恨出口　hen⁶ cêd¹ heo²

十分渴望。粵 她多次恨嫁恨出口。普 她多次表示很想結婚，而且差不多都說出來了。

恨都恨唔到

hen⁶ dou¹ hen⁶ m⁴ dou²

羨慕不已。粵 李生上位快速，好多人恨都恨唔到。普 李先生晉升得很快，對很多人來說，羨慕都來不及。

恨到　hen⁶ dou²

渴望到了（成功）。粵 好多歌手都恨有呢一日，我恨到嘞。普 都渴望有那麼一天，我成功了。

恨到出面　hen⁶ dou³ cêd¹ min²

十分渴望。粵 恨到出面想生 BB。

恨到流口水

hen⁶ dou³ leo⁴ heo² sêu²

垂涎欲滴（不含貶義）。粵 睇到佢細佬買咗部新車，佢恨到流口水。普 …… 十分羨慕。

恨飲心抱茶

hen⁶ yem² sem¹ pou⁴ ca⁴

喻指老一輩渴望兒子儘快結婚生子（"心抱"指媳婦；"心抱茶"，媳婦過門時敬給男方長輩的茶）。

肯過　heng² guo³

接受。粵 你嘅搞法，大家肯過你咩？普 接受你這樣做嗎？

香港地　hêng¹ gong² déi²

喻指香港這個社會（尤指其人文意義、社會心態等）。粵 香港地有財就有勢。

香港腳　hêng¹ gong² gêg³

特指腳部皮膚受真菌感染而生成的腳癬。

香口　hêng¹ heo²

形容吃起來很香。粵 煎南瓜餅，既香口

H

095

又飽肚。

香口膠 hêng¹ heo² gao¹
口香糖。

香蕉波 hêng¹ jiu¹ bo¹
（足球用語）指弧線球。

香蕉仔 hêng¹ jiu¹ zei²
喻指海外出生長大的華裔，"黃皮白心"。粵 個香蕉仔連中文都唔識講一句。

香片 hêng¹ pin²
茉莉花茶。

響朵 hêng² do²
有口碑。粵 呢隻品牌早就出晒名響晒朵。

響鬧 hêng² nao⁶
根據預設的時間自動發聲。粵 攞住個響鬧嘅電子牌入座等候取餐。

響按 hêng² ngon¹
"按"為英語借詞：horn，指汽車喇叭。"響按"表示駕駛者對另一駕駛者或行人的不滿或警告。

向上流 hêng² sêng⁶ leo⁴
喻指改善自我的社會、經濟等地位。粵 在職貧窮方面，高學歷也難向上流。（"在職貧窮"指在職人士〔非失業者〕的收入偏低，入不敷出，處於貧窮狀態。）

口臭 heo² ceo³
經常口出惡言，得罪別人。粵 佢好口臭，成日去咒人、窒人。

口講無憑，身體最誠實 heo² gong¹ mou⁴ peng⁴, sen¹ tei² zêu³ xing⁴ sed⁶
（體檢用語）指身體的實際反應是騙不了人（所以要注意經常體檢）。

口冇遮攔 heo² mou⁵ zé¹ lan⁴
口不擇言。粵 佢脾氣躁，口冇遮攔，大

人細路冇人鍾意佢。

口噏噏 heo² ngeb¹ ngeb¹
喋喋不休，喻指空話連篇。粵 話工程可能停工，並非口噏噏。普 …… 並非空穴來風。

口水 heo² sêu²
吐沫，借言言辭；唇舌。粵 傾成一單生意，唔少得外交手腕同口水。

口水多過茶 heo² sêu² do¹ guo³ ca⁴
耍嘴皮子。粵 班友開嘅會都係口水多過茶，冇厘意思。普 這幫人開會淨耍嘴皮子，沒什麼意思。

口水濤濤大過浪 heo² sêu² tou¹ tou¹ dai⁶ guo³ long⁶
形容信口開河，大話連篇。粵 佢哋講乜都唔使負責㗎，咪當係口水濤濤大過浪囉。普 他們光說不練，窮吹。

口水肉 heo² sêu² yug⁶
特指食肆客人吃剩的肉類，無良店主重新裝盤上枱。

口水仗 heo² sêu² zêng³
停留在口頭層面的激烈爭論。

喉嚨痛 heo⁴ lung⁴ tung³
嗓子疼。

喉糖 heo⁴ tong²
潤喉糖。

厚多士 heo⁵ do¹ xi²
喻指諸事八卦的人士。粵 惹嚟唔少厚多士圍觀。

後 heo⁶
位置上靠後（與"靠前"相對）。粵 議程上，呢幾個項目排得好後。

後生 heo⁶ sang¹
年輕。粵 佢仲後生，輸得起。

H

後生仔女 heo⁶ sang¹ zei² nêu²

泛指晚輩。🅟 啲後生仔女時間壓力大，好少去飲茶咯。

墟冚 hêu¹ hem⁶

十分擁擠。🅟 年年嘅工展會都好墟冚。🅟 每年工展會都人擠人的。

許願樹 hêu² yun⁶ xu⁶

特指新界大埔林村的許願樹，市民習慣於農曆新年期間前往向樹上拋寶牒。

去 hêu³

（水）排出。🅟 宜家仲未去到水。🅟 現還不能把水排出去。

去大 hêu³ dai⁶

婉指大便。🅟 佢去大定去細？🅟 他去大便還是小便呢？

去得過 hêu³ deg¹ guo³

值得一去。🅟 澳門一日遊去得過。

去到 ❶ hêu³ dou³

時間上延伸。🅟 喺下個月開始去到七月尾。

去到 ❷ hêu³ dou³

數量上達到。🅟 條數去到成七萬港紙。

去到 ❸ hêu³ dou³

達到比較高的程度。🅟 佢老人癡呆今年去到好嚴重。

去到 ❹ hêu³ dou³

一說到，談論到。🅟 一去到住院，仲係要依賴政府醫院。

去到盡 ❶ hêu³ dou³ zên⁶

走極端。🅟 凡事唔好去到太盡，可以四四六六拆掂佢。🅟 凡事不要過於勉強，可以當面商量解決嘛。

去到盡 ❷ hêu³ dou³ zên⁶

作最大限度的讓步。🅟 為咗留住人才可以去到幾盡？

去膠 hêu³ gao¹

指盡量減少使用塑料（"膠"）產品。🅟 全力去膠推動環保。

去漬 hêu³ jig¹

去污。

去細 hêu³ sei³

婉指小便。

去水位 hêu³ sêu² wei²

排水口。

去污三寶 hêu³ wu¹ sam¹ bou²

指除去污跡的三種常用物品，即梳打粉、白醋和茶籽粉。

去飲 hêu³ yem²

（民間或家族聚會）赴宴。🅟 我自己好少化妝，除非見客或者去飲。

去咗彩虹橋

hêu³ zo¹ coi² hung⁴ kiu⁴

俗指死亡。🅟 之前試過養過三隻狗，但三隻都年紀大去晒彩虹橋。

Hi hi

打招呼用語。🅟 碰面叫聲 Hi。🅟 碰面問個好。

欠奉 him³ fung⁶

缺乏。🅟 部電影口碑欠奉，票房卻亮麗。

蜆 hin²

蛤蜊。

蜆蚧 hin² gai³

特指用泥蜆醃製而成的醬汁。🅟 鯪魚球同蜆蚧打得上。🅟 炸鯪魚丸子要跟蜆蚧一起吃。

獻世 hin³ sei³

自卑。🅟 自覺不如人，為免喺朋友面前獻世，自我孤立。

H

兄弟爬山，各自努力
hing¹ dei⁶ pa⁴ san¹, gog³ ji⁶ nou³ lig⁶

歇後語，喻指雖屬同種同類，但各有各做，避免一同失敗（常只出現前段）。🔵 兩間公司就算唔分拆，亦要兄弟爬山，免得攬炒。

兄弟團
hing¹ dei⁶ tün⁴

婚禮上陪同新郎的男性朋友。

慶生
hing³ seng¹

慶祝生日。🔵 張三琴日慶生，我哋一齊唱 K 同賀。

何 B 仔
ho⁴ B zei²

謔稱小男孩兒的雞雞。

荷官
ho⁴ gun¹

（澳門用語）掌管賭桌運作的職員。

荷蘭水蓋
ho⁴ lan¹ sêu² goi³

"荷蘭水" 在早期香港粵語指進口的 "汽水"；"荷蘭水蓋" 則謔指港英政府管治期間由英女皇頒發的勳章（因其形狀與汽水的星狀瓶蓋相似）。🔵 佢喺香港回歸前都有攞過的所謂荷蘭水蓋㗎。

賀歲馬
ho⁶ sêu³ ma⁵

農曆新年期間舉行的賽馬活動。🔵 年初三跑賀歲馬。

賀歲片
ho⁶ sêu³ pin²

農曆新年期間上映的應節電影。源自上世紀 80 年代，經典的為《最佳拍檔》（1982 年）。

殼
hog³

湯勺。

學車
hog⁶ cé¹

指駕駛人士學習駕駛的車輛，須掛上英文字母 L 及中文 "學" 字牌。🔵 學車只能夠喺特定嘅街區行駛。

學店
hog⁶ dim³

旨在兜售學位牟利而無教學資質的私立

學校。

學返嚟
hog⁶ fan¹ lei⁴

（兒童用語）指哪兒學來的（不良習慣）。🔵 咁曳豬？邊度學返嚟㗎？🔴 調皮鬼，這是從哪兒來的？！

學生哥
hog⁶ sang¹ go¹

學生（暱稱）。🔵 成班學生哥喺度等巴士。

學神
hog⁶ sen⁴

俗指學習駕駛人士。

學神禁區
hog⁶ sen⁴ gem³ kêu¹

學習駕駛人士不能進入的特殊路段，如高速公路、交通繁忙路段及斜度較大的路段。

學⋯話齋
hog⁶ ... wa⁶ zai¹

正如（某人）所說，即引用某人所言。🔵 學張三話齋，爛船都有三斤釘。

學位教師
hog⁶ wei² gao³ xi¹

泛指持有香港政府認可的大學學士學位或被認可的同等學歷的教師。

學債
hog⁶ zai³

指大學生在讀期間獲得政府的助學貸款。🔵 畢業之後第一年打工還學債。

學精
hog⁶ zéng¹

學聰明。🔵 呢件事之後，我哋都學精咗，唔會亂作擔保。

開 ❶
hoi¹

名詞，表示倍數。🔵 佢肥得滯，體型係同齡細路哥幾個開。

開 ❷
hoi¹

動詞，開始實行。🔵 有工開先有飯開。🔴 有工作才有飯吃。

開 ❸
hoi¹

切開，與數量詞 "一" 連用。🔵 將啲蘋果一開四。🔴 蘋果切四塊。

開邊瓣 hoi¹ bin¹ fan⁶

話語類句，詢問結果。**粵** 聽日補選，幾個候選人實力相當，你估開邊瓣吖嗱？**普** ⋯⋯ 誰贏？

開便 hoi¹ bin⁶

處所詞，指靠外面的位置（與 "埋便" 相對）。**粵** 坐開便嘅係張三，坐埋便嘅係李四。

開波 hoi¹ bo¹

俗指開始。**粵** 呢次選舉一開波就立立亂。

開餐 hoi¹ can¹

泛指用膳。**粵** 喺大排檔開餐。

開錯藥 hoi¹ co³ yêg⁶

原指醫生把處方開錯，引指措施不當。**粵** 嗷嘅規定，直情係開錯藥喇。

開大 hoi¹ dai⁶

俗指大便。**粵** 邊個開完大，廁都唔沖就走？

開大片 hoi¹ dai⁶ pin²

俗指互相廝殺。**粵** 兩幫人就喺街度開大片。

開檔 hoi¹ dong³

指攤販開始營業。

開到聲 hoi¹ dou³ séng¹

明白表示。**粵** 呢次佢開到聲想同我哋一齊去。

開飯 hoi¹ fan⁶

獲得生存的資源。**粵** 呢隻新機，好多鋪頭睇住嚟開飯嘅嘑。

開放日 hoi¹ fong³ yed⁶

英語借詞：Open Day，學校每年一度對外開放的參觀日。

開鏡 hoi¹ géng³

電影、電視劇開拍。**粵** 開鏡前都會切燒豬，祈求順風順水。

開講有話 hoi¹ gong² yeo⁵ wa⁶

發語詞。**粵** 開講有話，空穴來風未必無因。

開公數 hoi¹ gung¹ sou³

指公家報銷。**粵** 印啲嘅可以開公數，印呢啲就開唔到公數過你。

開口夾著脷
hoi¹ heo² gab³ zêg⁶ léi⁶

喻指口齒不清，一說話就出毛病。**粵** 點知佢開口夾著脷，叫錯人哋個名。**普** 誰知他一開口就把人家的名字給叫錯了。

開口埋口 hoi¹ heo² mai⁴ heo²

喻指停留在特定的話題。**粵** 唔可以開口埋口都講錢嘅。**普** 不能一張口就說錢。

開喉灌救 hoi¹ heo⁴ gun³ geo³

打開消防喉引水滅火。**粵** 消防員到場馬上開喉灌救，大火迅速被撲滅。

開席 hoi¹ jig¹

宴席開始。**粵** 佢有到場，但未開席已急急離開。

開漏藥 hoi¹ leo⁶ yêg⁶

醫生開處方漏了某些藥。

開鑼 hoi¹ lo⁴

特指年度的賽馬活動開始。**粵** 新馬季禮拜六開鑼。

開年飯 hoi¹ nin⁴ fan⁶

食開年飯，指的是傳統行業習慣於年初二設宴招待員工。

開片 hoi¹ pin²

黑社會人士街頭持刀廝殺。

開心到飛起
hoi¹ sem¹ dou³ féi¹ héi²

形容非常開心。**粵** 睇到個大女大學畢業，佢開心到飛起。

H

開騷 hoi¹ sou¹

"騷"，英語借詞：show，泛指文娛表演。"開騷"即表演開始。📕 演唱會幾時開騷？

開拖 hoi¹ to¹

動手打架。📕 張三睇唔過眼，忍唔住同李四開拖。

開小 hoi¹ xiu²

俗指小便。📕 你要開大定開小？

開夜 hoi¹ yé²

開夜車，通宵工作。📕 呢幾晚開夜，成個人落晒形。

開踭 hoi¹ zang¹

用胳膊肘襲擊某人。📕 張三竟然向佢開踭。

海底撈月 hoi² dei² lao⁴ yud²

喻指打麻將摸到最後一張牌而贏。

海鮮價 hoi² xin¹ ga³

浮動的價格。📕 私人授課嘅價格係海鮮價，由七八百蚊到一千多蚊都有。

海洋公園 hoi² yêng⁴ gung¹ yun²

坐落於港島南岸的海洋公園 1977 年起啟用，為以自然和保育為本的主題公園、度假勝地，擁有不少港人童年回憶的滑浪飛船和海洋劇場（海豚表演）的設施。多年來被譽為香港品牌和地標。

看更 hon¹ gang¹

住宅、工廈、商場等 24 小時保安人員。

焊屎 hon⁶ xi²

燒焊時引起的火花。📕 焊屎點燃雜物著火。

糠 hong¹

語素詞，指食肆的前期和後期的工作。📕 快餐店一般分六更，即開糠、早市、午市、茶市、夜市及收糠。

烘底 hong³ dei²

指烤過的麵包。📕 蛋牛治烘底行街。📘 雞蛋牛肉吐司三明治外賣。

行 hong⁴

量詞，用於成行的東西。📕 流住兩行鼻涕。

行貨 ❶ hong⁴⁻² fo³

指代理商直接向生產商購進出售的商品而商品附有生產商的保修證明。與"水貨"相對。

行貨 ❷ hong⁴⁻² fo³

大路活兒。📕 偷懶交行貨。（喻指不負責任、粗製濫做、搪塞交差。）

行貨 ❸ hong⁴⁻² fo³

副詞，例行公事般。📕 佢會見傳媒時，行貨讚揚各人嘅表現。

行機 hong⁴⁻² géi¹

行貨手機。

好彩 ❶ hou² coi²

運氣好。📕 佢真好彩，一抽就抽中咗頭獎。

好彩 ❷ hou² coi²

副詞，幸虧。📕 我好好彩趕到班尾班車。

好地地 hou² déi⁶ déi⁶

平白無故。📕 好地地喊乜嘢啫？📘 好端端的，哭什麼？

好多時 hou² do¹ xi⁴

經常。📕 一趕工，我哋好多時都係食個飯盒就算。

好腳頭 hou² gêg³ teo⁴

指帶來好運的人士（僅與後輩名稱連用）📕 我個女好腳頭，帶旺我嘅事業。

好閒 hou² han⁴

沒什麼大不了。📕 食咗又唔肥，唔食又唔瘦，好閒啫。

H

好嘅唔靈醜嘅靈

hou² gé³ m⁴ léng⁴ ceo² gé³ léng⁴

好事往往不會兌現而壞事卻會出乎意料之外降臨。

好 … 唔 …

hou² ... m⁴ ...

謂詞性結構，兩個相同的動詞共現，表示負面的選擇。粵 好揀唔揀，揀嗰張三嚟做代表。普 也不知道怎麼選的，選個張三當代表。

好命 hou² méng⁶

人生際遇不錯。粵 人叻不如好命。普 聰明能幹不如好的際遇。

好冇 hou² mou⁵

句末助詞，表建議。粵 宜家去好冇？普 現在去好嗎？

好牌唔識上

hou² pai² m⁴ xig¹ séng⁵

不會利用現有的優勢。

好似 … 噉 hou² qi⁵ ... gem²

像 … 一樣。粵 我要嘅裙就好似嗰條噉。

好心 hou² sem¹

話語標記，表權使。粵 好心你哋快啲走啦。普 請你們快點兒走吧。

好事近 hou² xi⁶ gen⁶

就快結婚。粵 佢兩個好事近。

好嘢 hou² yé⁵

（稱讚用語）表示十分欣賞。粵 佢哋豎起晒手指公，連聲好嘢，好嘢。普 他們豎起大拇指，連道真棒，真棒！

好人好姐 hou² yen⁴ hou² zé²

指精神、身體健康，既明白事理又有正當職業的正常人士。粵 好人好姐，實在無謂同佢哋爭。普 正當人家，才不屑跟他們去爭。

毫子 hou⁴ ji²

俗指一毛錢。

豪 hou⁴

俗指豪氣地。粵 十萬蚊，濕濕碎，豪俾佢。

豪氣 hou⁴ héi³

不吝嗇地。粵 豪氣到俾一千蚊唔使找。

浩園 hou⁶ yun⁴

指位於新界粉嶺和合石的政府墓園，供不幸殉職的人士安葬，如獲最高榮譽的紀律部隊的人士或對社會有巨大貢獻的人士（如 2003 年沙士期間犧牲的醫生護士等）。

圈中人 hün¹ zung¹ yen⁴

娛樂演藝圈內的人士。粵 佢女朋友亦都係圈中人。

空窗期 hung¹ cêng¹ kéi⁴

尤指保險空窗期，即舊約已失效而新約尚未生效的時段，在該時段內當事人喪失勞工保險保障。

空口講白話

hung¹ heo² gong² bag⁶ wa⁶

空談。粵 乜野有改善空間，都係空口講白話啫。

空肚 hung¹ tou⁵

空腹。

兇 hung¹

動詞，恐嚇。粵 佢兇我哋，叫我哋唔好出聲。

兇宅 hung¹ zag²

泛指曾發生命案（包括自殺或他殺）的樓宇單位；這些單位由於社會的心理作用，在出售時市價較低。

胸圍 hung¹ wei⁴

乳罩。

控 hung³

語素詞，指迷戀某物的人士。粵 佢係榴槤控，唔食榴槤唔安樂。

紅 Ａ hung⁴ Ａ

特指本土製造的紅 Ａ 牌塑料日用產品；這是自上世紀 50 年代以來香港人的集體回憶。

紅白藍膠袋 hung⁴ bag⁶ lam⁴ gao¹ doi²

紅白藍三色的塑料袋，為香港人的集體回憶。上世紀 70-90 年代香港人多用這種塑料袋攜帶物資回內地。

紅簿仔 hung⁴ bou² zei²

指銀行港幣存摺。

紅籌股 hung⁴ ceo⁴ gu²

指在香港註冊上市，但控股權在內地的上市公司。

紅燈飯 hung⁴ deng¹ fan⁶

特指以前電車司機並沒有固定的吃飯時間，只能趁紅燈停車時才可以匆忙地吃幾口飯。

紅褲仔 hung⁴ fu³ zei²

由最底層做起的老員工。粵 呢位總經理幾猛料㗎，紅褲仔出身，由低做起。

紅假 hung⁴ ga³

即銀行假，指機構的行政文職人員（白領）每年享有的 17 天公眾假期。粵 今個月一日紅假都冇。

紅館 hung⁴ gun²

位於九龍紅磡的香港體育館，簡稱為"紅館"。"紅館"之所以出名並不在於其體育設施的精良，而在於其演唱會所聚集的人氣。香港歌星都以能在此開演唱會為榮。

紅磚屋 hung⁴ jun¹ ngug¹

特指油麻地水務署舊抽水站，為九龍地標之一。

紅旗 hung⁴ kéi⁴

表示足球場滿座、修路現場車輛停止前進、泳灘出現鯊魚等險情的紅色小旗子。粵 旺角球場晏晝六點掛紅旗。

紅蘿蔔 hung⁴ lo⁴ bag⁶

胡蘿蔔。

紅眼航班 hung⁴ ngan⁵ hong⁴ ban¹

英語借詞：red eye flight，即凌晨航班。粵 紅眼航班凌晨出發凌晨到，所以機票相當便宜。

紅衫魚 hung⁴ sam¹ yu²

特指港幣一百元現鈔。粵 買完嘢，銀包淨係剩番張紅衫魚。

紅 van hung⁴ van

van 為英語借詞，泛指小巴。見條目【紅色小巴】。

紅黃綠 hung⁴ wong⁴ lug⁶

指"紅黃綠三色分流"，即遇上嚴重車禍時，救護人員會把大量傷者分開施救。傷勢最嚴重者為紅色，較嚴重者為黃色，傷勢不重者為綠色。

紅色小巴 hung⁴ xig¹ xiu² ba¹

指行駛路線較長且可隨時停車上下乘客的專線小巴（與"綠色小巴"相對），一般設置 16 個或 19 個座位。車頂為紅色，故名。

紅色炸彈 hung⁴ xig¹ za³ dan²

謔指親朋戚友或同事發來的結婚請柬。接到請柬後不論出席婚禮與否都得做人情（送出金錢或禮物）。由於請柬都是紅色封面的，故名。

紅日 hung⁴ yed²

由於月曆上標示紅色的那一天為假日，所以紅日為假日的代名詞。粵 八月冇紅日，九月得一日（中秋節）。

紅日假期 hung⁴ yed² ga³ kéi⁴

法定的銀行假期。粵 禮拜三係紅日假

期，港股休市。

紅雨 hung⁴ yu⁵

紅色暴雨警告，指短時間超過 50 毫米的降水量。🔴 間屋喺紅雨下水浸。

雄 hung⁴

形容詞，指充滿信心。🔴 選舉結果非常理想，心雄咗。

熊貓眼 hung⁴ mao¹ ngan⁵

喻指淤黑的眼眶。🔴 佢俾人打傷變熊貓眼。

J

之不過 ji¹ bed¹ guo³

連詞，不過（"之" 為古漢語殘留，粵語通用）。🔴 個計劃唔錯，之不過資金係個大問題。

知 ji¹

知道。🔴 唔知嘅人，繼續俾人呃；知嘅人就唔出聲。

知客 ji¹ hag³

指在比較有規模的食肆門口迎送賓客的女服務員。

支 ji¹

領取（金錢）。🔴 我喺銀行支咗三千蚊。

支路 ji¹ lou⁶

岔路。🔴 一架由支路駛出大路嘅的士突然失控。

支薪 ji¹ sen¹

發工資。🔴 管理層應承聽日支薪。

肢體接觸 ji¹ tei² jib³ zug¹

推揉碰撞。🔴 佢哋互相有肢體接觸，爭啲打起上嚟。

芝士 ji¹ xi²

英語借詞：cheese，指奶酪。🔴 芝士蛋糕。

姿勢大過實際 ji¹ sei³ dai⁶ guo³ sed⁶ zei³

門面話兒多而實效甚微。

資優生 ji¹ yeo¹ seng¹

指有天賦、成績特別優異的學生。

子母船 ji² mou⁵ xun⁴

指拖著小艇航行的大船。

止得咳 ji² deg¹ ked¹

"咳" 為 "咳嗽"，"止得咳" 原指某種藥品能抑制咳嗽，引指為有效。🔴 呢啲招數未必止得咳。

止到咳 ji² dou² ked¹

能臨時起作用。🔴 解決唔到根本性問題，但止到咳。

止血 ji² hüd³

喻指抑制人員流失。🔴 政府醫院醫生流失率高，即使通過方案，亦未能有效止血。

止蝕 ji² xid⁶

（股市用語）指股民或投資者為避免價格持續下跌而造成更大的虧損，停止操作或營運。🔴 鋪租太貴，捱埋今個月止蝕離場。

指定動作 ji² ding⁶ dung⁶ zog³

例行進行的活動。🔴 上山頂睇夜景係遊客嘅指定動作。

指甲鉗 ji² gab³ kim²

指甲刀。

指壓 ji² ngad³

用手指按摩身上的穴位。

姊妹 ji² mui²

指夜場同行的女性工作人員。

姊妹團 ji² mui² tün⁴

婚禮上陪同新娘的女性朋友。

旨意你就死 ji² yi³ néi⁵ zeo⁶ séi²

話語類句，表示對某人的辦事能力十分
失望："一點兒也不能指望你"。

紙板警察 ji² ban² ging² cad³

指用薄木板或硬紙板做成的、與真人高
度差不多的警察模型，一般擺放在商店
內外，以阻嚇企圖盜竊的人士。

紙包飲品 ji² bao¹ yem² ben²

盒裝飲料。

紙皮石 ji² péi⁴ ség⁶

英語借詞：mosaic（馬賽克），一種鋪設
於地面或牆面的小型瓷磚。

紙碎 ji² sêu³

碎紙。粵 咪搞到成地紙碎。普 別把碎紙
滿地扔。

紙仔 ji² zei²

小紙片，小便條。粵 用紙仔記低行車
流量。

只係 … 嘅大把

ji² hei⁶ ... gem³ dai⁶ ba²

"只是 … 那麼些"，表示對數量不足的
不滿。粵 只係罰款兩千蚊嘅大把，毫無
阻嚇作用。

只聞樓梯響

ji² men⁴ leo² tei¹ hêng²

"只聽見樓梯在響，但始終沒見人下
來"，喻指久等的結果始終沒有實現。
粵 事隔近半年，調查報告仍只聞樓梯響。

紫菜 ji² coi³

海苔。

紫藤 ji² teng⁴

香港一個關注（女性）性工作者權益的
組織。

智能身份證

ji³ neng⁴ sen¹ fen² jing³

香港特區政府於 2003 年及 2018 年推出
的多用途智能式身份證。

智慧燈柱 ji³ wei³ deng¹ qu⁵

指安裝了特別儀器以收集交通流量及空
氣質素等數據的路邊柱子。

至 ji³

副詞，表示最高級。粵 呢條呔至靚。
普 這條領帶最漂亮。

至嘥 ji³ bei⁶

最麻煩。粵 至嘥係請唔夠人。

至正 ji³ zéng³

最地道。粵 喺度嘅雲吞麵至正。

志在 ji³ zoi⁶

在乎。粵 區區幾千蚊，你都唔志在啦，
係咪？普 區區幾千塊錢，你不會計
較吧。

字 ji⁶

特指香港硬幣帶有文字或數字的一面。
見條目【公】。粵 公就我贏，字就我輸。

字頭 ji⁶ teo⁴

語素詞，用於整數數字後面，表示年
齡。粵 我唔再係二字頭嘞。普 我超過
二十歲了。

自把自為 ji⁶ ba² ji⁶ wei⁴

擅自行動。粵 自把自為，要承擔後果。

自動波 ji⁶ dung⁶ bo¹

副詞，自動自覺（做某事）。粵 太太行
出超市，佢自動波向前幫手拎嘢。

J

自己攞嚟 ji⁶ géi² lo² lei⁴

自找。粵 佢哋俾人歧視，係自己攞嚟。

自己蘇州屎自己執

ji⁶ géi² sou¹ zeo¹ xi² ji⁶ géi² zeb¹

喻指自己造成的亂局，自己收拾。

自僱人士 ji⁶ gu³ yen⁴ xi⁶

指自己開設公司，獨自經營，不聘請員工的人士。

自置物業 ji⁶ ji³ med⁶ yib⁶

指自己購買自住的樓宇。

自由身 ji⁶ yeo⁴ sen¹

英語借詞：freelance，自由工作者。粵 自由身配音員。

自由式 ji⁶ yeo⁴ xig¹

自由泳。

治 ji⁶

（茶餐廳用語）屬性詞，指三明治，如"腿治"（火腿三明治）、"蛋治"（雞蛋三明治）、"免牛治"（牛肉醬三明治）等。

接 jib³

用於相同的名詞之間，表示不間斷地承接工作。粵 劇接劇，欠休息。

接口 jib³ heo²

承接對方表示的意見，發表自己的意見。粵 張三問叫埋李四嚟好唔好，我唔敢接口。普 張三問，喊李四一塊來好不好？我不敢答應。

接住落嚟 jib³ ju⁶ log⁶ lei⁴

接下來。粵 接住落嚟我哋請李生講話。

接棒 jib³ pang⁵

接著承擔某個職責；接任。粵 張三退休，李四接棒大熱。

接莊 jib³ zong¹

接任大專院校學生會委員。

摺 jib³

結束營業。粵 間餐廳摺咗嘞，搵過第間啦。

摺埋 ❶ jib³ mai⁴

拒絕參加社會活動，自我孤立。粵 你乜嘢活動都唔參加，摺埋自己做乜？

摺埋 ❷ jib³ mai⁴

終止活動。粵 呢齣音樂劇被逼提早摺埋。

唧 jid¹

擠，擠壓（使出來）。粵 唧暗瘡。

唧車 jid¹ cé¹

用於升降卡板上的貨物的工業車輛。

唧到笑唔出 jid¹ dou² xiu³ m⁴ cêd¹

"唧"指撓癢癢，形容由於非常尷尬非常失望，即使被人撓癢癢也無法張口笑。粵 仲以為會攞到二獎或三獎，結果乜獎都冇，真係唧都唔笑。

唧牙膏 jid¹ nga⁶ gou¹

擠牙膏。

唧油 jid¹ yeo²

給機械添加潤滑劑。

折讓 jid³ yêng⁶

以比市價低的價格出讓。粵 佢將架車折讓二成出售。

睫毛液 jid³ mou⁴ yig⁶

睫毛膏。

截 jid⁶

語素詞，指程度高低。粵 知名度低一截嘅新人都攞到獎。

截單 jid⁶ dan¹

截止下訂單。粵 間餐廳十點截單。

截飛 jid⁶ féi¹

截止申請。粵 售樓處下晝踏正五點

J

截飛。

截龍 jid⁶ lung⁴

不讓後來者繼續排隊。[粵] 截咗龍嘞，你哋唔好排嘞。

截糊 jid⁶ wu²

喻指給別人搶先一步而無法成事。[粵] 擔心被行家截糊。

即食麵 jig¹ xig⁶ min⁶

方便麵。

即日鮮 jig¹ yed⁶ xin¹

特指可即日買賣的港股。

即溶咖啡 jig¹ yung⁴ ga³ fé¹

速溶咖啡。

職程 jig¹ qing⁴

（澳門用語）編制內職位的晉升過程。

直 jig⁶

指異性戀。[粵] 由直變彎。[普] 由異性戀變為同性戀。

直踩 jig⁶ cai²

強調進行活動時間之長。[粵] 工人趕工，直踩十二小時朝九晚九。

直落 jig⁶ log⁶

（某項活動）延續下去。[粵] 下晝三點開枱，直落晚飯宵夜。[普] 下午三點開始打麻將，聯誼活動一直延續到吃晚飯夜宵。

直情 jig⁶ qing⁴

強調副詞，表肯定。[粵] 直情係你唔啱。[普] 當然是你不對。

直銷店 jig⁶ xiu¹ dim³

英語借詞：outlet，（廠家）專賣店。

尖隊 jim¹ dêu²

（排隊）加塞兒。[粵] 人仔細細，學人尖隊？

尖埋嚟 jim¹ mai⁴ lei⁴

（插隊）插進來。[粵] 咁多人睇住都夠膽尖埋嚟，仲唔排番落嚟！[普] 那麼些人看著也竟然插進來，還不趕緊往後站隊。

譫寒譫凍 jim¹ hon⁴ jim¹ dung³

發冷。

煎 pan jin¹ pan

平底鍋。

煎釀三寶 jin¹ yêng⁶ sam¹ bou²

香港著名的街頭小吃，即魚肉分別釀豆腐、釀茄子和釀柿子椒煎著吃。

氈 jin¹

毛毯。

剪布 jin² bou³

（香港議會政治用語）指制止利用冗長的辯論來干擾會議議程。見條目【拉布】。

剪角 jin² gog³

把用完的存折、護照等頁面的一角剪去。[粵] 舊護照剪咗角即無效。

箭嘴燈車 jin³ zêu² deng¹ cé¹

修路工程車的一種，裝有箭嘴形的燈號，提示後上車輛靠右行駛。

戰利品 jin³ léi⁶ ben²

喻指所購買的物品。[粵] 拎住啲戰利品行出超市。

戰術套裝 jin³ sêd⁶ tou³ zong¹

指警方配置的保護性的防暴裝備。

精 jing¹

語素詞，指精於或擅長於某種行為的人，含貶義。[粵] 有人認為只有貪便宜嘅 cheap 精先會選擇坐廉航。

蒸發 jing¹ fad³

（金錢）不明不白地花掉。[粵] 五千萬蚊就噉蒸發咗。

整 ❶ jing²

烹製菜餚。🟦 條魚點整？蒸定係煎？
🟥 這魚怎麼做？蒸還是煎著吃？

整 ❷ jing²

修理。🟦 手機壞咗，邊度有得整？

整 ❸ jing²

出現。🟦 今日整單嘅嘢，係我疏忽。

整個氹俾人踩

jing² go³ tem⁵ béi² yen⁴ cai²

直譯為"挖個坑讓別人踩進去"，喻指
設局騙人。🟦 你唔好信佢，佢係整個氹
俾你踩。

整靚 jing² léng³

（對文章等）加工潤色。🟦 唔識整靚個
CV。🟥 不懂如何突出個人簡歷的亮點。

正價 jing³ ga³

正貨的正規價錢。🟦 特價貨收正價
違法。

正正 jing³ jing³

副詞，恰恰。🟦 宜家嘅後生仔正正唔係
噉諗。

正生書院 jing³ seng¹ xu¹ yun²

特指政府供廈犯罪輕微罪行的青少年入讀
的懲戒性教育機構。

正一 jing³ yed¹

屬性詞，與名詞連用，指確確實實的。
🟦 佢正一傻瓜。🟥 他的的確確是個大
笨蛋。

正日 jing³ yed²

語素詞，跟特定日子連用，表示當天。
🟦 聖誕正日外遊。

正印 jing³ yen³

用於表示人的名詞前面，表示真正的、
公認的。🟦 張三先至係佢嘅正印男友。
🟥 張三才是她的正牌男友。

政府工 jing³ fu² gung¹

公務員。🟦 打政府工直情係鐵飯碗。

政府醫生 jing³ fu² yi¹ seng¹

在政府開辦的公立醫院工作的醫生，與
"私家醫生"相對。

證供 jing³ gung¹

提供給法庭的證據或供詞。🟦 由於呈堂
證供不足，法官判被告無罪。

淨係 jing⁶ hei⁶

光是。🟦 淨係靠經驗係唔夠嘅。

靜 jing⁶

安靜。🟦 等佢靜一輪先至同佢傾。🟥 讓
他靜下來一段時間再跟他談。

靜雞雞 jing⁶ gei¹ gei¹

形容偷偷地，不張揚地。🟦 點知佢靜雞
雞結咗婚。

靜雞雞，認低威

jing⁶ gei¹ gei¹, ying⁶ dei¹ wei¹

底下承認不如人。🟦 事實面前，佢唯有
靜雞雞，認低威。

朝九晚五 jiu¹ geo² man⁵ ng⁵

辦公室文員的常規工作時段：上午九點
上班，下午五點下班。🟦 我唔想轉去做
職員，再返番朝九晚五。

朝見口晚見面

jiu¹ gin³ heo² man⁵ gin³ min²

形容天天有機會相見。🟦 大家雖然同住
一個樓層，但同佢哋唔熟，朝見口晚見
面嘅喇。

朝桁晚拆 jiu¹ hong⁴ man⁵ cag³

小販排檔晚上收市後拆除，第二天早上
重新搭建（"桁"）營業。

朝…午… jiu¹ ... ng⁵

指上午到下午的營業時間。🟦 我哋禮拜
六係朝十午三。🟥 ……上午十點到下午

J

三點。

朝早 jiu¹ zou²

早上。🅿朝早習慣去飲茶。

招牌 jiu¹ pai⁴

屬性詞，指標誌性的、最具認可性的。🅿新聞系係我哋大學嘅招牌學科之一。

蕉皮 jiu¹ péi⁴

喻指陷阱，如同香蕉皮，踏上去容易摔倒。🅿呢個方案，處處蕉皮。

照 jiu³

介詞，指相關活動照常延續下去，不受影響。🅿落雨天，馬照跑。🅱雨天不影響賽馬比賽。

照辦煮碗 jiu³ ban² ju² wun²

按照以往的慣例，不作更改。🅿舊年要求加薪 3%，今年照辦煮碗又係要求加薪 3%。

照單全收 jiu³ dan¹ qun⁴ seo¹

不加分析地全部採納。🅿市民意見唔好照單全收。

照肺 jiu³ fei³

被訓話斥責。🅿佢近日遭公司高層照肺。

照住 jiu³ ju⁶

被有權有勢的人士照顧上。🅿有大佬照住，你怕乜？

照 X 光 jiu³ X guong¹

拍片子。🅿左腳骨折，要照 X 光。

嚛頭 jiu⁶ teo⁴

嚼頭。🅿我鍾意食五仁月餅，有嚛頭兼且夠營養。

朱古力❶ ju¹ gu¹ lig¹

英語借詞：chocolate，巧克力。

朱古力❷ ju¹ gu¹ lig¹

喻指形似一排六塊的腹肌。🅿練香一排朱古力出嚟。

豬❶ ju¹

語素詞，以可愛可憐的小豬作明喻對象，引出一系列兒童用語，且已擴展為成人間的親暱用語。見條目：【傻豬】、【覺覺豬】、【慘豬】、【豬豬】、【叻豬】、【嬲豬】。

豬❷ ju¹

形容詞謂語，表示愚蠢。🅿買貴咗咧？乜你咁豬㗎，格吓價好難為你咩？🅱買貴了吧？你怎麼那麼笨，比較一下價錢有什麼難的。

豬髀肉 ju¹ béi² yug⁶

豬肘子肉。

豬隊友 ju¹ dêu⁶ yeo³

指欠缺團隊精神，不合作不配合的隊友。

豬肝紅 ju¹ gon¹ hung⁴

像豬肝血色的紅顏色。

豬殼 ju¹ hog³

指已屠宰及已清理內臟的豬軀體。

豬紅 ju¹ hung⁴

豬血。🅿韭菜豬紅係香港常見嘅小菜。

豬豬 ju¹ ju¹

男性對戀人的暱稱。🅿豬豬，愛你一生一世。

豬籠車 ju¹ lung⁴ cé¹

俗指警方押解囚犯的車。

豬籠入水 ju¹ lung⁴ yeb⁶ sêu²

俗指財源滾滾；大圈滿小圈流。🅿希望豬年個個豬籠入水，發過豬頭。

豬乸會上樹 ju¹ na² wui⁵ sêng⁵ xu⁶

直譯為"母豬也會爬樹"，比喻絕不可能。🅿張三靠得住，豬乸會上樹。

豬扒 ju¹ pa²

謔指面貌不揚的女性（含貶義）。

豬頭 ju¹ teo⁴

喻指臉腫鼻子腫的樣子。🅟 俾人打到豬頭噉。

豬頭炳 ju¹ teo⁴ bing²

喻指愚蠢之人。🅟 以為自己好醒，其實係豬頭炳。🅜 …… 笨蛋一個。

豬膶 ju¹ yên²

豬肝。

豬嘴 ju¹ zêu²

喻指防毒面具（再加上濾罐）。

主打 ju² da²

主要經營領域。🅟 主打實況娛樂。

主禮 ju² lei⁵

主持典禮。🅟 這次活動，由總經理主禮。

主禮嘉賓 ju² lei⁵ ga¹ ben¹

特指在某些團體活動中帶有名譽性質的主持者。

主勝 ju² xing³

（足球用語）指在主場獲勝。🅟 半場主勝係信心之選。

煮重 … 米 ju² cung⁵ ... mei⁵

激烈批評。🅟 呢次捉到張三嘅痛腳嘞，煮重佢米。

煮到嚟先算 ju² dou³ lei⁴ xin¹ xun³

事情發生了才考慮如何應對。🅟 煮到嚟先算，宜家唔使得咁多。🅜 事情確實發生了再說，現在顧不了那麼些。

煮到嚟就食 ju² dou³ lei⁴ zeo⁶ xig⁶

既來之，則安之。🅟 有乜做唔到，煮到嚟就食，邊做邊學囉。

注碼 ju³ ma⁵

（澳門用語）賭場用的籌碼。🅟 用現金換成注碼。

駐診 ju³ cen²

指中醫在中藥店坐堂應診。

住家菜 ju⁶ ga¹ coi³

家常菜（與"酒樓菜"相對）。

住家飯 ju⁶ ga¹ fan⁶

家常飯。🅟 有得食住家飯當然好喇。

住家工 ju⁶ ga¹ gung¹

住在僱主家裡的家庭傭工，多數為外籍傭工。

住家船 ju⁶ ga¹ xun⁴

指作家居用的船隻。

啜 jud³

吮吸。🅟 杯椰子奶，一支飲管兩份啜。

啜核 jud³ wed⁶

形容十分難看。🅟 呢個造型相當啜核。

啜食 jud³ xig⁶

嘬著來吃。🅟 大聲噉啜食佢碗麵。

專 jun¹

形容詞，指專於一。🅟 我哋做得好專，淨係進口德國車。

專上教育 jun¹ sêng⁶ gao³ yug⁶

香港高等教育。

專上學院 jun¹ sêng⁶ hog⁶ yun²

香港大專以上院校的統稱。

專線小巴 jun¹ xin³ xiu² ba¹

按照固定路線行走的小巴，分別為"紅色小巴"和"綠色小巴"。見相關條目。

磚 jun¹

量詞，用於形狀像磚的東西。🅟 帶咗幾磚現金嚟。

J

磚頭 ❶ jun¹ teo⁴

喻指樓宇物業。**粵** 香港投資以磚頭為主。

磚頭 ❷ jun¹ teo⁴

泛指公司所擁有的土地及廠房。

磚頭文化 jun¹ teo⁴ men⁴ fa³

指房地產投資，代表性的觀點為"炒股可敗家，買樓可興家"（意指股票投資遠不如房地產投資穩健）。**粵** 我唔識睇股票，我信磚頭文化。

轉 jun²

換。**粵** 間鋪已經轉咗新老細。

轉駁 jun² bog³

（電話線路）接駁。**粵** 電話轉駁到留言信箱。

轉倉 jun² cong¹

"倉"為"監獄"，指囚犯轉移監獄。

轉季 jun² guei³

換季，尤指夏末秋初。

轉直 jun² jig⁶

特指學校轉制直資。

轉數快 jun² sou³ fai³

形容頭腦靈活，尤指金錢利益方面的計算。

轉軚 jun² tai⁵

改變立場。**粵** 突然轉軚接受單身人士嘅申請。

轉 ❶ jun³

量詞，用於生意。**粵** 一晚可做兩轉生意。**普** 兩輪生意。

轉 ❷ jun³

量詞，用於服務的次序。**粵** 事發時佢正駕駛第三轉車。

轉 ❸ jun³

量詞，表示趟。**粵** 禮拜六我要返轉深圳。

轉 ❹ jun³

動詞，換。**粵** 唔好成日轉奶粉。

轉 ❺ jun³

動詞，指天氣發生變化，由晴變陰，由熱變冷等；變天。**粵** 可能天氣轉，有啲發燒。

轉風車 jun³ fung¹ cé¹

風車指車公廟設置的銅風車，供善信在年初三轉動，以求成功轉運。

轉角 jun³ gog³

街道拐彎的地方。**粵** 郵局？轉角嗰間就係。

轉工 jun³ gung¹

轉換新的工作。**粵** 成日轉工好難累積到經驗。

鑽的 jun³ dig¹

特指 2010 年開始營運的、專為輪椅乘客提供點到點的接載服務的出租車。

K

K K

俗指一千元。**粵** 二手越野單車 5K 有交易。

K 班 K ban¹

幼稚園（3-6 歲學童）的班級。

K 仔 K zei²

俗指氯胺酮，常見軟性毒品之一。

$\boxed{卡}$ ka¹

動詞，指夾在中間不能活動；卡住。
🔵唔知個輪胎卡到也野。

$\boxed{卡板}$ ka¹ ban²

專供鏟車使用的木條製成的中空框架；
貨物放在框架上而由鏟車的鋼叉提升。

$\boxed{卡其色}$ ka¹ kéi⁴ xig¹

"卡其" 為英語借詞：khaki，指土黃色、
淺褐色。🔵制服係淺藍色上衣同卡其色
長褲。

$\boxed{卡通片}$ ka¹ tung¹ pin²

英語借詞：cartoon，動畫片。

$\boxed{卡士}$ ka¹ xi²

英語借詞：cast，電影的演員陣容。
🔵部電影卡士唔弱。

$\boxed{卡座}$ ka¹ zo⁶

指面對面的座位。🔵咽度有張四人梳化
卡座。

$\boxed{卡啦卡啦噉}$ ka³ la¹ ka³ la¹ gem²

三天打魚，兩天曬網。🔵卡啦卡啦噉上
堂點學到野？🔴上課去一次停一次的，
怎會學到東西？

$\boxed{咭}$ kad¹

英語借詞：card，指卡片。🔵我每年都
會寄張聖誕咭俾佢。

$\boxed{卡}$ kad¹

英語借詞：card，指信用卡。🔵我唔會
帶好多現金，但會帶張卡。🔴帶一張信
用卡。

$\boxed{卡數}$ kad¹ sou³

信用卡每月積累消費的數額。🔵卡數最
好月月清，唔好俾銀行食息。🔴信用卡
賬單最後每月繳齊，不要被銀行收息。

$\boxed{茄哩啡}$ ké¹ lé¹ fé¹

英語借詞：carefree，泛指電影電視中沒
有對白，只作背景的非關鍵角色。

$\boxed{茄}$ ké²

俗指 K 仔，見條目【K 仔】。

$\boxed{茄蛋治}$ ké² dan² ji⁶

指番茄（西紅柿）、雞蛋三文治。

$\boxed{茄汁扒手}$ ké² zeb¹ pa⁴ seo²

指故意弄髒（如用茄汁，即番茄醬）目
標人士的衣服而讓同黨伺機扒竊的扒手。

$\boxed{騎膊馬}$ ké⁴ bog³ ma⁵

原指一人騎在另一人的肩膀上，引指一
物凌空架在另一物上。🔵的士撼私家車
變騎膊馬。🔴（由於衝力）的士架在私
家車上。

$\boxed{騎呢}$ ké⁴ né¹

形容不倫不類。🔵都未見過咁騎呢嘅
地標。

$\boxed{吸客}$ keb¹ hag³

吸引顧客。🔵劏價吸客。

$\boxed{吸票}$ keb¹ piu³

吸引選票。🔵候選人記得影番張靚相
吸票。

$\boxed{咳}$ ked¹

動詞，指咳嗽。🔵仲有幾聲咳。🔴還有
點兒咳嗽。

$\boxed{咳藥水}$ ked¹ yêg⁶ sêu²

止咳糖漿。

$\boxed{溪錢}$ kei¹ qin⁴

為紀念逝者而拋發的紙錢。🔵事故現
場，死者親屬撒溪錢。🔴死者親屬把紙
錢拋向空中。

$\boxed{契弟}$ kei³ dei⁶

王八蛋，眾矢之的。🔵轉軚？邊度有人
想做契弟吖？🔴改變立場？有誰願意揹
大鑊兒臭罵？

$\boxed{契弟走得摩}$

kei³ dei⁶ zeo² deg¹ mo¹

K

諧謔語，表示"誰走得慢誰倒霉"。

奇 kéi⁴

奇怪。🔵 你噉講，啲人唔嗲你至奇。🔴 你這樣講，人家不嗤你才怪呢。

祈福黨 kéi⁴ fug¹ dong²

特指訛騙苦主或其家人被邪靈附身，亟需破財擋災("祈福")而乘機騙取錢財的騙徒。

期 kéi⁴

（演藝界用語）工作時間。🔵 佢要求我一至三月俾晒期佢。🔴 要求我把全部時間幫他工作。

旗 kéi⁴

"旗" 特指出租車的計時收費器，引指出租車的車程。🔵 澳門嘅的士，十支旗中有八支都係出入賭場。

企 kéi⁵

動詞，站立。🔵 企喺度等人。🔴 站著等人。

企得住 kéi⁵ deg¹ ju⁶

（事業）能持續下去。🔵 間餐廳咁嘅水準，以咁嘅價錢，企得住。🔴 …… 能站穩。

企缸 kéi⁵ gong¹

淋浴的小池。🔵 浴室我鍾意裝個企缸，唔要浴缸。

企理 kéi⁵ léi⁵

形容整齊清潔。🔵 呢個路段喺舊區算係比較企理。

企硬 kéi⁵ ngang⁶

（價格、立場等）不動搖。🔵 定價企硬，唔會再減。

企位 kéi⁵ wei²

站位。

企穩 kéi⁵ wen²

穩當地佔據某個位置。🔵 張三企穩富豪榜第一。

企咗喺度 kéi⁵ zo² hei² dou⁶

卡在哪兒；無法周轉，動彈不得。🔵 散唔到貨，就真係企咗喺度。🔴 生意停滯，以致資金周轉困難。

襟擺 kem¹ bai²

"襟" 指時間上禁得住。🔵 蘭花襟擺。🔴 蘭花可以擺放相當長的時間。

襟老 kem¹ lou⁵

時間上禁得住。🔵 法國女人比美國女人襟老。🔴 美國女人容易顯老。

襟使 kem¹ sei²

（金錢）禁花。🔵 而家啲錢唔襟使。🔴 現在的錢不禁花。

襟章 kem¹ zêng¹

胸章。🔵 我哋嘅職員會著紫色制服戴襟章。

冚 kem²

指填補。🔵 債冚債唔係辦法。🔴 用新債填補舊債的窟窿不是辦法。

冚賭檔 kem² dou² dong³

摧毀非法賭檔。🔵 警方根據線報冚咗一個非法賭檔。

冚毒 kem² dug⁶

打擊販毒。

冚旗 kem² kéi⁴

偃旗息鼓。🔵 張三唔希望案件因此冚旗，決心查落去。🔴 不希望案件就此了結，決定繼續查下去。

冚數 kem² sou³

還債。🔵 被逼攞走佢五千蚊冚數。

琴晚 kem⁴ man⁵

昨晚。🔵 我琴晚至返嚟。🔴 昨晚才回來。

K

琴日 kem⁴ yed⁶

昨天。_粵 今日凍過琴日。_普 比昨天冷。

勤力 ken⁴ lig⁶

（工作、學習）努力。_粵 誠信比勤力重要。

近 ken⁵

離（某處）近。_粵 搬嚟呢度，主要係近返工。

啃 keng²

（艱難地）承受。_粵 呢排好多突發嘢，好難啃。_普 近期突發事件多，難以應付。

啃唔落 keng² m⁴ log⁶

承受不了。_粵 再加稅中小企啃唔落。

強積金 kêng² jig¹ gem¹

強積金制度於 2000 年底實施，旨在幫助日漸老化的就業人口作退休儲蓄。

溝 keo¹

摻和。_粵 汽水溝酒更易醉。

溝淡 keo¹ tam⁵

稀釋。_粵 加啲冰，溝淡杯威士忌。_普 加點兒冰，使威士忌酒不那麼濃烈。

媾女 keo¹ nêu²

搭訕，旨在結識女性。

媾仔 keo¹ zei²

搭訕，旨在結識男性。

扣糧 keo³ lêng⁴

扣工資。_粵 一個月遲到三次，老細會扣糧。

叩門 keo³ mun⁴

指小一叩門，即在小學一年級統一派位中沒有被心儀學校接納而轉向其他學校碰運氣。

叩門位 keo³ mun⁴ wei²

叩門學額。

叩入 keo³ yeb⁶

指雖然未能進入首選學校，但成功進入次選學校。_粵 最後佢成功叩入嗰間學校。

球 ❶ keo⁴

俗指一百萬元（跟數字連用）。_粵 天價車位售六球。

球 ❷ keo⁴

俗指一百萬元。_粵 呢啲豪華房車嘅身價都過球。_普 …… 身價過萬。

球證 keo⁴ jing³

球類比賽裁判員。_粵 球證吹雞，比賽結束。_普 裁判吹哨子……。

渠蓋 kêu⁴ goi³

排水溝路面出口的鐵蓋兒。

佢 ❶ kêu⁵

人稱代詞（第三人稱單數，不分性別）。_粵 佢定（係）佢？_普 他還是她？

佢 ❷ kêu⁵

虛指代詞，用於祈使句。_粵 快啲食埋佢，走人。_普 趕緊吃完，走！

揭背車 kid³ bui³ cé¹

指車頂可以打開天窗的汽車。

傾 king¹

交談；聊天。_粵 事到如今，仲有乜嘢好傾啫。_普 沒什麼可談的了。

傾出嚟 king¹ cêd¹ lei⁴

討論出來。_粵 呢條橋唔係個人意見，係大家食飯嗰陣傾出嚟嘅。_普 這個計謀不是個人想法，是大夥兒吃飯時一塊商量得出的。

傾電話 king¹ din⁶ wa²

在電話裡窮聊。_粵 佢至鍾意同啲同學仔傾電話。

K

傾到偈 king¹ dou² gei²

有共同語言。粵 同佢係傾到偈。

傾偈 king¹ gei²

聊天兒。粵 佢見識廣，又有幽默感，我好鍾意同佢傾偈。

橋唔怕舊，最緊要受 kiu² m⁴ pa³ geo⁶, zêu³ gen² yiu³ seo⁶

最簡單的騙術可多次重複使用，只要有人甘心受騙。

繑埋對手 kiu⁵ mai⁴ dêu³ seo²

交叉抱著雙手，喻指無所事事。粵 個個企喺度，繑埋對手，等開工。普 大夥兒都站著，抱著雙手，等著開工。

繑實 kiu⁵ sed⁶

拉著某人的胳膊。粵 繑實佢隻手一齊行。

繑手 kiu⁵ seo²

手挽著手。粵 佢兩個繑住手入場。

狂 kong⁴

副詞，使勁兒。粵 駛過嘅車唔少狂㩒以示不滿。普 過往車輛使勁兒按喇叭以示不滿。

狂操 kong⁴ cou¹

惡補，苦練。粵 狂操英文。

狂野派對 kong⁴ yé⁵ pai³ dêu³

英語借詞：rave party，歡聚會。

箍煲 ku¹ bou¹

指情侶分手，其中一方作出補救，希望戀情得以繼續。粵 箍煲低調啲好。普 要挽回戀情就不宜張揚。

箍票 ku¹ piu³

爭取並鞏固某類社會人士的選票。

咕哂 ku¹ sen²

英語借詞：cushion，坐墊。粵 攞個咕哂墊住坐。

跨境學童 kua¹ ging² hog⁶ tung⁴

特指深圳符合資格跨境到香港來上學的學童。

缺損長者 küd³ xun² zêng² zé²

特指身體機能衰退、需要他人照顧的老人。

虧佬 kuei¹ lou²

指腎虛、寒底、體弱的男性。

虧佬褲 kuei¹ lou² fu³

謔指男性內穿保暖的絨褲（香港冬天的氣溫一般用不著穿絨褲，故有此說法）。

窺淫罪 kuei¹ yem⁴ zêu⁶

指偷窺並擅自拍攝跟性相關的罪行，如拍攝女性的裙底。

昆 kuen¹

欺騙。粵 你唔好昆我哋！

綑邊遊 kuen² bin¹ yeo⁴

指參加人士沿海岸線的岩石攀爬前進的一項運動。

困身 kuen³ sen¹

指時間上受到約束，沒有自由支配的靈活性。粵 做全職相當困身。

裙底春 kuen⁴ dei² cên¹

拍裙底照。

曲尺窗 kug¹ cég³ cêng¹

指曲尺形的窗戶。

拳拳到肉 kün⁴ kün⁴ dou³ yug⁶

（批評等）具有破壞力、殺傷力。粵 張三呢幾點批評拳拳到肉。

窮到燶 kung⁴ dou³ nung¹

形容一貧如洗。粵 月底窮到燶，個袋剩番幾蚊雞等出糧。普 窮得叮當響，口袋裡指剩下幾塊錢等發工資。

K

L

L L(nen²)

"撚" 聲母為 N（nen2）；由於懶音的緣故，一般發 L，見條目【撚樣】。原指男性生殖器官，借用為髒字，用作墊字，引指表示不滿。粵 知道咁 L 多做乜！普 知道 *** 那麼些破事幹嘛！

拉士 la¹ xi²

英語借詞：last，最後。粵 條隊邊個係拉士？普 誰排最後？

喇 la¹

句末語氣詞，表祈使。粵 咪噉喇，人哋望住你㗎。普 可別這樣，人家都看著你。

揪住揪住 la² ju⁶ la² ju⁶

感覺心裡揪著揪著的。也讀 na² ju² na² ju⁶。粵 上斜路時心口揪住揪住，好辛苦。

揪脷 la² léi⁶

俗指昂貴。粵 副太陽鏡索價千三，十分揪脷。

罅 la³

縫隙。粵 拉闊啲條罅。普 把縫兒拉寬點兒。

罅仔 la³ zei²

小縫兒。粵 道門開咗條罅仔。

立食區 lab⁶ xig⁶ kêu¹

指食肆裡不設座位，只有站枱的地方。

垃圾蟲 lab⁶ sab³ cung⁴

喻指在公共場所亂扔垃圾的人士。

垃圾筒 lab⁶ sab³ tung²

垃圾箱。

垃圾汁 lab⁶ sab³ zeb¹

指垃圾堆填區滲透液，可能會流入大海造成污染。

辣 lad⁶

嚴厲。粵 業界認為規管框架過辣。普 …… 過於嚴厲。

辣車 lad⁶ cé¹

指曾改裝以進行非法比賽的車輛。

辣雞 lad⁶ gei¹

俗指女性的吻痕（接吻後留下的痕跡）。

辣招 lad⁶ jiu¹

指香港特區政府為解決房屋問題而推出的長遠房屋策略和多項需求管理措施。

辣跑 ❶ lad⁶ pao²

名詞，指名貴跑車。

辣跑 ❷ lad⁶ pao²

名詞，指進行非法賽車的跑車。

嘞嘞聲 lag¹ lag¹ séng¹

形容某人講第二語言非常地道非常流利。粵 佢英文講得嘞嘞聲㗎。

勒 lag⁶

把小孩兒撒尿。粵 勒 BB 屙尿。

拉布 lai¹ bou³

（香港議會政治用語）指利用冗長的辯論拖延會議程序。

拉大隊 lai¹ dai⁶ dêu²

夥同眾人。粵 拉大隊去買飛可獲優惠。

拉花 lai¹ fa¹

指把調料品以各種條紋花樣加在蛋糕或咖啡上。

拉桿篋 lai¹ gon¹ gib¹

拉桿箱。

拉黑 lai¹ heg¹

拒絕接收某人所發的信息。

拉喉灌救 lai¹ heo⁴ gun³ geo³

動用消防喉滅火。🔲 消防員趕至拉喉灌救。

拉埋天窗 lai¹ mai⁴ tin¹ cêng¹

喻指結婚。🔲 結束愛情長跑，拉埋天窗。

拉上補下 lai¹ sêng⁶ bou² ha⁶

虧損與盈餘平衡。🔲 平日生意好差，靠週末多啲客，拉上補下嘅喇。🔵 平時生意不好，靠週末多些客流，才收支平衡，可以維持下去。

拉頭馬 lai¹ teo⁴ ma⁵

（賽馬用語）按場賽會慣例，某場賽事的第一名賽馬，由馬主、騎師、練馬師拉著，集體亮相。

拉閘 ❶ lai¹ zab⁶

店鋪關門休息。

拉閘 ❷ lai¹ zab⁶

企業停止運作。

瀨嘢 lai² yé⁵

遭受不愉快的事情，如不小心腳踏狗屎，坐上有髒東西的座位，等等。🔲 驚啲人瀨嘢，攞張報紙冚住。🔵 擔心別人中招，拿報紙蓋上。

賴賴閒 lai³ lai³ han⁴

愛搭不理，一副不著急的樣子。🔲 佢父母催婚，佢自己就賴賴閒。🔵 他自己卻毫不在乎。

賴貓 lai³ mao¹

反悔，否認。🔲 事實面前，冇得賴貓。🔵 事實面前不容狡辯。

賴床 lai⁶ cong⁴

早上醒來不願意即時起床。🔲 佢朝早鍾意賴床，搞到時間失控。

賴低 lai⁶ dei¹

把某物落下。🔲 賴低本書喺巴士度。

瀨尿蝦 lai⁶ niu⁶ ha¹

皮皮蝦。

攬炒 ❶ lam² cao²

（選舉用語）一起失利敗選。

攬炒 ❷ lam² cao²

喻指同歸於盡。🔲 攬炒結果當然人人係輸家。

攬炒 ❸ lam² cao²

喻指備打打擊，一起毀滅。🔲 就一句粗口，公司同你個人形象立即攬炒。

攬炒 ❹ lam² cao²

指多輛汽車互撞在一起。

攬攬錫錫 lam² lam² ség³ ség³

形容男女之間親密的舉動，互相摟著，互相輕吻。

藍的 lam⁴ dig¹

特指只在香港離島大嶼山營運的出租車。

藍咭 ❶ lam⁴ kad¹

俗指香港前線警員的行動呼號卡。

藍咭 ❷ lam⁴ kad¹

（澳門用語）指外地僱員身份辨別證。

欄商 lan¹ séng¹

批發市場的商戶。

懶到出汗 lan⁵ dou³ cêd¹ zeb¹

形容十分懶惰。🔲 啲人懶到出汗，也都唔肯做。🔵 懶極了。

爛橙 lan⁶ cang²

喻指眾人挑選後留下的次品。

L

爛賭 lan⁶ dou²

嗜賭。🗣 佢老婆好鬼爛賭㗎，有計只能夠離婚。📖 他愛人十分嗜賭，只好離婚。

爛 gag lan⁶ gag

無聊的笑話。🗣 你搵佢正經呀，但佢周不時玩爛 gag 應你。📖 你有正經事兒找他，他卻往往說些無聊笑話糊弄你。

爛尾 lan⁶ méi⁵

動詞，指（活動等）被迫中止。🗣 攞唔到撥款，工程就要爛尾。

爛船都有三斤釘

lan⁶ xun⁴ dou¹ yeo⁵ sam¹ gen¹ déng¹

直譯為"破船還是有三斤釘子可用"，喻指雖然敗落，但仍有一定的影響力。🗣 畢竟佢喺當區服務多年，爛船都有三斤釘。

冷衫 lang¹ sam¹

毛衣。

冷病 lang⁵ béng⁶

受涼致病。🗣 著夠衫先出去，唔係容易冷病。

冷氣 lang⁵ héi³

空調。🗣 熄咗冷氣佢。📖 把空調給關了。

冷手執個熱煎堆

lang⁵ seo² zeb¹ go³ yid⁶ jin¹ dêu¹

撿到意外的便宜。🗣 張三突然退出唔做，李四就冷手執個熱煎堆囉。

冷圓月 lang⁵ yun⁴ yud²

指聖誕滿月。在香港十九年一遇，下一次為 2034 年。

撓攪 ❶ lao² gao⁶

指人，愛惹是生非。🗣 嗰條友好撓攪。📖 那人很麻煩。

撓攪 ❷ lao² gao⁶

指物，十分亂。🗣 佢私生活好撓攪。📖 生活混亂，不負責任。

撈貨 lao⁴ fo³

（地產用語）以低價購買優質單位。🗣 樓市急彈，菁年撈貨變贏家。

撈客 lao⁴ hag³

（地產用語）拉客。🗣 新盤左近有唔少代理喺度撈客。

𡃱飯應 lê¹ fan⁶ ying³

直譯為"把已吃進嘴巴的米飯趕緊吐出來"，形容急不及待馬上答應。🗣 噉嘅筍工，梗係𡃱飯應啦。📖 條件那麼優越的工作，當然馬上答應。

甩 beat led¹ beat

英語的 beat，指節奏。"甩 beat"則指跟不上節奏。🗣 初學打鼓時常甩 beat。

甩底 led¹ dei²

爽約。🗣 我同你約齊人㗎喇，你唔好甩底呀。

甩…底 led¹ ... dei²

爽約。🗣 原本應承去，點知嗰日唔舒服，逼住甩人底，真唔好意思。

甩臼 led¹ gao³

俗指肩關節脫位。🗣 打籃球唔小心容易甩臼。

甩甩漏漏 led¹ led¹ leo⁶ leo⁶

漏洞百出。🗣 個活動搞到甩甩漏漏。

甩漏 led¹ leo⁶

漏洞。🗣 新系統甩漏多多。

甩轆 ❶ led¹ lug¹

出現失誤。🗣 天文台甩轆。📖 氣象台發佈錯誤信息。

甩轆 ❷ led¹ lug¹

出現錯誤。🗣 竟然噉都講錯，甩晒轆

L

啦。🔄 大錯特錯。

甩難 led¹ nan⁶

脫離困境。🔵 佢被判無罪，但仍未甩難。🔄 還要面對許多麻煩事兒。

甩皮甩骨 led¹ péi⁴ led¹ gued¹

形容支離破碎。🔵 煎到條魚甩皮甩骨。

甩鬚 led¹ sou¹

直譯為"鬍子脫了"，喻指顏面盡失。🔵 佢竟然叫錯人哋嘅名，甩晒鬚喇。

甩拖 led¹ to¹

戀人分手。🔵 佢啱同女朋友甩拖。

甩脫 led¹ tüd³

脫離支撐。🔵 棚架一邊甩脫下墮。

甩色 ❶ led¹ xig¹

掉色。🔵 件衫甩色都有嘅！

甩色 ❷ led¹ xig¹

（茶餐廳用語）指熱檸水，因熱檸茶有色。

甩嘴 led¹ zêu²

形容說話結結巴巴。🔵 講英文流利到唔甩嘴。

甩罪 led¹ zêu⁶

擺脫罪責。🔵 佢竟然甩咗誹謗罪。🔄 誹謗罪被判不成立。

叻 lég¹

成績好。🔵 A：你個仔讀書叻邊樣？B：叻英文。🔄 A：你兒子唸書哪方面行？B：英語行。

叻…光 lég¹…guong¹

框架動詞，指沾某人的光。🔵 我接呢個job都係叻佢嘅光。🔄 多虧他。

叻豬 lég¹ ju¹

（兒童用語）感歎詞，表稱讚。🔵 考第一，叻豬喎。🔄 好樣的。

掠水 lêg¹ sêu²

俗指商家高價搶錢。🔵 嘩，一碟乾炒牛河九十蚊，掠水嘅。🔄 ……搶錢嘛。

嚟 lei⁴

動詞，來。🔵 你嚟唔嚟？我等理你。

嚟緊 ❶ lei⁴ gen²

限定詞。🔵 嚟緊幾年。🔄 未來幾年。

嚟緊 ❷ lei⁴ gen²

副詞，接著。🔵 嚟緊仲要開第二分店。

犁庭掃穴 lei⁴ ting⁴ sou³ yud⁶

警方一項行動的代稱，旨在遏止黑幫氣焰而大舉搜查夜場黑點。

禮拜 lei⁵ bai³

星期。🔵 今日禮拜幾？

禮崩樂壞 lei⁵ beng¹ yêg⁶ wai⁶

形容香港社會的制度和秩序不再遵循以前的模式。

例牌 ❶ lei⁶ pai²

形容詞，表示一向的做法。🔵 生日就係吹蠟燭切蛋糕，太過例牌。

例牌 ❷ lei⁶ pai²

副詞，一般。🔵 我哋拍拖，例牌去睇戲。

例牌 ❸ lei⁶ pai²

（食肆用語）指設定的標準份量。🔵 白切雞，例牌。

荔園 lei⁶ yun²

全稱為"荔枝角遊樂園"，位於九龍荔灣，為港人集體的童年回憶。建於1946年，1997年關閉至2015年重開。

離地 léi⁴ déi⁶

指脫離社會實際、脫離普羅大眾。🔵 呢個離地建議一出，大家嘩然。

L

離行離列 léi⁴ hong⁴ léi⁴ lad⁶

形容不在同一條線上，相隔甚遠。**粵** 佢哋兩個企得離行離列。

脷 léi⁶

舌頭。

冧 ❶ lem¹

名詞，花冧，即花蕾。**粵** 靚嘅蘭花起碼要有八個冧。

冧 ❷ lem¹

形容詞，形容感覺甜美溫馨。**粵** 佢女朋友個樣好冧。

冧巴 lem¹ ba²

英語借詞：number，編號。**粵** 大家排好隊，按照你自己嘅冧巴上車。**普** 按照你自己的號兒上車

冧掂 lem¹ dim⁶

好言好語說服某人。**粵** 冧掂媽咪一齊過澳門玩。

冧坡 lem³ bo¹

（斜坡）山泥傾瀉。**粵** 前面冧坡，冇路行。

冧樓 lem³ leo²

樓宇倒塌。

淋紅油 lem⁴ hung⁴ yeo²

收數公司派人用紅色油漆潑向欠債人公司門面，以達到催債的目的。見條目【收數公司】。**粵** 佢間公司俾人淋紅油。

臨急 lem⁴ geb¹

臨時應急。**粵** 臨急學手語。

臨記 lem⁴ géi³

泛指臨時聘用的群眾演員。

臨老唔過得世
lem⁴ lou⁵ m⁴ guo³ deg¹ sei³

年老貧窮。**粵** 要儘早做好退休生活安排，避免臨老唔過得世。

臨尾 lem⁴ méi⁵

副詞，最後一刻。**粵** 臨尾轉軚。

臨門一腳 lem⁴ mun⁴ yed¹ gêg³

喻指最後關頭（多用於負面語境）。**粵** 臨門一腳輸咗俾佢哋。

臨時庇護中心
lem⁴ xi⁴ béi³ wu⁶ zung¹ sem¹

指政府民政事務總署下轄的福利機構，在"八號風球"或"黑色暴雨警告"發出後向有需要的人士提供臨時的安全避難所，包括床位、毛毯和簡餐。

冧莊 lem⁶ zong¹

連任。**粵** 佢想冧莊做多一屆主席。

冧租 lem⁶ zou¹

租金大幅度下降。**粵** 一線地鋪冧租，租金平過兩年前。

撚 len²

口語音 len²，只用作墊字，含粗俗厭惡義。文字上一般用字母"L"代替。參見條目【撚】，本音為 nen²。

鄰埠 lên⁴ feo⁶

（澳門用語）指香港。**粵** 鄰埠經已掛咗三號風球。

輪 lên⁴

指服務次序。**粵** 食客太多，要分兩輪入座。

輪街症 lên⁴ gai¹ jing³

本意為到公立醫院輪候看病，喻指排隊十分擠擁。也用"排街症"。**粵** 個個輪街症噉排隊。

輪米咁款 lên⁴ mei⁵ gem² fun²

喻指一個緊挨一個地輪候。**粵** 繁忙時間啲人等電梯大排長龍輪米咁款。

嗼嫫 léng¹ mou¹

"嫫"為模特兒的（變音）簡稱，少女模特兒。

靚 léng³

美麗。粵 呢度望出去，個海景好靚。

靚爆 léng³ bao³

形容（心情）十分舒暢。粵 心情靚爆。

靚爆鏡 léng³ bao³ géng³

形容（成績）優良。粵 業績靚爆鏡。
普 業績亮麗。

靚女 ❶ léng³ nêu²

漂亮的姑娘。粵 張三嘅女大學畢業，靚女一個。

靚女 ❷ léng³ nêu²

茶餐廳指一客白粥。

靚仔 ❶ léng³ zei²

漂亮的小伙子。粵 演藝學院大把靚仔。

靚仔 ❷ léng³ zei²

茶餐廳指一客白飯。

靚仔 ❸ léng³ zei²

泛指令人滿意。粵 驗血指數非常靚仔。

零 léng⁴

約數詞，表示稍多於特定的數目。粵 喺香港去倫敦，來回機票萬零蚊啦。普 一萬多塊。

良民證 lêng⁴ men⁴ jing³

俗指香港特區政府發出的"無犯罪記錄證明書"。

糧 lêng⁴

工資。粵 幾乎全份糧俾晒租。普 幾乎全部工資用來交房租。

糧單 lêng⁴ dan¹

工資單。

糧金 lêng⁴ gem¹

在特定時段工作所獲得的酬勞。

糧尾 lêng⁴ méi⁵

工資快花光的時候。

糧銀 lêng⁴ ngen²

用來發放工資的錢。粵 糧銀仲未有著落。

糧頭 lêng⁴ teo⁴

工資剛下來的時候。粵 糧頭食好啲，糧尾食平的。普 工資剛下來時吃好一點兒，快花完的時候就吃便宜一點兒。

涼薄 lêng⁴ bog⁶

不護持，不體貼，不體恤。粵 公司對底層員工十分涼薄。

涼茶啤 lêng⁴ ca⁴ bé¹

指不含酒精成分，把氣泡注入涼茶中的飲料。

兩 lêng⁵

不定數詞。粵 留多兩個錢傍身。普 多留幾個錢在身邊。

兩杯落肚 lêng⁵ bui¹ log⁶ tou⁵

指喝了點兒酒（之後）。粵 兩杯落肚之後自 high 跳舞。普 喝了兩杯就興奮起來跳舞。

兩份 lêng⁵ fen²

副詞，兩人共用共享。粵 一支飲品兩份飲。

兩句起三句止 lêng⁵ gêu³ héi² sam¹ gêu³ ji²

喻指關係冷淡，沒什麼交流。粵 同屋企人兩句起三句止。

兩蚊人 lêng⁵ men¹ yen⁴

謔指享受兩塊錢乘車優惠的長者。按照有關安排，長者（65 歲或以上）乘坐市區內的巴士、地鐵、電車車資一律為兩塊。

L

120

兩頭唔到岸

lêng⁵ teo⁴ m⁴ dou³ ngon⁶

兩頭落空。🔵要鋪好晒後路先至辭職，千祈唔好到時兩頭唔到岸。🔴要準備好後路才辭職，千萬別落個兩頭空（辭職沒留後路，以致生活受影響）。

諒

lêng⁶

句首動詞，表示假設。🔵諒你都唔敢再聯繫佢。

摟

leo¹

（蟲蟻蒼蠅等）在某物表面上聚集停留。🔵烏蠅摟過嘅嘢唔好食。

留白

leo⁴ bag⁶

留空。🔵受學生人數限制，副校長一職留白。

留低

leo⁴ dei¹

留下。🔵委員會大換血，一個都冇得留低。🔴……全部撤換。

留低唔少腳毛

leo⁴ dei¹ m⁴ xiu² gêg³ mou⁴

喻指經常到過某地。🔵我喺澳洲住過好幾年，都留低唔少腳毛。🔴……到處遊覽。

留番拜山先講

leo⁴ fan¹ bai³ san¹ xin¹ gong⁴

對嘮嘮叨叨不知趣的應對語。🔵喂，你講埋呢啲做乜嗻，留番拜山先講。🔴你說那事兒幹嘛，給我閉嘴！

留起

leo⁴ héi²

留著不賣。🔵啲活雞全部預訂留起。

留後乘客

leo⁴ heo⁶ xing⁴ hag³

指小巴或巴士由於客滿而未能即時上車的乘客。

留前鬥後

leo⁴ qin¹ deo³ heo⁶

（賽馬用語）指馬匹在比賽前段留力，待到後段才發力追趕。

流

leo⁴

虛假；不真實。🔵呢個講法，雖然好多人話係流，但都仲有人傳。

流標

leo⁴ biu¹

指拍賣會取消。🔵幅地冇人出價承接而流標。

流啡

leo⁴ fé¹

指女性兩次經期之間來潮。

流血唔流淚

leo⁴ hüd³ m⁴ leo⁴ lêu⁶

江湖觀念，獨力應對挫折拒絕向他人求助，紓解壓力。🔵流血唔流淚，可敬但不一定可取。

流流長

leo⁴ leo⁴ cêng⁴

語素詞，用於時間詞後面，形容時間之長。🔵退休後十幾廿年流流長，都要有節目打發時間。

流料

leo⁴ liu²

俗指虛假消息。🔵係佢坐上主席個位？流料！

流浪教師

leo⁴ long⁶ gao³ xi¹

指須在多間院校兼職才能賺取生活所需薪酬的大專學界老師。

流會

leo⁴ wui²

指正式會議由於出席人數低於法定人數而被迫取消。

流選

leo⁴ xun²

指正式選舉由於投票人數低於法定人數而被迫取消。

瀏海

leo⁴ hoi²

劉海（頭髮）。

樓下

leo⁴ ha⁶

用在數詞後面，表示少於該數目。🔵我估佢三十樓下。🔴我猜他不到三十歲。

L

樓面 leo⁴ min²

泛指飲食業店鋪的服務員。

樓上 leo⁴ sêng⁶

用於數詞後面，表示大於該數目。粵 價錢相當貴，大多數要七百蚊樓上。

樓上鋪 leo⁴ sêng⁶ pou³

指在樓上營運的店鋪（相對於街鋪）。

樓梯機 leo⁴ tei¹ géi¹

指椅背安裝了電動履帶的椅子，以幫助行動不便的長者或殘疾人士乘坐上下樓梯。

漏 ❶ leo⁶

遺漏。粵 組班唔好漏咗我喎。

漏 ❷ leo⁶

忘記。粵 漏帶鎖匙。

漏單 leo⁶ dan¹

指食肆服務員沒有記上顧客點的菜。粵 點知點菜漏單，等咗成個鐘菜都未嚟齊。普 ⋯⋯等了一小時菜還沒上齊。

漏雞 leo⁶ gei¹

失察。粵 之前當局毫無警覺，明顯漏雞。

漏口風 leo⁶ heo² fung¹

故意說出。粵 不過，張三琴日漏口風話萬事有商量。

漏判 leo⁶ pun³

（球賽用語）指應判罰而沒判罰。粵 球證漏判十二碼。

漏水 leo⁶ sêu²

漏雨。粵 每逢大雨，漏水好嚴重。

雷劈 lêu⁴ pég³

雷電擊中。粵 個發電機俾雷劈。

雷神電母 lêu⁴ sen⁴ din⁶ mou⁵

喻指雷暴閃電。粵 琴晚成晚雷神電母，好得人驚。

旅行腳 lêu⁵ heng⁴ gêg³

驢友。

累 lêu⁶

連累；致使（產生負面結果）。粵 前面封路累佢炒車。普 害得他的車跟人家相撞。

軸 lib¹

英語借詞：lift，電梯。粵 左便嘅軸停單數，右便嘅停雙數。普 右邊兒的電梯停雙數樓層。

烈火戰車 lid³ fo² jin³ cé¹

泛指大馬力摩托車。

力不到不為財 lig¹ bed¹ dou³ bed¹ wei⁴ coi⁴

凡事要親力親為才有收穫。粵 力不到不為財，賺嘅都係辛苦錢。

力水 lig¹ sêu²

力度。粵 切豬肉仲差啲力水，揸刀唔夠實。普 切豬肉的力度不夠，拿起刀來不夠穩當。

廉記 lim⁴ géi³

俗指"廉政公署"。

廉政公署 lim⁴ jing³ gung¹ qu⁵

"廉政專員公署"的簡稱，為專責處理社會受賄的機構。

鍊低 lin² dei¹

較量而勝出。粵 佢辛之鍊低上屆冠軍登上寶座。

練大隻 lin³ dai⁶ zég³

進行鍛煉，使肌肉更為發達。

練水 lin³ sêu²

練習游泳。粵 練完水要返屋企換衫。

連 lin⁴

連詞。粵 等車連車程，都要成個半鐘。普 等車加上車程，要一個半小時多。

連踩 lin⁴ cai²

俗指連續工作。🅟 有時趕工，兩日連踩35個鐘。

連連 lin⁴ lin⁴

句末謂詞，表示不斷發生。🅟 近日衰運連連。🅟 倒霉的事兒接踵而來。

煉奶 lin⁶ nai⁵

煉乳。

另上 ling⁶ sêng⁵

（食肆用語）指兩種食物分開，不要把它們放在一起。

撩雞腸 liu² gei¹ cêng²

"撩" 指草率地寫；"雞腸" 謔指英文字句的形態。引指為會串寫英語字句。🅟 我唔識撩雞腸個噃。

撩 liu⁴

用言語引誘某人。🅟 張三喺佢身邊傍實，不斷撩佢傾偈。🅟 張三緊挨著她旁邊，不斷逗引她說話。

撩交打 liu⁴ gao¹ da²

找茬打架。

撩交嗌 liu⁴ gao¹ ngai³

找茬吵架。

撩事鬥非 liu⁴ xi⁶ deo³ féi¹

惹是生非。

寮屋區 liu⁴ ngug¹ kêu¹

寮屋原指上世紀五六十年代來港難民自行搭建的簡陋住所。80 年代開始登記為有檔案記錄的臨時屋。"寮屋區" 即為寮屋集中之處，至今現存的如茶果嶺村等。

寮仔部 liu⁴ zei² bou⁶

指政府房屋委員會轄下負責清拆僭建房屋的部門。

攞 lo²

得到（成績等級）。🅟 英文攞 A。🅟 英

語拿了個甲。

攞彩 lo² coi²

得到（榮譽等）。🅟 做就有佢份，彩就佢攞晒。🅟 工作他不做，功勞全歸他。

攞番個面 lo² fan¹ go³ min²

挽回面子。🅟 佢噉做係想攞番個面啫。

攞苦嚟辛 lo² fu² lei⁴ sen¹

白費力氣，自找苦吃。🅟 排咗一大輪先攞到枱用餐，冇癮，攞苦嚟辛！🅟……瞎折騰！

攞住 lo² ju⁶

拿著。🅟 佢吔攞住啲行李上車。

攞命 lo² méng⁶

要命。🅟 最攞命係等攞藥，等嘅都要等個幾鐘。

攞錢 lo² qin²

（銀行）提款。🅟 禮拜一銀行一開門就有唔少人排隊攞錢。

㶸爆 lo² bao³

"㶸"，形容慚愧得無地自容；"爆" 為強化補語。🅟 一日三錯，張三㶸爆。

㶸臭 lo² ceo³

形容水壺裡的水熬乾而產生的臭味。

㶸事 lo² xi⁶

讓人丟臉、不知所措的事。🅟 我唔想爆佢啲㶸事，驚佢鬧死我。🅟 我不想把他的尷尬事兒捅出來，怕他把我罵扁了。

羅生門 lo⁴ seng¹ mun²

指事情出現多個不同的解釋版本。🅟 首歌主唱羅生門。🅟 到底是誰主唱，眾說紛紜。

螺絲批 lo⁴ xi¹ pei¹

螺絲刀。

落案 log⁶ ngon³

警方立案處理。

L

123

| 落錶 | log⁶ biu¹

指出租車司機啟動計時收費器。粵 唔該落錶。

| 落雹 | log⁶ bog⁶

下冰雹。

| 落車 | log⁶ cé¹

下車。粵 前面係雙黃線，唔俾落車。

| 落斜 | log⁶ cé³

下坡。

| 落錯藥 | log⁶ co³ yêg⁶

喻指沒有對症下藥。粵 噉嘅做法根本係落錯藥。

| 落疊 | log⁶ dab⁶

參與其中，或被騙參與其中。粵 吸引投資者落疊。

| 落單 | log⁶ dan¹

（食肆用語）點菜。粵 間餐廳係電子落單。

| 落地 ❶ | log⁶ déi⁶

指司機下車。粵 司機唔落地可獲即時放行。

| 落地 ❷ | log⁶ déi⁶

指新車正式在路面行駛。粵 架車舊年先落地。

| 落地 ❸ | log⁶ déi⁶

（飛機）著陸。粵 架機啱啱落地。

| 落訂 | log⁶ déng⁶

付訂金。粵 落兩千蚊訂喇。普 先付兩千塊錢訂金好了。

| 落袋 | log⁶ doi²

獲得（實際利益）。粵 呢次運動會佢有個人賽獎牌落袋。普 個人賽得獎牌。

| 落刀 | log⁶ dou¹

下手（解決問題）。粵 單野相當麻煩，

要避免落錯刀。

| 落假簿 | log⁶ ga² bou²

指偽造巡更記錄。

| 落格 | log⁶ gag³

俗指私吞別人財物。

| 落頸箍 | log⁶ géng² ku¹

指救護人員在擔架上用特殊的套兒固定傷者的頭部。粵 傷者要落頸箍送院。

| 落廣告 | log⁶ guong² gou³

刊登廣告。粵 喺多份報紙落廣告。

| 落去 | log⁶ hêu³

下去。粵 軚壞咗，由呢堂樓梯落去。

| 落注 | log⁶ ju³

下賭注。

| 落旗 | log⁶ kéi⁴

同【落錶】。粵 由聽日起，全港的士落旗加兩蚊。

| 落區 | log⁶ kêu¹

政界人士到基層調研、接觸市民。

| 落樓 | log⁶ leo²

喻指至少。粵 一個套餐都要成嗜水落樓。普 一個套餐說也要一百塊。

| 落名 | log⁶ méng²

指以某人的名義登記購買。粵 層樓落仔女名買。

| 落 … 面 | log⁶ ... min²

不給面子。粵 唔嚟，即係落我面。普 不來，就是不給我面子。

| 落案起訴 | log⁶ ngon³ héi² sou³

立案控告。粵 個案唔少，但落案起訴嘅就唔多

| 落胎 | log⁶ toi¹

做人流。

124

落閘 log⁶ zab⁶

拒絕回應。㊁ 佢聽到啲嘅問題，即時落閘。

落莊 log⁶ zong¹

指大專院校會社委員卸任。

落足本 log⁶ zug¹ bun²

出重本。㊁ 賽車落足本由德國引入。

落足鞋油 log⁶ zug¹ hai⁴ yeo²

拚命吹捧，使勁兒拍馬屁。㊁ 佢落足鞋油，當眾表示最鍾意張三做領導。

落足嘴頭 log⁶ zug¹ zêu² teo⁴

大費唇舌。㊁ 佢哋落足嘴頭力邀張三參加。

樂高 log⁶ gou¹

由丹麥 LEGO 玩具公司製造的塑料塊的積木。

晾 long³

架空，無視。㊁ 佢俾人晾喺一便。

狼 long⁴

副詞，表拚命、狠狠。㊁ 現今個個樓盤狼加價。

郎才女貌 long⁴ coi⁴ nêu⁵ mao⁶

形容門當戶對，男的有學識，女的有玉顏。

撈 lou¹

語素詞，指撈麵，即拌麵，如筋腩撈（半筋半腩的拌麵）。

撈粗 lou¹ cou¹

寬麵條拌麵。㊁ 嚟個牛腩撈粗。

撈電視汁 lou¹ din⁶ xi⁶ zeb¹

謔指小孩兒邊看電視邊吃飯。㊁ 我都係撈電視汁大。㊀ 我小時候也是邊看電視邊吃飯。

撈起 lou¹ héi²

魚生的一種吃法，即新鮮魚生，加上肉絲兒、蛋絲兒等配料。吃時大夥兒一塊說："大家同撈，風生水起"。（互相關照，大家發財。）

撈女 lou¹ nêu²

喻指唯利是圖，不擇手段獲取私人利益的女性（含貶義）。

撈散 lou¹ san²

指打散工。㊁ 唔再想受公司制度束縛，決定下海撈散。

佬飯 lou² fan⁶

謔指街佬、痲甩佬、地盤佬等社會低層男性常吃的蓋飯，如 "豆腐火腩飯"。

勞工假 lou⁴ gung¹ ga³

相對於銀行假（白領），勞工假（藍領）即前線員工法定假期為一年 12 天。

勞碌命 lou⁴ lug¹ méng⁶

指習慣於勞碌的生活，停不下來。㊁ 我係勞碌命，無時無刻都要照顧人。

老爆 lou⁵ bao³

俗指爆竊。㊁ 店內有搜掠痕跡，懷疑遭賊人老爆。

老餅 ❶ lou⁵ béng²

謔指老人家。㊁ 我係老餅一個。

老餅 ❷ lou⁵ béng²

屬性詞，指懷舊。㊁ 鍾意唱老餅歌。

老差骨 lou⁵ cai¹ gued¹

俗稱資深警員（略含貶義）。

老竇姓乜都唔記得

lou⁵ deo⁶ xing³ med¹ dou¹ m⁴ géi³ deg¹

喻指興奮得忘乎所以。㊁ 攞到頭獎，興奮到老竇姓乜都唔記得。㊀ …… 老爸的姓名也忘了。

125

L

老翻 lou⁵ fan¹

特指盜版光碟。

老夫子 lou⁵ fu¹ ji²

香港動漫人物代表之一。源自上世紀 60 年代而延續至今（2016 年），成為眾多港人童年的集體回憶。2019 年香港郵政發行首套 "老夫子" 主題郵票，分別為 "行街睇戲　食飯幾味"。

老虎蟹 lou⁵ fu² hai⁵

副詞，用作強調，表示十分堅持。粵 佢老虎蟹都要去。普 他說什麼也要去。

老奉 ❶ lou⁵ fung²

"奉" 為 "奉旨" 的縮略詞，即按規定一定遵循。粵 人哋對你哋有求必應並唔係老奉，而係特殊照顧。普 並不是硬性要這樣做，而是特殊照顧。

老奉 ❷ lou⁵ fung²

毫無例外。粵 佢哋公司老奉拖數。普 一向拖欠債款。

老鬼 lou⁵ guei²

喻指有一定年資，搞小圈子，互相包庇的內部員工。粵 打政府工，每五年調動一次，防止建立老鬼文化。

老戲骨 lou⁵ héi³ gued¹

資格老的演員（含貶義）。

老蘭 lou⁵ lan²

特指中環蘭桂坊。

老笠 lou⁵ leb¹

英語借詞：rob，搶劫。粵 持刀老笠。

老嚟 lou⁵ lei²

心情舒暢。粵 張三當然唔會擺明唔妥李四，但個心就唔多老嚟嘞。普 張三當然不會公開表示不滿李四，但心裡總是不忿。

老利 lou⁵ léi²

俗指吉利。粵 揀嗰日開張就認真唔

老利。

老廉 lou⁵ lim²

俗指廉政公署。

老老實實 lou⁵ lou⁵ sed⁶ sed⁶

實話實說。粵 老老實實，你同佢係乜關係？

老貓燒鬚 lou⁵ mao¹ xiu¹ sou¹

形容經驗豐富竟然犯低級錯誤。

老嫩通殺 lou⁵ nün⁶ tung¹ sad³

不受年齡限制。粵 呢排嘅懷舊風老嫩通殺。普 老年人、年輕人都捲進去了。

老散 lou⁵ san²

散工。粵 打份嗰嘅工不如做老散。普 幹這樣的活兒還不如去兼職。

老 sea food lou⁵ sea food

"sea food" 為 "屎忽" 的英語諧音。見條目【老屎忽】。

老西 lou⁵ sei¹

俗指穿西服。粵 個個著晒老西。

老細 lou⁵ sei³

俗指老闆。

老細足球 lou⁵ sei³ zug¹ keo⁴

喻指在商言商的足球；商業利益至上的足球。

老死 lou⁵ séi²

特指非常要好的朋友。粵 約咗幾個老死去飲茶。

老臣子 lou⁵ sen⁴ ji²

喻指公司機構內長期服務的員工。

老銅 lou⁵ tung⁴

俗指香港銅鑼灣。

老屈 lou⁵ wed¹

插贓嫁禍。粵 又係老屈啫，嗰班人能夠

搞出啲乜乜！🔵 這幫人會什麼？只會栽贓陷害而已。

老屎忽 lou⁵ xi² fed¹

謔指行業或公司裡恃老賣老的資深職員。🔵 佢可謂係我哋行業嘅老屎忽。

老鼠倉 lou⁵ xu² cong¹

俗指利用未公開訊息進行股市交易的行為。

老鼠貨 lou⁵ xu² fo³

俗指來路不明的貨品；賊贓。

老友 lou⁵ yeo⁵

本作名詞，指老朋友；現作形容詞謂語，表示互相協調。🔵 問題係，評審同學術成就一向唔多老友。

老友記 lou⁵ yeo⁵ géi³

特指同一社區的長者。🔵 琴日同成班老友記去鯉魚門一日遊。

老友鬼鬼 lou⁵ yeo⁵ guei² guei²

對老朋友親暱的稱呼。🔵 老友鬼鬼，使乜多謝？🔵 老朋友了，不用謝。

露點 lou⁶ dim²

特指女演員裸露身體，如露兩點（半裸）、露三點（全裸）。

露台 lou⁶ toi⁴

陽台。

路霸 lou⁶ ba³

俗指涉及駕駛態度不端（如惡意別車、超車）引起爭執再演變為武鬥的案子。🔵 打擊路霸。

路拱 lou⁶ gung²

減速路脊。

路展 lou⁶ jin²

英語借詞：roadshow，路演。🔵 首批債券今日開始路展。

路人甲乙丙 lou⁶ yen⁴ gab³ yud⁶ bing²

泛指無關重要、打醬油的小角色。

路祭 lou⁶ zei³

指交通意外的死者，其家屬到現場祭奠。

碌 ❶ lug¹

名詞，俗指"年"。🔵 重則判刑十碌八碌。

碌 ❷ lug¹

動詞，刷（信用卡）。🔵 攞住人哋嘅信用卡碌咗三萬銀。

碌爆人情卡 lug¹ bao³ yen⁴ qing⁴ kad¹

盡量利用人情關係邀請某人參加活動。🔵 我碌爆人情卡，已經搵到張三做司儀。

碌地沙 lug¹ déi⁶ sa¹

謔指家貧沒床，被迫睡在地板上。

碌卡 lug¹ kad¹

刷卡。

轆齡 lug¹ ling¹

"轆"動詞，滾動；"齡"為保齡球的縮略詞。打保齡球。🔵 落咗班去轆齡。

六合彩 lug⁶ heb⁶ coi¹

為香港唯一的合法賭博，2002 年確定目前的規則，即 49 號碼中選 6，另加一個特別號碼。彩金分七等，如 6 個字（號碼）為頭獎，5 個半字（"半"代表特別號碼）為二獎，如此類推。沒人中獎，相應彩金撥入多寶彩池。

陸續有嚟 lug⁶ zug⁶ yeo⁵ lei⁴

表示類似的事情會不斷發生。🔵 估計今年大型快餐店加價陸續有嚟。

綠 van lug⁶ van

van 為英語借詞，泛指小巴。見條目【綠色小巴】。

綠色小巴 lug⁶ xig¹ xiu² ba¹

指行駛路線較短且有固定停靠站點的專線小巴，與"紅色小巴"相對。車頂為綠色，故名。

綠色炸彈 lug⁶ xig¹ za³ dan²

謔指政府稅務局發出的稅單，稅單信封為綠色，故名。🔴 收到綠色炸彈，個個牙痛噉聲。

㵼 lug⁶

（用熱水）泡。🔴 有杯麵冇水㵼。

孌 lün¹

指有同性戀傾向。🔴 佢係孌嘅。

孌髮 lün¹ fad³

捲髮。🔴 個BB女一頭孌髮好得意。

戀殖 lün² jig⁶

指留戀殖民地時代的思想意識等做法。

聯針 lün⁴ zem¹

縫針。🔴 入院聯咗八針。

亂過亂世佳人 lün⁶ guo³ lün⁶ sei³ gai¹ yen⁴

"亂世佳人"為上世紀 60 年代在香港非常賣座的美國電影，在此作諧音明喻。形容十分混亂。🔴 嗰度嘅交通亂過亂世佳人。

亂噏廿四 lün⁶ ngeb¹ ya⁶ séi³

胡說八道。🔴 唔好聽佢講，淨係識亂噏廿四。🔵 別聽他的，光會胡謅一氣。

龍定蛇 lung⁴ ding⁶ sé⁴

"龍"代表正氣；"蛇"代表邪氣。"龍定蛇"引指是否合符心意。🔴 都唔知將來入伙個盤係龍定蛇，搶住先。🔵 不知道將來入住的單位是否合適，先買下來再說。

龍尾 lung⁴ méi⁵

指排隊最末的位置。🔴 我排喺龍尾。🔵 最後一個。

龍尾牌 lung⁴ méi⁵ pai²

提示排隊最後一名的牌子，即不再接受任何人繼續排隊。🔴 有職員喺嗰度豎起龍尾牌。

龍門 lung⁴ mun⁴

辦事的準則。🔴 講就好聽，但係龍門任佢哋搬。🔵 說的好聽，但辦事的準則任由他們定。

龍門架 lung⁴ mun⁴ ga²

俗指大型貨櫃塔式起重機。

龍頭 lung⁴ teo⁴

屬性詞，泛指行業中起領頭作用的。🔴 博彩業始終係澳門嘅龍頭企業。

龍頭大哥 lung⁴ teo⁴ dai⁶ go¹

泛指領軍人物。🔴 喺香港外國車嘅龍頭大哥始終係日本車同德國車。

龍華酒店 lung⁴ wa⁴ zeo² dim³

已有八十多年歷史的沙田園林式龍華酒店，始創紅燒乳鴿，為港人的集體回憶。

龍友 lung⁴ yeo²

謔指（專程特早來）排隊人士。🔴 今年嘅煙花匯演麻麻，好多龍友失望。

龍肉 lung⁴ yug⁶

虛指美味佳餚，用於負面語境。🔴 一個人食，龍肉都冇味。🔵 一個人吃，吃什麼都沒有味道。

聾貓 lung⁴ mao¹

香港動漫人物代表之一。

籠屋 lung⁴ ngug¹

俗指床位寓所，即把租出去的床位用鐵絲網圍繞，這樣每個床位都猶如一個籠子，故名。

L

M

M❶ | M

為英語 money 的縮略詞，指現金。粵 死嘞，我冇帶 M。晋 糟了，我沒帶錢。

M❷ | M

俗指月經。粵 舊年突然有嗱 M。

M 巾 | M gen¹

指女性衛生巾。粵 去便利店買 M 巾。

M 字額 | M ji⁶ ngag⁶

形容嚴重脫髮。粵 佢身形高瘦，M 字額。晋 ……半禿頂。

M 卡 | M kad¹

指提款卡。

M 痛 | M tung³

女性經痛。粵 忍住 M 痛返工。

唔 | m⁴

否定副詞，表示"不"。粵 想留喺屋企，唔想去。晋 想留在家裡，不想去。

唔嗲唔吊 ❶ | m⁴ dé² m⁴ diu³

漫不經心。粵 結婚嘅嘢，佢自己都唔嗲唔吊。晋 ……不放在心上。

唔嗲唔吊 ❷ | m⁴ dé² m⁴ diu³

辦事不嚴謹。粵 規劃唔嗲唔吊，做嘅唔做嘅。晋 很不周全，有些事情做到了，有些卻沒做。

唔得佢死 | m⁴ deg¹ kêu⁵ séi²

話語類句，表示對某人的言行十分氣憤。

唔抵得 | m⁴ dei² deg¹

受不了。粵 我實在唔抵得佢對下屬講嘢

嘅方式。

唔掂 | m⁴ dim⁶

行不通。粵 你噉做唔掂。晋 你這樣幹不行。

唔多 | m⁴ do¹

副詞，不太。粵 工程唔多順風順水，預計要到出年年底先完成。晋 不太順利……。

唔多覺 | m⁴ do¹ gog³

不太留意。粵 每個月俾多廿零蚊水費，大家係唔多覺嘅。

唔到肉 | m⁴ dou³ yug⁶

形容沒說到點子上。粵 佢講咗一大堆，但講得唔到肉。晋 說不出重點。

唔慌 | m⁴ fong¹

輔動詞，表示肯定不。粵 今年年尾花紅唔慌好。晋 年底獎金金額肯定不好。

唔嫁又嫁 | m⁴ ga³ yeo⁶ ga³

固定結構，喻指出爾反爾。粵 話唔嫁又嫁，我都唔知佢諗乜也。晋 說變就變，我猜不透她心裡在想什麼。

唔緊唔要 | m⁴ gen² m⁴ yiu³

漫不經心，隨隨便便。粵 聽到佢唔緊唔要嘅回應就一把火。

唔經唔覺 | m⁴ ging¹ m⁴ gog³

形容時間過得很快。粵 唔經唔覺又到咗五月尾。晋 不知不覺又到了五月底。

唔覺眼 | m⁴ gog³ ngan⁵

沒留意。粵 佢有嗱咩？我唔覺眼嘅。

唔該 | m⁴ goi¹

話語標記，表示請求。粵 唔該借借。晋 勞駕讓讓。

唔講得笑 | m⁴ gong² deg¹ xiu³

直譯為"可不能開玩笑"，引指了不起。粵 佢間學校成績全港之冠，真係唔講得

M

笑。⚆挺厲害的。

唔講唔覺，一講就覺

m⁴ gong² m⁴ gog³, yed¹ gong² zeo⁶ gog³

不說意識不到，一說就意識到這麼回事。

唔怪之得

m⁴ guai³ ji¹ deg¹

副詞，難怪。⚆ 佢今日嫁女，唔怪之得咁開心喇。

唔係

m⁴ hei⁶

連詞，要不然。⚆ A：五日假期去邊度玩？B：去北京，唔係就去上海。

唔係 … 嘅咩

m⁴ hei⁶ ... gé³ mé¹

疑問構式，表示對以為肯定了的事情提出質疑。⚆ 唔係傾掂咗嘅咩？⚆ 不是談妥了嗎？

唔係嘅話

m⁴ hei⁶ gé³ wa²

話語標記，表轉折，要不然。⚆ 唔係嘅話，張三去都得。⚆ 要不，張三去也行。

唔係幾

m⁴ hei⁶ géi²

複合副詞，不太。⚆ 唔係幾想去。

唔係咽皮

m⁴ hei⁶ go² péi²

"皮"泛指資格、能力；引指不能解決問題。⚆ 以佢哋過往嘅效率，根本唔係咽皮。

唔係路

m⁴ hei⁶ lou⁶

不對勁兒。⚆ 噉搞法唔係路。

唔係你估

m⁴ hei⁶ néi⁵ gu²

話語類句，表示出乎意料之外，當然。⚆ A：吓，嗽㗎？B：唔係你估！⚆ A：嗄，是這樣的嗎？B：可不！

唔恨得咁多

m⁴ hen⁶ deg¹ gem³ do¹

"恨"，渴望，直譯為"不可能得到所有的好處"。⚆ 做人嘅嘢，唔恨得咁多嘅喇。⚆ 要懂得知足。

唔好得幾多

m⁴ hou² deg¹ géi² do¹

好不了多少。⚆ 呢個辦法，唔好得幾多。⚆ 強不到哪兒去。

唔好去搶

m⁴ hou² hêu³ cêng²

話語類句，對索價過高表示強烈不滿。⚆ 一碗叉燒飯賣一百蚊，唔好去搶！

唔知個醜字點寫

m⁴ ji¹ go³ ceo² ji⁶ dim² sé²

直譯為"不知羞恥兩字怎麼寫"，即不知羞恥。⚆ 嗽都做得出，真係唔知醜字點寫！

唔知醒

m⁴ ji¹ séng²

沒有按時起床，起晚了。⚆ 琴日癲過頭，今朝唔知醒。⚆ 昨天太累了，今早起不來。

唔知頭唔知路

m⁴ ji¹ teo⁴ m⁴ ji¹ lou⁶

全然不了解情況。⚆ 我啱嚟到，唔知頭唔知路嘅嘛。

唔及得人

m⁴ keb⁶ deg¹ yen⁴

比不上別人。⚆ 技術唔及得人，輸波都冇計。

唔理

m⁴ léi⁵

動詞，不管。⚆ 唔理得咁多咯，買咗先算。⚆ 管不了那麼些了，買下再說。

唔理好醜，但求就手

m⁴ léi⁵ hou² ceo², dan⁶ keo⁴ zeo⁶ seo²

"就手"，指方便。⚆ 方法嘅嘢，唔理好醜，但求就手。⚆ 不管什麼方法，使用起來方便就行。

唔乜滯

m⁴ med¹ zei⁶

指程度偏小。⚆ 呢個措施幫唔到乜滯。⚆ 幫不了什麼忙。

唔諗得咁多

m⁴ nem² deg¹ gem³ do¹

不容考慮那麼些。⚆ 時間緊迫，唔諗得

M

咁多，買咗飛先算。⟨普⟩沒法考慮那麼多，把票買了再說。

唔啱唔著 m⁴ ngam¹ m⁴ zêg⁶

指不對或不當的言行。⟨粵⟩有乜唔啱唔著，請多多指教。

唔怕神對手，至怕豬隊友

m⁴ pa³ sen⁴ dêu⁴ seo², ji³ pa³ ju¹ dêu⁶ yeo³

喻指對手再強也不怕，最怕隊友弱智不配合。

唔似得 m⁴ qi⁵ deg¹

指跟別人無法比較。⟨粵⟩我唔似得你咁好彩。⟨普⟩我不像你那麼走運。

唔失禮 m⁴ sed¹ lei⁵

過得去，能接受。⟨粵⟩架車嘅馬力有 280 匹，都唔失禮。

唔使 m⁴ sei²

不用。⟨粵⟩我哋人手夠，唔使叫佢哋幫手嘞。

唔使本 m⁴ sei² bun²

隨意（做不該做的事情），不用付出任何代價。⟨粵⟩得罪人唔使本。

唔使慌 m⁴ sei² fong¹

不必寄望。⟨粵⟩佢哋會幫你？唔使慌。

唔使錢 m⁴ sei² qin²

白給。⟨粵⟩唔使錢，我就要。

唔使審 m⁴ sei² sem²

話語類句，表示十分肯定。⟨粵⟩唔使審，一定係佢。

唔聲唔聲 m⁴ séng¹ m⁴ séng¹

偷偷地，沒有任何公示。⟨粵⟩呢間銀行最興唔聲唔聲搶罰款。⟨普⟩這家銀行經常偷偷地莫名其妙地罰你錢。

唔聲唔聲，嚇你一驚

m⁴ séng¹ m⁴ séng¹, hag³ néi⁵ yed¹ géng¹

指在大家沒有心理準備的情況下，突然宣佈一消息，如婚訊等。⟨粵⟩佢哋兩個喺頭話分手，呢頭突然去咗海南島舉行婚禮，真係唔聲唔聲，嚇你一驚。

唔聽⋯支笛 m⁴ téng⁵ ... ji¹ dég²

置某人的說辭於不顧。⟨粵⟩乜野話好"先使未來錢"，後生仔女唔聽你支笛嘅喇。⟨普⟩年輕一輩根本不聽你的那一套。

唔妥 m⁴ to⁵

彼此之間有嫌隙。⟨粵⟩會唔會係張三唔妥李四？

唔湯唔水 m⁴ tong¹ m⁴ sêu²

（計劃等）不三不四，很不像樣。⟨粵⟩有關守則唔湯唔水，冇約束力，解決唔到問題。

唔話得 m⁴ wa⁶ deg¹

表示稱讚別人的幫助。⟨粵⟩有呢筆錢，我肯定過唔到呢關，你真係唔話得。⟨普⟩⋯⋯幫了我的大忙。

唔會住 m⁴ wui⁵ ju⁶

暫時不會。⟨粵⟩結婚就唔會住，係以後嘅事。

唔要都罷 m⁴ yiu³ dou¹ ba²

話語類句，表示堅決拒絕。⟨粵⟩呢個男人唔要都罷。⟨普⟩不值得留戀，把他甩掉得了。

唔爭在 m⁴ zang¹ zoi⁶

表示安撫，不必介懷。⟨粵⟩上次都有你份，唔爭在啦。⟨普⟩上次沒有把你算在內，這次也沒有把你算在內，算了。

唔阻你嘞 m⁴ zo² néi⁵ lag³

話語類句，表示告辭，終止談話。⟨粵⟩我走先，唔阻你嘞。

唔在講 m⁴ zoi⁶ gong²

除此之外。⟨粵⟩唔還錢唔在講，仲想問我借嗎。

媽叉 ma¹ ca¹

粗言惡語相對。⟨粵⟩媽叉佢！⟨普⟩狠狠

M

罵他！

媽聲四起 ma¹ séng¹ séi³ héi²

"媽" 為髒話縮略詞；直譯為 "眾人異口同聲左一句 * 你媽，右一句 * 你媽地破口大罵"。粵 結果一宣佈，媽聲四起。

媽姐 ma¹ zé²

指住宿女傭。

孖 ma¹

語素詞，與單數數目詞連用，表示雙位相同的號碼。粵 佢嘅代號為孖八孖五。普 代號 8855。

孖寶 ❶ ma¹ bou²

屬性詞，指兩人拍檔。粵 佢哋呢對乒乓孖寶獲得銀牌。

孖寶 ❷ ma¹ bou²

（賽馬用語）指在指定的兩場賽事中投中跑第一名的賽馬。

孖公仔 ma¹ gung¹ zei²

指兩人同時出現。粵 佢哋兩個孖公仔出現喺宣傳單張度。

孖展 ma¹ jin²

（股票用語）英語借詞：margin，指以借貸的形式購買外匯、股票等投資工具。粵 借貸好容易，但真係要了解自己嘅借貸能力先好去做孖展。

孖住 ma¹ ju⁶

連同另外一個人（一起做）。粵 孖住老婆去血拚。普 跟老婆一起去購物。

孖埋 ma¹ mai⁴

某人邀請某人一起（做）。粵 張三孖埋李四出席活動。

孖沙 ma¹ sa¹

英語借詞：master，富豪。粵 佢係大孖沙，我只不過係細孖沙，冇得比。

孖 T ma¹ T

（賽馬用語）指在指定的兩場賽事中投中第一、第二和第三名（無須順序）的賽馬。

孖葉 ma¹ yib²

俗指手銬。粵 落得孖葉，衰老笠喇。普 因搶劫而被拷上手銬。

孖煙通 ma¹ yin¹ tung¹

男性平角內褲。粵 喺屋企著住條孖煙囪。

孖庄 ma¹ zong¹

"庄" 指商品售賣的份量。如 "半支庄" 指標準的半瓶；"一支庄" 指標準的一瓶。"孖庄" 即兩件相同的商品包裝在一起出售。粵 孖庄優惠。普 買兩瓶（盒）裝有優惠。

麻煩友 ma⁴ fan⁴ yeo²

指在社區內不斷製造事端，令人討厭的人士。

麻甩 ma⁴ led¹

形容市井習氣。粵 佢好麻甩，周不時夾支煙仔喺耳背度。

麻甩佬 ma⁴ led¹ lou²

指市井之徒，舉止猥瑣的中年男性。

麻麻 ma⁴ ma²

形容很一般。粵 口碑麻麻。普 不怎麼樣。

麻雀腳 ma⁴ zêg³ gêg³

一起打麻將的人士；麻友。粵 啯時啱啱伸差一隻麻雀腳，咪拉埋佢去囉。普 那時剛好缺一個麻友，就把他拉上。

麻雀館 ma⁴ zêg³ gun²

俗指 "麻雀娛樂公司"，即領有牌照、對外營業、供人打麻將賭錢的合法場所。

麻雀學校 ma⁴ zêg³ hog⁶ hao⁶

謔指麻將賭館。見條目【麻雀館】。

蔴油 ma⁴ yeo⁴

香油。

碼 ❶ ma⁵

型號大小。粵 呢個碼冇就有，但係有嘅顏色。普 大小有，但沒有這樣的顏色。

碼 ❷ ma⁵

語素詞，表示肥瘦大小差距明顯。粵 瘦咗成個碼。普 瘦了一圈。

碼仔 ma⁵ zei²

（澳門用語）賭博用的籌碼。

馬鼻 ma⁵ béi⁶

（賽馬用語）喻指很小的距離。粵 領先佢哋三個馬鼻。

馬場 ma⁵ cêng⁴

（賽馬用語）賽馬場地，分別指香港跑馬地（快活谷）或九龍沙田賽馬場。

馬膽 ma⁵ dam²

（賽馬用語）指投注者認定穩拿第一名的賽馬，以它為主與別的賽馬搭配下注。

馬伕 ❶ ma⁵ fu¹

馬場低層工作人員，負責餵馬、遛馬、牽馬出場。

馬伕 ❷ ma⁵ fu¹

性工作者中介人。

馬甲線 ma⁵ gab³ xin³

喻指女性小腹的部位。粵 著露腰衫，低腰褲，曬少少馬甲線出席活動。

馬經 ma⁵ ging¹

專門提供賭馬知識和技巧的報刊雜誌。

馬季 ma⁵ guei³

特指每年舉行賽馬活動的季節，即從每年九月到第二年六月。七八月天氣酷熱，為賽馬的休息期。粵 馬季開鑼。普 馬季到了，賽馬活動開始。

馬騮 ma⁵ leo¹

猴子。

馬騮戲 ma⁵ leo¹ héi³

喻指鬧劇一場。粵 嗰嗰選舉，馬騮戲嚟啫。

馬佬 ma⁵ lou²

俗指賽馬節目主持人；馬評人。

馬路炸彈 ma⁵ lou⁶ za³ dan²

對無視相關法例，干擾正常行駛的汽車的騎車人士的貶稱（因其魯莽行為隨時會招致交通意外）。

馬死落地行

ma⁵ séi² log⁶ déi⁶ hang⁴

直譯為"馬死了，就得用兩條腿走路"，喻指遇到挫折之後就得接受環境大不如前的現實。粵 為咗保住份工，減薪都有計，馬死落地行吖嗎。

馬上風 ma⁵ sêng⁶ fung¹

指男性行房時心臟病發。

馬蹄 ma⁵ tei²

荸薺。

馬會 ma⁵ wui²

為"香港賽馬會"的簡稱，指組織賽馬以及承辦六合彩和足球投注的營運機構。

馬仔 ❶ ma⁵ zei²

點心，薩其馬。

馬仔 ❷ ma⁵ zei²

參加比賽的馬。粵 馬仔有脾氣，新手騎師唔易做。

馬仔 ❸ ma⁵ zei²

被下注的賽馬。粵 希望今晚啲馬仔生性啲。普 希望我下了注的賽馬能勝出。

馬仔 ❹ ma⁵ zei²

俗指下屬，跑腿兒。粵 張三係老細，李四只不過係佢嘅馬仔。

抹手紙 mad³ seo² ji²

擦手紙。

擘大口得個窿 mag³ dai⁶ heo² deg¹ go³ lung¹

形容無言以對。粵 面對記者嘅提問，佢竟然擘大口得個窿。普 ……啞口無言。

擘大眼講大話 mag³ dai⁶ ngan⁵ gong¹ dai⁶ wa²

睜著眼睛說瞎話。粵 琴日佢明明有嚟，佢竟然擘大眼講大話，話佢有嚟。

擘闊 mag³ fud³

擴充。粵 新興行業要做大個餅，擘闊個市場。

擘面 mag³ min²

翻臉。粵 佢哋兩個公開擘面。

埋 mai⁴

動詞，表示傷口瘉合。粵 傷口埋得靚。

埋便 mai⁴ bin⁶

處所詞，裡面。粵 埋便仲有吉枱。普 往裡還有空桌子。

埋單 ❶ mai⁴ dan¹

（食肆用語）結賬。粵 唔該埋單。普 勞駕請結賬。

埋單 ❷ mai⁴ dan¹

（費用）負責。粵 呢筆錢由公司埋單。

埋堆 mai⁴ dêu¹

指主動向志趣相投或有利於自己的人或社交圈子靠攏；扎堆。粵 佢覺得埋堆先有安全感。

埋口 mai⁴ heo²

傷口瘉合。粵 個傷口仲未埋口，一郁就痛。

埋芡 mai⁴ hin³

勾芡。粵 牛肉炒至七成熟，再埋一個薄

薄嘅生粉芡就得。

埋鑊 mai⁴ wog⁶

指用炒菜鍋炒菜已完成。粵 用大火翻炒一下埋鑊。

埋一份 mai⁴ yed¹ fen⁶

固定補語結構，指多人共同進入某種狀態。粵 我哋都高興埋一份。普 也同樣高興。

埋站 mai⁴ zam⁶

（公共起車）靠站。粵 注意巴士埋站。

買 ❶ mai⁵

購買。粵 見咁平，人買我又買。

買 ❷ mai⁵

接納（說法）。見詞條【buy】。粵 佢哋會買股市升。

買齊餸 mai⁵ cei⁴ sung³

把做飯的食材都買齊。粵 三個人食飯，三菜一湯，一百蚊買唔齊餸囉。

買大細 mai⁵ dai⁶ sei³

賭博的一種原始的方式，賭大小。粵 買保險就好似入賭場買大細。

買定花生 mai⁵ ding⁶ fa¹ seng¹

"花生" 源自 "剝花生"，虛指看熱鬧時的助興小吃。"買定花生" 即準備好看熱鬧。粵 辯論會晚黑開始，買定花生等睇熱鬧嘞。普 辯論會晚上開始，讓我們坐等好戲。

買到喊三聲 mai⁵ dou² ham³ sam¹ séng¹

後悔莫及，叫苦連天。粵 入場費要過千萬嘅豪宅，質素居然差過公屋，真係買到喊三聲。

買燒肉都搭嚿豬頭骨 mai⁵ xiu¹ yug⁶ dou¹ dab³ geo⁶ ju¹ teo⁴ gued¹

指 "買燒肉非得同時買一塊豬骨頭" 的搭售行為，喻指便宜的事不可能全佔，

M

要懂得平衡。

買少見少 ❶ mai⁵ xiu² gin³ xiu²

指某類人士離開了就無法補上。【粵】由於張三早排突然離世，委員會內嘅資深委員買少見少喇。

買少見少 ❷ mai⁵ xiu² gin³ xiu²

指某物賣掉了就不會再有。【粵】嗷嘅舊樓買少見少。

賣大包 ❶ mai⁶ dai⁶ bao¹

寬鬆。【粵】點解申請條件咁賣大包嘅？

賣大包 ❷ mai⁶ dai⁶ bao¹

讓利。【粵】呢次公司賣大包送出 50 萬元禮品。【普】大手筆送出 50 萬禮品（以招徠顧客）。

賣埠 mai⁶ feo⁶

俗指出口。【粵】喺香港生產有品牌優勢，賣埠都馨香啲。

賣開巷 mai⁶ hoi¹ hong²

俗指暢銷。【粵】啲保暖產品，氣溫越低越賣開巷。

賣豬仔 mai⁶ ju¹ zei²

喻指被誤導而白走一趟。【粵】我以為有獎抽先至嚟，點知俾人賣咗豬仔。【普】我以為可以參加抽獎才來，結果上當了，白走了一趟。

賣旗 mai⁶ kéi⁴

指獲政府批准的社團以在週末上午向路人兜售特製貼紙的方式進行慈善籌款活動。

賣旗日 mai⁶ kéi⁴ yed⁶

指合法兜售貼紙進行慈善籌款的日子。

man 爆 man bao³

形容以男子漢剛勁的姿態行事。【粵】man爆護妻。【普】保護妻子，不容受到侵犯或傷害。

慢 man⁶

指時差，晚了。【粵】越南慢澳門一個鐘。

慢行步道 man⁶ heng⁴ bou⁶ dou⁶

海傍供散步的露天長廊，如九龍尖沙咀海傍的星光大道。

慢三拍 man⁶ sam¹ pag³

形容慢吞吞。【粵】做乜嘢都係慢三拍。

慢用 man⁶ yung⁶

話語類句，對食客的客套語。【粵】菜上齊晒喇，請慢用。

萬大事有我 man⁶ dai⁶ xi⁶ yeo⁵ ngo⁵

指一切由我負責安排。【粵】放心！萬大事有我。

萬字夾 man⁶ ji⁶ gab²

回形針。

萬萬聲 man⁶ man⁶ séng¹

（開支）以萬元計。【粵】訴訟費萬萬聲㗎。【普】數十萬數十萬計。

萬能插蘇 man⁶ neng⁴ cab³ sou¹

轉換插頭。

萬能 key man⁶ neng⁴ key

"key" 指鑰匙，即解決問題的有效工具，法寶。【粵】唔通增加人手就係萬能key？

萬年款 man⁶ nin⁴ fun²

特指款式不易過時、經久適用的衣服。

萬年漬 man⁶ nin⁴ jig¹

長期積存的污垢。

萬歲 man⁶ sêu³

謔指請吃飯。【粵】今晚邊個萬歲？

掹掹緊 mang¹ mang¹ gen²

（金錢）勉強夠用，不寬裕。【粵】津貼掹掹緊，但夠用。

M

135

盲品 mang⁴ ben²

動詞，指不要受名牌名氣的影響去品嚐美酒。

盲道 mang⁴ dou⁶

公共場所內供視障人士使用的通道。

盲門號碼 mang⁴ mun² hou⁶ ma⁵

指在賭博中一連八次都沒有出現的號碼。

猛人 mang⁵ yen⁴

重量級人士。🔴 與會者係嚟自本地及海外各個界別嘅猛人。

貓 mao¹

動詞，表喝醉酒。🔴 張三貓晒俾人抬走。

貓紙 ❶ mao¹ ji²

學生考試作弊時用來作提示的紙張。🔴 佢竟然帶埋貓紙入試場。

貓紙 ❷ mao¹ ji²

演員在表演時用作臨場提示的紙張。🔴 佢一路唱，一路偷睇貓紙，一啲專業水準都有。

貓紙 ❸ mao¹ ji²

泛指在特定場合下用作提示的紙張。🔴 當局容許投票人帶備一張寫有候選人姓名或號碼嘅貓紙進入票站。

貓貓哋 mao¹ mao¹ déi²

形容頗有醉意。🔴 飲到貓貓哋。

貓眼 mao¹ ngan⁵

門鏡。

茅波 mao⁴ bo¹

（足球比賽用語）指粗野、具侵犯性的踢球作風。

MC MC

英語借詞：Master of Ceremonies，司儀，節目主持人。

MCC MCC

"矇查查" 首字母的諧音，指糊塗蛋。🔴 佢都唔識，正一 MCC。

咩 mé¹

句末語氣詞，表反問。🔴 大家都去，你唔去咩？🔵 你怎麼不去？

孭 ❶ mé¹

掛在肩膀。🔴 呢種單膊公事包好孭。

孭 ❷ mé¹

擔責。🔴 大家都有份㗎，冇理由要我一個人孭晒嘅嗎。

孭飛 mé¹ féi¹

負責。🔴 佢一個人孭飛演呢個單元。

孭住 mé¹ ju⁶

向某人負責，背負著。🔴 你做司機，孭住十幾條人命個嗎。

孭數 ❶ mé¹ sou³

欠信用卡的錢。🔴 信用卡嘅消費最好月月清，唔好孭數俾利息銀行食。

孭數 ❷ mé¹ sou³

負擔（費用）。🔴 佢有能力孭到呢條數。🔵 負擔這筆費用。

孭鑊 mé¹ wog⁶

被問責。🔴 噉嘅結果，有冇人要孭鑊？

孭刑責 mé¹ ying⁴ zag³

負上刑事責任，如罰款、入獄及留案底。

孭債 mé¹ zai³

負債。🔴 千祈唔好孭住層樓債，搞到自己呼唔到氣。

乜 med¹

泛指代詞，表什麼。🔴 兩萬蚊算得乜。🔵 算不了什麼。

乜都假 med¹ dou¹ ga²

說什麼也沒用。🔴 家陣乜都假，最緊要

M

136

係準時交貨。 現在什麼都得讓路，最要緊的是準時交貨。

乜冬冬 med¹ dung¹ dung¹

謔指事情。 講俾大家聽係乜冬冬玩意兒。

乜解究 med¹ gai² geo³

疑問詞，為什麼。 乜解究你一個人踩兩部單車？

乜咁啱 med¹ gem³ ngam¹

與熟人相遇的問候語。 唉，乜咁啱呀。 真巧。

乜鬼 med¹ guei²

中嵌副詞，表示否定，不讚成。 結婚？結乜鬼婚吖！ 結婚？結什麼婚！

乜乜物物 med¹ med¹ med⁶ med⁶

形容繁多。 同個女報讀乜乜物物嘅興趣班。 替女兒報讀什麼什麼的興趣班（名堂繁多，記不清名稱）。

乜 Q med¹ Q

喻指全部，含貶義。 乜 Q 都唔識。 什麼也不懂。

乜嘢 med¹ yé⁵

泛指代詞，表什麼。 噉改變唔到啲乜嘢。 改變不了什麼。

密❶ med⁶

形容詞謂語，表頻率高。 現時事故咁密，有必要檢討一下。

密❷ med⁶

副詞，表頻率高。 最密隔日喋一次。

密冚 med⁶ kem³

嚴嚴實實地捂著。 密冚戀情一年終穿煲。

密密 med⁶ med⁶

副詞，表頻率高。 喺內地密密搵銀。

 頻頻掙錢。

密密麻麻 med⁶ med⁶ ma⁴ ma⁴

形容繁多。 最尾嗰日，工作仲係安排得密密麻麻。

密密斟 med⁶ med⁶ zem¹

積極跟他人反復交換意見。

密實袋 med⁶ sed⁶ doi²

密封袋。

密食當三番

med⁶ xig⁶ dong³ sam¹ fan¹

原指多次小勝賽過一次大勝，引指薄利多銷。

蜜糖 med⁶ tong⁴

蜂蜜。

嘜❶ meg¹

語素詞，源自英語 (trade)mark，表商標。 我買開"雞仔嘜"嘅底衫底褲。

嘜❷ meg¹

量詞，源自英語 mug，表一聽（tin）的容量。 加多半嘜米。 多加半筒子大米。

麥兜 meg⁶ dao¹

香港動漫人物代表之一。2018 年在尖沙咀星光大道豎立一尊麥兜銅像，可見其受歡迎程度。

麥記 meg⁶ géi³

特指麥當勞快餐店。

麥記難民 meg⁶ géi³ nan⁶ men⁴

被迫在麥當勞長時間逗留的人士。

麥記宿者 meg⁶ géi³ sug¹ zé²

被迫在麥當勞過夜的人士。

麥皮 meg⁶ péi⁴

麥片。

M

墨魚車 meg⁶ yu⁴ cé¹

（澳門用語）指柴油高污染的車輛，因其排放的廢氣量大而得名。

咪 ❶ mei¹

英語借詞：microphone，麥克風。🔵 對住個咪講。

咪 ❷ mei¹

英語借詞：mile，英里。🔵 架的士行咗成八九十咪。

咪兜 mei¹ deo¹

指能同時擺放多支麥克風的容器。🔵 淨係喺咪兜面前簡單講幾句，有正式回答提問。🔶 只是在話筒前說了幾句……。

咪架 mei¹ ga²

配置有麥克風的支架。

咪牌 mei¹ pai²

指電台電視台採訪時用的麥克風，上面有自己公司的標誌。

咪手 mei¹ seo²

指負責用擴音器進行宣傳的人士。

迷你倉 mei⁴ néi⁵ cong¹

民用微型倉庫，有償供租戶存儲家用物品。

迷你戶 mei⁴ néi⁵ wu⁶

指面積只有 150-200 平方呎的住宅單位。

米報 mei⁵ bou³

"米"，指大米，即米飯，引指為工作。"米報"則俗指招聘廣告雜誌。

米字旗 mei⁵ ji⁶ kéi⁴

謔指英國國旗。

咪 ❶ mei⁵

輔動詞，表勸阻，別。🔵 唔想去就咪去。

咪 ❷ mei⁵

副詞，表邏輯推理，就。🔵 可以平啲咪平啲囉。🔶 能便宜點兒就便宜點兒吧。

味 ❶ méi²

語素詞，指菜餚。🔵 海斑兩味。🔶 海斑兩吃。

味 ❷ méi²

泛指量詞，用於事情。🔵 撥弄是非呢味野唔啱我。

眉開眼笑 méi⁴ hoi¹ ngan⁵ xiu³

形容快樂舒暢。🔵 有錢收梗係眉開眼笑。🔶 有錢拿當然開心啊。

尾 méi⁵

特指某年齡段的末尾。🔵 我個仔都二字尾。🔶 接近三十歲。

尾班 méi⁵ ban¹

屬性詞，指末班車或船。

尾氣 méi⁵ héi³

指汽車行駛時排放的廢氣。

尾水 méi⁵ sêu²

指別人賺的是豐厚的部分，剩餘的利潤即為"尾水"。🔵 賺嘅係尾水，多極有限。🔶 賺的是小頭兒，沒多少。

尾數 méi⁵ sou³

餘額。🔵 先落啲訂金，尾數最後俾。

美食車 méi⁵ xig⁶ cé¹

美食車實際上是一個設備完善，能讓廚師邊走邊煮賣快餐的流動廚房。2015 年由旅遊事務署通過"美食車先導計劃"推出，2017 年底共有十六部美食車在八個指定地點開始營運。

未 méi⁶

否定副詞，表示"還沒有"。🔵 我未打電話俾佢。🔶 我還沒有打電話給他。

M

未曾 méi⁶ ceng⁴

否定副詞，還沒有。粵 未曾結婚就有咗BB。

未得天光 méi⁶ deg¹ tin¹ guong¹

（負面事情）早就發生。粵 噉搞法，蝕晒嘅錢未得天光。普 老早就輸清光（把錢輸光天還沒亮）。

未驚過 méi⁶ géng¹ guo³

形容信心十足（從不擔心）。粵 面對逆境，未驚過。

未夠喉 méi⁶ geo³ heo⁴

還沒有得到滿足。粵 食咗兩碗，仲未夠喉。

未有影 méi⁶ yeo⁵ ying²

連影兒還沒有。粵 原定舊年底完成嘅調查報告至今未有影。

蚊 men¹

塊錢。如下為種種俗稱：

粵 三萬蚊 粵 三皮野 普 三萬塊錢
粵 三千蚊 粵 三叉野 普 三千塊錢
粵 三百蚊 粵 三嚿水 普 三百塊錢
粵 三十蚊 粵 三條野 普 三十塊錢
粵 三　蚊 粵 三雞士 普 三塊錢

蚊髀同牛髀

men¹ béi² tong⁴ ngeo⁴ béi²

形容差距很大（蚊子腿跟牛腿比較）。粵 規模上我哋同佢哋明顯係蚊髀同牛髀。普 我們的規模小得多。

蚊叮蟲咬 men¹ déng¹ cung⁴ ngao⁵

泛指蚊蟲襲擾。粵 去露營，預咗蚊叮蟲咬嘅喇。

蚊都瞓 men¹ dou¹ fen³

話語類句，表示行動太晚了。粵 等到佢嚟蚊都瞓。普 等到他來太晚了（於事無補）。

蚊叛 men¹ nan³

蚊子叮的小包。粵 手臂上有幾粒蚊叛。

蚊怕水 men¹ pa³ sêu²

驅蚊水。

蚊貼 men¹ tib²

昆蟲驅避劑。粵 衫袖黐住幾塊蚊貼。

蚊型單位 men¹ ying⁴ dan¹ wei²

義同【迷你戶】。

抿 men³

（時間上）盡頭。粵 佢四到抿甚至過五。普 他四十八九歲甚至過了五十。

文憑教師 men⁴ peng⁴ gao³ xi¹

香港教師職級之一，分為小學文憑教師和中學文憑教師。與"學位教師"相對。

民間智慧 men⁴ gan¹ ji³ wei⁶

與"專家方法"相對，指來自民間的土法往往更能解決實際問題。粵 有時，民間智慧無可代替。

民牌警車 men⁴ pai⁴ ging² cé¹

指掛上民用車牌而無任何警察標誌的警車，以便隱蔽地捕捉超速駕駛或魯莽駕駛人士。

民生小店 men⁴ seng¹ xiu² dim³

泛指關乎民生各方面（如小吃、理髮、修鞋等）的小店鋪。

聞到燶味 men⁴ dou² nung¹ méi⁶

喻指意識到事情不妥。粵 聽到佢哋兩個突然離婚，我就已經聞到燶味。

聞到魷魚香 men⁴ dou³ yeo⁴ yu⁴ hêng¹

喻指意識到可能被解僱。粵 佢哋兩個都係聞到魷魚香先至做野。

敏感 men⁵ gem²

過敏。

問候 men⁶ heo⁶

俗指用粗言髒話咒罵他人，忌用。粵 問候你老母。普 *你媽。

M

問你點頂 men⁶ néi⁵ dim² ding²

反問類句，你受得了嗎？粵 老細要你晚晚 OT 到九點，問你點頂？普 老闆讓你天天加班到晚上 9 點，你頂得住嗎？

問你服未 men⁶ néi⁵ fug⁶ méi⁶

反問類句，你不得不服吧。粵 人哋一個月就賺到你一年嘅薪酬，問你服未？

問題少年 men⁶ tei⁴ xiu³ nin⁴

指荒廢學業，誤交損友，與家庭關係惡劣，甚至有一般犯罪行為的少年。

掹車邊 meng¹ cé¹ bin¹

形容勉強通過。粵 D 係唔合格，C 呢，掹車邊。

掹草 meng¹ cou²

直譯為"拔草"，喻指情侶在公園或郊野約會。

掹鬚根 meng¹ sou¹ gen¹

拔鬍子荏兒。粵 麻甩到佢呀，喺度掹鬚根。普 他在弄他的鬍子荏兒，寒磣死了。

盲塞 meng⁴ seg¹

消息不靈通，閉塞。粵 咁盲塞㗎你，乜都唔知！

命水 méng⁶ sêu²

運程。粵 考唔考到，有時真係要睇你嘅命水。

命仔 méng⁶ zei²

謔指性命。粵 命仔緊要，口罩幾貴都買。

踎 meo¹

動詞，蹲，相對於"坐"。引指光顧路旁廉價的小食肆（沒有座位，只能蹲著吃）。粵 踎街邊茶記。

踎街 meo¹ gai¹

喻指露宿。粵 冇錢交租，唯有踎街。

踎監 meo¹ gam¹

入獄。

踎廁 meo¹ qi³

蹲廁，相對於"坐廁"。

搣 ❶ mid¹

小塊小塊地掰。粵 搣麵包食。

搣 ❷ mid¹

小部分小部分地花（錢）。粵 一百萬蚊唔襟搣。普 不禁花。

搣本 mid¹ bun²

指把自己的資產按給銀行，要靠活得長才能賺到額外的回報。

搣柴 ❶ mid¹ cai⁴

（警方用語）降職；從柴級降為普通警員。見條目【柴】。

搣柴 ❷ mid¹ cai⁴

俗指取消參加資格。粵 呢個計劃有效期三年，唔合格可被搣柴。

搣爛 mid¹ lan⁶

撕破（書頁等）。粵 搣爛本簿。

搣甩 ❶ mid¹ led¹

戒掉。粵 好難搣甩煙癮。

搣甩 ❷ mid¹ led¹

除掉。粵 搣甩呢個惡名。

搣甩 ❸ mid¹ led¹

減除。粵 減肥成功，搣甩三公斤。

搣星 mid¹ xing¹

指某食肆被排除在米芝蓮推薦的星級行列之外。

搣癮 mid¹ yen⁵

成功戒掉（不良習慣）。粵 決心戒煙，成功搣癮。

滅村 mid⁶ qun¹

指政府依據《收回土地條例》取消特定村落行政上的存在。

滅聲 mid⁶ séng¹

指提醒有關人員不得對外披露內部敏感信息。粵 委員會不得不出通告滅聲。

面層 min² ceng⁴

最上面。粵 飲料面層放兩片青檸。

面嗰浸 ❶ min² go² zem³

表面。粵 呢次出事嘅係面嗰浸，肉眼睇得到。普 這次事故表面上肉眼可以觀察得到（暗示有更深一層的原因）。

面嗰浸 ❷ min² go² zem³

表面上。粵 鼓勵親友幫襯小店都只係幫面嗰浸。普 鼓勵親友光顧小店只是表面功夫（不能持續且實際意義不大）。

面嗰浸 ❸ min² go² zem³

為數不多。粵 錢唔係乜嘢，使嚟使去都係面嗰浸。

棉衲 min⁴ nab⁶

棉襖。

綿羊仔 min⁴ yêng⁴ zei²

指踏板式輕便摩托。

免遣返聲請政策 min⁵ hin² fan² xing¹ qing³ jing³ cag³

免遣返聲請是聯合國 "禁止酷刑公約" 的主要內容，即 "如有充分理由相信任何人在另一國家將有遭受酷刑的危險，不得將該人驅逐、遣返及引渡至該國"。該公約於 1992 年開始適用於香港。

免治 min⁵ ji⁶

英語借詞：mince，屬性詞，絞碎的（肉）。粵 想食個免治肉做嘅漢堡扒。

免治肉 min⁵ ji⁶ yug⁶

絞肉。

免死金牌 min⁵ séi² gem¹ pai⁴

免於刑責的藉口。粵 唔好以 "玩吓啫" 做免死金牌。普 …… 逃避責任。

勉強冇幸福 min⁵ kêng⁵ mou⁵ heng⁶ fug¹

特指家庭感情已破裂，離婚乃是不得已的最明智選擇。

面青口唇白 min⁶ céng¹ heo² sên⁴ bag⁶

形容由於寒冷或受驚而臉色蒼白。粵 佢凍到面青口唇白。

明 ming⁴

動詞，懂，明白。粵 唔明我同你講到明。

名草有主 ming⁴ cou² yeo⁵ ju²

（指男性）已經結婚。粵 呢位鑽石王老五宜家已係名草有主。

名花有主 ming⁴ fa¹ yeo⁵ ju²

（指女性）已經結婚。粵 張三個女名花有主，你死咗條心喇。

秒殺 miu² sad³

迅速售罄。粵 門票一開售已被秒殺。

MK 仔 MK zei²

"MK" 為英語 Mong Kok 首字母的借詞，即旺角仔，九龍旺角地區的年輕群體。

MK 造型 MK zou⁶ ying⁴

特指旺角仔的外在形象，即披肩髮、黑背心、粗條金飾。

摩打 mo¹ da²

英語借詞：motor，馬達，電動機。

摩打手 mo¹ da² seo²

動作快捷。粵 六個人摩打手，好快搞掂。

魔鬼 mo¹ guei²

屬性詞，形容關鍵而十分辣手的。粵 呢次諮詢有三個魔鬼細節。

魔鬼在細節 mo¹ guei² zoi⁶ sei³ jid³

"魔鬼" 為邪惡之人。"魔鬼在細節" 喻指細節極難對付，即成敗在於細節（是否處理得當）。

摸杯底 mo² bui¹ dei²

品嚐白蘭地酒的經典手勢，喻指把酒交流。粵 幾時嚟我度摸摸杯底呀？普 什麼時候上我家喝點兒酒，聊聊天兒？

摸貨 mo² fo³

（房地產用語）指某人買入物業，但在繳付全部費用給原業主之前擅自轉讓給他人，從中圖利。

摸龍床 mo² lung⁴ cong⁴

"龍床" 特指西貢佛堂門天后廟的龍床，分別代表健康、財富和生子。善信們可有償地觸摸以求回報。

摸門釘 mo² mun⁴ déng¹

喻指上門拜訪不遇。粵 幾次去佢屋企搵佢都摸門釘。

磨薑 mo⁴ gêng¹

直譯為 "把薑塊磨成薑泥"，喻指摩擦（出血）。粵 喺石屎地踢波，腳趾好易磨薑見血。普 在水泥地上踢球，腳趾容易摩擦受傷出血。

蘑菇 mo⁴ gu¹

香菇。

剝得一地花生 mog¹ deg¹ yed¹ déi⁶ fa¹ sang¹

形容議論多多，眾說紛紜。粵 至於應唔應該噉做，就剝得一地花生嘞。

剝花生 mog¹ fa¹ sang¹

喻指坊間議論。粵 無從判斷，只能邊剝花生邊睇後續報道。

剝花生，睇好戲 mog¹ fa¹ sang¹, tei² hou² héi³

喻指出於好奇，耐心等待事態的發展。

莫講話 mog⁶ gong² wa⁶

連詞，且不說。粵 休息時間都唔夠，莫講話做運動。

忙到出煙 mong⁴ dou³ cêd¹ yin¹

形容（工作）十分忙碌。

忙到抽筋 mong⁴ dou³ ceo¹ gen¹

形容（工作）十分忙碌。

忙到飛起 mong⁴ dou³ féi¹ héi²

形容（工作）十分忙碌。

忙到黐肺 mong⁴ dou³ qi¹ fei³

形容（工作）十分忙碌。

忙緊 mong⁴ gen²

正忙著。粵 租咗個辦事處，宜家忙緊裝修。

網窩 mong⁵ wo¹

（足球用語）球網。粵 送個波入網窩。普 射門成功。

望七 mong⁵ ced¹

快到七十歲。粵 佢望七嘞，仲未諗住退休。

望子成龍 mong⁶ ji² xing⁴ lung⁴

話語類句，表示希望兒子能成為出人頭地的人。

望女成鳳 mong⁶ nêu² xing⁴ fung⁶

話語類句，與 "望子成龍" 相對。

望實 mong⁶ sed⁶

（眼睛）盯著。粵 望實個鏡頭，咪郁。

毛管戙 mou⁴ gun² dung⁶

起雞皮疙瘩。

無敵 mou⁴ dig⁶

形容不可抗拒，具有無比吸引力。粵 青春無敵。

無飯夫妻 mou⁴ fan⁶ fu¹ cei¹

指不在家做飯的兩人家庭。

無福消受 mou⁴ fug¹ xiu¹ seo⁶

因故無法把握有利機會。粵 訂好晒枱，佢好唔好彩病咗，真係無福消受嘞。普 …… 無法享受（美食）。

無間道 mou⁴ gan³ dou⁶

指執法者知法犯法，為黑社會勢力服務。

無證媽媽 mou⁴ jing³ ma¹ ma¹

指沒有香港身份證而在港誕子的母親。

無厘頭❶ mou⁴ léi⁴ teo⁴

形容不合常理、不講邏輯，令人摸不著頭腦。粵 呢句說話真係無厘頭，唔知你講乜。

無厘頭❷ mou⁴ léi⁴ teo⁴

形容故意歪曲語義，以製造諧謔的效果。普 宜家啲人講說話興晒無厘頭，好搞笑。

無論點 mou⁴ lên⁶ dim²

不管怎樣。粵 無論點，佢係你嘅上司。

無心裝載 mou⁴ sem¹ zong¹ zoi³

心不在焉。粵 佢心事重重，你講乜佢都無心裝載。

無言老師 mou⁴ yin⁴ lou⁵ xi¹

特指教學遺體，即市民捐出親人的遺體以作學術解剖及教學用途。

冇 mou⁵

否定副詞，表示"沒有"。粵 佢有買，我冇買。普 他買了，我沒有買。

冇得揮 mou⁵ deg¹ fei¹

水平相差太大，比不過。粵 論書法，你同佢冇得揮。

冇得彈 mou⁵ deg¹ tan⁴

無可挑剔。粵 服務冇得彈，抵佢哋發。普 服務一流，他們賺錢是應該的。

冇花冇假 mou⁵ fa¹ mou⁵ ga²

沒有半點虛假。粵 我親眼睇到㗎，冇花冇假。普 …… 一點兒也不假。

冇符 mou⁵ fu⁴

拿（某人）沒辦法。粵 佢要買，你都冇佢符。

冇覺好瞓 mou⁵ gao³ hou² fen³

睡不上安穩覺。粵 朝九晚十，搞到我晚晚冇覺好瞓。

冇計 mou⁵ gei²

感歎詞，表示奈何。粵 年紀大，機器壞，冇計喇。普 年紀大，身體差，沒辦法的了。

冇幾何 mou⁵ géi² ho²

不常見。粵 佢哋發言就聽得多，唱歌就冇幾何。

冇咁大個頭，就咪戴咁大頂帽

mou⁵ gem³ dai⁶ go³ teo⁴, zeo⁶ mei⁵ dai³ gem³ dai⁶ déng² mou²

直譯為"沒那麼大的腦袋瓜兒就別戴那麼大的帽子"，喻指別不自量力。粵 佢去選主席？冇咁大個頭就咪戴咁大頂帽噃。

冇咁大隻蛤乸隨街跳

mou⁵ gem³ dai⁶ zég³ geb³ na² cêu⁴ gai¹ tiu³

直譯為"沒有那麼大的蛤蟆滿街跳"，喻指天下沒有那麼便宜的事兒。粵 一個禮拜開兩日工，一個月就攞佢五萬銀，冇咁大隻蛤乸隨街跳咩？

冇咽樣整咽樣

mou⁵ go² yêng⁶ jing² go² yêng⁶

指（該做的事兒不做，）不該做的事兒胡來。

冇餡利是 mou⁵ ham² léi:⁶ xi⁶

指裡面中空的紅包（沒包著錢）。

冇規冇矩 mou⁵ kuei¹ mou⁵ gêu²

違反禮儀、教養、常理。**粵** 大人傾偈，細路哥亂插嘴——冇規冇矩。

冇雷公咁遠

mou⁵ lêu⁴ gung¹ gem³ yun⁵

形容很遠很遠。**粵** 佢被調咗去冇雷公咁遠嘅冰島。

冇乜 mou⁵ med¹

限定詞，不多。**粵** 後生嗰輩冇乜上流嘅空間。**普** 上升的空間不大。

冇米粥 mou⁵ mei⁵ zug¹

喻指沒有可預見的結果。**粵** 噉嘅傳聞都係冇米粥。

冇面 mou⁵ min²

沒面子。

冇牙老虎 mou⁵ nga⁴ lou⁵ fu²

特指沒有法律約束力的指引、政策等。**粵** 冇法律效力就等於冇牙老虎。

冇眼睇 mou⁵ ngan⁵ tei²

形容十分糟糕（糟糕得"不欲觀之"）。**粵** 冇眼睇嘅係嗰啲盲目做羊群嘅跟風客。**普** 最糟糕是那些盲目做羊群的跟風客。

冇呢隻歌仔唱

mou⁵ ni¹ zêg³ go¹ zei² cêng³

形容過時失效。**粵** 所謂知識改變命運，一早就冇呢隻歌仔唱喇。

冇死錯人 mou⁵ séi² co³ yen⁴

指做法有其充分理據。**粵** 噉做法係有啲極端，但係冇死錯人。

冇聲氣 mou⁵ séng¹ héi³

沒有回音，沒有下文。**粵** 申請紙遞咗上去之後就冇晒聲氣。

冇手尾 mou⁵ seo² méi⁵

及時收拾。**粵** 睇完報紙，放回原位，唔好咁冇手尾。**普** ……別扔下不管。

冇水洗面 mou⁵ sêu² sei² min⁶

形容愁眉不展的樣子。**粵** 佢大部分時間都係冇水洗面嘅款——悶悶不樂。

冇拖冇欠 mou⁵ to¹ mou⁵ him³

誰也不欠誰。**粵** 我哋同佢哋公司冇拖冇欠，唔使理佢哋。

冇話 mou⁵ wa⁶

談不上。**粵** A：你有冇勸吓佢？B：冇話勸唔勸嘅，等佢慢慢感受。**普** B：用不著怎麼勸。

冇話 … 㗎 mou⁵ wa⁶ ... ga³

話語類句，表示否定他人說法。**粵** 冇話對唔住大晒㗎。**普** 說一聲對不起就算了？沒門兒！

冇壞 mou⁵ wai²

沒什麼負面影響。**粵** 要主動啲，唔得都冇壞吖。

冇王管 mou⁵ wong² gun²

"王"指"王法"，即規章制度。"冇王管"引指為沒有人管束，放任自流。**粵** 呢個部門長期以嚟冇王管，啲人都唔做嘢嘅。**普** 長期以來鬆鬆垮垮，部門的人十分懶散。

冇嘢搵嘢搞

mou⁵ yé⁵ wen² yé⁵ gao²

胡來。見條目【冇嗰樣整嗰樣】。

冇人吼 mou⁵ yen⁴ heo¹

沒人理睬，沒人願意參加。**粵** 培訓計劃冇人吼。

冇人情講 mou⁵ yen⁴ qing⁴ gong²

斷然要求。**粵** 借錢要還，冇人情講。

冇影 ❶ mou⁵ ying²

沒影兒，指不見蹤影。**粵** 出咗事之後，管理層遲遲冇影。👥 ……沒有露面。

冇影 ❷ mou⁵ ying²

沒影兒，指消失。👥 啲措施冇晒影。

冇走雞 mou⁵ zeo² gei¹

形容判斷正確；肯定。👥 今年小型物業租金升幅 15% 冇走雞。

舞 mou⁵

動詞，揮動。👥 喺前面舞起支大旗。

舞小姐 mou⁵ xiu² zé²

伴舞女郎。

冒熱 mou⁶ yid⁶

冒著暑熱的危險。👥 冒熱行山中暑。

妹妹豬 mui⁴ mui¹ ju¹

對小女孩兒的暱稱。

霉 mui⁴

指肉類缺乏實質感，鬆鬆垮垮的，沒有味道。👥 活雞好食，有雞味，冰鮮雞肉質霉。

梅花間竹 mui⁴ fa¹ gan³ zug¹

相間，一個隔著一個。👥 男女必須梅花間竹噉坐。👥 一個男一個女相間而坐（而不能兩個男或兩個女挨著坐）。

脢頭 mui⁴ teo⁴

里脊（肉）。

煤氣爐 mui⁴ héi² lou⁴

煤氣灶。

門柄 mun⁴ béng³

門把子。

門檻價 mun⁴ lam⁵ ga³

指低於某個價錢，不予受理。👥 個拍賣會嘅門檻價為二十萬。

門鐘 mun⁴ zung¹

門鈴。

滿街滿巷 mun⁵ gai¹ mun² hong⁶

形容人多擁擠。👥 聖誕節嗰幾日逼到滿街滿巷。

滿江紅 mun⁵ gong¹ hung⁴

指多科不合格。👥 攞住張滿江紅嘅成績表返屋企俾老竇簽名。👥 拿著滿是紅色叉兒的成績單回家給老爸簽名。

滿瀉 mun⁵ sé²

句末謂語，表充滿著。👥 兩夫妻不時對望，甜蜜滿瀉。

滿水口 mun⁵ sêu² heo²

指洗手盆或洗臉盆上方的小口，旨在及時排出溢出來的水。

滿意紙 mun⁵ yi³ ji²

俗指"（樓宇買賣）合約完成證明書"。

悶蛋 mun⁶ dan²

屬性詞，表單調。👥 好唔鍾意香港緊張及千篇一律嘅悶蛋生活。

悶焗 mun⁶ gug⁶

悶熱，不通風而令人感到呼吸不暢快。👥 車內十分悶焗。

M

悶聲發財 mun⁶ séng¹ fad³ coi⁴

低調地、不聲張地賺大錢。👥 佢哋幾個喺內地悶聲發大財。

悶和 mun⁶ wo⁴

（足球用語）實力相當的球隊，鬥志不強而和局收場。

矇豬眼 mung¹ ju¹ ngan⁵

瞇縫眼。

懵到上心口

mung² dou³ séng⁵ sem¹ heo²

形容十分糊塗。👥 你噉都借錢俾佢，真係懵到上心口嘞。👥 你這樣還借錢給他，真是糊塗極了。

145

蒙主寵召 mung⁴ ju² cung² jiu⁶

（基督教訃聞用語）婉指某人已逝世。

夢裡有時終須有，夢裡無時莫強求

mung⁶ lêu⁵ yeo⁵ xi⁴ zung¹ sêu⁵ yeo⁵, mung⁶ lêu⁵ mou⁴ xi⁴ mog⁶ kêng⁴ keo⁴

歌曲《浪子心聲》的金句，為港人的集體回憶。直譯為"夢裡存在的話，你最終也會擁有；夢裡不存在的話，請勿強求"，表達在現實面前的無奈。

N

N班 N ban¹

俗指學前班。粵 呢間幼稚園有開辦N班。

N無人士 N mou⁴ yen⁴ xi⁶

由於種種限制而無法受惠於政府紓困資助的市民，特指非公屋、非綜援的低收入住戶。

N年 N nin⁴

喻指長久的等待。粵 等咗N年，終於有咗結果。

揪住揪住 na² ju⁶ na² ju⁶

形容心肌揪著，很不舒暢。也讀 la² ju⁶ la² ju⁶。粵 個心成日揪住揪住，好唔舒服。

嗱嗱臨 na⁴ na⁴ lem⁴

副詞，迅速地。粵 嗱嗱臨攞出部計算機喺度篤。普 馬上拿出部計算器在算計。

炳火頭 nad³ fo² teo⁴

到處挑撥是非。粵 四圍炳火頭。

炳更 nad³ gang¹

指企業單位主管到轄下部門抽查探班。

炳嘥 nad³ hing³

令人非常不滿。粵 噉嘅安排炳嘥張三。

炳著 ❶ nad³ zêg⁶

點燃。粵 燒焊唔小心炳著發泡膠。

炳著 ❷ nad³ zêg⁶

引起嚴重不滿。粵 張三聽到立刻被炳著，踢爆李四講大話。普 張三聽到後十分不忿，立馬揭發李四在說謊。

炳著火頭 nad³ zêg⁶ fo² teo⁴

招惹不滿。粵 噉嘅言論即刻炳著火頭。

奶奶 nai⁴ nai²

婆婆；丈夫的母親。也用"家婆"，與之相對的是"家公"、"老爺"。

奶啡 nai⁵ fé¹

奶茶加咖啡的飲料。

奶媽車 nai⁵ ma¹ cé¹

俗指非法加油車。

男拔 nam⁴ bed⁶

香港中學名校"萃拔男書院"的簡稱。

男人嘅浪漫 nam⁴ yen⁴ gé³ long⁶ man⁶

謔稱蓋飯"豆腐班腩飯"（班腩，即石斑魚的腹部）。

男人老狗 nam⁴ yen⁴ lou⁵ geo²

泛指男性，含貶義。粵 男人老狗之間至鍾意傾呢樣嘢。

南乳 nam⁴ yu⁵

紅腐乳。

難聽啲講 nan⁴ téng¹ di¹ gong²

說得難聽兒。粵 難聽啲講，你即係逼佢辭職啫。

難為 nan⁴ wei²

反說，表示譏諷，虧。粵 噉都唔識，難為你仲係大學教師。普 連這都不懂，虧你還是個大學教師。

難民 nan⁶ men⁴

分別見條目【越南難民】及【免遣返聲請政策】。

鬧爆 nao⁶ bao³

狠罵。🔵 直播甩轆，球迷鬧爆。🟢 現場直播出故障，招來球迷一頓臭罵。

鬧到 … 反轉 nao⁶ dou³ ... fan² jun³

罵到（某人）狗血淋頭。🔵 鬧到你反轉。

呢 né¹

句末助詞，強調程度高。口語中往往拖長句調。🔵 開心到呢……🟢 高興得不得了。

凹凸兄弟 neb¹ ded⁶ hing¹ dei⁶

形容兄弟兩人性格很不同，但互補不足。🔵 我哋兩兄弟一凹一凸，互補不足。

粒 neb¹

量詞，用於人。🔵 甲隊裡面粒粒巨星。🟢 多位國際級球星。

粒粒 neb¹ neb¹

名詞，暗瘡。🔵 塊面度生咗好多粒粒。

泥地 nei⁴ déi⁶

（賽馬用語）特指沙田賽馬場的泥地賽道。🔵 呢匹馬跑泥地 1200 米得第二。

泥碼 nei⁴ ma⁵

（澳門用語）指只限於在賭桌上下注而不能換取現金的籌碼；與"現金碼"相對。

泥鯭的 nei⁴ mang¹ dig¹

實行拼車的出租車，按人頭收費。見條目【釣泥鯭】。

泥頭 nei⁴ teo⁴

建築廢料。

泥頭車 nei⁴ teo⁴ cé¹

運送建築廢料的中型貨車。

泥頭山 nei⁴ teo⁴ san¹

泛指有人違法傾倒建築廢料而形成的小山丘。

你講野呀？ Néi⁵ gong² yé⁵ a⁴?

話語類句，指用反問的形式表示對對方的說話不屑理睬。

你諗你嘞 néi⁵ nem² néi⁵ lag³

話語類句。表示"你自己考慮著辦吧，我幫不上忙"。

你推我搪 néi⁵ têu¹ ngo⁵ tong²

喻指互踢皮球。🔵 個個部門你推我搪。

諗 nem²

考慮，想。🔵 唔好諗原因拒絕，你最後都要做。

諗到頭爆 nem² dou³ teo⁴ bao³

大費腦筋。🔵 點先可以為到條數，諗到頭爆。🟢 如何達到收支平衡，真的很傷腦筋。

諗計 nem² gei²

想辦法。

諗起 nem² héi²

想起。🔵 諗起交稅就頭痕。

諗住 nem² ju⁶

以為。🔵 諗住你都會去，所以同你買埋飛。

諗埋一便 nem² mai⁴ yed¹ bin⁶

遇事想不開、鑽牛角尖、負面情緒嚴重，如有自殺念頭。🔵 睇開啲，唔好諗埋一便。

諗深層 nem² sem¹ ceng⁴

仔細考慮之下。🔵 諗深層，佢冇錯晒。🟢 進一層想的話，他沒全錯。

諗縮數 nem² sug¹ sou³

打小算盤。粵 公司諗縮數,能夠請兼職工就請兼職工。

諗頭 nem² teo⁴

想法,注意。粵 佢諗頭多多。

艗身 nem⁴ sen¹

(肉質)鬆軟。粵 牛扒肉質靚,又艗身,好易咬得開。普 牛排肉質好,又鬆軟,容易咬得開。

撚 nen²

本音為 nen²,俗指男性性器官。另,多用作表示強調的墊字,見條目【CLS】。

撚樣 nen² yêng²

形容面目之可憎(具侮辱色彩,忌用)。粵 睇你個撚樣!普 瞧你 *** 德行!

嬲 ❶ neo¹

生氣。粵 佢嬲你遲到。

嬲 ❷ neo¹

指網絡表情符號,表示不滿。粵 幾多人派嬲喎。

嬲爆 neo¹ bao³

形容十分生氣。粵 旅行社退團安排令消費者嬲爆。

嬲過夜 neo¹ guo³ yé³

仇怨隔夜延續。粵 夫妻之間就算嗌交,都唔會嬲過夜。

嬲豬 neo¹ ju¹

(兒童用語)形容不滿。粵 俾人寸小學雞,嬲豬。普 給人嘲笑為不懂事兒的小學生,十分不高興。

嬲唔落 neo¹ m⁴ log⁶

沒法生氣。粵 見到佢嘅萌樣,直情嬲唔落喇。

嬲嬲豬 neo¹ neo¹ ju¹

(兒童用語)形容不滿。粵 好事嚟㗎,

點解你仲嬲嬲豬嘅。普 明明這是好事兒,幹嘛你還生氣?

扭波 neo² bo¹

(足球用語)帶球過人。粵 佢扭波好勁。

扭計 neo² gei²

鬧彆扭。粵 細仔扭計唔肯走。

扭軚 neo² tai⁵

轉動方向盤。粵 司機扭軚閃避。

扭耳仔,罰瞓廳

neo² yi⁵ zei², fed⁶ fen³ téng¹

謔指妻子施加於不聽話的丈夫的懲罰手段(扭耳朵和不許進睡房,罰在客廳裡睡覺)。

扭六壬 neo² lug⁶ yem⁴

千方百計。粵 扭盡六壬拉票。

囡囡 nêu⁴ nêu²

女兒。對應【囝囝】。

女怕嫁錯郎,男怕入錯行

nêu⁵ pa³ ga³ co³ long⁴, nam⁴ pa³ yeb⁶ co³ hong⁴

女性擔心選錯丈夫,男性擔心選錯事業。

女士之夜 nêu⁵ xi⁶ ji¹ yé⁶

英語借詞:ladies' night。酒吧一般逢週四男士帶女士進場消費,女士免費或享受優惠價格。

女人街 nêu⁵ yen² gai¹

俗指九龍旺角通菜街的小販認可區。

NG NG

(影視界用語)英語借詞:No Good,表示失誤。粵 此處配音師頻頻 NG。

五花腩 ng⁵ fa¹ nam⁵

五花肉。

五指關 ng⁵ ji² guan¹

(足球用語)喻指守門員的手。粵 射破門將嘅五指關。普 破門而入。

N

五窮六絕七翻身
ng⁵ kung⁴ lug⁶ jud⁶ ced¹ fan¹ sen¹

香港股民經驗之談，即五月六月是跌市，要捱到七月才轉為升市。

五窮月
ng⁵ kung⁴ yud⁶

指全球經濟於每年五月表現都欠佳的預言。

五五波
ng⁵ ng⁵ bo¹

喻指機會參半。粵 佢升唔升到職仲係五五波。

午市
ng⁵ xi⁵

指餐飲店中午營業的時段，一般為上午11時至下午3時。

午夜藍
ng⁵ yé⁶ lam⁴

特指香港（男性）性工作者組織。

啞花
nga² fa¹

指水仙花養護不當而造成花蕾過早枯萎或未開先衰。

亞視
nga³ xi⁶

即亞洲電視有限公司。前身"麗的映聲"成立於1957年，為全球第一家中文電視台。1982年易名為亞洲電視。2016年4月1日停止運作。

牙尖嘴利
nga⁴ jim¹ zêu² léi⁶

形容說話尖刻不饒人。

牙力 ❶
nga⁴ lig⁶

談判中的影響力。粵 我哋嘅牙力唔夠。

牙力 ❷
nga⁴ lig⁶

說了算的能力。粵 超然獨立先有牙力。普 超然獨立才有足夠的話語權。

牙力 ❸
nga⁴ lig⁶

討論的技巧。粵 人工高低，視乎簽約嗰陣有冇牙力爭取較好嘅待遇。

牙齒印
nga⁴ qi² yen³

跟人有嫌隙。粵 佢哋兩個有牙齒印。

牙籤樓
nga⁴ qim¹ leo²

指樓層高，面積窄的樓宇，形同牙籤。

牙痛慘過大病
nga⁴ tung³ cam² guo³ dai⁶ béng⁶

牙疼不是病，疼起來可要命。

芽菜
nga⁴ coi³

豆芽。

鴨仔團
ngab³ zei² tün⁴

謔稱旅行團（像小鴨子被趕著往前跑），相對於個人自由行。

押犯鍊
ngad³ fan² lin²

指疑犯腰間纏上的鐵鏈，以防其逃脫。

押後
ngad³ heo⁶

推遲。粵 法官決定押後宣判。

押上
ngad³ sêng⁵

把某物作為賭注。粵 押上身家做投資，因住嚟嘴。普 把自己的家產押上做投資，當心點兒。

壓測
ngad³ cag¹

"壓力測試"的簡稱，即銀行向置業者申請貸款時進行的信貸記錄和還款能力以及供款與入息比率的調查。粵 唔符合銀行壓測的首置人士會好被動。

呃 ❶
ngag¹

騙取。粵 呃補貼。

呃 ❷
ngag¹

欺騙。粵 話唔辛苦就呃你。普 說不辛苦就是騙你的。

呃得一時，唔呃得一世
ngag¹ deg¹ yed¹ xi⁴, m⁴ ngag¹ deg¹ yed¹ sei³

能騙你於一時，但無法騙你一輩子。

呃假
ngag¹ ga³

騙取時間。粵 呃假去游水。

N

呃 like ngag¹ like

按讚。粵 居然俾我呃到成百个 like。

呃錢 ngag¹ qin²

騙錢。粵 呃 OT 錢。普 騙加班費。

握手位 ngag¹ seo² wei²

演唱會最前排的座位，有機會跟演唱者握手。

挨年近晚 ngai¹ nin⁴ gen⁶ man⁵

時近歲末。粵 挨年近晚，要注意家居安全。

嗌到把聲都拆晒

ngai³ dou³ ba² séng¹ dou¹ cag¹ sai³

嗓子都喊啞了。

嗌唔醒 ngai³ m⁴ séng²

形容執迷不悟。粵 嗰啲人喺嗌唔醒嘅。

嗌咪 ngai³ mei¹

用擴音器進行宣傳。

嗌莊 ngai³ zong¹

（大專院校學系學生會）選舉時高聲鼓動打氣。

捱 ngai⁴

抵受（負面情況）。粵 噉嘅天氣仲有成個禮拜要捱。

捱出病 ngai⁴ cêd¹ béng⁶

抵受（負面環境）而生病。粵 兩日冇瞓捱出病。

捱到金晴火眼

ngai⁴ dou³ gem¹ jing¹ fo² ngan⁵

喻指工作太累太辛苦，頭昏腦漲。粵 為咗趕死線，個個捱到金晴火眼。

捱貴菜 ngai⁴ guei³ coi³

蔬菜價格昂貴，但無法不買。粵 颱風暴雨過後，家家都要捱貴菜。

捱窮 ngai⁴ kung⁴

抵受貧困的生活。粵 佢哋寧願捱窮都唔願意申請綜援。

捱驢仔 ngai⁴ lêu⁴ zei²

辛辛苦苦地營生（像驢子那般）。

啱 ❶ ngam¹

正確。粵 都唔係你啱晒。普 你也沒有全對。

啱 ❷ ngam¹

適合。粵 呢度嘅菜式食過一兩次，唔係咁啱自己，太辣。

啱 beat ngam¹ beat

"beat" 為英語借詞，指拍子。"啱 beat" 即節奏得宜。粵 佢彈結他有時唔係好啱 beat。

啱價 ngam¹ ga³

價錢合適。粵 啱價就可以買樓，尤其自住。

啱 key ngam¹ key

合得來。粵 佢不搜都同我幾啱 key 嘅。普 他一向跟我挺合得來的。

啱啱 ngam¹ ngam¹

副詞，剛好。粵 啱啱趕到。普 剛好趕到。

啱晒心水 ngam¹ sai³ sem¹ sêu²

符合某人心意。粵 呢件禮物啱晒我心水。

啱先 ngam¹ xin¹

剛才。粵 啱先係邊個嚟電話呀？普 剛才是誰來的電話？

啱用 ngam¹ yung⁶

符合某人需要。粵 啱我哋用，先係我哋嘅需要。

啱嘴型 ngam¹ zêu² ying⁴

談得投機，志趣相投。粵 佢哋兩個講起

150

外遊嗱晒嘴形。

晏 ngan³

副詞，晚。粵 我習慣晏起身。

晏啲 ngan³ di¹

待會兒。粵 晏啲我再嚟過。

眼瞓 ngan⁵ fen³

睏。粵 眼瞓就去瞓。普 睏了就去睡。

眼闊荷包窄 ngan⁵ fud³ ho⁴ bao¹ zag³

（眼睛看到的）什麼都想試試但經濟條件有限。粵 呢啲旅社適合於嗰啲眼闊荷包窄嘅窮學生。

眼闊肚窄 ngan⁵ fud³ tou⁵ zag³

（眼睛看到的）什麼都想吃但飯量有限。粵 三個人叫咁多餸做乜，眼闊肚窄食唔晒嘅。

眼鏡房 ngan⁵ géng³ fong²

指兩房戶裡的兩房，其面積、間隔完全一樣，跟眼鏡左右兩片鏡片一樣。粵 兩房戶，單位內欄四正，多為眼鏡房設計。

眼鏡碎 ngan⁵ géng³ sêu³

喻指大大出乎意料之外。粵 對賽果跌到一地眼鏡碎。普 不相信自己的眼睛。

眼瘀 ngan⁵ gui⁶

眼睛累。粵 燈光太強，容易眼瘀。

眼利 ngan⁵ léi⁶

眼尖。粵 佢好眼利，一眼就認出。

眼淺 ngan⁵ qin²

愛哭。粵 我眼淺，忍唔住會喊。

硬係 ngang² hei⁶

堅持某種行為（別人並不認同）。粵 硬係唔聽。普 總是不聽（如意見、勸告等）。

硬嚟 ngang² lei⁴

胡來。粵 唔夠班就唔好硬嚟。普 你不夠

份量就別胡來。

硬橋硬馬 ngang⁶ kiu⁴ ngang⁶ ma⁵

形容強硬的處事手法。粵 以佢硬橋硬馬嘅處理手法，呢件事唔一定搞得成。

硬身 ngang⁶ sen¹

（質地）硬。粵 西洋菜要夠硬身，太軟身就代表放置太耐。

硬推 ngang⁶ têu¹

強行推行（政策）。粵 冇諮詢業界即硬推。

硬食 ❶ ngang⁶ xig⁶

不得不接受。粵 現實就係噉，硬食啦。

硬食 ❷ ngang⁶ xig⁶

不得不承受。粵 大多數車主過海都要硬食加價開支。

拗柴 ngao² cai⁴

俗指腳腕子扭傷。粵 唔好著新鞋行山，避免拗柴。

拗手瓜 ngao² seo² gua¹

掰腕子。粵 你敢唔敢同佢拗手瓜呀？

拗 ❶ ngao³

爭議。粵 呢個案並非完全冇得拗，各有一半勝訴機會。

拗 ❷ ngao³

就某方面進行爭辯。粵 開會時各持己見，拗執行細節，拗市場風險。

拗到底 ngao³ dou³ déi²

據理力爭。粵 同人拗到底。

拗撬 ngao³ giu⁶

名詞，表異議。粵 股東之間出現拗撬。

拗數 ngao³ sou³

就金錢問題發生爭執。

淆底 ngao⁴ dei²

怯場。粵 上到台，下面咁多人睇住我發言，淆晒底。

咬 ngao⁵

夾在中間，不能活動；卡。粵 俾扶手電梯咬住褲腳而跌傷。 普 褲腿卡在扶梯裡，不能活動而摔傷。

咬長糧 ngao⁵ cêng⁴ lêng⁴

指退休後依靠長期退休金過活。

咬落 ngao⁵ log⁶

（食物）一口咬下去。粵 咬落肉質鬆化肥美。

咬老軟 ngao⁵ lou⁵ yun⁵

俗指依靠女性性工作者收入為生。

咬損脷 ngao⁵ xun² léi⁶

咬破舌頭。粵 抽筋咬損脷。

噏得出就噏

ngeb¹ deg¹ cêd¹ zeo⁶ ngeb¹

口不擇言，胡說一通。粵 呢啲人講野唔經大腦，噏得出就噏。

矮腳虎 ngei² gêg³ fu²

形容個子不高，但動作敏捷潑辣的足球運動員。

矮瓜 ngei² gua¹

茄子。

矮人半截 ngei² yen⁴ bun³ jid⁶

指心理上覺得自己不如別人。粵 有咽學位傍身，總會覺得矮人半截。 普 總會有自卑感。

翳熱 ngei³ yid⁶

形容天氣悶熱（快下雨的感覺）。

危 ngei⁴

很困難。粵 似乎要做到收支平衡都好危。

蟻躝噉 ngei⁵ lan¹ gem²

形容前進速度極慢（像螞蟻爬行般）。粵 前面大塞車，啲車蟻躝噉行。

藝員 ngei⁶ yun⁴

演員。

毅進計劃 ngei⁶ zên³ gei³ wag⁶

教育局專門為中五離校學生或已年滿21歲有志進修的社會青年提供持續教育機會。

奄列 ngem¹ lid⁶

英語借詞：omelet，煎雞蛋。

暗角 ngem³ gog³

街頭光線不足的角落。粵 俾人拖到暗角搶劫。

黯然銷魂飯

ngem² yin⁴ xiu¹ wen⁴ fan⁶

謔稱蓋飯"叉燒煎蛋飯"。

冇 ngen¹

形容（收入）微薄。粵 人工好冇。

恩恤假 ngen¹ sêd¹ ga³

員工家裡紅白二事期間經批准休息的一段時間。粵 遇到紅白二事要俾恩恤假。

銀 ngen²

金錢。粵 搵銀搵夠，提早退休。

銀仔 ngen² zei²

硬幣。粵 想換啲銀仔搭車。

銀 ngen⁴

指千元或萬元。粵 放大器成萬銀一部。

銀包 ngen⁴ bao¹

錢包。

銀彈 ngen⁴ dan²

喻指利用金錢的優勢。粵 銀彈搶人才。

銀雞 ngen⁴ gei¹

喻指暗中賣淫或操縱他人賣淫的女演員（"銀"指銀幕，喻指影視界；"雞"俗指女性性工作者）。

銀行車 ngen⁴ hong⁴ cé¹

特指護打銀行所屬的車輛，於固定時間輪流為全港五個偏遠地區的居民提供基本的銀行服務。

銀行假 ngen⁴ hong⁴ ga³

英語借詞：bank holiday。相對於勞工假，法定為一年 17 天。月曆上的當天標為紅色，故又稱為"紅假"。

銀紙 ngen⁴ ji²

鈔票。粵 個籃塞滿晒銀紙。普 箱子塞滿了鈔票。

銀主 ngen⁴ ju²

指提供貸款的銀行或財務公司（一般只涉及高價商品，如樓宇或汽車）。粵 若欠供款太多，銀行會申請以銀主身份接管物業。

銀主盤 ngen⁴ ju² pun²

銀行或財務公司等貸款人（銀主）從借款人手裡回收斷供的樓宇，以便法院拍賣。

銀碼 ngen⁴ ma⁵

錢的具體數目。粵 銀碼可商議，原則不能妥協。

銀頭 ngen⁴ teo⁴

零錢。粵 收銀機只得千零蚊銀頭。

銀債 ngen⁴ zai³

"銀色債券"的縮略詞，指香港特區政府於 2016 年推出面向年滿 65 歲或以上長者的優惠債券，每手一萬元，定息為兩釐，零風險保本。

哽耳 ngeng² yi⁵

言語尖酸刻薄，使人感覺不順耳，刺耳。粵 佢講嘅野都幾哽耳。

勾地 ngeo¹ déi⁶

指地產商按照政府公佈的出售土地規劃，就某塊地皮提出申請拍賣並參加競投。

勾線 ngeo¹ xin³

喻指電話竊聽。

嘔電 ngeo² din⁶

俗指吐血，形容极度疲累。粵 忙到嘔電。

牛記 ngeo⁴ géi³

俗指牛仔褲。粵 著件波恤，加條牛記就得。

牛記笠記 ngeo⁴ géi³ leb¹ géi³

牛仔褲加 T 恤衫，喻指衣著過於隨便。粵 佢太過牛記笠記，好唔配合大會。

牛角扇 ngeo⁴ gog³ xin³

指扇葉呈牛角型的吊扇。

牛龜咁大 ngeo⁴ guei¹ gem³ dai⁶

形容物件體積龐大。粵 我屋企仲有部牛龜咁大嘅電視機，睇咗幾十年。

牛下女車神

ngeo⁴ ha⁶ nêu⁵ cé¹ sen⁴

特指出身於草根（公屋牛頭角下邨）的自行車比賽運動員李慧詩。2010 年至今，她是在國際上香港體壇公認的代表人物。

牛脷 ❶ ngeo⁴ léi⁶

牛舌頭。

牛脷 ❷ ngeo⁴ léi⁶

俗指環狀救生浮標，如"牛脷酥"夾在事主兩旁。

牛脷酥 ngeo⁴ léi⁶ sou¹

環狀油炸點心。

牛孖筋 ngeo⁴ ma¹ gen¹

牛蹄筋。

N

153

牛頭角順嫂

ngeo4 teo4 gog3 sên6 sou2

喻指典型的草根師奶形象：八卦、貪小便宜、教育水平低但本性善良的中年已婚婦女。源自上世紀 80 年代初的電視劇主角，其基本方面已深入民心。

牛王頭 ngeo4 wong4 teo4

淘氣十足、精力十足的少年。

牛屎飛 ngeo4 xi2 féi1

貶稱新界鄉村出身的社團人士（“牛屎”喻指農村出身；“飛”，即阿飛）。

牛一 ngeo4 yed1

俗指生日。粵 今日我牛一，晏晝呢餐我請。普 今天我生日，午飯我請客。

牛油 ngeo4 yeo4

黃油。

牛油果 ngeo4 yeo4 guo2

英語借詞：avocado，鱷梨。港譯是依據其肉呈現牛油（黃油）色；內地的翻譯是依據其皮類似鱷魚的硬皮。

牛肉乾 ngeo4 yug6 gon1

俗指違例泊車定額罰款通知書。2019 年開始應用“電子牛肉乾”，代替以往手抄的做法。粵 泊架車嚮超市門口一陣間就食咗張牛肉乾。普 把車停在超市門口才一會兒就收到一張違規罰單。

屙嘔肚痛 ngo1 ngeo2 tou5 tung3

上吐下瀉的症狀。

哦 ngo4

動詞，叨嘮。粵 佢成日哦我幾時會搵多啲錢佢使。

我哋 ngo5 déi6

人稱代詞，第一人稱“我”的複數。粵 我哋先去，唔等佢哋嘞。

我都話咗㗎喇

ngo5 dou1 wa6 zo2 ga3 la1

話語類句，表示我已經給你打過招呼了。

臥底 ngo6 dei2

指潛入犯罪集團內部，搜集犯罪證據的警員。

餓波 ngo6 bo1

指長時間看不到球賽。

餓單 ngo6 dan1

指長時間接不到訂單，即沒生意可做。粵 代理餓單，發生爭客事件並非罕見。普 代理商缺少買家的訂單……。

餓地 ngo6 déi6

指長時間沒有土地供拍賣。粵 中小型發展商餓地好耐，急需土地去發展。

餓戲 ngo6 héi3

指長時間看不上（特定類型的）戲劇。

餓怒 ngo6 nou6

英語借詞：hangry，即 hungry（餓）與 angry（怒）合拼詞，指男性對女性說教，尤指高高在上無知的空洞說教。

惡教 ngog3 gao3

難於教導。粵 宜家啲細路仔好惡教。

鱷魚頭老襯底

ngog6 yu4 teo4 lou5 cen3 dei2

形容外表兇狠、精明而骨子裡易哄易騙（“老襯”指愛受人欺騙的傻瓜蛋）。粵 你驚佢做乜嗰？鱷魚頭老襯底之嘛。普 你怕他幹嘛？傻瓜蛋一個。

愛 ngoi3

動詞，用。粵 呢把刀愛嚟做乜㗎？普 這刀子用來幹嘛？

愛巢 ngoi3 cao4

暱稱夫妻情人的居所。

愛妻號 ngoi3 cei1 hou6

喻指鍾愛妻子的丈夫。粵 老公終於陪佢去日本賞花，證明老公係愛妻號。

N

愛驅 ngoi³ kêu¹

俗指某人的摩托。粵 張三駕駛其紅色愛驅返工。

愛錫 ngoi³ ség³

動詞，疼愛。粵 佢好愛錫佢細佬。

外勞 ngoi⁶ lou⁴

特指從境外合法輸入的勞工。

外判 ngoi⁶ pun³

以合同形式把工程、項目、服務等委託另一家公司承辦。

外圍波 ngoi⁶ wei⁴ bo¹

不法分子在馬會之外，私設莊家以優惠條件吸引賭客對足球賽事結果進行賭博。

外圍馬 ngoi⁶ wei⁴ ma⁵

不法分子在馬會之外，私設莊家以優惠條件吸引賭客對賽馬結果進行賭博。

外傭 ngoi⁶ yung⁴

指在香港工作的外籍家庭傭工，尤指菲傭（菲律賓）、印傭（印尼）、泰傭（泰國）、緬傭（緬甸）等。據 2017 年的統計，共有 36 萬人。

安家費 ngon¹ ga¹ fei³

社團成員因犯案潛逃或頂罪入獄，期間組織發放給他們家屬的生活費。

安哥 ngon¹ go¹

法語借詞：encore，表示要求"再來一首（歌曲）"。聽眾唔肯走，兩度安哥。

安樂茶飯 ngon¹ log⁶ ca⁴ fan⁶

安心地享受生活。

安全屋 ngon¹ qun⁴ ngug¹

特指警方保安部設置的、用作保護重要人士（如案件的重點證人、受害者或可能因協助警方查案而生命受到威脅的人士）的、高度保密的居所。

安士 ngon¹ xi²

英語借詞：ounce。粵 買咗個 30 安士嘅蛋糕。

按讚 ngon³ zan³

在電腦上按下表示讚許的符號。粵 鍾意請按讚。

按章工作 ngon³ zêng¹ gung¹ zog³

指勞方在與資方談判中的一種抗爭策略，即機械地按照公司章程工作，拒絕加班，集體請假，等等

戇居 ngong⁶ gêu¹

傻蛋。粵 你咁戇居㗎？普 你這個傻蛋！

澳門街 ngou³ mun² gai¹

（澳門用語）從人文角度指稱澳門（凸顯其歷史、文化、習俗、社會心理等）。相對應的條目，見條目【香港地】。

澳葡菜 ngou³ pou⁴ coi³

（澳門用語）特指在澳門製作的、迎合當地中國人口味的葡萄牙菜式。

屋邨 ngug¹ qun¹

公共房屋住宅區。

屋邨師奶 ngug¹ qun¹ xi¹ nai¹

特指居住在公共屋邨的已婚中年婦女（師奶）。深入人心的為【牛頭角順嫂】，見該條目。

屋邨仔 ngug¹ qun¹ zei²

指在公共屋邨長大的人士，即屬草根階層出身。

屋仔 ngug¹ zei²

喻指牽引大型貨車的車頭。粵 揭開屋仔車頭檢修。

呢 ni¹

指示代詞，表示"這"。粵 呢班車太逼，等下班啦。

呢排 ni¹ pai⁴

近來。粵 呢排忙啲乜？普 近來忙些什麼？

呢次 ni¹ qi³

這回。粵 呢次仲輪唔到你，下次都話唔定。普 這回還沒輪到你，下回也說不準。

鍊車 nin² cé¹

動詞，別車。

年紀大，機器壞

nin⁴ géi² dai⁶, géi¹ héi³ wai⁶

諧指年紀大了，身體器官由於耗損而健康不如以前。

檸 ning²

語素詞，指檸檬，與飲料名稱連用，如"檸茶"（加檸檬片的茶水）、"檸樂"（可口可樂加檸檬片）、"檸蜜"（蜜糖加檸檬片）等。

寧養服務 ning⁴ yêng⁵ fug⁶ mou⁶

指為晚期病患者提供醫療及情緒協助，幫助他們積極面對生命中最後階段。

擰返轉頭 ning⁶ fan¹ jun³ teo⁴

回頭。粵 你擰返轉頭睇吓邊個。普 回頭看看是誰。

擰䐴面 ning⁶ mé⁶ min⁶

轉過頭去；迴避。粵 張三見到李四，即時擰䐴面急步離開。

鳥籠 ❶ niu² lung⁴

屬性詞，指限制在特定框架內的。粵 鳥籠諮詢。普 小範圍、透明度甚低的諮詢。

鳥籠 ❷ niu² lung⁴

名詞，俗指警方針對汽車違例的"衝紅燈自動攝影機"，外形像一個鳥籠，故名。

尿兜 niu⁶ deo¹

男性小便非獨立便池。

尿袋 niu⁶ doi²

俗指便攜式充電器。

尿片 niu⁶ pin²

（嬰孩）尿布。

尿廁 niu⁶ qi³

公共廁所裡男性用的小便處。

糯米雞 ❶ no⁶ mei⁵ gei¹

常見餐點，用荷葉包裹著糯米、雞翅膀、鹹蛋黃、香菇蒸製而成。

糯米雞 ❷ no⁶ mei⁵ gei¹

俗指大型袋裝垃圾。

內容農場 noi² yung⁴ nung⁴ cêng⁴

（社交媒體用語）內容農場的資訊大多抄襲不同網站，旨在取得高瀏覽量，以獲取商業利益。

耐 noi⁶

時間長。粵 你嘅年資耐定係佢嘅耐？

耐唔耐 noi⁶ m⁴ noi²

偶爾。粵 我耐唔耐都會去睇吓佢。

腦殘 nou⁵ can⁴

形容愚不可及。粵 提嗰嘅問題，實屬腦殘。

腦囟未生埋

nou⁵ sên² méi⁶ sang¹ mai⁴

"腦囟"指囟門，諧指某人頭頂骨尚未合縫，即年輕無知，涉世未深。粵 佢廿歲要結婚？梗係唔得喇，腦囟仲未生埋。普 ……腦門還沒長好。

怒 nou⁶

程度副詞，十分。粵 呢對尖頭鞋怒窄，著到我好痛。

N

暖水 nün⁵ sêu²

溫水。粵 覺得凍就飲多啲暖水。

暖水壺 nün⁵ sêu² wu²

熱水瓶。

暖貼 nün⁵ tib³

貼在身上的、一種禦寒保暖用品。

暖胃 nün⁵ wei⁶

（食物）保溫護胃。粵 天寒地凍，打邊爐至暖胃。

O

O 記 O géi³

俗指警方"有組織罪案及三合會調查科"，專責處理黑社會有組織的重大犯罪案件。

OL OL

英語借詞：office lady，辦公室女文員。

O 晒嘴 O sai³ zêu²

表示無奈、不滿或驚訝。粵 唔係啩？我嗰嘅成績都入唔到中大？我 O 晒嘴囉！普 不是吧？我這樣的成績也進不了中文大學？十分無奈！

out 咗 out zo²

不合時宜。粵 尊重歸尊重，你嗰套 out 咗嘞。

柯打 ❶ o¹ da²

英語借詞：order，訂貨單。粵 近排柯打少咗好多。

柯打 ❷ o¹ da²

英語借詞：order，命令。粵 呢個係上面嘅柯打，儘快完成。

P

P 牌 P pai⁴

指暫准駕照，即駕駛人為新考獲駕照人士的標誌。粵 出事嘅係一架掛 P 牌嘅私家車。

PR PR

英語借詞：public relations，公司的公關人員。

趴枱 pa¹ toi²

趴在桌子上。粵 要注意學童嘅脊骨健康，做功課避免趴枱。

扒 pa²

形容樣貌身材欠佳的男女。粵 佢都幾扒吓。

扒餐 pa² can¹

指包括餐湯、餐包、各式扒類和餐飲的一套餐食。粵 間餐廳淨係供應扒餐。

扒房 pa² fong⁴

主打扒餐的西餐廳。

扒茄 pa² ké²

配牛排的番茄，即切半而稍稍煎過的西紅柿。

怕且 pa³ cé²

副詞，表恐怕。粵 呢句說話怕且係講緊俾佢聽啩。

怕怕 pa³ pa³

形容恐懼的心理。粵 呢度逼到怕怕，根本冇心機玩。

157

扒 pa⁴

用筷子把碗的米飯扒拉到嘴裡。粵 碗裡面嘅飯，扒乾淨佢。

扒冷 pa⁴ lang⁵

博冷門。粵 張三雖然話過唔參加選舉，但唔少人依舊扒冷，唔排除佢會出嚟選。

扒手 pa⁴ seo²

從別人身上扒竊財物的小偷兒。

扒頭 ❶ pa⁴ teo⁴

超車。粵 架電單車扒頭，撞正對面線嘅七人車。

扒頭 ❷ pa⁴ teo⁴

超越。粵 你企喺度唔郁，梗係俾人扒頭啦。

扒…頭 pa⁴ … teo⁴

框架動詞，指弟妹比兄姐早結婚。粵 我唔想扒我家姐頭。普 不想比我姐姐早結婚。

爬窗 pa⁴ cêng¹

穿越窗戶。粵 俾佢爬窗走甩咗。

爬雞 pa⁴ gei¹

俗指越野摩托（"爬"指爬山）。

啪 pag¹

擬聲動詞，指用拍掌的方式把（藥丸）送到嘴巴嚥下去。粵 頭痛，啪粒止痛丸搞掂。

啪拿 pag¹ na²

英語借詞：partner，拍檔。

啪著 pag¹ zêg⁶

擬聲動詞，按動開關。粵 啪著盞燈。

泊 pag³

停泊。粵 啲單車亂晒泊。普 亂停。

泊巴士 pag³ ba¹ xi²

（足球用語）指密集防守的戰術（猶如多輛巴士橫在路中，不讓通過）。

泊車 pag³ cé¹

停車。粵 呢度唔俾泊車。

泊低 pag³ dei¹

把車停在（某處）。粵 喺停車場泊低架車。

泊個好碼頭 pag³ go³ hou² ma⁵ teo⁴

找個可靠的靠山。粵 細公司將四成股權賣俾大公司，希望泊個好碼頭。

泊位 pag³ wei²

車位。粵 旅遊巴嘅泊位唔夠。

拍膊頭 pag³ bog³ teo⁴

套近乎（拍拍肩膀表示友好親近）。粵 拍膊頭搵贊助人。

拍得住 pag³ deg¹ ju⁶

比得上。粵 佢蒸嘅蝦，拍得住外面酒樓嘅水準。

拍更 pag³ gang¹

指同一時段同一地域一起出更的警員。

拍薑噉拍 pag³ gêng¹ gem² pag³

形容使勁兒砸（"拍薑"指用刀背使勁兒把薑塊砸扁）。

拍喊戲 pag³ ham³ héi³

拍攝情節包含大哭的苦情電影（"喊"指哭）。

拍開 pag³ hoi¹

使勁兒砸碎。粵 拍開蟹箝嚟食。普 把螃蟹的螯砸碎以取其裡面的肉來吃。

拍咭 pag³ kad¹

指把電子卡按在感應器上。粵 辦公室拍咭先入到去。

拍散拖 pag³ san² to¹

沒有比較長期穩定的戀愛對象。

拍拖報 pag³ to¹ bou³

每天午後報販把兩種不同的報紙搭配在一起，以低廉的價格出售。這種搭售的報紙稱為"拍拖報"。

拍烏蠅 pag³ wu¹ ying¹

形容生意清淡（店員由於顧客不多唯有拍"烏蠅"即蒼蠅打發時間）。

拍嘴戲 pag³ zêu² héi³

拍攝情節包括男女接吻（"嘴"，作動詞）的電影。

牌腳 pai² gêg³

紙牌遊戲（撲克、橋牌等）的參加者。

派餅仔 pai³ béng² zei²

"餅仔"喻指商業利益，引指分配利益。

派彩 pai³ coi²

向彩票或賭注中獎者發獎金。

派膠 pai³ gao¹

（足球用語）誤傳。

派軍糧 pai³ guen¹ lêng⁴

俗指顯示男女恩愛之情。粵 佢哋兩個不時上載近照派軍糧。

派檸檬 pai³ ning⁴ mung¹

拒絕邀請。"檸檬"由於其酸味，喻指拒絕。

派平安米 pai³ ping⁴ ngon¹ mei⁵

指社工於農曆七月孟蘭節向社區長者派發大米，以示關懷。

派糖 pai³ tong²

特指政府向市民一次性派發現金津貼或減稅等紓困措施。

派位 pai³ wei²

指教育局每年給中小學生分配入學的制度。

派洋蔥 pai³ yêng⁴ cung¹

感觸落淚。粵 佢哋四個人一便唱一便大派洋蔥。

排 pai⁴

排隊輪候。粵 我喺灣仔排緊小巴。

排期 pai⁴ kéi⁴

安排日期（做某事）。粵 排期做手術。

排排企 pai⁴ pai⁴ kéi²

站成一排。粵 一眾記者一早排排企等佢。

排頭位 pai⁴ teo⁴ wei²

排在第一位。粵 呢項議程本來排頭位，宜家調到尾位

pair pair

英語借詞：pair，表一對（人）。粵 張三同李四呢一 pair 合作得唔錯。普 他們倆合作得不錯。

攀石 pan¹ ség⁶

指室內攀登石墻的運動。

棚 pang⁴

量詞，用於牙齒。粵 一棚黃牙點見人？普 一口黃牙怎麼見得人呢？

棚架 pang⁴ ga²

建築工地上搭建的懸空式架子，以保護建築物外墻或作為工人的工作平台。

棚屋 pang⁴ ngug¹

特指香港新界大澳建在河邊而由木頭支撐臨駕於河面的居所。

棚仔 pang⁴ zei²

特指深水埗欽州街臨時小販布藝市場用地。

拋到窒晒 pao¹ dou³ zed⁶ sai³

恐嚇某人，使其無法應對。

P

159

拋離 pao¹ léi⁴

超越。粵 大幅被對手拋離。普 對手領先他相當一段距離。

拋鑊 pao¹ wog⁶

顛鑊，炒菜時把炒菜鍋（鑊）單手稍微揚起來，以求食材與調料充分摻和。粵 學會拋鑊炒菜。

拋書包 pao¹ xu¹ bao¹

刻意賣弄自己的學識。粵 唔好意思，你拋錯書包嘞。普 引用錯誤的知識。

跑出 pao² cêd¹

勝出（被接納）。粵 三個方案之中，最終由方案 B 跑出。

跑馬 pao² ma⁵

賽馬。粵 聽日有冇興趣入沙田睇跑馬？

跑馬仔 pao² ma⁵ zei²

謔指進行競選。粵 主任突然辭職，委員會立刻開始跑馬仔。

跑數 pao² sou³

（推銷業用語）指員工必須達到某個業務指標。粵 三個月跑數唔達標可能會炒。

跑輸 pao² xu¹

趕不上。粵 咁嘅增幅跑輸通脹。

跑贏 pao² yéng⁴

超越。粵 呢個品牌連續五個季度跑贏同業。

泡芙 pao³ fu⁴

英語借詞：(cream)puff，指一種千層酥餅。

炮彈 pao³ dan²

屬性詞，只用在表車輛的名詞前，形容其高速。粵 炮彈跑車撞毀護欄，直衝落山坡。

炮仗衣 pao³ zêng² yi¹

指鞭炮外層的薄紙。

刨 pao⁴

細心閱讀。粵 喺度刨樓盤廣告。

pat pat pat pat

（兒童用語）指屁股。粵 唔聽話就打 pat pat。普 不聽話就打屁股。

啤牌 pé¹ pai²

撲克牌。

劈價 pég³ ga³

大幅降價，甩賣。粵 書展最後一日劈價促銷。

劈冧 pég³ lem³

把某人灌醉（酒）。粵 飲咗半支威水，卒之俾人劈冧。普 喝了半瓶威士忌酒，最終給人灌醉了。

劈炮唔撈 pég³ pao³ m⁴ lou¹

因不滿，憤而辭職。

劈彎 pég³ wan¹

高速拐彎。粵 架車高速上山劈彎，都幾穩定。

劈友 pég³ yeo²

黑社會分子動刀子廝打。

劈酒 pég³ zeo²

豪飲，一口悶。粵 佢淨係識劈酒，唔識品嘗。

劈租 pég³ zou¹

大幅度減租。粵 間鋪劈租三成，好過丟空。

批 ❶ pei¹

語素詞，英語借詞：pie，派，帶餡兒的西式點心。粵 蘋果批。普 蘋果派。

批 ❷ pei¹

（占卜用語）推斷運程。粵 搵過算命師傅批今年流年。

批出 pei¹ cêd¹

批准。🔵 合約遲咗成個月至批出。

批盪 pei¹ dong⁶

名詞，指在天花板或墙面抹上的灰泥。🔵 天花甩批盪，維修拖咗兩個月。🔴 天花板的粉刷層脫落了下來。

批睜 pei¹ zang¹

用手肘襲擊。🔵 向張三胸口批睜。

剅 pei¹

削。🔵 剅薯仔。🔴 削土豆。

剅皮刀 pei¹ péi⁴ dou¹

削皮刀。

皮 péi⁴

俗指一萬元。🔵 隻金勞約值兩皮半。🔴 那塊勞力士約兩萬五。

皮費 péi⁴ fei³

泛指設立公司和維持公司正常運作所包含的一切日常費用（如租金、水電費、耗材、員工工資）。

皮光肉滑 péi⁴ guong¹ yug⁶ wad⁶

形容身上沒有皺紋。🔵 佢四十有七，但依然皮光肉滑。

皮嘢 péi⁴ yé⁵

語素詞，跟數詞連用，表示五位數。🔵 同朋友夾份，幾皮嘢就可以做老闆。

被袋 péi⁵ doi²

被套。

噴飯 pen³ fan⁶

形容非常可笑。🔵 佢上次唔記得帶銀包單嘢，宜家諗番起都依然噴飯。

貧窮線 pen⁴ kung⁴ xin³

指的是每月住戶收入中位數的一半。依據香港扶貧委員會 2018 年 11 月公佈 2017 年貧窮情況的數據，全港貧窮人口為 137.7 萬，貧窮率為 20.1%。

頻道 pen⁴ dou⁶

喻指共同語言、共同興趣、共同價值觀。🔵 同同齡人傾偈，頻道較接近。

頻頻 pen⁴ pen⁴

副詞，表多次。🔵 佢演講頻頻甩轆。🔴 演講多次失誤。

頻頻撲撲 pen⁴ pen⁴ pog³ pog³

奔波勞碌。🔵 佢有多份兼職，成日頻頻撲撲。

平 péng⁴

便宜。🔵 呢啲嘢仲係喺度平。🔴 東西還是那兒便宜。

平到笑 péng⁴ dou³ xiu³

形容十分便宜。🔵 一百蚊三條牛仔褲，平到笑。

平價 péng⁴ ga³

廉價。🔵 呢啲係平價嘢，好抵買。

撇除 pid³ cêu⁴

消除。🔵 噉都好喎，撇除大家嘅憂慮。

撇水 pid³ sêu²

名詞成分，跟數詞連用。俗指一千元。🔵 餐飯要成撇水㗎。

偏幫 pin¹ bong¹

偏袒。🔵 張三係靠佢哋偏幫先勝出之嘛。

片花 pin² fa¹

指電影正式公演之前發佈的宣傳片段。

片頭 pin² teo⁴

指電影正式開始之前的宣傳片段（如製作商、製作團隊的介紹等）。

拼 ping³

把服飾放在身上看看是否合適。🔵 佢揀完就將件衫拼喺喺身上望吓。

平斗車 ping⁴ deo² cé¹

指沒有泥夾的工業用貨車。

P

平反 ping⁴ fan²

扭轉劣勢。粵 雖然在完場前追回一球，但未能平反敗局。

平機會 ping⁴ géi¹ wui²

政府"平等機會委員會"的簡稱，為反對歧視（如性別歧視、殘疾歧視、家庭崗位歧視），保護市民機會平等的法定機構。

平口袋 ping⁴ heo² doi²

指高度一致的（塑料）袋子，相對於"背心袋"

平權 ping⁴ kün⁴

特指性小眾（同性戀者）平權，即保障其免受歧視以及同性婚姻合法化。

平民夜總會

ping⁴ men⁴ yé⁶ zung² wui²

特指九龍油麻地廟街，本土夜市色彩非常濃厚；煲仔飯、粵曲演唱、職業相士，比比皆是。

平安包 ping⁴ ngon¹ bao¹

指長洲太平清醮典慶期間供應的包子，上面印有"平安"二字，寓意天下太平、家宅平安。

平安紙 ping⁴ ngon¹ ji²

指生前立下的遺囑。粵 我已經立咗平安紙，走咗就分俾佢哋。

平安米 ping⁴ ngon¹ mei⁵

慈善機構於盂蘭節向社區長者免費派發的大米。

平安三寶 ping⁴ ngon¹ sam¹ bou²

指臨終之前需要準備的三個法律文件，即遺囑、持久的授權書、預設的醫療指示。

平安鐘 ping⁴ ngon¹ zung¹

指長者安居服務協會負責向孤寡獨居老人安裝的警鐘，提供 24 小時緊急醫療支援服務。

平平 ping⁴ ping⁴

非常一般。粵 市民對該項政策反應平平。

屏風樓 ping⁴ fung¹ leo²

指高層而密集的樓宇，彼此相隔的距離過窄，造成空氣不流通（屏風效應）。

飄開 piu¹ hoi¹

漂移。粵 日本車太輕，開起身飄開。普 日本車跑起來有漂浮移動的感覺。

票房毒藥 piu³ fong⁴ dug⁶ yêg⁶

喻指其票房價值很低的電影演員。

票控 piu³ hung³

指政府執法人員對違規者發出傳票，提出控告並把傳票送交法院，由法院判定處罰。

票尾 piu³ méi⁵

票根。粵 請保存票尾，以便查核。

漂白水 piu³ bag⁶ sêu²

漂白劑。

po 嘢 po yé⁵

"po"為英語 post 的縮略詞，指在面書（Facebook）上發文或發照片。

婆嫲數 po² na² sou³

"婆嫲"（婆娘）貶稱坊間斤斤計較的小婦人。"婆嫲數"則指細碎的錢額，零頭兒。粵 嗰十零蚊嘅婆嫲數都費事計。普 那十來塊錢的零頭兒懶得算。

破冰 po³ bing¹

恢復接觸交流，和好如初。粵 同屋企人破冰。

破 … 魔咒 po³ ... mo¹ zeo³

破 … 魔障。粵 佢哋贏咗呢仗就破咗冠軍嘅魔咒。普 他們贏了這一仗就證明了他們有能力贏得冠軍。

P

破壞王 po³ wai⁶ wong⁴

特指公共屋邨裡肆意破壞公物、擾亂他人安寧的人士。

撲 pog³

猛烈地迅速地接近。粵 颱風撲港,料掛八號波。

撲飛 pog³ féi¹

"撲"指張羅。"撲飛"即到處張羅買票。粵 佢開嘅個唱(個人演唱會)月底舉行,要預早撲飛至得。

撲咪 pog³ mei¹

爭奪話筒。粵 幾個人立刻撲咪發言。

撲水 pog³ sêu²

指四出張羅,想法籌錢。粵 撲水交稅。

甫士 pou¹ xi²

英語借詞:pose,拍照的姿勢。粵 佢影相嗰陣好識擺甫士。普 很會擺姿勢。

鋪 pou¹

名詞,指某件事。粵 兩人今鋪大把手尾跟。普 他們倆鬧出這樣的事情不好收場。

鋪草皮 pou¹ cou² péi⁴

謔指在賭馬中輸錢,與"挖草皮"相對。見該條目。

鋪頭 pou³ teo²

小店鋪。

鋪位 pou³ wei²

鋪面房或商場內分隔成的、做商業用途的單位。

鋪租 pou³ zou¹

商業鋪位的租金。

袍 pou⁴

學位服。粵 佢著起件博士袍型爆。普 穿起博士(學位)服帥極了。

袍金 pou⁴ gem¹

指公司執行董事的酬金。

葡僑日 pou⁴ kiu⁴ yed⁶

(澳門用語)澳門回歸後,澳門特區政府於每年 6 月 10 日安排的、留澳葡萄牙僑民的聯誼日。

葡萄 pou⁴ tou⁴

動詞,表嫉妒。粵 越係葡萄第個,自己越唔快樂。普 越是妒忌別人⋯⋯。

葡萄上身 pou⁴ tou⁴ sêng⁵ sen¹

指嫉妒某人。粵 佢突然葡萄上身酸張三。普 他突然嫉妒起來,用言語刺激張三。

蒲 pou⁴

特指流連酒吧之間。粵 呢排我已經少咗去蒲。

蒲頭 pou⁴ teo⁴

現身某處。粵 近排佢都好少蒲頭。普 很少公開露面。

抱石 pou⁵ ség⁶

指低強度的攀登(石牆)運動。粵 玩抱石係要學啲攀爬技巧同落地姿勢嘅。

仆街 pug¹ gai¹

惡毒的罵人話,用於咒人橫死街頭。忌用。

仆直 pug¹ jig⁶

慘敗。粵 呢啲題材嘅電影,有啲幾好,有啲仆直收場。

陪跑 pui⁴ pao²

謔指參加毫無勝算的比賽。粵 你去參選?陪跑就真。

賠足 pui⁴ zug¹

應賠償多少就全數賠償多少。粵 提前解約,賠足錢俾公司。

P

判傷 pun³ sêng¹

判定傷勢的嚴重程度。粵（工業工傷受害者）到醫院判傷。

判頭 pun³ teo²

指建築業中總承建商的主要負責人，稱為"大判"。大型工程項目多，就會出現多層判頭，如"二判"、"三判"等，逐層承包負責。

盤 pun⁴

量詞，用於表示數目、生意等。粵成盤生意靠晒佢。

盤水 pun⁴ sêu²

名詞，跟數詞連用。俗指一萬元。粵旺季去歐洲，來回機票盤幾水。普萬把塊錢。

盆菜 pun⁴ coi³

新界圍村的傳統菜式，即把多層不同的食材（如肉類、海鮮類、菇類）置於特製的木盆內享用。

捧餐 pung² can¹

端盤子。粵宜家嘅香港留學生根本唔使去餐館捧餐。普……兼職做餐廳服務員。

捧蛋 pung² dan²

比賽、選舉等毫無收穫。粵估唔到甲隊居然捧蛋包尾。普想不到甲隊得零分墊底。

Q

Q嘜認證 Q meg¹ ying⁶ jing³

指政府向合資格的專業團體發出的認可標誌，即"Q嘜"（Q，為英語Qualified：優等；嘜，標記），以供它們用於網頁、專業註冊證明書等，讓市民識別。

癡 qi¹

語素詞，指迷戀某物的人士。粵狗癡。

黐❶ qi¹

緊跟不離棄。粵個仔淨係黐老竇。普纏著他爹。

黐❷ qi¹

密切來往。粵唔好同佢黐得太埋。普別跟他有密切來往。

黐底 qi¹ dei²

（食物）粘鍋。

黐到 qi¹ dou²

粘上。粵件衫黐到污糟嘢。普衣服粘上髒東西。

黐肺 qi¹ fei³

俗稱胸膜固定手術。

黐撚線 qi¹ nen² xin³

形容某人完全失去理性（粗口，忌用）。注意，由於港人懶音的緣故，坊間一般讀作 CLS。

黐身 qi¹ sen¹

纏人。粵佢女朋友好黐身。普走到哪兒跟到哪兒。

黐線 qi¹ xin³

形容某人失去理性。粵佢半夜三更打電話嚟，黐線㗎！普……討厭極了。

黐飲黐食 qi¹ yem² qi¹ xig⁶

蹭吃蹭喝。

雌雄賊 qi¹ hung⁴ cag⁶

一男一女結伴作案的歹徒。

始終 qi² zung¹

到底。粵選舉嘅嘢，始終唔係一兩個人講咗就算。

次文化 qi³ men⁴ fa³

指社會語言文化的另類或邊緣現象（如詈詞文化）。

廁板 qi³ ban²

馬桶蓋兒。

廁紙 qi³ ji²

衛生紙。

廁所泵 qi³ so² bem¹

馬桶搋子。

廁所水 qi³ so² sêu²

指沖馬桶用的海水；有別於食用水。

持份者 qi⁴ fen⁶ zé²

參與者。粵 年輕人係社會嘅持份者。

匙羹 qi⁴ geng¹

勺子。

慈菇椗 qi⁴ gu¹ ding³

謔指小男孩兒的雞雞。喻指小男孩兒。粵 終於追到慈菇椗。普 生了個男孩兒。

似有還無 qi⁵ yeo⁵ wan⁴ mou⁴

模棱兩可。粵 啲嘅講法，似有還無。普 好像是，也好像不是。

切燒豬 qid³ xiu¹ ju¹

大工程開啟時，或者大公司大集團新正頭（農曆一月）開工時的指定儀式，即把整隻燒豬從頭到尾剖開，祈求工程順暢，財源廣進。

斥 qig¹

動用資金，斥資。粵 公司斥四千萬元買落單位。

揻起條筋 qig¹ héi² tiu⁴ gen¹

"揻" 指提溜；"揻起條筋" 喻指刺激某條神經線。引指突然想做某事。粵 嗰晚佢揻起條筋走去酒吧飲杯。

遷冊 qim¹ cag³

公司註冊地遷往別的地方。

簽保守行為 qim¹ bou² seo² heng⁴ wei⁴

（法律用語）當事人認罪後，法庭保留刑事案底，但可決定有條件釋放；"簽保" 指的是當事人必須承諾在規定的時期內不再違法。粵 佢商店盜竊，被判守行為一年。

簽紙 qim¹ ji²

簽署文件。粵 醫生簽紙先出得院。

簽死 qim¹ séi²

與固定的某公司機構簽定不可更改的合約。粵 演員唔使簽死一間電視台（跟別的電視台合作即違約）。

僭建物 qim³ gin³ med⁶

違章建築物。

潛水 ❶ qim⁴ sêu²

喻指長時間失聯。

潛水 ❷ qim⁴ sêu²

喻指低調離開以逃避責任。粵 你哋唔使搵佢嘞，佢一早潛咗水去澳門。

千禧一代 qin¹ héi¹ yed¹ doi⁶

特指 20 世紀 80 年代初至 90 年代末出生的人士。

千祈唔好 qin¹ kéi⁴ m⁴ hou²

句首副詞，表千萬別。粵 喺香港，老咗千祈唔好病。

淺水浸蛟龍 qin² sêu² zem³ gao¹ lung⁴

喻指無用武之地。粵 為育兒放棄事業，碩士媽媽稱之為淺水浸蛟龍。

錢銀 qin² ngen²

俗指金錢。粵 錢銀係好緊要。

Q

錢七 qin⁴ ced¹

俗指老舊的轎車。

前 qin⁴

時間上領先於當前的做法。粵 佢哋喺保障個人資料嘅規例方面已走得好前，我哋明顯落後。

前度 qin⁴ dou⁶

以前的。粵 馮小姐係佢嘅前度女朋友。

前後腳 qin⁴ heo⁶ gêg³

指兩人一前一後相隔很短時間到達或離開。粵 佢哋兩個前後腳離開。

前腳…後腳
qin⁴ gêg³ ... heo⁶ gêg³

並列結構，指事情短時間內接連發生。粵 前腳走，後腳事情就嚟嘞。普 人剛走，事情馬上出現。

青鳥 qing¹ niu⁵

特指一個關注性工作者權益組織。

清潔龍 qing¹ gid³ lung⁴

指清潔香港運動宣傳的正面動漫人物；與"垃圾蟲"（負面人物）相對。

清空 qing¹ hung¹

騰空。粵 至遲聽日要清空單位。普 最晚明天騰空單位。

請 qing²

請客。粵 公司請，唔使俾錢。

秤 ❶ qing³

盤算。粵 咁小嘅事，都要秤過度過先做。普 再小的事，也要權衡後再做。

秤 ❷ qing³

比較。粵 我哋都秤過三個候選人。

秤起嚟 qing³ héi² lei⁴

比較起來。粵 兩間學校都唔錯，但秤起嚟，仲係呢間好。

秤先 qing³ xin¹

實力較高，具有優勢。粵 禮拜日荷蘭對英國，荷蘭秤先。

程 qing⁴

量詞，用於車輛往返的次數。粵 呢趟係車長午飯之後嘅第一程車。普 這是車長午飯後開的第一趟車。

呈堂 qing⁴ tong⁴

（法律用語）指向法庭遞交相關證據或文件。粵 控方呈堂證據不足，法官判被告無罪。

情趣 qing⁴ cêu³

屬性詞，與性行為有關。粵 情趣用品。

超 ❶ qiu¹

強調副詞。粵 冇癮，超冇癮。普 沒勁兒，真沒勁兒。

超 ❷ qiu¹

話語標記，表示不滿。粵 超！講道理之嘛，驚乜呀！普 我去！講道理好了，怕什麼！

超班馬 qiu¹ ban¹ ma⁵

（賽馬用語）指競技狀態超過同一班別馬匹的馬。

超時補水 qiu¹ xi⁴ bou² sêu²

加班費。

潮 qiu⁴

新潮。粵 瘦唔等於潮。

潮爆 qiu⁴ bao³

指言行、思想、品味等方面十分前衛。

潮色 qiu⁴ xig¹

當前流行的顏色。粵 以潮色湖水藍作主調。

處處 qu³ qu³

哪兒都有。粵 民生經濟嘅瓶頸處處。

Q

166

廚櫃 qu⁴ guei⁶

櫥櫃。

廚神 qu⁴ sen⁴

指廚藝一流的人士。

處方 qu⁵ fong¹

動詞。粵 應處方適當的抗生素。

儲物櫃 qu⁵ med⁶ guei⁶

加鎖的衣物櫃，供更衣、存放衣物、行李之用。

村佬 qun¹ lou²

貶稱教育水平低的鄉村人士。

村屋 qun¹ ngug¹

特指新界地區建造的平房或低層樓房。

邨 qun¹

只用作地名，不能單用。尤指市區內供中下階層居住的公屋小區，跟新界或離島的"村"概念上不同。見條目【屋邨】。

邨巴 qun¹ ba¹

特指接載屋邨住客出入的小型客車。

兪水 qun¹ sêu²

烹調方法，兪。粵 瘦肉兪水兩至三分鐘。

穿崩 ❶ qun¹ beng¹

名詞，指演出時出現的失誤，如情節、對白、佈景等。

穿崩 ❷ qun¹ beng¹

動詞，指其騙局被揭穿。粵 歹徒知道穿崩，慌忙逃去。

穿崩位 qun¹ beng¹ wei²

錯漏之處。粵 好難搵到呢啲片段嘅穿崩位。

穿煲 qun¹ bou¹

洩露（秘密）。粵 大話冚大話，遲早會穿煲。普 …… 露餡兒。

穿櫃桶底 ❶ qun¹ guei⁶ tung² dei²

僱員盜竊僱主的錢。粵 老闆發覺有人穿櫃桶底偷錢。

穿櫃桶底 ❷ qun¹ guei⁶ tung² dei²

虧空公款。

穿窿牛仔褲

qun¹ lung¹ ngeo⁴ zei² fu³

破洞牛仔褲。

穿頭 qun¹ teo⁴

被打破頭。粵 四人混戰，張三穿頭。

寸 ❶ qun³

動詞，表示指責。粵 張三公開寸李四係大話精。

寸 ❷ qun³

形容詞，表示囂張。粵 條友咁寸，抵佢死。普 那傢伙太囂張，活該！

寸爆 qun³ bao³

嚴厲批評指責。

寸嘴 qun³ zêu²

說話不饒人。粵 佢出晒名寸嘴，成日喺度窒人。普 他說話不饒人，整天噎人家。

串 qun³

（用拉丁字母）拼寫。粵 你個名點串？

串錯 qun³ co³

拼寫錯誤。粵 呢個字漢語拼音串錯咗。

串串貢 qun³ qun³ gung³

俗指自信心特強的精英群體。

串燒 ❶ qun³ xiu¹

街頭小吃，烤串。

串燒 ❷ qun³ xiu¹

指多輛汽車連環相撞。粵 五車串燒。

Q

全女班 qun⁴ nêu⁵ ban¹

指成員全部是女性。粵 全女班樂隊。

全程 ❶ qun⁴ qing⁴

指整個車程、船程等。粵 全船滿座，焗住企足全程。

全程 ❷ qun⁴ qing⁴

整個過程。粵 唯獨佢全程唔多歡容。普 只有他一人從頭到尾都沒露出過笑容。

全體 qun⁴ tei²

屬性詞，指整個（不分割）。粵 全體乳豬。

全華班 qun⁴ wa⁴ ban¹

特指足球、籃球比賽中全部是華籍球員，沒有外籍球員參加。

存款保障 qun⁴ fun² bou² zêng³

在現時存款保障計劃下。每個存戶在單一銀行的保障額最多為 50 萬元，即一旦銀行倒閉，存戶所獲得的最高補償額也就是 50 萬元。

S

沙 sa¹

形容聲音沙啞。粵 唱到聲都沙埋。

沙冰 sa¹ bing¹

夾雜冰粒的飲品，如紅豆沙冰、綠豆沙冰、蜜瓜沙冰等。

沙塵滾滾 sa¹ cen⁴ guen² guen²

形容塵土飛揚。粵 成個地盤沙塵滾滾。

沙圈 ❶ sa¹ hün¹

（賽馬用語）指在馬場一角設置的沙地。馬匹出賽前在沙圈亮相，讓賭客觀察是否值得下注。

沙圈 ❷ sa¹ hün¹

（澳門用語）特指葡京酒店內部賣淫安排。性工作者在支付介紹費後被允許在酒店地庫商場環形的走廊（俗稱沙圈）招攬嫖客。經揭發，該項安排已被終止。

沙紙 sa¹ ji²

"沙" 為英語縮略借詞：cert/certificate。"沙紙" 即（大學）文憑或學士學位。粵 香港非常重視沙紙文化。

沙展 sa¹ jin²

英語借詞：sergeant，指督察級警長。

沙律 sa¹ lêd²

英語借詞：salad，沙拉。

沙律醬 sa¹ lêd² zêng³

沙拉醬。

沙聲 sa¹ séng¹

形容夾有許多 "沙沙聲" 的雜音。粵 個電話好沙聲。普 電話裡充滿沙沙的聲音。

沙灘老鼠 sa¹ tan¹ lou⁵ xu²

喻指專門在海濱浴場偷竊泳客財物的小偷。

沙田柚 sa¹ tin⁴ yeo²

柚子的一種。

沙士 sa¹ xi²

英語 SARS 的音譯詞，特指 2003 年禽流感肆虐香港期間。粵 2019 年年底嘅零售市場氣氛仲慘過沙士。

耍家 sa² ga¹

擅長。粵 呢家餐廳出名食燒烤，燒牛肉更係耍家。

耍樂 sa² log⁶

特指商業上麻雀耍樂（到合法的麻將館

打麻將賭錢）。

耍手擰頭　sa² seo² ning⁶ teo²

強調搖手搖頭的動作，表示拒絕，不願意。粵 聽聞要加班，佢哋個個都耍手擰頭。

耍冧　sa³ lem¹

源自巴基斯坦裔人士見面時的問候語，後延伸表示抱歉。粵 遲到，耍冧。普 對不起，遲到了。

霎時間　sab³ xi⁴ gan¹

在極短的時間內。粵 霎時間搵唔到足夠嘅人手。普 一時半刻找不到足夠的人手。

烚吓烚吓　sab⁶ ha⁵ sab⁶ ha⁵

謔指吃火鍋。粵 大家一齊烚吓烚吓至開心。普 大夥兒一塊兒涮著吃最開心。

殺定　sad³ déng⁶

沒收定金。粵 買家喺寬限期籌唔到錢找數，發展商唯有殺定。

殺到　sad³ dou³

指發生負面事件。粵 東北季候風殺到，氣溫明顯下降。

殺街　sad³ gai¹

特指撤銷九龍旺角西洋菜南街行人專用區。

殺校　sad³ hao⁶

特指某些學校由於收生不足而停辦。

殺頭生意　sad³ teo² sang¹ yi³

冒極大風險的交易。粵 殺頭生意有人做，賠本生意有人做。

殺線　sad³ xin³

取消（公交車）路線。粵 營運唔理想，擬殺三條巴士線。

煞科　sad³ fo¹

活動結束。粵 公開賽今日煞科。普 今天

收官。

煞食 ❶　sad³ xig⁶

（某人）非常吸引人。粵 佢後生、靚仔、身材高大、技術又好，十分煞食。

煞食 ❷　sad³ xig⁶

（某物）非常吸引人。粵 架新車賣相相當煞食。

撒狗糧　sad³ geo² lêng⁴

指情人在公開場合秀恩愛。

嘥氣　sai¹ héi³

白費勁兒。粵 冇錢，講都嫌嘥氣。普 沒錢，說也是白說。

嘥口水　sai¹ heo² sêu²

白費唇舌。粵 同佢有乜好拗，嘥口水啫。

嘥心機，捱眼瞓

sai¹ sem¹ géi¹, ngai⁴ ngan⁵ fen³

浪費時間和精力。粵 做埋啲嘅嘅無謂嘢，嘥心機捱眼瞓。普 …… 很不值得！

晒士　sai¹ xi²

英語借詞：size，尺碼。粵 對波鞋你要幾大晒士？普 這雙運動鞋你要多大碼的？

晒 ❶　sai³

動詞，指炫耀。粵 佢竟然喺我面前晒廣東話。普 炫耀他的廣東話說得多流利。

晒 ❷　sai³

用於"得"字後面，表示全部。粵 嗰講法未必解釋得晒。普 未必全解釋清楚。

晒命　sai³ méng⁶

炫耀自誇，如財富、成就、相貌、運程，從而抬高自己，貶低別人。粵 老實大把錢，佢就日日喺度晒命。普 …… 自命不凡。

曬到正　sai³ dou³ zéng³

陽光直射。粵 呢度太陽曬到正，太熱。

169

S

曬太陽 sai³ tai³ yêng⁴

喻指（土地）丟空。粵 由得塊地曬太陽。普 任由那塊土地荒廢。

三不五時 sam¹ bed¹ ng⁵ xi⁴

偶爾。粵 佢三不五時都會去游吓水。

三寶 sam¹ bou²

特定領域三樣關鍵的元素。粵 禦寒三寶包括大樓、冷帽同頸巾。普 大衣、毛線帽和圍巾。

三疊水 sam¹ dib⁶ sêu²

香港吐露港、沙田海和船灣海的合稱。

三點三，又 tea time

sam¹ dim² sam¹ yeo⁶ tea time

指工薪階層習慣於下午三點十五分喝茶休息（英語為 tea time）。

三甲不入 sam¹ gab³ bed¹ yeb⁶

（比賽）沒進入前三名。粵 跑一百米甩轆，三甲不入。

三更窮，五更富

sam¹ gang¹ kung⁴, ng⁵ gang¹ fu³

（澳門用語）喻指博彩行業收入波動大。

三九唔識七

sam¹ geo² m⁴ xig¹ ced¹

指跟某人毫不相識。粵 三九唔識七，我點解要幫佢？

三件頭 sam¹ gin⁶ teo²

指某結構的三個經典的組成部分。如西裝三件頭指的是外套、西褲和西式背心；廁所三件頭指的是坐廁、洗手盆和浴缸／花灑。

三工人 sam¹ gung¹ yen⁴

指隔天上二十四小時班的員工。

三合會 sam¹ heb⁶ wui²

有組織的犯罪社團的統稱，主要有新義安、和勝和等系統。

三口六面 sam¹ heo² lug⁶ min⁶

指在當事人面前。粵 呢單嘢最好三口六面講清楚。普 這件事最好當面說清楚。

三號風球 sam¹ hou⁶ fung¹ keo⁴

指熱帶氣旋戒備信號，表示本港附近海域可能會出現強風或烈風。

三尖八角 sam¹ jim¹ bad³ gog³

形容一點兒不工整。粵 個單位間隔唔理想，廚房三尖八角嘅。

三炷香 sam¹ ju³ hêng¹

俗指公共屋邨為住戶配置三個插筒的直置式晾衣架。

三級 sam¹ keb¹

俗指意識不良或色情不雅。

三級制 sam¹ keb¹ zei³

指香港電影三級審查制；一級，指適合於任何年齡的人士觀看；二級，指兒童不宜觀看；三級，指只允許十八歲或以上的人士觀看。三級電影多涉及色情和暴力的鏡頭，可能會引起觀眾的不安或反感。

三粒星 sam¹ leb¹ xing¹

香港身份證上顯示三粒星，代表其持有人的永久居民身份。

三兩下手勢

sam¹ lêng⁵ ha⁵ seo² sei³

熟練地、輕鬆地、在短時間內（成功做某事）。粵 佢上網三兩下手勢就搵到第間酒店。

三料 sam¹ liu²

屬性詞，表示三個不同的領域。粵 佢好犀利，三料冠軍。普 他很厲害，拿到三個不同項目的冠軍。

三文治 sam¹ men⁴ ji⁶

英語借詞：sandwich，三明治。

三文魚 sam¹ men⁴ yu²

英語借詞：salmon，鮭魚。

三無樓宇 sam¹ mou⁴ leo⁴ yu⁵

指沒有保安員、業主立案法團、管理公司的樓宇單位。多指唐樓，見條目【唐樓】。

三年抱兩 sam¹ nin⁴ pou³ lêng⁵

女性傳統的生育模式，即結婚後三年生兩個小孩兒。

三T sam¹ T

香港最高獎金的賽馬彩池，須在指定三場賽馬中選中前三名賽馬。

三條九 sam¹ tiu⁴ geo²

香港報警電話 999。^粵 快啲打三條九啦。^普打電話報警。

三日唔埋兩日

sam¹ yed⁶ m⁴ mai⁴ lêng⁵ yed⁶

固定結構，表出現頻率高。^粵 個新系統三日唔埋兩日就出事。

衫褲鞋襪 sam¹ fu³ hai⁴ med⁶

統稱穿在身上的衣物。^粵 買齊晒啲衫褲鞋襪俾佢。

山長水遠 san¹ cêng⁴ sêu² yun⁵

長途跋涉。^粵 佢哋前日山長水遠嚟到呢度。

山頂 san¹ déng²

特指太平山山頂。太平山位於香港島西面，海拔 554 公尺，為港島最高峰。

山頂位 san¹ déng² wei²

喻指距離表演場地甚遠的座位。^粵 500 蚊買咗張山頂位，唔鷩就假。^普 500 塊錢買了張離舞台最遠的票，當然生氣了。

山狗 san¹ geo²

俗指掃墓時節有償地為掃墓者打掃墳地的人士。

山旮旯 san¹ ka¹ la¹

形容十分偏遠。^粵 間廠山旮旯噉遠。

山泥傾瀉 san¹ nei⁴ king¹ sé³

山體滑坡。

山埃貼士 san¹ ngai¹ tib¹ xi²

（賭博用語）"山埃" 指砒霜，有劇毒；"貼士" 指提示。喻指誤導性很高的小道信息。^粵 千祈唔好信呢啲山埃貼士，輸死人㗎。^普 千萬別信這些小道消息，你會血本無歸的。

山藝 san¹ ngei⁶

屬性詞，指跟行山有關。^粵 佢嘅山藝經驗相當豐富。

山寨廠 san¹ zai⁶ cong²

指設備簡陋的家庭式小工廠。^粵 山寨廠都唔容易做，乜都要一腳踢。^普 "山寨" 小作坊也不好生存，什麼事都得全包。

閂咪 san¹ mei¹

關掉麥克風。^粵 若發言人超時，即時閂咪。

閂水喉 san¹ sêu² heo⁴

停止經濟支持。^粵 佢老實嘢得滯，閂咗佢水喉。

散 ❶ san²

疲累不堪。^粵 練完舞返到屋企，個人散晒。

散 ❷ san²

散架。^粵 撞到我架車散晒。

散 ❸ san²

垮台。^粵 如果冇佢頂住，間公司真係會散。

散點 san² dim²

（食肆用語）可以不跟套餐，單獨點。^粵 呢個菜式，唔想跟餐，可以散點。

S

散紙 san² ji²

零錢，與 "大紙"（大額鈔票）相對。🔴 你最好俾啲十蚊十蚊嘅散紙我。🔵 最好給我一些十塊十塊的零錢。

散租 san² zou¹

指時間長短或空間大小可根據租客的需要靈活出租。

散檔 san³ dong³

散伙。🔴 佢哋合資搞咗間細公司，唔夠一年即散檔。

散悶氣 san³ mun³ héi³

散心。🔴 情緒低落，出去跑步散散悶氣。

散水 san³ sêu²

各自離開。🔴 夠鐘散水。🔵 到點了，走吧。

散水餅 san³ sêu² béng²

指年度會議結束之時供應的點心。

生果 sang¹ guo²

水果。

生果金 sang¹ guo² gem¹

喻指政府給予超過 65 歲合資格的人士的高齡津貼。

生客 sang¹ hag³

初次光顧的客人，與熟客相對。

生冷嘢 sang¹ lang⁵ yé⁵

指生的和冷的食物；生冷。🔴 唔好食咁多生冷嘢。

生猛 ❶ sang¹ mang⁵

形容來勁兒。🔴 一有波打就生猛晒。🔵 一上球場就可來勁兒了。

生猛 ❷ sang¹ mang⁵

形容鮮活的河鮮、海鮮。🔴 呢度啲海鮮夠晒生猛。

生面口 sang¹ min⁶ heo²

面貌生疏，面生。🔴 街坊發現一名大廈保安員生面口，覺得可疑。

生安白造 sang¹ ngon¹ bag⁶ zou⁶

無中生有，純屬謠言。🔴 張三辭職係生安白造。

生蛇 sang¹ sé⁴

"蛇" 此處俗指帶狀皰疹。

生活 sang¹ wud⁶

動詞。🔴 你要賺啲錢先至生活到。

生性 ❶ sang¹ xing³

形容後輩懂事。🔴 個仔十分生性，無形中幫到佢面對困難。

生性 ❷ sang¹ xing³

指發揮應有的水平。🔴 可惜隊友唔生性，輸咗俾對手。

生人唔生膽

sang¹ yen⁴ m⁴ sang¹ dam²

有賊心沒賊膽兒。

生仔 sang¹ zei²

生小孩兒。🔴 請假生仔。

揌靚 sang² léng³

改善。🔴 揌靚啲成績。🔵 提升成績，令人注目。

揌靚招牌 sang² léng³ jiu¹ pai⁴

做出成績，提升知名度。🔴 老字號隨時要注意揌番靚個招牌，唔係死梗。🔵 老字號隨時要有所創新，不然就完蛋。

筲箕 sao¹ géi¹

洗菜籃。

寫菜 sé² coi³

指飯館服務員記下顧客點的菜。🔴 唔該，寫菜。

S

172

寫花 sé² fa¹

"花"，負面的評價。粵 如果你拒絕，公司會寫花你嘅離職證明。普 會在你的離職證明裡加上許多負面的評價。

卸膊 sé³ bog³

把責任推卸給別人。粵 佢話乜都唔關佢事，真係識卸膊。普 他說什麼都跟他無關，真是會推卸責任。

卸力 sé³ lig⁶

消除下墜力量的撞擊；緩衝。粵 跌落低層嘅帆布簷蓬卸力反彈落地受傷。普 摔落低層帆布棚架，得以緩衝反彈墜地受傷。

舍監 sé³ gam¹

大學負責管理學生宿舍的人員。

舍堂 sé³ tong⁴

大學宿舍。粵 佢係港大舍堂籃球隊隊員。

蛇 sé⁴

動詞，偷偷地開溜。粵 佢哋幾個根本冇去開會，而係蛇咗去。

蛇竇 ❶ sé⁴ deo³

喻指非法入境者藏匿的地方。

蛇竇 ❷ sé⁴ deo³

喻指上班時間開小差偷閒的地方。粵 嗰間茶餐廳係佢哋嘅蛇竇。

蛇都死 sé⁴ dou¹ séi²

固定謂語，俗指坐失良機。粵 等到佢嚟蛇都死。普 等到他來，什麼機會都錯失了。

蛇匪 sé⁴ féi²

指偷渡來港犯案的匪徒。

蛇驚 sé⁴ géng¹

膽小害怕。粵 我細個小小事就喊，好蛇驚。普 我小時候遇到小問題就哭，很膽小。

蛇客 sé⁴ hag³

指非法入境者。粵 呢批蛇客竟然有兩個係殘障人士。

蛇頭 ❶ sé⁴ teo⁴

組織跨境偷渡的犯罪頭子。

蛇頭 ❷ sé⁴ teo⁴

俗指餐飲服務員的代理人；企業通過他們可以時薪聘用自由身服務員（"蛇仔"）。

蛇王 ❶ sé⁴ wong⁴

指擅長捕捉蛇類的人士。

蛇王 ❷ sé⁴ wong⁴

喻指逃避職責。粵 個個都蛇王唔肯去。

蛇船 sé⁴ xun⁴

指運送偷渡人士進港的船隻。

蛇齋餅糭 sé⁴ zai¹ béng² zung²

喻指小恩小惠，如請客、送禮，甚至安排短途旅遊等。粵 通過派蛇齋餅糭去爭取下層人士的支持。

蛇仔 sé⁴ zei²

特指自由身餐飲服務員，相對於"蛇頭"。

社交煙民 sé⁵ gao¹ yin¹ men⁴

指在社交場合中偶爾吸煙而不會上癮的人士。

社團 sé⁵ tün⁴

特指黑社會組織。

社會房屋 sé⁵ wui² fong⁴ ngug¹

見條目【光房】。

社會服務令

sé⁵ wui² fug⁶ mou⁶ ling⁶

對輕微犯罪者的一種代替即時入獄的刑罰，即強制參加無薪酬的社會服務工作。粵 佢唔使坐監，被判 100 小時社會服務令。

社會痛點 sé⁵ wui² tung³ dim²

指市民最關切但長期得不到有效解決的民生問題，如房屋、醫療，安老等。

射波 sé⁶ bo¹

（足球用語）射門。

射住 sé⁶ ju⁶

喻指財政上支持。粵 有大水喉射住，大把錢。普 有有錢人士的支持，有的是錢。

射破十指關 sé⁶ po³ seb⁶ ji² guan¹

（足球用語）破門。粵 射破對方門將嘅十指關（"十指"，即雙手十個指頭）。

射贏 sé⁶ yéng⁴

（足球用語）和局之後，憑互射點球（十二碼）取勝。粵 甲隊射贏十二碼。

濕街市 seb¹ gai¹ xi⁵

指只賣濕貨的菜市場。

濕紙巾 seb¹ ji² gen¹

濕巾。

濕敏 seb¹ men²

濕疹

濕平 seb¹ ping⁴

英語 shopping 的諧音借詞；另見條目【血拼】。

濕碎 seb¹ sêu³

瑣碎。粵 唔好計到咁濕碎，幾蚊雞就算啦。

濕碎嘢 seb¹ sêu³ yé⁵

零碎兒。粵 啲濕碎嘢，好似散銀、鎖匙，就搵嘢裝好佢。普 那些零碎兒，如零錢、鑰匙，就找東西擱好。

濕星嘢 seb¹ xing¹ yé⁵

零零碎碎的東西。粵 今次喺日本買咗好多濕星嘢。

十八樓 C 座 seb⁶ bad³ leo² C zo⁶

指香港商業電台已有數十年歷史的長壽廣播劇。此劇緊貼時事，真實地反映小市民的心態，非常受歡迎。

十卜 seb⁶ pog¹

英語 support 的諧音借詞，表示支持。

十畫未有一撇

seb⁶ wag⁶ méi⁶ yeo⁵ yed¹ pid³

八字沒一撇。

十二碼 seb⁶ yi⁶ ma⁵

（足球用語）點球。

十隻手指數得完

seb⁶ zég³ seo² ji² sou² deg¹ yun⁴

喻指數量不太多，大概不到十次。粵 我到日本嘅次數十隻手指數得完。

失場 sed¹ cêng⁴

缺席原本要參加的活動。粵 由於感冒，無奈失場。

失更 sed¹ gang¹

指未能按時當值。粵 每日上班時間唔同，車長生理時鐘難以調節以致失更。

失豬 sed¹ ju¹

謔指失處，即失去貞操。粵 玩還玩，唔好玩到失咗隻豬呀！

失禮 sed¹ lei⁵

令人失望。粵 講出嚟真係失禮人。

失拖 sed¹ to¹

達不到標準。粵 呢個係呢度嘅招牌菜，水準永冇失拖。

失魂 sed¹ wen⁴

屬性詞，指冒冒失失的。粵 佢俾個失魂

S

嘅的士司機撞傷。

膝頭 sed¹ teo⁴

膝蓋。

實 sed⁶

副詞，表一定；準。🔴 實係佢。
🔵 準是他。

實惠 sed⁶ wei⁶

划算。🔴 價錢實惠。

實食冇黐牙
sed⁶ xig⁶ mou⁵ qi¹ nga⁴

指對某事十分有把握；十拿九穩。🔴 佢
哋幾個好有經驗，請佢哋做實食冇黐
牙。🔵 …… 準能處理好。

塞爆 seg¹ bao³

形容十分擁堵。🔴 嗰度琴日落班繁忙時
間塞爆近三個鐘。

塞隧道 seg¹ sêu⁶ dou⁶

堵在隧道裡。🔴 坐地鐵過海起碼唔使塞
隧道。

錫到爔 ség³ dou³ nung¹

形容非常疼愛。🔴 我細個嗰陣，嫲嫲錫
到我爔。🔵 我小時候，奶奶非常疼
愛我。

錫紙 ség³ ji²

鋁箔紙。

錫身 ség³ sen¹

愛護自己身體。🔴 要識得錫身，夜更
唔做。

石礜 ség⁶ bog³

用於隔離行車路的水泥墩子。

石墻樹 ség⁶ cêng⁴ xu⁶

特指具有 160 年歷史的、位於港島般咸
道、生長在石墻縫裡的樹木，為港人的
集體回憶。

石頭爆出嚟 ség⁶ teo⁴ bao³ cêd¹ lei⁴

謔指不知從哪兒冒出來的人士。🔴 佢係
一個石頭爆出嚟、冇人識嘅後生仔。

石屎頭 ség⁶ xi² teo⁴

建築廢料。🔴 用石屎頭回填。

削 ❶ sêg⁶

湯水太多，湯料不夠。🔴 個湯太削，冇
厘味道。

削 ❷ sêg⁶

內容空泛，沒看頭。🔴 個電視節目
好削。

削 ❸ sêg⁶

內容不足，深度不夠。🔴 個報告得咽十
幾頁，削咗啲嘛。

削班 sêg⁶ ban¹

（公共交通）削減班次。🔴 地鐵開通咗
之後，巴士可能會削班。

削胃 sêg³ wei⁶

指寒性食物傷脾胃。🔴 飲齋啡好削
胃架。

削人手 sêg³ yen⁴ seo²

削減人手。🔴 經濟不景，零售業削
人手。

西餅 sei¹ béng²

西式糕點。

西斜熱 sei¹ cé⁴ yid⁶

西曬。🔴 頭房西斜熱好厲害。🔵 第一個
房間西曬得很。

西多士 sei¹ do¹ xi²

指法國吐司，即沾滿蛋汁的厚吐司，吃
時加黃油和糖漿。

西瓜波 sei¹ gua¹ bo¹

表面印有西瓜紋的雙色塑料球，為不少
香港人的童年必備玩具。

西片 sei¹ pin²

泛指外國電影。

西柚 sei¹ yeo²

英語借詞：grape fruit，葡萄柚。

西裝褸 sei¹ zong¹ leo¹

西式外套。

犀飛利 sei¹ féi¹ léi⁶

十分厲害；"犀利"的強化說法。 粵 一盒月餅九百蚊，犀飛利！

犀利 sei¹ léi⁶

厲害。 粵 收視率達 90%，認真犀利。 普 ……確實厲害。

洗版 ❶ sei² ban²

屬性詞，刷屏。 粵 成為網上洗版熱話。

洗版 ❷ sei² ban²

動詞，刷屏。 粵 唔少網民洗版鬧佢。

洗底 ❶ sei² dei²

指警方按照自願原則，為已脫離黑社會組織的人士從檔案中刪除其不良記錄。 粵 張三決定去洗底，重新做人。

洗底 ❷ sei² dei²

恢復名譽。 粵 呢次收入非常理想，終為經常投資失利嘅張三洗底。

洗底 ❸ sei² dei²

改頭換面。 粵 喺度已經成功洗底，變身成潮舖商場。

洗定八月十五

sei² ding⁶ bad³ yud³ seb⁶ ng⁵

"八月十五"俗指圓圓的屁股蛋，整體意義為"洗乾淨屁股準備坐牢"。

洗血 sei² hüd³

俗指血液透析。

洗樓 sei² leo²

泛指選舉前夕，政黨候選人到所在選區

的屋邨、私人大廈，逐家逐戶地遊說居民投其一票。 粵 洗樓做家訪。

洗面盆 sei² min⁶ pun⁴

洗臉盆。

洗牌 sei² pai²

汰弱留強。 粵 個市場喺度洗牌，出路何在。

洗濕個頭 sei² seb¹ go³ teo⁴

喻指一旦捲進去，難以脫身。 粵 一洗濕個頭就好難甩身。 普 （這事）一沾手就甩不掉。

洗頭艇 sei² teo⁴ téng⁵

以提供洗頭服務為名進行色情交易的小艇。

洗肚 sei² tou⁵

俗指為腎衰竭患者進行的腹膜透析。

使 sei²

花錢。 粵 搵食艱難慳住使。 普 掙錢不易要省著花（錢）。

使費 sei² fei³

名詞，開銷。 粵 去一轉歐洲，使費都唔平。

使乜 sei² med¹

犯不著。 粵 佢唔聽就算，使乜理佢啫。

使橫手 sei² wang⁴ seo²

使用不正當或不光彩的手段。 粵 因住佢哋使橫手。 普 小心他們做手腳。

世界 sei³ gai³

泛指前景。 粵 過埋呢個月就唔知乜世界咯。 普 ……形勢不明。

世襲生 sei³ zab⁶ sang¹

指有兄姐在同一學校就讀，或其父母在同校任職的報讀學生；校方必須先行錄取。

S

細搶 sei³ cêng²

指輕型消防車。粵 出動一架細搶增援。

細定 sei³ déng⁶

小額定金。

細搞 sei³ gao²

縮減規模，節約開支地辦事。粵 婚宴寧願細搞，留番啲錢度蜜月。

細口垃圾桶

sei³ heo² lab⁶ sab³ tung²

進口較窄小的果皮箱。

細佬 sei³ lou²

親弟弟。

細佬哥 sei³ lou² go¹

暱稱小朋友。粵 細佬哥唔好嘈。普 小朋友別吵。

細眉細眼 sei³ méi⁴ sei³ ngan⁵

喻指小家子氣；含嗇。粵 有關福利政策細眉細眼，作用唔大。

細蚊仔 sei³ men¹ zei²

小孩兒或小小孩兒。

細粒 sei³ neb¹

個子小。粵 佢生得細粒。

細藝 sei³ ngei⁶

打發時間的節目。粵 放咗工有乜細藝？普 下了班，如何打發時間？

細牛 sei³ ngeo⁴

俗指意大利"林寶堅尼"（Lamborghini，又譯作蘭博基尼）跑車。

細蓉 sei³ yung²

（茶餐廳用語）指小碗雲吞麵。

細隻 sei³ zég³

個兒小。粵 辣椒越細隻越辣。

細仔奶 sei³ zei² nai⁵

俗指供未滿六個月的嬰兒食用的奶粉。

勢估唔到 sei³ gu² m⁴ dou²

沒法想象。粵 搞單嘢呢，真係勢估唔到。普 出現這樣的事情，真沒想到。

死八婆 séi² bad³ po⁴

對女性非常惡毒的呼語，忌用。

死蠢 séi² cên²

愚蠢而盲目堅持己見。

死重爛重 séi² cung⁵ lan⁶ cung⁵

形容非常重。粵 個鋼琴死重爛重。

死得人多 séi² deg¹ yen⁴ do¹

形容損失慘重。粵 旨意晒佢哋，死得人多咯。普 全靠他們，那就遭殃了。

死頂 séi² ding²

死扛。粵 要注意飲食同身體，儘量唔好死頂。

死火 ❶ séi² fo²

汽車發動機因故障而熄滅。粵 架車行到半路死火。

死火 ❷ séi² fo²

感歎詞，糟了。粵 死火！改咗開會地點唔記得通知佢哋。

死火燈 séi² fo² deng¹

警告燈。粵 注意前面架死車打死火燈。

死過翻生 séi² guo³ fan¹ sang¹

形容大難不死。

死慳死抵 séi² han¹ séi² dei²

形容能省則省，十分節儉。粵 死慳死抵維持生計。

死去邊 séi² hêu³ bin¹

話語類句，非常不滿地詢問某人去哪兒哪。粵 喂！你朝早死咗去邊？搵極都搵唔到！普 你早上溜去哪兒了？怎麼也找

S

177

不到你。

死開 séi² hoi¹

話語標記，呼喝對方滾開。🟦你同我死開。🟥你給我滾！

死直 séi² jig⁶

形容輸得很慘。🟦細價股幾乎死到直一直。

死症 séi² jing³

形容過不了的坎兒。🟦對創業者嚟講，貴租係死症。

死剩把口 séi² jing⁶ ba² heo²

胡攪蠻纏。🟦你個人死剩把口。🟥嘴巴上從不服輸。

死嘞 séi² lag³

感歎詞，糟了。🟦死嘞，計漏咗佢哋幾個。

死唔死 séi² m⁴ séi²

話語類句，表示非常不滿，十分遺憾。🟦嘅大件事都唔記得，你話死唔死？🟥這麼大的事情也給忘了，真沒治了。

死買爛買 séi² mai⁵ lan⁶ mai⁵

形容胡亂購買數量之多。🟦死買爛買，幾年嚟買咗成百對鞋。

死亡之吻 séi² mong⁴ ji¹ men⁵

謔指獲"米芝蓮"殊榮的平民小店旋遭業主瘋狂加租而被迫結業的現象。

死捱爛捱 séi² ngai⁴ lan⁶ ngai⁴

省吃儉用。🟦死捱爛捱，終於儲到首期買樓。

死線 séi² xin³

英語借詞：deadline，最後期限。🟦接近死線，唔能夠再拖。

死約 séi² yêg³

不能作任何更改的合約。🟦新租約為五年期，包括三年死約。

死就死 séi² zeo⁶ séi²

話語類句，表示豁出去。🟦硬著頭皮：死就死！

死忠 séi² zung¹

屬性詞，指盲目而持久的忠心。🟦死忠球迷。

四寶飯 séi³ bou² fan⁶

指包含叉燒肉、乳豬肉、雞塊和（半個）鹹鴨蛋的米飯套餐。

四柴 séi³ cai⁴

（澳門用語）指首席警員。

四大地產 séi³ dai⁶ déi⁶ can²

香港四大地產商包括長和、新地、恆地以及新世界。

四電一腦 séi³ din⁶ yed¹ nou⁵

"四電"指洗衣機、冰箱、冷氣機、電視機；"一腦"指電腦產品。按照2016年政府批准的廢電器電子產品生產者責任計劃，供應商必須墊支循環再造費。消費者購買四電一腦時，可要求銷售商免費把同類舊電器運到合法回收廠，進行除毒和拆解。

四方城 séi³ fong¹ xing⁴

喻指麻將。🟦圍埋一齊攻打四方城。🟥湊到一起打麻將。

四腳架 séi³ gêg³ ga²

見條目【助行架】。

四九仔 séi³ geo² zei²

黑社會的最底層會員。

四萬咁口 séi³ man⁶ gem² heo²

形容笑容可掬。🟦對住鏡頭，四萬咁口。

四眼一族 séi³ ngan⁵ yed¹ zug⁶

謔指戴眼鏡的人士。🟦我全家人都係四眼一族。

四四六六 séi³ séi³ lug⁶ lug⁶

副詞，俗指當著有關人士的面。^粵 有乜事就坐低四四六六傾掂佢。

四條一 séi³ tiu⁴ yed¹

未婚者寓意"一生一世、一心一意"；已婚者寓意"一夫一妻、一雙一家"。

四環 séi³ wan⁴

香港開埠初期的四個行政區，即西環、上環、中環、下環（灣仔）。

四圍 séi³ wei⁴

到處。^粵 四圍搵。^普 到處找。

四色台 séi³ xig¹ toi⁴

指無線電視（TVB），其台徽為四色，即紅、綠、藍、白。

四一四八 séi³ yed¹ séi³ bad³

指工人工作四週一個月，一週工作 48 小時的工作制度。在此制度下，工人應得到"勞工法"保障的福利。

四仔主義 séi³ zei² ju² yi⁶

指年輕一代的奮鬥目標：屋仔（房子）、車仔（汽車）、老婆仔（妻子）、仔仔（小孩兒）。

sell sell

英語借詞，賣。引指依靠。^粵 A：開吧唔 sell 豪裝，sell 乜呢？B：人氣囉。^普 A：你們的酒吧不靠豪華裝潢，靠什麼呢？B：靠人氣（口碑）。

深港走讀學童
sem¹ gong² zeo² dug⁶ hog⁶ tong⁴

特指每天往返於深圳與香港之間的跨境學童。

心病 sem¹ béng⁶

縫隙；個人恩怨。^粵 兩人因工作問題時有爭拗，早有心病。

心大心細 sem¹ dai⁶ sem¹ sei³

猶豫不決。^粵 買唔買呢？我心大心細咗

好耐。^普 很久拿不定主意。

心火盛 sem¹ fo² xing⁶

煩躁易怒。^粵 呢排佢心火盛，唔好惹佢。

心機 sem¹ géi¹

心血。^粵 堅持用成擔心機古法製作。^普 花了不少心血去製作。

心甘命抵 sem¹ gem¹ méng⁶ dei²

口服心服。^粵 抽咗幾次籤都抽唔到，如果先到先得就心甘命抵。

心掛掛 sem¹ gua³ gua³

心中牽掛著。^粵 個女去咗澳洲讀書，做父母嘅梗係心掛掛喇。

心光學校 sem¹ guong¹ hog⁶ hao⁶

本港唯一專收視障學童（視力只及一成）的學校。

心口 sem¹ heo²

胸部。^粵 一拳打落個心口度。

心口針 sem¹ heo² zem¹

胸針。

心寒 sem¹ hon⁴

十分擔心。^粵 市道差，好心寒。

心知肚明 sem¹ ji¹ tou⁵ ming⁴

心裡明白。^粵 你自己心知肚明，扮乜嘢懵啊？

心魔 sem¹ mo¹

指長期積累下來的負面定式思維。^粵 當事業走上軌道，最難搞嘅心魔就係無法"管住自己"。

心抱 sem¹ pou⁵

媳婦。^粵 佢哋禮拜六晚擺酒娶心抱。

心散 sem¹ san²

做事不專心，心神渙散。^粵 放咗幾日假啫，就搞到啲細路仔心都散晒。

S

心水 sem¹ sêu²

符合自己心意的。粵 邊隻係你嘅心水馬？普 哪匹是你準備下注的馬？

心水清 sem¹ sêu² qing¹

頭腦清醒。粵 心水夠清嘅話，可以捉住佢哋嘅心理。

心淡 sem¹ tam⁵

心灰意冷。粵 考幾次都肥咗，真係心淡。

心頭高 sem¹ teo⁴ gou¹

目標高，野心大。粵 呢啲人太高學歷，心頭高，易跳槽，請唔過。普 這些人學歷太高，肯定有野心，隨時跳槽，不能請。

心頭好 sem¹ teo⁴ hou³

名詞，指自己最喜歡的東西。粵 卒之喺北京嘅古玩市場搵到自己嘅心頭好。

心癮 sem¹ yen⁵

指無法抗拒對某些事物的特殊興趣。

心儀 ❶ sem¹ yi⁴

屬性詞，喜歡的。粵 搵啲心儀課程讀吓。

心儀 ❷ sem¹ yi⁴

動詞，喜歡。粵 心儀該區樓價較低。普 看中樓價較低。

心郁 sem¹ yug¹

動心。粵 重金禮聘都唔心郁。

心郁郁 sem¹ yug¹ yug¹

發癢。粵 睇見人打波，佢就心郁郁。普 見人打球，他心裡直發癢。

新丁 sen¹ ding¹

新入行的人士（強調入行時間短）。

新正頭 sen¹ jing¹ teo²

指新年元旦的那一天；新年伊始。

新豬肉 sen¹ ju¹ yug⁶

喻指機構企業新入行人士。粵 等咗半年，卒之有新豬肉上馬。

新嚟新豬肉 sen¹ lei⁴ sen¹ ju¹ yug⁶

固定類句，謔指剛入職的新人注定被欺負的潛規則，如當眾人的跑腿，幹一些眾人不願意幹的活兒，等等。

新牌仔 sen¹ pai⁴ zei²

指新考獲駕照的駕駛人士。

新沙士 sen¹ sa¹ xi²

指中東呼吸綜合症。

新山 sen¹ san¹

指先人過身入土未及一年的墳地。

新手 sen¹ seo²

屬性詞，指剛從事某項工作的人士（強調缺乏經驗）。粵 新手媽媽。普 第一次做母親的人士（強調缺乏育兒經驗）。

新鮮滾熱辣 sen¹ xin¹ guen² yid⁶ lad⁶

形容剛做好的食品，還熱氣騰騰的，如剛熬好的粥、剛出籠屜的腸粉、饅頭，等等。粵 新鮮滾熱辣嘞喂，趁熱食，凍咗唔好食。

新移民 sen¹ yi⁴ men⁴

持單程證來港定居不滿七年者為新移民。

新紮師兄 sen¹ zad³ xi¹ hing¹

特指新入職的男警員。

新紮師姐 sen¹ zad³ xi¹ zé²

特指新入職的女警員。

新淨 sen¹ zéng⁶

形容外觀完好。粵 呢啲一百蚊紙仲好新淨，攞嚟封利是都得。

身光頸靚 sen¹ guong¹ géng² léng³

形容衣著光鮮，打扮入時。粵 參加慈善舞會嘅嘉賓，個個身光頸靚，光彩熠熠。

身位 sen¹ wei²

指一個身子的距離。粵 佢排喺我前面好幾個身位。

身有屎 sen¹ yeo⁵ xi²

形容人背上不光彩、不可告人的事。粵 佢極力迴避回答問題，肯定身有屎。

呻 sen³

抱怨。粵 個仔大呻成日睇埋啲舊片。普 兒子總是埋怨整天都看那些舊影片。

呻到葉都落

sen³ dou³ yib⁶ dou¹ log³

形容高聲、反復地抱怨。粵 一話減薪，個個呻到葉都落（聲音之大，樹葉都震下來了）。

神科 sen⁴ fo¹

指收生門檻高，難以入讀的大學科目。粵 法律同醫學係港大嘅神科。

神沙 sen⁴ sa¹

謔稱面值一元以下的金屬輔幣。

神心 sen⁴ sem¹

特意；一片誠心。粵 真係有人咁神心一早去排隊。

神壇 sen⁴ tan⁴

喻指至高無上的地位。粵 估唔到佢一夜之間跌咗落神壇。普 …… 回復到塵世間。

神仙車 sen⁴ xin¹ cé¹

偷車集團把偷來的車拆卸，更換零件，改頭換面然後售出圖利。這樣經改裝的車就叫"神仙車"。

神仙肚 sen⁴ xin¹ tou⁵

喻指能捱得餓。粵 做記者呢一行，首先要有個神仙肚。

神憎鬼厭 sen⁴ zeng¹ guei² yim³

形容令人十分討厭。粵 佢四圍蔥是生非，搞到神憎鬼厭。

晨操 sen⁴ cou¹

（賽馬用語）指馬匹每天早晨的操練。觀看晨操是馬迷掌握賽馬競技狀態最直接的方法。

晨早流流 sen⁴ zou² leo⁴ leo⁴

大清早的。粵 晨早流流，去邊度呀？

筍工 sên² gung¹

悠閒自在、入息優厚的工作；肥缺。

筍嘢 sên² yé⁵

好事（含有利可圖義）。粵 有乜筍嘢，關照吓嘛。

信得過 sên³ deg¹ guo³

值得信賴。粵 佢個人信得過。

信佢一成，雙目失明

sên³ kêu⁵ yed¹ xing⁴, sêng¹ mug⁶ sed¹ ming⁴

話語類句，直譯為"相信他的說話哪怕一成，你的眼睛就會瞎"，引指絕不可相信。

順 sên⁶

互相協調。粵 兩個人有商有量，唔順都變得順咗。

順得人 sên⁶ deg¹ yen⁴

體貼別人。粵 佢好順得人，大家都好鍾意佢。

順風順水 sên⁶ fung¹ sên³ sêu²

（運程）十分順利。粵 從幼稚園一路順風順水讀到大學。

順景 sên⁶ ging²

形容個人際遇，時運理想。粵 保障晚年生活順景。普 過得愜意，無憂無慮。

順住 sên⁶ ju⁶

介詞，沿著。粵 順住呢條行，三分鐘就到。

順逆 sên⁶ yig⁶

環境好或不好。粵 無論順逆，都得到家

S

人嘅支持。

聲都唔聲 séng¹ dou¹ m⁴ séng¹

保持沉默；一言不發。**粵** 討論嗰陣，佢一直聲都唔聲。

成地眼鏡碎

séng⁴ déi⁶ ngan⁵ géng² sêu³

形容出乎意料之外。**粵** 結果公佈之後，成地眼鏡碎。

成個老襯，從此受困

séng⁴ go³ lou⁵ cen³, cung⁴ qi² seo⁶ kuen³

《婚禮進行曲》首段樂曲的諧音，謔指"你這個笨蛋，從此失去了自由"。

成日 séng⁴ yed⁶

時間詞，整天。**粵** 成日匿埋房度煲碟。
普 整天躲在房間裡反復看電影。

傷❶ séng¹

（心理上）受到傷害。**粵** 分居咗咁耐至離婚，應該唔會太傷。

傷❷ séng¹

損毀嚴重。**粵** 撞到架車好傷。

傷荷包 séng¹ ho⁴ bao¹

花費不少。**粵** 住四晚房租已過萬，都咪話唔傷荷包。**普** ……別說不貴。

雙非兒童 séng¹ féi¹ yi⁴ tung⁴

指在香港出生而父母雙方都是內地人的兒童。

雙非生 séng¹ féi¹ sang¹

指跨境學童中，父母雙方都不是香港人。

雙糧 séng¹ lêng⁴

指工廠企業於年底向職工額外發放一個月的現金津貼。**粵** 年底公司有雙糧出。

雙料 séng¹ liu²

屬性詞，表示涉及兩個領域或兩種手段。**粵** 雙料冠軍。

雙失青年 séng¹ sed¹ qing¹ nin⁴

特指年齡介於 15-24 歲之間、失學失業的青年。

相連位 séng¹ lin⁴ wei²

互相挨著的座位。**粵** 我哋兩個人想坐相連位。

箱頭筆 séng¹ teo⁴ bed¹

馬克筆（英語借詞：marker pen）。

相機食先 séng² géi¹ xig⁶ xin¹

話語類句，指起筷用膳之前用相機把菜餚拍下來。

想話 séng² wa⁶

無主動詞，表示想著。**粵** 想話打麻將，點知唔夠腳。**普** 本來想打麻將，可是牌友不夠。

常餐 séng⁴ can¹

指以單點的方式用餐，相對於"套餐"。

常額教師 séng⁴ ngag⁶ gao³ xi¹

編制內固定的教師。

償還 séng⁴ wan⁴

指付出代價。**粵** 做呢啲嘢，係要償還嘅。**普** 做這種事，是要背上責任的。

上車 séng⁵ cé¹

喻指自置物業。**粵** 樓價咁貴，上車唔容易。

上斜 séng⁵ cé³

爬坡。**粵** 呢個路段要上斜。

上電 séng⁵ din⁶

俗指吸毒。

上工 séng⁵ gung¹

到新的單位工作。**粵** 佢上工唔夠三日就辭咗工。**普** 剛上班不到三天就辭職。

上契 séng⁵ kei³

依據黃大仙信俗，善信們舉行儀式跟仙

S

師上契，祈求神明護蔭。

上樓 sêng⁵ leo²

獲准搬往廉租屋居住。

上落 sêng⁵ log⁶

動詞，跟數字共用，表差距的幅度。
粵 強隊對壘多數一球上落。普 贏一球或
輸一球。

上岸 sêng⁵ ngon⁶

喻指已贏得足夠的錢，可以脫身。

上腦 sêng⁵ nou⁵

形容過度沉迷於某事。粵 我飲咖啡飲上
腦，一日唔飲都唔安樂。

上身 ❶ sêng⁵ sen¹

喻指等同於某人。粵 講起各地唔同嘅菜
式，好似食神上身嘅。普 …… 活像食神
一樣。

上身 ❷ sêng⁵ sen¹

喻指動作跟某人一樣。粵 佢李四上身，
將手指放喺嘴唇上，示意不回應。普 他
像李四那樣 …… 。

上身 ❸ sêng⁵ sen¹

喻指顯示某種狀態。粵 癐樣上身嘅張三
全程有厘表情。普 疲態十足的張三。

上頭炷香 sêng⁵ teo⁴ ju³ hêng¹

香港新年習俗。善信們爭取在大年初一
凌晨時分在黃大仙等廟宇向神靈敬奉的
那一炷香，祈求為自己帶來最大的福運。

上有高堂，下有妻兒

sêng⁶ yeo⁵ gou¹ tong⁴, ha⁶ yeo⁵ cei¹ yi⁴
上有老，下有少。

上莊 sêng⁵ zong¹

特指大專學院學會社委員上任。粵 就職典
禮之後，新一屆學生會委員正式上莊。

上下其手 sêng⁶ ha⁶ kéi⁴ seo²

喻指非禮。

上流 sêng⁶ leo⁴

晉升機會。粵 年輕人需要上流嘅機會。

上五寸下五寸

sêng⁶ ng⁵ qun³ ha⁶ ng⁵ qun³

腳脛。粵 跑嗰陣唔覺，停低先發現上五
寸下五寸流晒血。普 跑步時沒察覺，停
下來才發現小腿流血。

上上簽 sêng⁵ sêng⁶ qim¹

預示運程最佳的簽。黃大仙的簽筒有
100 支簽，當中只有 4 支為上上簽。

收凸 seo¹ ded⁶

收到多於應得的財物。粵 唔止收足，收
凸喇。普 不光全數收到，還有富餘。

收到 seo¹ dou²

應答語，表示已聽明白說話人的指令。
粵 A:有落。B:收到。普 A:前面請停車。
B：明白。

收科 seo¹ fo¹

（多指殘局、爛攤子）結尾；收場。
粵 啲人走晒，個 project 點收科？

收貨 ❶ seo¹ fo³

接受。粵 民意對呢份報告明顯唔收貨。

收貨 ❷ seo¹ fo³

同意。粵 求婚？冇樓點收貨？普 沒房子
怎能同意？

收監 seo¹ gam¹

關進監獄。粵 法官宣判之後，被告即時
收監。

收工 ❶ seo¹ gung¹

結束工作。粵 夠鐘收工。普 到時候
下班。

收工 ❷ seo¹ gung¹

諱指死亡。粵 個司機一時煞唔切掣就撞
咗埋去佢度，咪當場收工囉。普 司機沒
剎住車撞過去，他就當場身亡。

183

S

收賄 seo¹ kui²

非法收取利益。

收樓 seo¹ leo²

業主收回業權，不再出租。

收埋 seo¹ mai⁴

自我禁閉。粵 面對被炒嘅第一反應係收埋，疏離朋友同事，把一切拒諸門外。

收慢 seo¹ man⁶

減速。粵 前面架車突然收慢停低。

收銀車 seo¹ ngen² cé¹

按照香港管理局 2014 年的"硬幣收集計劃"，首發兩部收銀車以方便市民找換手上的硬幣。市民可以把手上的硬幣轉換成鈔票或用作八達通卡增值。

收銀台 seo¹ ngen² toi⁴

收款台。粵 門口收銀台俾錢。

收皮啦 seo¹ péi² la¹

話語類句，表示藐視。粵 嗱叫"專家"，收皮啦。普 這樣叫"專家"，算了吧！

收片 seo¹ pin²

收取賄款。粵 靠收片嘅錢買咗層樓。

收山 seo¹ san¹

永久放棄（某活動）。粵 踢波受傷，被逼收山。

收心養性 seo¹ sem¹ yêng⁵ xing³

調節心態，脫離世俗。粵 退休之後，佢收心養性，不再過問世事。

收順啲 seo¹ sên⁶ di¹

（議價用語）要求店主減少收費。

收收埋埋 seo¹ seo¹ mai⁴ mai⁴

形容自我禁閉，拒絕與人溝通。粵 唔好收收埋埋，應該向親友傾訴減壓。

收數 seo¹ sou³

要賬。粵 年尾公司派人外出收數。

收數公司 seo¹ sou³ gung¹ xi¹

專門代理放款人向借款人催收債款的註冊公司。

收肚腩 seo¹ tou⁵ nam⁵

消減肚皮的贅肉。

收線 seo¹ xin³

掛機。粵 佢聽到我把聲即刻收線。普 ……掛斷電話。

收油 seo¹ yeo²

把油門開小。粵 見紅燈收油減速準備停車。

收掣 seo¹ zei³

剎車。粵 收掣不及。普 來不及剎車。

修甲 seo¹ gab³

修指甲。

修成正果 seo¹ xing⁴ jing³ guo²

喻指戀愛成功，終於結婚。粵 拍拖三年，修成正果。

羞家 seo¹ ga¹

慚愧。粵 自問盡咗力，失敗唔係羞家嘅事。

守和 seo² wo⁴

（足球用語）面對強隊，弱隊守衛嚴密，和局收場。

手板眼見功夫

seo² ban² ngan⁵ gin³ gung¹ fu¹

指無需太多技巧就能上手的工作。粵 接電話呢啲嘅手板眼見功夫，好易上手。

手車 seo² cé¹

語素詞，與人稱代詞連用，指某人的駕車技術。粵 佢啱啱攞到車牌，佢手車好唔定。普 ……技術不穩。

S

手抽袋 seo² ceo¹ doi²

買菜兜子。

手風順 seo² fung¹ sên⁶

指（打麻將）運氣佳。

手瓜起䐑 seo² gua¹ héi² jin²

形容肌腱發達，胳膊粗壯。粵 拳手個個手瓜起䐑。普 拳擊運動員個個肌腱發達，胳膊粗壯有力。

手指 seo² ji²

優盤（USB，U 盤）。粵 俾個手指我。普 給我一個 USB。

手指公 seo² ji² gung¹

大拇指。粵 豎起手指公叫好。

手門 seo² mun⁴

特指製作點心的技巧。粵 傳統手門。

手鈪 seo² ngag²

手鐲。

手鬆 seo² sung¹

審批不嚴格。粵 批假批得好手鬆。

手停口停 seo² ting⁴ heo² ting⁴

沒有長期穩定收入；沒活兒幹便沒收入（沒飯吃）。

手繩 seo² xing²

手機繩。

手遊 seo² yeo⁴

縮略詞，手機遊戲。

手掣 seo² zei³

手剎。粵 手掣未拉緊。

手袖 seo² zeo⁶

指套在胳膊上防曬的獨立袖子（如騎車人士適用）。

首置人士 seo² ji³ yen⁴ xi⁶

指首次購買樓宇的人士。

首期 seo² kéi⁴

指以分期付款形式購物時交付的第一期款項。

瘦 seo³

使（某物）規模、大小、數量等減少。粵 佢哋肯唔肯真係出手壓抑樓價而瘦咗自己嘅荷包先？

瘦底 seo³ dei²

指"瘦"為自身的特性決定。粵 佢本身係瘦底，病咗一排更減去十磅，陰功。普 她本來就瘦，病了一段時間再瘦掉十磅，真慘。

瘦到落晒形 seo³ dou³ log³ sai³ ying⁴

形容非常瘦，面容與身段都變了形。

瘦身 seo³ sen¹

喻指裁員。粵 公司不得已決定瘦身裁員。

愁爆 seo⁴ bao³

形容滿臉愁容。粵 員工被拖糧，愁爆過年。普 由於工資被拖欠，員工面對過年都顯得憂心忡忡。

受落 seo⁶ log⁶

受歡迎。粵 個計劃喺社區都幾受落。

受薪階層 seo⁶ sen¹ gai¹ ceng⁴

以工資收入為生的社會階層。

壽星 ❶ seo⁶ xing¹

屬性詞，指當天生日的某人。粵 買禮物送俾壽星同學仔

壽星 ❷ seo⁶ xing¹

名詞，過生日的人士。粵 佢哋兩個都係十月壽星。

set 頭 set teo⁴

英語 set 在此取"固定"義，指頭髮造型。

S

185

衰 ❶ sêu¹

名詞，指破事兒。🅟 有咩衰都由我哋唔晒。🅜 有什麼破事兒由我們承擔。

衰 ❷ sêu¹

動詞，指倒霉。🅟 衰衝動。🅜 由於一時衝動而遭災。

衰邊辦 sêu¹ bin¹ fan⁶

詢問在哪兒栽的跟頭。🅟 俾警察拉，你話佢衰邊辦吖嗱？🅜 給警察逮著，你說他犯了什麼事？

衰多口 sêu¹ do¹ heo²

由於說話不慎而遭災。

衰多二錢 sêu¹ do¹ yi⁶ qin⁴

形容更不理想。🅟 做錯嘢，唔忿氣，結果衰多二錢。🅜 做了錯事，又不服氣，結果更糟。

衰到冇朋友 sêu¹ dou³ mou⁵ peng⁴ yeo⁵

形容人品極差。

衰到貼地 sêu¹ dou³ tib³ déi²

形容人品極差

衰開有條路 sêu¹ hoi¹ yeo⁵ tiu⁴ lou⁶

接二連三碰上倒霉事兒。

衰收尾 sêu¹ seo¹ méi¹

指開頭還不錯，末了最後一刻失敗了。

衰仔紙 sêu¹ zei² ji²

特指政府開出的不供養父母證明書。

水 sêu²

指一批貨。🅟 部機一啲都唔平，但係呢水賣晒就唔會再返。🅜 這一批賣完就不會再有。

水吧 sêu² ba¹

茶餐廳負責沖泡飲品的人員或地方。

水飯房 sêu² fan⁶ fong²

俗指監獄內部的獨立囚室。

水機 ❶ sêu² géi¹

向公眾提供的飲水機。🅟 辦公室得一部水機。

水機 ❷ sêu² géi¹

水貨手機。🅟 水機價錢平行機一大截。

水鬼隊 sêu² guei¹ dêu²

警方的水上攻擊隊。

水滾茶靚 sêu² guen² ca⁴ léng³

指沏茶之道，即水要開，茶要上等。

水過無痕 sêu² guo³ mou⁴ hen⁴

喻指不了了之。🅟 事件唔能夠水過無痕噉過去，要追查到底。

水過鴨背 sêu² guo³ ngab³ bui³

喻指表面功夫。🅟 單靠提告、罰款只係水過鴨背，不足以構成持續保障私隱意識。

水客 sêu² hag⁴

指合法帶入境外商品，轉手倒賣牟利的人士。

水鞋 sêu² hai⁴

雨鞋。

水喉 ❶ sêu² heo⁴

喻指財力。🅟 水喉充足嘅商會。

水喉 ❷ sêu² heo⁴

財政來源。🅟 在短期內，賣地收入難以成為鐵路建設嘅水喉。

水晶巴士 sêu² jing¹ ba¹ xi²

從 2017 年 3 月開始營運的觀光巴士餐廳，沿途經過港九二十多個景點，讓乘客一邊用餐一邊欣賞美景，旅程大約兩個多小時。

S

水靜河飛 sêu² jing⁶ ho⁴ féi¹

喻指市場不活躍，交易慘淡。🔵 受疫情影響，高端餐廳水靜河飛，顧客稀少。

水馬 sêu² ma⁵

裡面充滿水，用於阻礙或分隔的障礙物。🔵 前面有修路水馬，慢行。

水牌 sêu² pai²

商用大廈入口處所設的詳列內含單位（公司企業）名稱的告示牌。🔵 大廈水牌並有顯示呢間公司嘅名。

水泡 sêu² pou³

原指救生圈，引指為自救的一種手段。🔵 報讀呢啲學校無非係搵多個水泡。

水廁 sêu² qi³

抽水馬桶。

水錢 sêu² qin²

（賭博用語）佣金。見條目【逢八抽一】。

水清沙幼 sêu² qing¹ sa¹ yeo³

形容水清見底，沙很細（顆粒小）。🔵 個海灘好長，水清沙幼。

水洗唔清 sêu² sei² m⁴ qing¹

跳進黃河洗不清。🔵 俾佢睇見，真係水洗唔清。

水頭 ❶ sêu² teo⁴

降雨量。🔵 今年八月水頭足。

水頭 ❷ sêu² teo⁴

財力充足。🔵 呢壇嘢有咁多富豪參加，肯定水頭充足。

水枱 sêu² toi²

指食肆廚房加工原材料的地方。

水塘 sêu² tong⁴

水庫。

水桶身材 sêu² tung² sen¹ coi⁴

謔指女性腰身很粗（猶如水桶一般）。

水位 sêu² wei²

有利可圖。🔵 投資取向唔可能一成不變，有水位照樣可短炒獲利。

水著 sêu² zêg³

泛指泳衣。🔵 男士水著低至七折。

水浸 sêu² zem³

喻指政府庫房、銀行資金充裕。🔵 銀行水浸，存款高於貸款，因此減息吸引顧客。

碎銀 sêu³ ngen²

零錢。

歲月神偷 sêu³ yed⁶ sen⁴ teo¹

歲月流逝。🔵 敵唔過歲月神偷，宣告退休。🔵 歲月不饒人。

誰大誰惡誰正確

sêu⁴ dai⁶ sêu⁴ ngog³ sêu⁴ jing³ kog³

話語類句，喻指無法無天。

睡魔急召 sêu⁶ mo¹ geb¹ jiu⁶

形容突然不可抗拒地犯困。

social social

動詞，表示搭訕交談。🔵 係人都social一餐。🔵 跟誰都可以窮聊。

梳 so¹

量詞，用於像梳子一樣的東西。🔵 香蕉唔散賣，要成梳買。🔵 香蕉不論個兒賣，要買就得買一把。

梳打餅 so¹ da² béng²

蘇打餅乾。

梳打埠 so¹ da² feo⁶

香港人對澳門的謔稱。"梳打" 指的是純鹼，強力洗滌劑。香港人嗜賭，經常去澳門賭博，如同受 "梳打" 洗滌，把身上的錢都 "洗" 光了，故名。

梳打水 so¹ da² sêu²

英語借詞：soda water，蘇打汽水。🔵 威士忌加嘅梳打水好飲。

梳化 so¹ fa²
英語借詞：sofa，沙發。

梳蕉 so¹ jiu¹
喻指外出探訪沒有準備禮物；兩手空空。🔵 嚟我度唔使帶乜嘢呀，帶梳蕉就得喇。

疏懶 so¹ lan⁵
（由於長時間不專注學習而）變得懶散。🔵 兩個細佬前咽排玩得太癲，疏懶咗。

鎖住 so² ju⁶
套牢。🔵 資金鎖住咗。🔴 無法隨意調動資金。

鎖你 so² néi⁵
為英語 sorry 的諧音，表示對不起。🔵 鎖你鎖你，嚟遲咗。

鎖匙 so² xi⁴
鑰匙。

傻豬 so⁴ ju¹
（兒童用語）寶貝兒。🔵 傻豬，掛住媽咪咧？🔴 寶貝兒，想媽媽了吧？

索 sog³
漂亮。🔵 佢淡妝索過濃妝。🔴 她化淡妝比化濃妝漂亮。

索鼻 sog³ béi⁶
感冒鼻塞。🔵 聽見佢頻頻索鼻。🔴 ……抽鼻子。

索償老鼠 sog³ sêng⁴ lou⁵ xu²
喻指聲稱可代工傷人士申請複核工傷結果以及代申請法律援助而實則騙錢的歹徒。

爽 song²
愜意。🔵 喺呢間海邊餐廳食晚飯，爽！

爽手 song² seo²
捨得花錢，不吝嗇。🔵 爽手購物。

喪 song³
形容人失去自我控制的能力。🔵 佢都喪嘅，無啦啦鬧人。🔴 他失去理性，平白地罵人。

喪買 song³ mai⁵
指失去理智地瘋狂購物。🔵 佢係噉㗎嘞，次次失戀都喪買衫。

騷 ❶ sou¹
語素詞，源自英語：show，表演。🔵 時裝騷。🔴 時裝秀。

騷 ❷ sou¹
理睬。🔵 佢有搵過我，只係我唔騷佢。🔴 他曾經找過我，只是我不理他。

蘇州過後冇艇搭
sou¹ zeo¹ guo³ heo⁶ mou⁵ téng⁵ dab³
機不可失，時間不等人。

蘇州屎 sou¹ zeo¹ xi²
指別人遺留下來的爛攤子。

鬚後水 sou¹ heo⁶ sêu²
英語借詞：aftershave，刮鬍子後用的古龍水。

鬚刨 sou¹ pao²
（電動）剃鬚刀。

鬚渣 sou¹ za¹
鬍子茬兒。🔵 一臉鬚渣。🔴 滿臉鬍子茬兒。

數臭 sou² ceo³
列舉過錯，嚴厲批評。

掃把 ❶ sou³ ba²
掃帚。

掃把 ❷ sou³ ba²
謔稱主管；源自英語 supervisor 的縮略

諧音。

掃把佬 sou³ ba² lou²

日本富士休旅車 Subaru（斯巴魯）的港譯。

掃場 sou³ cêng⁴

砸場子，即到對方保護的場所肆意搗亂。

掃飛 sou³ féi¹

大量搶購門票。粵 防止有人利用自動程式大量掃飛。

掃街 ❶ sou³ gai¹

指在街頭攤檔品嚐各類小吃。粵 唔少為食男女都有掃街嘅習慣。（"為食"，指嘴饞。）

掃街 ❷ sou³ gai¹

喻指候選人在選區內沿街拉票。

掃街 ❸ sou³ gai¹

喻指出租車沿街接客。

掃街車 sou³ gai¹ cé¹

設有特殊裝置清掃街道的車輛。

掃黑 sou³ hag¹

指警方大規模掃蕩黑社會。

掃欄 sou³ lan⁴

指汽車失控撞毀一排排護欄。粵 成架車掃欄翻側。

掃樓 sou³ leo²

（整棟樓房）逐層逐戶。粵 發生火警時，佢哋逐層掃樓通知住戶逃生。

宿生 sug¹ seng¹

大學的寄宿學生。

宿位 sug¹ wei²

大學供學生住宿的床位。

縮低身 sug¹ dei¹ sen¹

彎下腰。粵 發現俾人影相即縮低身。

縮骨遮 sug¹ gued¹ zé¹

折疊傘。

縮牌 sug¹ pai⁴

指政府對某些公眾機構縮短續牌期，如牌照有效期由 12 個月縮短至 9 個月。

縮沙 sug¹ sa¹

打退堂鼓。粵 講好晒大家一齊去喫嘛，點知佢臨時縮沙。普 …… 變卦不去。

縮水 sug¹ sêu²

（規模）縮減。粵 病咗一排，身形縮水。

縮水樓 sug¹ sêu² leo²

指實用面積比售樓說明書上所標明的面積為小的樓宇。

粟米 sug¹ mei⁵

玉米。

熟口熟面 sug⁶ heo² sug⁶ min⁶

形容大家所熟知。粵 呢啲都係歐洲車熟口熟面嘅設計。

熟男 sug⁶ nam⁴

指心智成熟，自我把持能力強的男性。

熟女 sug⁶ nêu²

指心智成熟，自我把持能力強的女性。

熟手 sug⁶ seo²

（技術上）熟練。粵 有之前嘅經驗，今次熟手好多。

熟食檔 sug⁶ xig⁶ dong³

指街頭販賣熟食（如咖喱魚丸、蘿蔔牛雜）的小攤檔。

熟書 sug⁶ xu¹

指對各項規則各項數據都很熟悉。粵 喺呢方面佢好熟書，一般性問題難唔到佢。

鬆啲 sung¹ di¹

數目上稍微多一點兒。粵 報名費兩萬蚊鬆啲。普 兩萬來塊。

鬆糕鞋 sung¹ gou¹ hai⁴

後跟相當厚的女鞋；以"鬆糕"（發糕）為明喻。🔵 佢女朋友身材比較矮，所以特登買對鬆糕鞋送俾佢。

鬆手 sung¹ seo²

不再那麼嚴格；放開。🔵 起初我哋淨係餵佢狗糧，但到咗後來，慢慢鬆手，我哋食乜佢食乜。

鬆人 sung¹ yen⁴

俗指離開。🔵 早早放工鬆人。

餸 sung³

（家裡準備的）菜餚。🔵 兩個人食，兩餸一湯夠嘞。🔴 兩菜一湯夠了。

餸腳 sung³ gêg³

吃剩下的菜。🔵 啲餸腳放喺雪櫃度聽日食。

送 … 機 sung³ ... géi¹

到機場為某人送行。🔵 我都有送佢哋機。

送機尾 sung³ géi¹ méi⁵

諧稱趕不上飛機（看著飛機的尾巴離開）。🔵 搭錯車送機尾搞到滯留北京兩日。

T

T 字路口位 T ji⁶ lou⁶ heo² wei²

丁字街路口。🔵 間鋪頭就喺 A 路同 B 路個 T 字路口位。

T 牌 T pai⁴

掛在車子前後的試車牌；"試車"指駕駛欲買的汽車走一段路，測試其實際功能。

撻火 tad¹ fo²

"撻"為擬聲詞，模擬點燃（石油氣爐）的聲音。🔵 撻幾次火都撻唔著。🔴 點了幾次火都點不著。

撻爐 tad¹ lou⁴

點燃爐具。🔵 多次撻爐失敗，導致氣體集聚槍火。🔴 多次點燃爐灶失敗，以致煤氣集聚，火焰突然噴出。

撻匙 tad¹ xi⁴

轉動開車的鑰匙。🔵 佢坐上架電單車，正準備撻匙。

撻嘢 tad¹ yé⁵

偷竊。🔵 我懷疑佢想撻嘢。

撻著 tad¹ zêg⁶

男女之間產生戀情。🔵 張三個女成日同李四打羽毛球，啌就撻著咗。

撻訂 tad³ déng⁶

自動放棄已繳付的前期訂金。

撻朵 tad³ do²

俗指某人宣稱自己為有名有地位或有權有勢之人士，企圖鎮住或威脅、恫嚇、敲詐他人。🔵 香港人非常討厭撻朵文化。

撻走 ❶ tad³ zeo²

拋棄。🔵 佢俾女朋友撻走。🔴 他被女朋友給撇了。

撻走 ❷ tad³ zeo²

偷竊。🔵 佢俾人撻走五千蚊。🔴 他被人扒走了五千元。

呔 tai¹

英語借詞：tie，指領帶。🔵 老公生日，我送咗條呔俾佢。🔴 送了一條領帶給他。

呔夾 tai¹ gab²

領帶夾。

190

軚 tai¹

英語借詞：tyre，指輪胎。🔵 架單車嘅前軚唔夠氣。🔴 自行車的前輪氣不足。

軚鎖 tai¹ so²

指鎖住輪胎的鎖。

太空人 tai³ hung¹ yen⁴

為移民而被迫分隔兩地的夫婦，男方或女方須經常乘飛機往返香港和暫住國，成為"太空人"。🔵 張三離開太太、兒女做太空人，單獨回港工作。

太子爺 tai³ ji² yé²

富二代。

太平門 tai³ ping⁴ mun⁴

建築物救生用的緊急出口。

太平清醮 tai³ ping⁴ qing¹ jiu³

特指香港離島長洲每年四五月間舉行的齋戒酬神活動，活動的重點為出會巡遊，而壓軸戲為"搶包山"；見該條目。

太平山 tai³ ping⁴ san¹

指位於港島中部，為全港的最高峰，海拔 554 米。又名"扯旗山"。

太平紳士 tai³ ping⁴ sen¹ xi²

英語借詞：Justice of the Peace（JP）。太平紳士由政府治安委員會作為一種獎勵委任給對社會有貢獻的人士。

太陽蛋 tai³ yêng⁴ dan²

英語借詞：sunny egg，指單面煎的雞蛋（有別於雙面煎並且包起來的荷包蛋）。🔵 嚟碗米線，加隻太陽蛋。

太陽擋 tai³ yêng⁴ dong²

指太陽防曬隔熱車罩。

take two take two

可出現第二次。🔵 生命冇 take two。🔴 生命沒有第二回（所以要珍惜生命）。（這是香港特區政府勸喻市民遠離毒品的宣傳口號。）

take 嘢 take yé⁵

俗指吸毒。🔵 企硬，唔 take 嘢。🔴 堅決拒絕毒品。

貪 tam¹

貪圖。🔵 鍾意到大牌檔開餐，貪夠鑊氣。🔴 喜歡那裡的火候到家。

貪變貧 tam¹ bin³ pen⁴

話語類句，指由貪心演變為貧窮。🔵 因住貪變貧。

貪勝不知輸

tam¹ xing³ bed¹ ji¹ xu¹

保持清醒頭腦。🔵 炒股千祈唔好貪勝不知輸。🔴 千萬別由於眼前獲利而忘記輸掉的可能性。

探熱 tam³ yid⁶

量體溫。

探熱針 tam³ yid⁶ zem¹

體溫計。

談資 tam⁴ ji¹

指一般人茶餘飯後的話題。🔵 佢投資失利成為咗坊間近日嘅談資。

攤薄 ❶ tan¹ bog⁶

（數量上）分薄。🔵 連續幾天假期攤薄人流。🔴 長假使得人流不見多。

攤薄 ❷ tan¹ bog⁶

（機率）減少。將大家抽中嘅機會攤薄咗。

攤長時間 tan¹ cêng⁴ xi⁴ gan³

延長時間。🔵 唔使咁急，可以攤長時間去做。

攤大手板 tan¹ dai⁶ seo² ban²

喻指向某人借錢。🔵 未到月尾，佢又向我攤大手板借錢。

攤凍 tan¹ dung³

涼。🔵 粥好焫，攤凍啲至食。🔴 粥很

191

T

燙，涼一涼再喝。

攤咕 tan¹ teo²

放假休息。粵 放假去澳門，攤咕三五日。

歎過世 tan³ guo³ sei³

享受一輩子。粵 廿年前，揸住滙豐股票同一層樓，你基本上可以歎過世。

壇 tan⁴

量詞，用於事情。粵 呢壇嘢有咁多富豪參加，肯定水頭充足。

彈琵琶 tan⁴ péi⁴ pa²

（足球用語）指守門員無法接住對方的射球而脫了手。

踢爆 tég³ bao³

揭發。粵 踢爆張三講大話。

踢館 tég³ gun²

"館"指武林拳師收徒習武的場所。"踢館"原指行內競爭對手糾眾入內挑釁破壞砸牌子，引指為肆意破壞。粵 銀行工作經常有人踢館。

踢拳 tég³ kün⁴

指自由搏擊，即拳打腿踢並用的比賽。

踢順景波 tég³ sên⁶ ging² bo¹

喻指順利開展。粵 今年經濟環境唔算得上踢順景波。

踢拖 tég³ to¹

俗指穿著人字拖鞋。粵 踢拖行街。

踢逆境波 tég³ yig⁶ ging² bo¹

喻指在劣勢之下開展。粵 踢逆境波更要求團結一致。

睇 tei²

看。粵 睇電視同睇報紙係唔同嘅。

睇病 tei² béng⁶

看病。

睇波唔賭波，睇嚟幹什麼 tei² bo¹ m⁴ dou³ bo¹, tei² lei⁴ gon³ sem⁶ mo¹

網上名言，指四年一度的世界杯乃是世上賭注最大的體育博彩活動。"賭"表面上是金錢，但也可享受過程，提高其觀賞價值。

睇彩數 tei² coi² sou³

看是否走運。粵 考唔考到，有時真係睇你嘅彩數。

睇重 tei² cung⁵

看重。粵 公司十分睇重呢方面嘅投資。

睇 ⋯ 大 tei² ... dai⁶

喻指伴隨著某人成長。粵 我細個睇佢電視大。普 我小時候一直看他演的電視節目的。

睇定啲 tei² ding⁶ di¹

看準點兒。粵 唔好咁快落注，睇定啲。普 別那麼快下注，看清楚點兒。

睇過 tei² guo³

話語類句，表示讓我看看，檢查一下。粵 A：我呢度損咗。B：睇過。普 A：我這兒受傷流血。B：讓我看看。

睇住盤數 tei² ju⁶ pun⁴ sou³

監管財政開支。粵 張三做行政總裁，負責睇住盤數。

睇樓客 tei² leo² hag³

指現場檢視樓宇的準買家。

睇死 tei² séi²

話語標記，強調負面的估計。粵 佢終於辭咗職嘞，睇死佢做唔長㗎啦。普 我們從來就估算他幹不長的。

睇水 tei² sêu²

把風。粵 佢哋喺入便聚賭，出便嗰個係睇水嘅。

睇餸食飯 tei² sung³ xig⁶ fan⁶

俗指量入為出。粵 如果撥款不足，就要

睇鋱食飯喇。🔄 ······ 重新分配資源。

睇勻晒　tei² wen⁴ sai³

把（報紙等）全看遍。🔄 我睇勻晒咁多份報紙，都搵唔到嗰篇文章。

睇緣分　tei² yun⁴ fen⁶

看運氣。🔄 師傅搵徒弟睇緣分。

替更　tei³ gang¹

替代別人上班。🔄 爭取替更，積累經驗。

提款卡　tei⁴ fun² kad¹

借記卡，銀行發行的可在提款機上提取現金的卡（有別於信用卡，憑信用卡可透支，提款卡不行）。

提子　tei⁴ ji²

葡萄。🔄 啲提子好酸。

提水　tei⁴ sêu²

偷偷地向某人提點。🔄 話音未落，旁邊公關就提水，話佢講過頭。

冰　tem³

動詞，哄。🔄 彈吉他冰個仔瞓覺。

冰人落疊　tem³ yen⁴ log⁶ dab⁶

騙人入局。🔄 佢哋落足嘴頭，無非係想冰人落疊，買佢哋啲套票。

冰　tem⁵

名詞，指圈套。🔄 俾個冰我踩都有嘅。🔄 竟然給我下套兒。

吞蛋　ten¹ dan²

喻指比賽得零分。🔄 甲隊慘吞乙隊三蛋。🔄 不幸的是，甲隊輸給乙隊三比零。

吞拿魚　ten¹ na⁴ yu²

英語借詞：tuna，金槍魚。

褪軚　ten³ tai⁵

打退堂鼓；退縮。🔄 佢突然褪軚轉口風。

踬出踬入　ten⁴ cêd¹ ten⁴ yeb⁶

指在某空間出出入入。🔄 有事就唔好喺廚房度踬出踬入，阻住人做嘢。🔄 沒事就別進進出出廚房，礙手礙腳的。

踬嚟踬去　ten⁴ lei⁴ ten⁴ hêu³

指往返於兩地之間；來回奔波。🔄 宜家一條龍喺呢度醫院做晒，病人唔使再踬嚟踬去。

藤條燜豬肉

teng⁴ tiu² men¹ ju¹ yug⁶

"藤條"特指用來做雞毛撢子的小藤棍兒。用這樣的小棍兒跟豬肉（指小孩兒的屁股蛋）一塊兒燜，謔稱作為一種懲罰，用雞毛撢子揍小孩兒的屁股蛋。🔄 阿媽聽到好傷心，但有藤條燜豬肉。

騰雲駕霧　teng⁴ wen⁴ ga³ mou⁶

喻指大口大口地抽煙，吞雲吐霧。

廳面　téng¹ min²

茶餐廳侍應生。

廳長　téng¹ zêng²

謔指睡在客廳（而不在睡房）。🔄 屋企嚟咗親戚，我就做足一個禮拜廳長。

聽得入耳　téng¹ deg¹ yeb⁶ yi⁵

（對建議等）能聽進去。🔄 你嗌嘅說話，我就覺得佢唔多聽得入耳。🔄 不太能聽得進去。

聽你支笛　téng¹ néi⁵ ji¹ dég²

話語類句，以反問形式表示否定。🔄 邊個仲聽你支笛？🔄 還有人聽你那一套嗎？

聽足　téng¹ zug¹

全程聆聽。🔄 個會張三有到，而且聽足全場。

聽　téng³

輔動詞，表示招致（負面結果）。🔄 當初唔潔身自愛，而今聽大鑊。🔄 現在就要準備付出代價。

艇仔 ❶ téng⁵ zei²

泛指中介人士或公司（多為非法經營）。

艇仔 ❷ téng⁵ zei²

特指受僱於犯罪集團，由香港夾帶毒品前往澳門的販毒分子。

艇仔公司 téng⁵ zei² gung¹ xi¹

尤指財務中介，慣用高利息、高手續費的方式斂財。

偷薄 teo¹ bog⁶

削薄（頭髮）。

偷步 teo¹ bou⁶

喻指在規定的時間之前行動。粵 偷步招生。

偷雞 ❶ teo¹ gei¹

喻指躲懶。粵 偷雞唔返工。

偷雞 ❷ teo¹ gei¹

喻指偷偷做不該做的事情。粵 中學生偷雞買酒飲。

偷師 teo¹ xi¹

（手藝、技術等）從師傅那裡偷偷學來。粵 有人肯教，唯有靜雞雞噉從師傅嗰度偷師。普 只好偷偷地向師傅學。

偷笑 teo¹ xiu³

形容若僥倖達到某種成果就非常滿足。粵 入到二十強已經偷笑。

頭 teo²

語素詞，表示剛過（某個年齡）。粵 由四十頭嘅張三當選主席。

唞 teo²

休息。粵 瘡就唞吓。普 累就休息一會兒。

唞暑餓馬 teo² xu² ngo⁶ ma⁵

按香港賽馬會規定，馬匹歇伏不參賽，即"唞暑"而期間馬迷只能"餓馬"（無法賭）。粵 唞暑餓馬近兩個月之後，

新馬季今日開鑼。

頭 teo⁴

語素詞，只用於"動詞＋你嘅頭"結構，表示強烈反對。粵 A：同你換個位呀？B：換你個頭普 B：沒門兒！

頭赤 teo⁴ cég³

頭疼。粵 一聽到話要籌款就頭赤。

頭大冇腦，腦大裝草 teo⁴ dai⁶ mou⁵ nou⁵, nou⁵ dai⁶ zong¹ cou²

直譯為"腦瓜兒大但不會思考，腦門兒大卻填滿了草"；謔指十分愚蠢。

頭啖湯 teo⁴ dan⁶ tong¹

喻指首先得到的豐厚利潤。粵 張三俾李四搶去頭啖湯。普 搶先得到豐厚的利潤。

頭痕 teo⁴ hen⁴

令人為難；頭大。粵 送禮俾人有時都幾頭痕。

頭殼頂 teo⁴ hog³ déng²

頭頂。粵 俾雨淋到從頭殼頂一直濕到腳板底。普 被雨淋得從頭頂一直濕到腳底。

頭冚 teo⁴ kem²

（汽車）引擎蓋兒。粵 揭開架車嘅頭冚檢查。

頭箍 teo⁴ ku¹

髮箍。

頭馬 teo⁴ ma⁵

喻指負責人的主要助手。

頭頭碰著黑 teo⁴ teo⁴ pung³ zêg⁶ hag¹

接連碰到倒霉的事兒。

頭威頭勢 teo⁴ wei¹ teo⁴ sei³

形容前期發揮出來的優勢。粵 起初頭威頭勢連贏三場。

T

194

頭暈身㷫 teo⁴ wen⁴ sen¹ hing³

偶然微恙。粵 頭暈身㷫啫，唔使睇醫生。

頭鑊 teo⁴ wog⁶

（飯店）大廚。

推 têu¹

推掉。粵 同人哋傾好晒嘅囉噃，點推呀？

推出午門斬首
têu¹ cêd¹ ng⁵ mun⁴ zam² seo²

謔指就地正法（無須審訊，即時處罰）。粵 想唔㗎，你唔怕啲友仔審都唔使就將你推出午門斬首呀？普 不想來，你不擔心這兒的哥們兒即時開罰呀？

退休保障 têu³ yeo¹ bou² zêng³

特指長者退休保障，即政府設置三層現金津貼計劃，以助於退休人士維持基本生活開支。三層退休保障為長者綜援、長者生活津貼和高齡津貼（俗稱生果金）。長者綜援每月津貼金額為 3435 元；長者生活津貼為 2565 元；高齡津貼為 1325 元（2017 年 2 月 1 日的數字）。頭兩層須符合資產上限的審查，分別為 4.55 萬元（單身者）和 21.9 萬元。生果金不設審查。

頹 ❶ têu⁴

形容詞，破舊的。粵 好多街坊直接頹 tee 踢拖出場。普 許多街坊就是身穿不顯眼的 T 恤衫，腳穿拖鞋現身。

頹 ❷ têu⁴

副詞，胡亂地。粵 有其他野食呦，呢啲嘅嘅嘢唯有頹食啦。普 …… 胡亂吃兩口算了。

頹飯 têu⁴ fan⁶

（大學食堂用語）指十分便宜的碟頭飯。

貼馬 tib¹ ma⁵

給參賽馬匹提供貼士。粵 我貼馬唔叻。普 要預測哪匹馬勝出，我不行。

貼士 ❶ tib¹ xi²

英語借詞：tips，泛指提示。粵 叫我估？有冇貼士先？

貼士 ❷ tib¹ xi²

小費。粵 香港唔會強收貼士嘅。

貼中 tib¹ zung³

預測到。粵 多次貼中得獎名單。

貼 ❶ tib³

（車輛之間）靠近。粵 唔好跟得太貼，容易出事。

貼 ❷ tib³

緊靠著。粵 交通嚴重擠塞，車頭貼車尾。

貼地 ❶ tib³ déi⁶

形容地道。粵 最貼地嘅本土美食。

貼地 ❷ tib³ déi⁶

形容合理，可接受。粵 價錢十分貼地，四十蚊一碗。

貼地 ❸ tib³ déi⁶

喻指平民化。粵 總經理個太太貼地搭小巴。

貼地貼身 tib³ déi⁶ tib³ sen¹

貼地，指符合市場；貼身，符合顧客需求。粵 財富管理要貼地貼身：切實按客戶喜好和需求度身定做投資方案。

貼近 tib³ gen⁶

接近。粵 優惠價非常貼近成本價，旨在宣傳啫。

貼錢 tib³ qin²

倒貼（金錢）。粵 乜都自己買，即係貼錢返工啫。

貼錢買難受
tib³ qin² mai⁵ nan⁴ seo⁶

指付了款，不但得不到應得的享受而且麻煩多多。粵 呢次旅行真係貼錢買難受咯。普 這次旅行錢花了不算，真是活

T

受罪！

鐵膽 tid³ dam²

必備的元素。粵 啤酒配乜嘢好？豬手、烤腸、燒雞都係鐵膽。

鐵甲威龍 tid³ gab³ wei¹ lung⁴

特指披著防彈盔甲的警察。粵 由警方嘅鐵甲威龍制服。

鐵腳 tid³ gêg³

進行某種休閒活動忠實的陪伴者。粵 佢係我嘅旅行鐵腳。普 我到哪兒旅行，他一定隨行。

鐵館 tid³ gun²

指傳統的健身室。

鐵騎士 tid³ ké⁴ xi⁶

指駕駛摩托的人士。

鐵馬❶ tid³ ma⁵

交通警員駕駛的摩托。

鐵馬❷ tid³ ma⁵

用於分隔、阻擋人群的、可移動的鐵柵欄。粵 架起鐵馬管制人潮。

鐵迷 tid³ mei⁴

指熱衷於參加地鐵（輕鐵）通車儀式的人士。粵 屯（屯門）馬（馬鞍山）線一期琴日正式通車，唔少鐵迷爭搭清晨 5 點 45 開出嘅頭班車。

鐵票 tid³ piu³

（選舉用語）指選舉中堅定不移的投票選民。粵 佢喺呢個選區起碼擁有三萬鐵票。

鐵通 tid³ tung¹

中空的鐵棍。

剔 tig¹

英語借詞：tick，打鉤（√）。粵 你剔咗"要"先會有第二選擇。

剔錯 tig¹ co³

選錯，即在應該打鉤的地方打了叉兒。粵 弊嘞，剔錯咗型號。

添 tim¹

句末助詞，表補上不足的部分。粵 俾多十蚊添。普 多給十塊（才夠）。

添煩添亂 tim¹ fan⁴ tim¹ lün⁶

製造麻煩。粵 你哋幾個去第處玩得唔得？唔好喺度添煩添亂。

添馬台 tim¹ ma⁵ toi⁴

香港特區政府官方社交媒體賬號。

甜到漏 tim⁴ dou³ leo⁶

（食物）形容十分甜。粵 啲糯米餅甜到漏。

天光墟 tin¹ guong¹ hêu¹

泛指早上 6 時至 10 時營業，專售本地農產品的墟市，有名的如上水的石湖墟。

天橋 tin¹ kiu²

指時裝表演台。

天文台 tin¹ men⁴ toi⁴

氣象台，引指為歹徒監視警方行動的地方。

天幕 tin¹ mog⁶

大面積消減聲浪的圓拱形棚架。粵 喺露天舞台設置天幕，減低對附近居民嘅影響。

天眼 tin¹ ngan⁵

閉路電視。粵 辦公室冇裝天眼。

天上有，地下冇 tin¹ sêng⁶ yeo⁴, déi⁶ ha⁶ mou⁵

強調不二之選。粵 張三力撐李四連任，講到佢天上有地下冇嘅。

天壇大佛 tin¹ tan⁴ dai⁶ fed⁶

特指坐落於香港大嶼山木魚山山頂的露天青銅大佛，為中國四大佛像之一。

天台屋 tin¹ toi² ngug¹

樓頂上僭建的簡易房屋。

天堂跌落地獄

tin¹ tong⁴ did³ log¹ déi⁶ yug⁶

喻指人生重大挫折。粵 天堂跌落地獄，驚乜嘢？幾年之後，又咪一條好漢。

天時冷 tin¹ xi⁴ lang⁵

天冷。粵 天時冷打邊爐至啱。普 天冷涮火鍋最合適。

天時熱 tin¹ xi⁴ yid⁶

天熱。粵 天時熱呢度蚊多。

天仙局 tin¹ xin¹ gug⁶

賭博騙局。幾個騙徒串謀，引人入局，先讓受害人贏小錢，繼而騙取其大錢。

天書 ❶ tin¹ xu¹

泛指有關升學的詳盡資料手冊。粵 留學天書。

天書 ❷ tin¹ xu¹

泛指商業機構有關營運操作的指導手冊。粵 置業天書。

天雨 ❶ tin¹ yu⁵

下雨天。粵 天雨持續到下週三。

天雨 ❷ tin¹ yu⁵

天下雨。粵 本來仲想去嗰度，可惜天雨，只好折返。

天雨 ❸ tin¹ yu⁵

語素詞，意指天下雨。粵 由於天雨關係，取消呢次活動。

天雨路滑 tin¹ yu⁵ lou⁶ wad⁶

固定結構，提醒大眾下雨天，道路濕滑。

田戰 tin⁴ jin³

（賽馬用語）指沙田馬場的賽事。

田螺車 tin⁴ lo² cé¹

混凝土攪拌車，外形與田螺相似，故名。

填海造地 tin⁴ hoi² zou⁶ déi⁶

香港陸地平地少，為了維持土地需求的供應，自開埠以來，不斷開發開山填海工程，這對於香港的空間環境及經濟發展有著舉足輕重的作用。

填氹 tin⁴ tem⁵

注資補救。粵 資金不足，需要政府填氹。

聽朝 ting¹ jiu¹

明早。粵 聽朝飲茶。

聽晚 ting¹ man⁵

明天晚上。

聽日 ting¹ yed⁶

明天。

停標 ting⁴ biu¹

指中止有關承建商的投標資格。

停牌 ting⁴ pai²

由於犯錯而被停止工作資格。粵 當局決定向張三發出書面警告，但不必停牌。

停藥 ting⁴ yêg⁶

停止服用藥物。粵 三個療程後，慢慢停藥。

挑通眼眉 tiu¹ tung¹ ngan⁵ méi⁴

明察秋毫。粵 同佢哋傾生意，要認真挑通眼眉，先唔會俾人呃。普 任何小問題都不容忽略，才不會上當受騙。

跳 tiu³

名詞，指出租車啟動後的跳錶收費。粵 落旗後跳錶收費每跳加一、兩蚊。

跳草裙舞 tiu³ cou² kuen⁴ mou⁵

"草裙舞"原指南美洲的一種土風舞，舞者要不斷地擺動腰部和臀部，喻指僱員不斷耍手段向僱主要求提高待遇。粵 佢喺度跳草裙舞啫，無非想要高啲價。

跳掣 tiu³ zei³

突然改變主意。粵 佢琴日話想去上海，今日跳掣話唔去。

條氣唔順 tiu⁴ héi³ m̄⁴ sên⁶

喻指心中憋氣，內心不忿。粵 張三做咗唔夠一年就升為主任，大家條氣梗係唔順喇。

條鐵 tiu⁴ tid³

語素詞，跟相關形容詞連用，表示強烈的否定。粵 A：佢哋話晒係強隊㗎嘅嘛。B：強條鐵呀！普 A：他們算是強隊呢。B：才不呢！

拖 to¹

帶著某人（做）。動詞"拖"前面為數詞"一"，後面為單音節數詞，表示跟多少人一同行動。粵 張三一拖二外出食飯。普 一個人帶著兩個人……。

拖板 to¹ ban²

長線插座。

拖篋 ❶ to¹ gib¹

名詞，指拉桿箱。

拖篋 ❷ to¹ gib¹

動詞，指拉著拉桿箱（購物）。粵 拖篋掃貨。

拖喉戒備 to¹ heo⁴ gai³ béi⁶

指消防員準備好滅火水管子，隨時參加撲救。

拖糧 to¹ lêng⁴

指公司拖欠員工的工資。粵 佢哋間公司成日拖糧，員工士氣大受影響。

拖實 to¹ sed⁶

牢牢地挽著某人的手。粵 拖實佢過馬路。

陀 B to⁴ B

"B"指英語借詞：baby，嬰兒。"陀 B"即懷上小孩兒。粵 一個唔小心，老婆陀咗 B。

陀地 to⁴ déi²

黑社會向合法正當的商販索要的保護費。粵 有人嚟收陀地就報警。

陀鐵 to⁴ tid³

警務人員攜帶槍械。

妥 to⁵

跟某人有嫌隙（多用於否定式）。粵 聽聞佢唔妥張三嘅喎。

托白 tog³ gao³

指肩關節脫位後復位。粵 甩咗白，唔好亂托白，後果可大可小。

托額 tog³ ngag²

（澳門用語）指托兒所所能接納的名額。粵 該托兒所可提供約 100 個托額。

托手踭 tog³ seo² zang¹

喻指拒絕。粵 問佢借架車用吓，佢絕有拖手踭。

托水龍 tog³ sêu² lung⁴

喻指收了他人的錢，沒辦事並把錢據為己有。粵 俾咗錢後一直收唔到飛，懷疑俾人托水龍呃咗成十萬。

枱布 toi² bou³

桌布。

枱頭 toi² teo⁴

枱面。

抬床 toi⁴ cong⁴

救護員把傷者抬上救護用的床，以便由救護車送院治理。粵 佢要瞓抬床，自己無法登上救護車。

抬轎 toi⁴ kiu²

（選舉用語）為某人抬轎子。

颱風尾 toi⁴ fung¹ méi⁵

指颱風吹襲的末期。粵 颱風尾掃中，南

部暴雨成災。

湯羹 tong¹ geng¹

湯匙。

湯水 tong¹ sêu²

泛指喝的湯。🔊 飲多啲合時湯水，消熱健體。

湯碗胸 tong¹ wun² hung¹

形容女性乳房大如海碗。

湯藥費 tong¹ yêg⁶ fei³

醫藥費，多用於致人受傷而作為賠償支付的治療費用。🔊 我架單車唔小心撞到佢，我賠咗俾佢五百蚊湯藥費。

劏 ❶ tong¹

把完整的東西全部拆開。🔊 部車損毀嚴重，無法修復，劏咗佢罷喇。

劏 ❷ tong¹

把住宅單位分隔成若干較小的單位。🔊 住喺一間 "一劏六" 嘅劏房度。📘 一個大單位分隔成六個小單位。

劏車 tong¹ cé¹

指把報廢的車拆卸。🔊 佢哋專業劏歐洲車。

劏房 tong¹ fong²

指由一個住宅單位分隔出來的單位。這些較小的單位分別以低廉價格外租牟利。

劏雞還神 tong¹ gei¹ wan⁴ sen⁴

喻指大難不死，宰雞表示感謝上天照顧。

劏客 tong¹ hag³

宰客。

劏開 ❶ tong¹ hoi¹

由於猛力撞擊而被整個破開。🔊 撞正貨車車尾，小巴車頭被劏開。

劏開 ❷ tong¹ hoi¹

把大的空間分拆成若干小的空間。🔊 大

廈地下劏開 90 個鋪位出售。

劏開 ❸ tong¹ hoi¹

把完整的東西分拆成若干小部分。🔊 發言內容豐富到夠劏開做三篇文。📘 內容十分豐富，可以分拆成三篇文章。

劏鋪 tong¹ pou²

指面積僅數十呎的微型鋪位。

劏細 tong¹ sei³

把大的空間分拆成小的空間。🔊 公司決定劏細商廈嘅二、三樓，以細單位出租。

燙口 tong³ heo²

形容吃進嘴巴感覺到很燙。🔊 蒸魚上枱要燙口至好食。📘 吃蒸魚要有燙嘴巴的感覺才好吃。

燙衫 tong³ sam¹

熨衣服。

燙衫板 tong³ sam¹ ban²

熨衣板。

唐餅 tong⁴ béng²

中式餅食，與西餅相對，如蛋捲、老婆餅、合桃酥等。

唐樓 tong⁴ leo²

特指建於二戰前後（1940-1950）的樓宇，沒有電梯設施。

唐裝 tong⁴ zong¹

清末民初傳統的中式服裝。

趟簾 tong⁴ lim²

拉動的屏風。

塘 tong⁴

指游泳池兩邊來回的距離。🔊 我朝朝早游水游十個塘。📘 天天早上游十個來回。

塘水滾塘魚

tong⁴ sêu² guen² tong⁴ yu²

喻指封閉式的小圈子競爭，賺不到外來錢。

T

199

糖黐豆 tong⁴ qi¹ deo²

形容兩人形影不離（如豆子沾上糖一般）。

糖水 tong⁴ sêu²

甜飲品，如芝麻糊、花生糊、紅豆沙、綠豆沙等。

堂費 tong⁴ fei³

法庭上訴訟的費用，由敗訴的一方承擔。

堂區 tong⁴ kêu¹

（澳門用語）澳門的行政區以最具有代表性的教堂劃分出七個堂區，如花地瑪堂區等。

堂食 tong⁴ xig⁶

在食肆場所內享用（菜餚）。粵 呢幾個菜式，只限堂食，不設外賣。

土炮 tou² pao³

喻指土生土長的人士。

土生 tou² sang¹

（澳門用語）特指澳門土生或土生葡人，即在澳門出生的中葡混血兒，代表著澳門人口的一個特別族群。

套車 tou³ cé¹

指把引擎底盤編號磨去，刻上偽造編號並套上假牌，然後以低價推出市場牟利的車輛。

套戥 tou³ deng⁶

（金融用語）利用同一種商品在國際上兩個市場間的差價，進行買賣以圖利。

套丁 tou³ ding¹

指新界原居民非法轉讓丁權謀利的行為。

套廁 tou³ qi³

與套間相連的廁所。粵 睡房套廁。

逃學威龍 tou⁴ hog⁶ wei¹ lung⁴

謔指經常逃學的學生。

逃生三寶 tou⁴ sang¹ sam¹ bou²

如遇火災，消防部門提醒大家帶上逃生

三寶：手機、鑰匙和濕毛巾。

塗改液 tou⁴ goi² yig⁶

修正液。

肚滿腸肥 tou⁵ mun³ cêng² féi⁴

貶稱非常富有。

肚屙 tou⁵ ngo¹

拉肚子。

肚臍 tou⁵ qi⁴

喻指形狀如肚臍眼兒的東西（如橙子）。

脫班 tüd³ ban¹

指公共交通未能按時出車。

團年飯 tün⁴ nin⁴ fan⁶

團圓飯。

斷播 tün⁵ bo³

停止播放（電視節目）。

斷財路 tün⁵ coi⁴ lou⁶

義同【斷米路】。

斷擔挑 tün⁵ dam³ tiu¹

喻指由於生育子女太多而無力撫養。粵 唔好生咁多呀，因住斷擔挑。普 別生那麼些小孩，當心負擔不了。

斷纜 tün⁵ lam⁶

（某種情況）不再出現。粵 甲隊和波三連勝斷纜。普 打平未能爭取到四連勝。

斷糧 tün⁵ lêng⁴

停發工資。粵 五百個員工喺新年臨近前慘遭斷糧。

斷米路 tün⁵ mei⁵ lou⁶

切斷經濟來源。粵 斷咗走私分子嘅米路。

斷尾 tün⁵ méi⁵

徹底了結；（疾病）徹底治癒。

斷片 tün⁵ pin²

突然失憶。粵 事發嗰一刻斷咗片。

斷片酒 tün^{5} pin^{2} zeo^{2}

俗指無色無味但含有迷藥成分的飲料，飲用者在短時間內會醉倒並失去知覺。

斷約 tün^{5} yêg^{3}

合同中止。粵 做做吓斷約關門大吉。

通波仔 tung^{1} bo^{1} zei^{2}

俗指心血管手術，即因病人心血管阻塞而需要植入支架以維持血管暢通的手術。

通菜 tung^{1} coi^{3}

通心菜。

通粉 tung^{1} fen^{2}

通心粉。

通街 tung^{1} gai^{1}

到處。粵 呢種衫通街都有得賣。普 哪兒都買得到。

通櫃 tung^{1} guei^{6}

俗指人手探肛檢查，以確定囚犯體內是否藏有毒品。

通坑渠 tung^{1} hang^{1} kêu^{4}

（足球用語）把球從對方球員兩腳間推過。

通窿 tung^{1} lung^{1}

形容並不是密封，而是帶有孔洞。粵 度鐵閘係通窿嘅。普 那扇鐵閘門是帶孔的。

通水 tung^{1} sêu^{2}

通風報信。粵 點知佢向張三通咗水。普 誰知他去告密。

通宵更 tung^{1} xiu^{1} gang^{1}

幹通宵的夜班（直到清晨）。

痛錫 tung^{3} ség^{3}

形容非常疼愛。粵 佢好痛錫仔女。

同工 tung^{4} gung^{1}

名詞，同事。粵 監督同工教學嘅表現。

同……好啱 tung^{4} ... hou^{2} ngam^{1}

跟某人相處很好。粵 佢不摟都同我好啱。

同志 tung^{4} ji^{3}

特指同性戀者。

同志文化 tung^{4} ji^{3} men^{4} fa^{3}

泛指同性戀、雙性戀和跨性別群體。

同僚 tung^{4} liu^{4}

（紀律部隊）同事。

同樂日 tung^{4} log^{6} yed^{6}

英語借詞：Fun Day。粵 會期結束前大家搞個同樂日。

同袍 tung^{4} pou^{4}

（紀律部隊）同事。

同枱吃飯，各自修行

tung^{4} toi^{2} xig^{6} fan^{6}, gog^{3} ji^{6} seo^{1} heng^{4}

指適可而止；己所不欲勿施於人。

同人唔同命，同遮唔同柄

tung^{4} yen^{4} m^{4} tung^{4} méng^{4}, tung^{4} zé^{1} m^{4} tung^{4} béng^{3}

以“遮”（雨傘）為喻體，喻指人生際遇，各有不同（雨傘大多相同，用作雨傘的把卻大多不相同）。

童黨 tung^{4} dong^{2}

問題少年兒童結成的街頭團夥，具有輕微的犯罪傾向。

U

U 字形 U ji^{6} ying^{4}

回轉形。粵 大家排隊排 U 字形，噉樣可

U

以面對面見到佢。

U 型渠 U ying⁴ kêu⁴

（廁所的）存水彎。

V

V 晒手 V sai³ seo²

用手指字母（V）表示滿意。 一齊 V
晒手影相。

Van 仔 Van zei²

麵包車。

W

蛙式 wa¹ xig¹

蛙泳。

話 wa²

話語標記，用於句末，表示要求聽話人
重複先前他／她的說話。 你今日有乜
做話？

華籍英兵 wa⁴ jig⁶ ying¹ bing¹

指 1997 年香港回歸之前曾在英軍服役的
華籍人士。

華麗轉身 wa⁴ lei⁶ jun³ sen¹

喻指公開、體面地轉變立場。 既然落
選，倒不如華麗轉身，告別政壇，入娛
樂圈。

嘩聲四起 wa⁴ séng¹ séi³ héi²

"嘩"，感歎詞，表示讚歎。"嘩聲四起"
即讚歎之聲一起一伏。 大家睇得興
起，嘩聲四起。

話俾 ··· 知 wa⁶ béi² ... ji¹

告訴。 哦，你話俾佢知，唔話俾我
知。 喔，你告訴他而不告訴我。

話咁易 wa⁶ gem³ yi⁶

非常容易（做到）。 入大學讀書都唔
係話咁易㗎。 進大學唸書，且不容
易呢。

話之佢 wa⁶ ji¹ kêu⁵

話語標記，強烈否定。 話之佢主席，
錯咗就要認。 管他什麼主席。

話之你 wa⁶ ji¹ néi⁵

話語標記，強烈否定。 唔信，話之
你。 才不相信呢！

話唔埋 wa⁶ m⁴ mai⁴

說不好。 要轉幾趟車，話唔埋幾時返
到。 說不好什麼時候能到。

話晒 wa⁶ sai³

畢竟。 話晒第一胎，唔緊張就假。
 畢竟生的是第一胎，當然緊張嘍。

話頭醒尾 wa⁶ teo⁴ xing² méi⁵

形容人十分精靈，一點就通。

話 ··· 喎 wa⁶ ... wo⁵

聽說。 話佢唔嚟喎。 聽說他不來。

話時話 wa⁶ xi⁴ wa⁶

引出相關的另一個話題的引導語，表示
雖然。 話時話我贊成，但有個條件
嘅嗰。

話事 wa⁶ xi⁶

表示某人拿主意，說了算。 去邊度食
飯，你話事。

202

話齋 wa⁶ zai¹

正如（俗語）所說。粵 俗語話齋："花無百日香"。見條目【學（某人）話齋】。

話 … 就話啫 wa⁶ … zeo⁶ wa⁶ zé¹

單句關聯，表讓步。粵 你話佢插手教育就話啫，插手醫療？傻㗎你？普 你說他插手教育有道理，插手醫療？不可能！

挖草皮 wad³ cou² péi⁴

（賽馬用語）謔指賭馬贏錢，與"鋪草皮"相對。"草皮"為馬場賽道的建造材料，"鋪"表示輸錢給馬會，讓其修好賽道；"挖"表示贏了馬會的錢，奪去其修好賽道的錢。

滑 wad⁶

形容口感滑溜。粵 啲朱古力好滑，好好食。

滑鼠 wad⁶ xu²

鼠標。

畫公仔畫出腸

wag⁶ gung¹ zei² wag⁶ cêd¹ cêng²

固定結構，表示用不著明指，別人也會明白。粵 唔使畫公仔畫出腸都知佢用意何在喇。

劃花 ❶ wag⁶ fa¹

用利器刻劃。粵 惡意劃花人哋架車。普 留下破壞的痕跡。

劃花 ❷ wag⁶ fa¹

毀壞原有體面的記錄。粵 因住俾人劃花個檔案，哦就邊度都唔使去。普 當心別讓人玷污你的檔案，不然的話你就哪兒都無法立足。

劃位 wag⁶ wei²

（電影院、長途汽車等）指定座位。粵 上車之前，請喺呢度劃位。

懷舊金曲 wai⁴ geo⁶ gem¹ kug¹

指成為港人集體回憶的經典歌曲。

壞 wai⁶

動詞，（東西）壞了。粵 屋企壞雪櫃。普 冰箱壞了。

壞人好事 wai⁶ yen⁴ hou² xi⁶

破壞別人的好事。粵 佢嫉妒心好重，多次壞人好事。

彎位 wan¹ wei²

拐彎的地方。粵 同一彎位發生兩次交通意外。

玩殘 wan² can⁴

形容肆意折騰。粵 停電四日，玩殘晒啲住戶。普 …… 把住戶折騰得夠嗆。

玩到心都散晒

wan² dou³ sem¹ dou¹ san² sai³

玩兒得心都野了。粵 連續放七日假，啲細佬哥玩到心都散晒。

玩到陀陀擰

wan² dou³ to⁴ to² ning⁶

喻指被人牽著鼻子走。粵 你喺度做嘢，唔係科班出身嘅話，容易俾人玩到陀陀擰。

玩過山車 wan² guo³ san¹ cé¹

喻指大起大跌。粵 美股分分鐘會玩過山車。

玩完 wan² yun⁴

玩兒完。粵 間酒店若接收隔離者就會玩完。

環保斗 wan⁴ bou² deo²

供市民棄置大件廢物的車斗。

環境 wan⁴ ging²

經濟能力。粵 佢哋環境冇咁好。

還 wan⁴

並列類句，用在相同動詞之間，表示兩者不容混淆。粵 做嘢還做嘢，拍拖還拍拖。普 幹活兒歸幹活兒，談戀愛歸談戀愛。

還押 wan⁴ ngad³

從監獄中提堂的罪犯審訊後繼續關押。

還選舉債 wan⁴ xun² gêu² zai³

（選舉用語）張三投票給李四，李四當選後，張三要求李四給予酬報。🔸張三要李四還投票支持佢嘅選舉債。

橫行 wang⁴ heng⁴

指股價橫向發展，沒有明顯的升跌。🔸股價喺 3.5-3.54 元橫行，最後收 3.52 元。

橫睇掂睇 wang⁴ tei² dim² tei²

不管從哪個角度去看。🔸橫睇掂睇都睇唔出有乜嘢區別。🔹不管怎麼看，也看不出有什麼區別。

摡 wé²

千方百計地爭取。🔸呻窮摡贊助。🔹哭窮到處爭取贊助費。

屈 wed¹

動詞，陷害。🔸屈我有病，送我入院。

屈尾十 wed¹ méi⁵ seb⁶

喻指忽然改變方向。🔸我仲估佢去澳門，點知佢一個屈尾十上咗深圳。🔹我還以為他去澳門，可是他突然跑上深圳。

屈錢 wed¹ qin²

找藉口騙錢。🔸呢頭話免費，嗰頭又要收番手續費，分明係屈錢。🔹說是免費，但轉眼兒又說要收手續費，分明是騙錢。

屈蛇 wed¹ sé⁴

喻指在大學宿舍留宿的非宿生。

核突 wed⁶ ded⁶

形容噁心。🔸成地都係血，好核突。

威 wei¹

炫耀。🔸賺到啲錢，即刻買名錶、名車，擺明威俾舊同事、舊老闆睇。

威到盡 wei¹ dou³ zên⁶

形容威風顯赫。🔸佢一個人攞到四個獎，威到盡。🔹……威赫一時。

威水 wei¹ sêu²

威士忌酒的簡稱。🔸嗱杯威水加冰。

威水史 wei¹ sêu² xi²

諧指個人成功的過程。

威吔 ❶ wei¹ ya²

英語借詞：wire，鋼絲，威亞。🔸睇住佢吊住威吔由舞台上方徐徐降落。

威吔 ❷ wei¹ ya²

英語借詞：wire，鋼繩。🔸吊臂嘅威吔突然斷裂，成噸重嘅冷氣組件由高處下墮。

位數 wei² sou³

語素詞，與數詞連用。🔸每個月盈利都有六位數。🔹……以十萬計。

為 wei⁴

（投資上）維持平衡，掙回成本。🔸要吓吓睇實個股價，唔係連成本價都為唔番。

為起上嚟 wei⁴ héi² sêng⁵ lei⁴

算起來。🔸為起上嚟都係二百蚊一位。

為皮 wei⁴ péi²

維持收支平衡。🔸唔加價，點為皮？

為數 wei⁴ sou³

計算是否有利可圖。🔸睇你點為呢條數呢。

維港泳 wei⁴ gong² wing⁶

維港渡海泳。起源於 1906 年，二戰之後至 1978 年復辦。後停辦至 2011 年又復辦，每年一屆，由鯉魚門三家村到鰂魚涌公園，全程 1500 米。

維園阿伯 wei⁴ yun² a³ bag³

特指香港銅鑼灣維多利亞公園經常參與
"城市論壇"激烈發聲的一群長者。

違泊 wei⁴ pag³

即違例泊車。粵 違泊情況嚴重。

圍標 wei⁴ biu¹

指一公司夥同某些傀儡公司提交虛假標
書，以最低價出價，謀求操控投標，提
高中標機會。粵 委員會指控五間公司涉
嫌合謀參與圍標。

圍埋 wei⁴ mai⁴

圍著坐在一起。粵 三五知己圍埋打
邊爐。

圍威喂 wei⁴ wei¹ wei³

副詞，指以小圈子的形式。粵 話係公開
評選，其實都係佢哋班友圍威喂自己搞
掂。普 其實都是由他們內部小圈子
擺平。

為食 wei⁶ xig⁶

貪吃。粵 我妹妹好為食，肥就減唔到
嘞。普 我妹妹很貪吃，體重就沒法減。

為業主打工
wei⁶ yib⁶ ju² da² gung¹

謔指所賺到的錢全用來支付租金。粵 間
鋪唔好開得太大，以免為業主打工。

溫女 wen¹ nêu²

動詞，指整天陪著女朋友。粵 一日到黑
掛住溫女，遲早冇晒朋友呀你！

溫暖牌 wen¹ nün⁵ pai⁴

指由親人親手織的衣物以示愛意。粵 織
咗幾對溫暖牌嘅襪送俾愛侶。

溫溫吞吞 wen¹ wen¹ ten¹ ten¹

形容不好也不壞，沒有起色。粵 經營咗
幾年，生意仲係溫溫吞吞。

搵 ❶ wen²

找。粵 佢冇帶手機，好難搵嘅嘞。

搵 ❷ wen²

掙錢。粵 香港地有乜工咁好搵呀？

搵丁 ❶ wen² ding¹

騙人。粵 你哋都信，搵丁！

搵丁 ❷ wen² ding¹

騙錢。粵 間超市搵丁，攞廉價西星斑當
高價東星斑賣。

搵到食 wen² dou² xig⁶

指某行業可以維持生活。粵 佢擔心唱歌
搵唔到食。

搵快錢 wen² fai³ qin²

投資騙案的一種手法；騙徒聲稱"低成
本高回報"而讓受害人誤墮陷阱，損失
錢財。

搵鬼信 wen² guei² sên³

話語類句，表示對某種言論極度不相
信。粵 咁嘅宣傳，搵鬼信。普 這種宣
傳，騙不了人。

搵工 wen² gung¹

求職。粵 後生仔冇張沙紙好難搵工。
普 年輕人沒大學文憑很難找到工作。

搵朝唔得晚
wen² jiu¹ m⁴ deg¹ man⁵

工資微薄，往往有上頓沒下頓（"朝"
指午飯錢；"晚"指晚飯錢）。

搵嚟搞 wen² lei⁴ gao²

胡來。粵 隨便請幾個人就話開咗間公
司，搵嚟搞啫。普 ……純粹胡來。

搵窿狷 wen² lung¹ gün¹

迅速逃離現場以避免尷尬場面。粵 見到
老細喺度，即刻搵窿狷。普 ……溜邊兒。

搵命搏 ❶ wen² méng⁶ bog³

形容十分勞累；豁出去。粵 晚晚加班，
直情係搵命搏。

205

W

搵命搏 ❷ wen² méng⁶ bog³

冒生命危險。【粵】四十歲生 B 搵命搏。

搵銀 wen² ngen²

掙錢。【粵】呢條係搵銀嘅新出路。

搵食 wen² xig⁶

謀生。【粵】經濟唔好，搵食艱難。【普】……謀生不易。

搵食車 wen² xig⁶ cé¹

作為謀生工具的商用車，如出租車、貨車等。

搵食啫 wen² xig⁶ zé¹

話語類句，暗示混飯吃而已，不必介懷當事人可能不佳的表現。

搵周公 wen² zeo¹ gung¹

謔指睡覺。【粵】係時候搵周公。【普】該去睡覺了。

穩陣 wen² zen⁶

辦事穩當。【粵】佢個人做嘢好穩陣。【普】少出錯，可信賴。

韞軚 wen³ lib¹

（由於停電、出故障）困在電梯裡。

雲罅 wen⁴ la³

雲朵之間的空隙。【粵】喺雲罅雨中賞月。

暈車浪 wen⁴ cé¹ long⁶

暈車。

運 wen⁶

名詞，指運氣。【粵】結果佢運都贏埋。【普】結果運氣都在他那邊兒。

運動底 wen⁶ dung⁶ dei²

有（體育）運動的底子。【粵】佢有運動底，呢啲動作難唔到佢。

運路行 wen⁶ lou⁶ hang⁴

繞道走。【粵】前面整路，要運路行。

運程 wen⁶ qing⁴

指一輩子運氣的起伏。

運滯 wen⁶ zei⁶

運程不佳。【粵】今年運滯，接二連三發生唔順利嘅事。

泳灘 wing⁶ tan¹

海濱浴場。【粵】泳灘掛咗紅旗，唔好落水。

窩蛋 wo¹ dan⁶

（食肆用語）在蓋澆飯上打一鮮雞蛋。【粵】窩蛋牛肉飯。

窩雷 wo¹ lêu⁴

（足球用語）英語借詞：volley (shot)，凌空抽射。

窩心 wo¹ sem¹

屬性詞，至愛。【粵】冬日窩心熱飲。

喎 wo³

語氣詞，表強調。【粵】張三喎，有乜野風浪未見過？【普】我說的是張三，他有什麼風浪沒見過？

和味 wo⁴ méi⁶

形容十分划算。【粵】租金回報十分和味。

和尚寺 wo⁴ sêng² ji²

謔指男校（沒有女生）。【粵】嗰陣我讀和尚寺，冇乜機會識女仔。

和頭酒 wo⁴ teo⁴ zeo²

旨在調停爭端（含賠禮道歉之意）的酒席。【粵】呢個飯局算唔算和頭酒？

鑊 ❶ wog⁶

炒菜鍋（尤指半球形、帶耳的鐵鍋）。

鑊 ❷ wog⁶

俗指次數，僅用於負面語境。【粵】佢之前都唔知衰過幾多鑊。【普】不知倒霉過多少次。

鑊 ❸ wog⁶

俗指意外事故。粵 我開的士卅年，第一鑊咁甘。普 第一次碰上如此嚴重的車禍。

鑊鏟 wog⁶ can²

鍋鏟兒，用來炒菜的鏟子。

鑊場 wog⁶ cêng⁴

特指自行車比賽的弧形賽道。

鑊氣 wog⁶ héi³

炒爆產生的香味。粵 碟乾炒牛河鑊氣唔夠。普 火候不夠，香氣不足。

鑊鑊甘 wog⁶ wog⁶ gem¹

形容事故頻發且嚴重。粵 醫療事故鑊鑊甘。普 一次比一次嚴重。

鑊鑊新鮮，鑊鑊甘 wog⁶ wog⁶ sen¹ xin¹, wog⁶ wog⁶ gem¹

形容一團亂局，不同性質的問題層出不窮，而每個問題都相當嚴重。

王道 wong⁴ dou⁶

喻指關鍵的要素。粵 有 cash 先係王道。普 持有現金才是關鍵。

王子病 wong⁴ ji² béng⁶

指一切以個人為中心，如把女友當跑腿，要求女友照顧起居飲食，要求女友百依百順，啃老，不懂反思，不求上進，等等毛病。

黃巴 wong⁴ ba¹

特指來回香港落馬洲與深圳皇崗口岸的跨境穿梭巴士，因車身之黃色而得名。

黃大仙 wong⁴ dai⁶ xin¹

黃大仙，原名黃初平，約公元 328 年在浙江金華縣出生，15 歲開始學道，40 年後得道成仙。20 世紀初，有道人自廣東西樵接奉其畫像來港，至 1921 年創立嗇色園黃大仙祠。因其籤文靈驗，延伸為"有求必應"的美譽。故吸引無數善信膜拜求籤，香火鼎盛，成為香港著名廟宇之一。

黃大仙 —— 有求必應

wong⁴ dai⁶ xin¹, yeo⁵ keo⁴ bid¹ ying³

"黃大仙"是喻詞，引自歇後語"黃大仙 —— 有求必應"。粵 有人當政府係黃大仙，要求派糖。普 有人以為政府有求必應。

黃格仔 wong⁴ gag³ zei²

指十字路口交叉處的黃色格子標誌。

黃金 wong⁴ gem¹

俗指人類糞便。粵 哎呀，滿地黃金。

黃金戰衣 wong⁴ gem¹ jin³ yi¹

俗指消防員的滅火防護服。

黃泥水 wong⁴ nei⁴ sêu²

指含大量塵土微粒的、渾濁的水或自來水。

黃芽白 wong⁴ nga⁴ bag⁶

紹菜。

黃水 wong⁴ sêu²

指食水鐵喉流出的銹水。

黃色架步 wong⁴ xig¹ ga³ bou⁶

泛指經營色情活動的場所。

黃雨 wong⁴ yu⁵

黃色暴雨警告，指短時間內超過 30 毫米的降水量。

旺 wong⁶

生意興隆。粵 間麵鋪晚市好旺，過七點去食要等位。

旺爆 wong⁶ bao³

形容顧客十分多。粵 呢度啲食肆晚飯時經常旺爆。

旺場 ❶ wong⁶ cêng⁴

增加人氣。粵 帶埋一班朋友嚟，旺一旺個場。

旺場 ❷ wong⁶ cêng⁴

形容參加的人多。粵 啤酒節越夜越旺場。

旺場 ❸ wong⁶ cêng⁴

屬性詞，指顧客多，收入豐（的日子）。粵 人手不足，禮拜日同公眾假期呢啲旺場日子都要休息。

旺財運 wong⁶ coi⁴ wen⁶

指最有利於招財進寶。粵 年初一上頭炷香，呢個方位最旺財運。

旺丁不旺財
wong⁶ ding¹ bed¹ wong⁶ coi⁴

零售業指人流雖多，但生意並不理想。

旺異性緣 wong⁶ yi⁶ xing³ yun⁴

指深得異性愛慕。粵 佢一表人才，好旺異性緣㗎。

烏蠅鏡 wu¹ ying¹ géng³

鏡片特大的太陽眼鏡（像蒼蠅的眼球般）。

污點證人 wu¹ dim² jing³ yen⁴

由犯案者轉為控方證人的人士。

污糟 wu¹ zou¹

形容詞，髒。粵 件衫污糟咗，換過第件。普 這件衣服髒了，換作另一件。

糊餐 wu² can¹

特指把固體食物攪拌成糊狀食物，以供嬰孩或長者食用。

互笠高帽 wu⁶ leb¹ gou¹ mou²

互相吹捧。

互噴 wu⁶ pen³

互相責罵。

煨 wui¹

長時間慢火烤。粵 煨番薯。普 烤紅薯。

回流 wui⁴ leo⁴

特指移居境外的香港人返回香港定居。

回水 wui⁴ sêu²

俗指退款。粵 撥款未用完就要回水。

迴旋處 wui⁴ xun⁴ qu³

（交通）環島。

匯水 wui⁶ sêu²

不同貨幣匯率的差價。粵 賺匯水。

碗仔翅 wun² zei² qi³

香港常見的街頭小吃。以粉絲為底（謔指"翅"），加入可口的調料（浙醋、香油、胡椒麵兒）盛在小碗（"碗仔"）食用。

換包裝，冇轉餡
wun⁶ bao¹ zong¹, mou⁵ jun³ ham²

換湯不換藥。

換骹 wun⁶ gao³

給膝蓋換上合金關節的手術。

換片 wun⁶ pin²

換尿布。粵 嬰兒勤換片。

X

司法複核 xi¹ fa³ fug¹ hed⁶

當政府行政機關作出不合法、不公正或程序不當的決定時，受影響的團體或個人可以向法院提出申訴，要求複核。

司警 xi¹ ging²

（澳門用語）司法警察。

獅子開大口 xi¹ ji² hoi¹ dai⁶ heo²

獅子大開口。粵 佢竟然獅子開大口要三萬。

獅子銀行 xi¹ ji² ngen⁴ hong⁴

喻指正門放置一對獅子擋煞旺財的滙豐銀行總行。

獅子山下 xi¹ ji² san¹ ha⁶

歌曲《獅子山下》誕生於上世紀 70 年代。為港人的集體回憶（黃霑詞，顧家輝曲，羅文原唱）。

獅子山精神 xi¹ ji² san¹ jing¹ sen⁴

指由歌曲《獅子山下》所催生的集體精神。歌詞後隨社會變化而有所改動，但主調仍然是"理想，一起去追，無畏更無懼"，表達了港人一貫頑強不息的拚搏精神。

獅王 xi¹ wong⁴

喻指"滙豐銀行"。粵 獅王失威，停派利息。

師奶 xi¹ nai¹

泛指已婚的中年家庭主婦。

師奶兵團 xi¹ nai¹ bing¹ tün⁴

俗指由家庭主婦組成的、從內地挾帶毒品返港的集團。

師奶更 xi¹ nai¹ gang¹

俗指工時短的工作，以吸引家庭主婦就業。

師奶殺手 xi¹ nai¹ sad³ seo²

泛指令中年婦女傾倒的演藝界人士。

師爺 xi¹ yé⁴

俗稱律師行職員。

絲襪奶茶 xi¹ med⁶ nai⁵ ca⁴

茶底是用多種茶葉混煮，沖泡時先以細密的仿絲棉袋（形似絲襪）隔去茶葉，再加上牛奶而成。這是香港本土首創的飲品。

私地 xi¹ déi⁶

（澳門用語）指私人土地，有別於政府土地。

私竇派對 xi¹ deo³ pai³ dêu³

指年輕人合租酒店房間舉行派對。

私伙野 xi¹ fo² yé⁵

自家東西，通常帶有珍藏的意味，如名酒。

私家地 xi¹ ga¹ déi⁶

私人的地方，包括私人擁有的物業以及私人物業區域內道路、山坡等；與"官地"相對。

私樓 xi¹ leo²

私人住宅。

私密 xi¹ med⁶

形容地方適合於不宜公開的私人活動。粵 餐廳下層開揚，上層比較私密。

私隱 xi¹ yen²

隱私。粵 填寫個人資料要留意私隱問題。

私煙 xi¹ yin¹

走私香煙。粵 海關檢獲千萬元私煙。

屎忽 xi² fed¹

俗指屁股。香港話少用，一般用英語 pat pat 代替。見該條目。

試過 ❶ xi³ guo³

輔動詞，曾經出現過。粵 呢度未試過落雪。普 這兒沒下過雪。

試過 ❷ xi³ guo³

輔動詞，曾經經歷過。粵 讀中學嗰陣我英文都試過肥佬。普 我英語曾經不及格。

試誤 xi³ ng⁶

英語借詞：trial and error，嘗試錯誤法。粵 喺不斷試誤中，搵出更為有效嘅策略。

試水溫 xi³ sêu² wen¹

喻指刺探對方虛實、實力、誠意等舉措。粵 佢嗷嘅言論係試水溫，睇吓各方嘅反應如何。

209

X

試勺 xi³ wen⁴

嘗試過（所有相關的東西）。粵 試勺晒哋嘅藥都有用。

時 xi⁴

連詞，表假設。粵 你唔合作時人哋都可以唔合作。普 你不合作，人家也可以不合作。

時間掣 xi⁴ gan³ zei³

定時器。

時來運到 xi⁴ loi⁴ wen⁶ dou³

即 "是時候該（我）走運了"。粵 睇相佬話我八十之後就會時來運到。普 看相的說我八十以後運程就會漸入佳境。

時票 xi⁴ piu³

指以小時為限的票。

時鐘酒店 xi⁴ zung¹ zeo² dim³

特指供男女幽會，以時鐘計算收費的小型賓館。

匙卡 xi⁴ kad¹

旅館等打開房門用的卡片兒。

市井麻甩 xi⁵ zéng² ma⁴ led¹

形容市儈習氣、形象污穢。粵 豬肉佬嘅形象係市井麻甩。

士巴拿 xi⁶ ba¹ na²

英語借詞：spanner，扳手。

士啤 xi⁶ bé¹

英語借詞：spare，後備。粵 有冇士啤鎖匙？

士多 xi⁶ do¹

英語借詞：store，供應煙酒食品為主的小賣店。

士多啤梨 xi⁶ do¹ bé¹ léi²

英語借詞：strawberry，草莓。

士多房 xi⁶ do¹ fong²

英語借詞：store room，泛指儲物室。

士哥 xi⁶ go¹

（足球用語）英語借詞：score，表進球。粵 佢呢兩場都有士哥。

士碌架 xi⁶ lug¹ ga²

英語借詞：snooker，桌球（斯諾克）。粵 放咗工，有冇興趣同我玩番場士碌架呀？

士沙 xi⁶ sa¹

英語借詞：sergeant，俗稱警長。

侍應 xi⁶ ying³

（食肆）服務員。

是但 xi⁶ dan⁶

隨意。粵 是但講兩句啦。普 隨便說兩句吧。

事關 xi⁶ guan¹

連詞，因為。粵 張支仲未簽，事關老細唔喺度。普 支票還沒有簽，因為老闆不在。

事頭婆 xi⁶ teo⁴ po⁴

俗指（小店鋪）老闆娘。

事業線 xi⁶ yib⁶ xin³

特指女性乳溝。粵 佢太太著住吊帶洋裝大曬深長嘅事業線。

豉椒炒魷 xi⁶ jiu¹ cao² yeo⁴

謔稱辭退某人。粵 如果證實係佢做嘅，就一定豉椒炒魷（"豉椒炒魷" 為港人的家常菜，於此作為借喻）。

豉油 xi⁶ yeo⁴

醬油。

豉油西餐 xi⁶ yeo⁴ sei¹ can¹

謔指把正宗西餐轉化為適合港人口味的平民西餐，即重視食材加西式醬汁的餐食。

X

視導 xi⁶ dou⁶

指政府教育局不時派人到津貼學校巡視指導。

視后 xi⁶ heo⁶

指最成功的電視劇女演員。

視障人士 xi⁶ zêng⁶ yen⁴ xi⁶

盲人的雅稱。

攝 xib³

擠進窄小的空間。🔵 我隻貓鍾意攝喺兩個人中間坐。

攝車罅 xib³ cé¹ la³

在汽車與汽車之間的罅隙穿行。🔵 揸電單車隨時要避免攝車罅，好危險。

攝嚫 xib³ cen¹

指由於天氣忽冷忽熱而引起的感冒發燒。

攝高枕頭諗諗

xib³ gou¹ zem² teo⁴ nem² nem²

直譯為 "把枕頭墊高點兒，好好兒想想"，即建議對方再三考慮清楚，不必急於行動。

攝期 xib³ kéi⁴

指店鋪舊租已滿，新租未到的空檔時段。

攝位 ❶ xib³ wei²

佔據空出來的位置。🔵 張三被炒，李四成功攝位。

攝位 ❷ xib³ wei²

巧妙地佔據一個好的位置（如合照的時候）。🔵 佢吓吓都攝到個靚位。

攝時間 xib³ xi⁴ gan³

利用時間空檔。🔵 確保本地工人有長期工開，唔能夠當佢哋係攝時間嘅臨時替工。🔴 …… 不要把他們當做填補時間的臨時替工。

攝入 ❶ xib⁶ yeb⁶

巧妙地擠。🔵 佢側側身由第一排攝入第

二排。🔴 他側著身子巧妙地從第一排擠進第二排。

攝入 ❷ xib⁶ yeb⁶

進入較小的空間。🔵 部分車頭攝入貨車尾。🔴 撞進貨車的尾部。

蝕 xid⁶

虧折。🔵 買股票蝕晒。🔴 全虧了。

蝕到入肉 xid⁶ dou³ yeb⁶ yug⁶

嚴重虧折（讓人心疼）。🔵 以平日銷售量推算，公司會蝕到入肉。

蝕假 xid⁶ ga³

享受不了應得的假期。🔵 儘早清晒啲假，以免蝕假。

蝕埋 xid⁶ mai⁴

無法達到收支平衡。🔵 日做幾百蚊生意，人工都蝕埋。🔴 …… 還不夠付工錢。

蝕賣 xid⁶ mai⁶

讓利出售。🔵 蝕賣豪宅套現三千萬元。

蝕桌 xid⁶ zêg³

（花費對比上）被佔了便宜。🔵 我請佢鋸扒，佢請我食煲仔飯，真係蝕桌。🔴 吃牛排與吃煲仔飯的價錢相差甚遠！

蝕章 xid⁶ zêng¹

遜色。🔵 表現唔錯，起碼冇蝕章俾佢哋。🔴 …… 起碼並不遜色。

色士風 xig¹ xi⁶ fung¹

英語借詞：saxophone，薩克斯風（簧管樂器）。

色誘黨 xig¹ yeo⁵ dong²

指由女性利用姿色引誘男性，後由其男性同黨進行搶劫。

息口 xig¹ heo²

俗指銀行利率。🔵 香港同美國實行聯繫匯率，香港息口隨美金升降調整。

X

熄燈離場 xig¹ deng¹ léi⁴ cêng⁴

喻指公司企業倒閉。粵 資金鏈斷裂，公司只好熄燈離場。

熄火 xig¹ fo²

關火。粵 煲湯唔記得熄火。

熄咪 xig¹ mei¹

關掉麥克風。粵 唔該你熄咪，第個發言。

熄匙 xig¹ xi⁴

把車鑰匙拔出或調校至讓發動機停止運作的位置。粵 司機落車之前要熄匙。

惜食 xig¹ xig⁶

愛惜糧食。粵 惜食唔浪費。

惜食堂 xig¹ xig⁶ tong⁴

專責食物回收及援助的民間機構，即利用菜市場剩餘的食材由義工做飯免費派給有需要的長者。

飾金 xig¹ gem¹

黃金飾品。

識❶ xig¹

助動詞，會。粵 我識揸車。普 會開車。

識❷ xig¹

動詞，懂。粵 唔識學到識。

識❸ xig¹

動詞，認識。粵 你識佢嘅咩？普 你認識他？

識 do❶ xig¹ do

懂得體貼別人。粵 佢個人好識 do，同事有乜困難，佢都肯幫忙。

識 do❷ xig¹ do

喻指善於見風使舵。粵 佢叫我要識 do，老闆話乜就係乜。

識飛 xig¹ féi¹

喻指有很大的能耐。粵 坐呢個位，話之你識飛，都好易俾人玩死。普 這個職位，不管你有多大能耐都很容易受到攻擊。

識鬼 xig¹ guei²

表否定的動詞，帶有誇張的語勢。粵 我識鬼佢呀！普 一點兒也不認識。

識佢老鼠 xig¹ kêu⁵ lou⁵ xu²

話語類句，強調看不起某人（帶鄙視語氣）。粵 我識佢老鼠！普 叫他滾遠點兒！

識落 xig¹ log⁶

結識。粵 佢不搵都喺呢度飲茶，識落唔少茶客。

識條鐵 xig¹ tiu⁴ tid³

強烈表示某人對某事一竅不通。粵 宜家投資太過複雜，太過專業，外行人識條鐵咩。普 …… 懂個屁！

識少少，扮代表
xig¹ xiu² xiu², ban⁶ doi⁶ biu²

固定結構，懂得不多卻愛出風頭。粵 呢啲人識少少，扮代表，自欺欺人啫。

識飲識食 xig¹ yem² xig¹ xig⁶

指精於品嚐菜餚。粵 佢好識飲識食㗎。普 他可是個美食家。

釋囚 xig¹ ceo⁴

刑滿釋放的人士。

食❶ xig⁶

吃（食物）。粵 食得係福。普 能吃就好。

食❷ xig⁶

吃（非食物）。粵 個 ATM 食咗我張卡。普 自動櫃員機把我的卡吞了。

食霸王飯 xig⁶ ba³ wong³ fan⁶

用餐後故意不付款。

食白果 xig⁶ bag⁶ guo²

泛指徒勞無功。粵 三場比賽都食白果。

普 一球沒進。

食波餅 xig⁶ bo¹ béng²

謔指被足球擊中身體某部位。

食餐好 xig⁶ can¹ hou²

吃一頓美食。**粤** 母親節同媽咪食餐好。

食塵 xig⁶ cen⁴

謔指失敗。**粤** 呢場比賽佢再次請對手食塵。

食大茶飯 xig⁶ dai⁶ ca⁴ fan⁶

俗指歹徒從內地偷渡來港犯案搶劫。

食得唔好嘥 xig⁶ deg¹ m⁴ hou² sai¹

喻指充分利用現有的條件（能吃的東西就別浪費）。

食到舔舔脷

xig⁶ dou³ lim⁵ lim⁵ léi⁶

形容菜餚之美味。**粤** 好食！好食！個個食到舔舔脷。**普** 好吃得直咂嘴。

食花生 xig⁶ fa¹ sang¹

喻指旁觀湊熱鬧，並無實質參與。

食風 xig⁶ fung¹

任由風吹。**粤** 企喺外面食風呀？**普**（勸某人）快進屋裡來好了。

食幾家茶禮 ❶

xig⁶ géi² ga¹ ca⁴ lei⁵

指某人未取得僱主同意兼職做幾份工作而構成詐騙罪。

食幾家茶禮 ❷

xig⁶ géi² ga¹ ca⁴ lei⁵

特指同時受僱於黑道中多個社團。

食過返尋味

xig⁶ guo³ fan¹ cem⁴ méi⁶

喻指嚐到了甜頭之後再回頭來嘗試。**粤** 警方估計歹徒會食過返尋味，回頭再來犯案。

食過世 xig⁶ guo³ sei³

經濟富餘，能吃一輩子。**粤** 大把錢，夠食過世。

食口水尾 xig⁶ heo² sêu² méi¹

拾人牙慧。**粤** 嗰嘅言論無非係食張三嘅口水尾。**普** 這種說法無非是拾張三的牙慧。

食住個勢 xig⁶ ju⁶ go³ sei³

順應當前事情的發展；趁熱打鐵。**粤** 第一集反應好好，所以打算食住個勢籌備第二集。

食住個位 xig⁶ ju⁶ go³ wei²

佔著必要的空間。**粤** 一有空檔，馬上挨架車過去，食住個位，對方就不得不讓。

食住上 xig⁶ ju⁶ sêng⁵

趁勢獲取利益。

食力 xig⁶ lig⁶

依靠勞力（並非依靠腦力）。**粤** 冇乜文化，食力多過食腦。

食檸檬 ❶ xig⁶ ling⁴ mung¹

指男性被女性拒絕約會或追求。**粤** 你又食檸檬呀？繼續努力啦！

食檸檬 ❷ xig⁶ ling⁴ mung¹

不留情面地拒絕。**粤** 佢想同我握手，我就請佢食檸檬。

食螺絲 xig⁶ lo⁴ xi¹

言辭不順，談吐不清或唸錯字，說錯話。**粤** 佢一開口就食螺絲。

食貓麵 xig⁶ mao¹ min⁶

批評，訓斥。**粤** 又遲到，聽食貓麵喇。**普** 等著挨吡兒吧。

食尾糊 xig⁶ méi⁵ wu²

（麻將用語）指最後一局和了牌，引指為贏得最後一場的勝利。**粤** 甲隊最後都贏番一場，算係食到尾糊喇。

X

食無情雞 xig⁶ mou⁴ qing⁴ gei¹

喻指被解僱。 粵 前日公司請咗哋幾個食無情雞。

食硬 xig⁶ ngang⁶

俗指處處打壓、刁難某人。 粵 我食硬你。 普 我就跟你過不去！

食安樂茶飯
xig⁶ ngon¹ log⁶ ca⁴ fan⁶

心情舒暢地、輕輕鬆鬆地吃上一頓。 粵 好耐有同大家食餐安樂茶飯嘞。

食盆 xig⁶ pun⁴

即吃盆菜。見條目【盆菜】。

食水 xig⁶ sêu²

飲食用水（經處理過的淡水），與"廁所水"（海水）相對。

食肆 xig⁶ xi³

泛指供應餐飲的地方。 粵 我哋呢區食肆好多。 普 吃飯的地方很多。

食肆密碼 xig⁶ xi³ med⁶ ma⁵

（茶餐廳用語）指代表餐飲食物的特殊符號。如"力"代表好立克（一種飲料），而"大力"、"細力"則指大瓶或小瓶的生力啤酒。

食鹽多過你食米
xig⁶ yim⁴ do¹ guo³ néi² xig⁶ mei⁵

回應那些無視年資深、經驗豐富的人士的人（人家吃鹽比你吃米飯還要多）。 粵 你行開喇，人哋食鹽多過你食米呀！

食肉獸 xig⁶ yug⁶ seo³

謔指喜歡大量吃肉的人士。 粵 港人多為食肉獸。

食正條水 xig⁶ zéng³ tiu⁴ sêu²

完全配合到當前的勢頭而得益。 粵 佢哋食正條水，賺到第一桶金。

食粥食飯 xig⁶ zug¹ xig⁶ fan⁶

"食粥"，吃稀飯代表逆境；"食飯"，吃乾飯代表順境。喻指成敗在於此。 粵 呢行忙半年閒半年，未來半年食粥食飯，就睇呢幾個月。 普 未來半年是否能賺到錢就看這幾個月。

閃 xim²

副詞，指在極短時間之內。 粵 完成任務，閃返香港。

閃電 xim² din⁶

喻指在極短時間之內。 粵 警方閃電拘捕三人。

閃婚 xim² fen¹

喻指在極短時間之內結婚。 粵 拍拖唔夠三個月即閃婚。

閃咭 xim² kad¹

指用鋅製成的、印有明星或動漫人物的卡片。

閃戀 xim² lün²

指在極短時間之內產生戀情。 粵 閃戀、同居、甜蜜期，然後，現實突然浮現。

閃失 xim² sed¹

失誤，岔子。 粵 今場如再有閃失，好難追番上去。

閃逃 xim² tou⁴

在極短時間之內逃跑。 粵 意外發生後，佢哋立刻落車閃逃。

閃酒鬆人 xim² zeo² sung¹ yen⁴

避而不喝酒，迅速離開。 粵 張三有到場，但唔夠廿分鐘即閃酒鬆人。

先 xin¹

副詞，才。 粵 適唔適應得到，要做落先知。 普 是否能適應，要幹起來才知道。

先行 xin¹ hang⁴

優先考慮。 粵 選科興趣先行。 普 選修學科，興趣是第一位。

先旨聲明 xin¹ ji² xing¹ ming⁴

話語類句，用於避免產生誤會。[粵] 先旨聲明，呢個係上面嘅安排，唔關我事。[普] 首先我得說清楚，這個是上面的安排，與我無關。

先至 xin¹ ji³

副詞，才，表示達到某個理想的程度。[粵] 蒸熟咗仲要焗三幾分鐘先至好。

仙都唔仙 xin¹ dou¹ m⁴ xin¹

"仙"即英語借詞：cent，錢幣最小的單位。市面上已不流通。"仙都唔仙"喻指一文不名。[粵] 交咗租之後，我就仙都唔仙。[普]…… 沒什麼錢了。

仙股 xin¹ gu²

指市值跌至一元以下的股票。

鮮風掣 xin¹ fung¹ zei³

指汽車內部引進外面新鮮空氣的閥門。[粵] 打開巴士鮮風掣，增加車廂內空氣流通。

跣腳 xin³ gêg³

滑了一跤。[粵] 一個跣腳就碌咗落樓梯。[普] 一下滑腳就滾下樓梯。

跣水 xin³ sêu²

指水滴從衣服表面上自然滑落。[粵] 件風褸跣水嘅。

跣胎 xin³ toi¹

（車輪）打滑。[粵] 大雨令唔少車跣胎失控。

跣一鑊 xin³ yed¹ wog⁶

設圈套陷害人。[粵] 俾張三跣咗一鑊。[普] 給張三擺了一道。

鱔稿 xin³ gou²

軟性宣傳稿，即記者的報導內容有廣告成分。[粵] 啲嘅擦鞋鱔稿，有乜嘢好睇？

善終服務 xin⁶ zung¹ fug⁶ mou⁶

為晚期病人提供支援性和心理上的服務，讓他們享受到人間最後的關懷和尊嚴。

升班馬 xing¹ ban¹ ma⁵

（賽馬用語）獲准由低一班調升至高一班的賽馬。

升斗市民 xing¹ deo² xi³ men⁴

收入微薄的低層市民。

升呢 xing¹ né¹

"呢"，英語 level 的諧音縮略詞，指水平。"升呢"泛指提高社會地位。[粵] 琴日太太生咗個仔，佢就升呢做老竇。[普]…… 榮升當父親。

星 xing¹

指進入大學的成績等級。[粵] 只要喺兩個理科得到三粒星，工程學院就會錄取佢哋。

星級 xing¹ keb¹

語素詞，表示達到標準的某一級別。[粵] 呢條郊遊路線，難度約為三星級。

星球 xing¹ keo⁴

屬性詞，謔指每月收入百萬元計（"球"指一百萬元，見該條目）。[粵] 私家醫院星球醫生唔少㗎。[普] 月入過百萬的醫生不少。

星味 xing¹ méi⁶

喻指明星的氣派。[粵] 身穿粉紅大褸，配上黑帽黑超，星味甚濃。

星途 xing¹ tou⁴

指當演員（明星）的前途。[粵] 千祈唔好惹上緋聞而影響星途。

星洲 xing¹ zeo¹

香港別稱新加坡。

星洲炒米 xing¹ zeo¹ cao² mei⁵

茶餐廳常備菜式，即三絲炒米粉。跟新加坡毫無關聯。

X

星中之星 xing¹ zung¹ ji¹ xing¹

見條目【傑運】。

鋅盤 xing¹ pun²

英語借詞：sink，（廚房）洗滌槽，水槽。

聲浪 xing¹ long⁶

音量。粵 唔該收細啲聲浪。

聲請 xing¹ qing²

特指來港難民的免遣返聲請；見條目【免遣返聲請政策】。

醒 ❶ xing²

俗指動手打。粵 嬲得滯醒佢一巴。普 生氣得狠狠地給他一個耳光。

醒 ❷ xing²

特意給。粵 醒啲貼士嚟吖。

醒水 xing² sêu²

覺察。粵 佢呃咗你咁多錢，你都唔醒水嘅。普 他騙了你那麼些錢，你還沒覺察。

性小眾 xing³ xiu² zung³

指同性戀及跨性別人士。

勝算 xing³ xun³

勝出的估算。粵 相比之下，張三嘅勝算仲係高一線。

勝在 xing³ zoi⁶

指取勝的優點所在。粵 勝在經驗豐富。

聖誕花 xing³ dan³ fa¹

（觀賞花卉）一品紅，因其頂端的鮮紅色葉片在聖誕節前後最為漂亮而得名。

聖誕鐘，買滙豐

xing³ dan³ zung¹, mai⁵ wui⁶ fung¹

香港滙豐銀行因其穩健的經營作風和持續的派息政策，其發行的股票成為不少港人的愛股；"聖誕鐘"為押韻的墊詞。喻指買滙豐銀行的股票可保障豐厚的獲利。

成功靠父幹

xing⁴ gung¹ kao³ fu⁶ gon³

話語類句，指成功靠父輩的支持。

城市論壇 xing⁴ xi⁵ lên⁶ tan⁴

"城市論壇"為香港唯一戶外直播、市民自由參與的一個公共平台。原先在銅鑼灣維多利亞公園內舉行，後納入香港電台節目之中。

乘 xing⁴

原指數學符號 "×"；喻指兩物之相關。粵 呢番說話表明 "葡萄乘張三" 之味道甚濃。普 這番話表明張三的酸葡萄心理十分明顯。

承你貴言 xing⁴ néi⁵ guei³ yin⁴

應對語，表示但願你美好的祝願在我身上實現。粵 A：祝你成功。B：承你貴言。

剩女 xing⁴ nêu²

指過 40 歲仍未婚的女士（含貶義）。

繩索袋 xing⁴ sog³ doi²

用繩索封口的背包。

盛惠 xing⁶ wei⁶

（商業用語）用於商店對顧客婉言報價。粵 呢副眼鏡盛惠 700 蚊。

消費 xiu¹ fei³

利用某一社會事件進行宣傳鼓動。粵 佢哋充分消費呢次事件向公司管理層施壓。

消防喉 xiu¹ fong⁴ heo⁴

消防水帶。

消防鐘 xiu¹ fong⁴ zung¹

火警警報鈴。

燒碟 xiu¹ dib²

刻錄光盤。粵 將啲快勞燒隻碟俾你。普 把文檔刻錄在一個光盤上給你。

燒街衣 xiu¹ gai¹ yi¹

傳統習俗，於農曆七月孟蘭節在大街小

巷焚燒冥鏹，以慰亡魂。

[燒豬] xiu¹ ju¹

特指燒乳豬，為常見喜慶場合的祭祀用品，如拜祭祖先、新店開張、工程啟動等。

[燒臘] xiu¹ lab⁶

指燒製、烤製和臘製的食品。[粵] 嗰間燒臘鋪嘅臘腸好靚。

[燒味] xiu¹ méi²

泛指烤製的食品。

[燒味三寶] xiu¹ méi² sam¹ bou²

特指叉燒、燒鵝、乳豬。

[燒錢 1] xiu¹ qin²

投入大量資金（做某事）。[粵] 市場競爭激烈，唔少平台燒錢搶生意。

[燒錢 2] xiu¹ qin²

動用大量資金。[粵] 我今次係投資者，燒自己嘅錢。[普] 自己出錢。

[燒鬚] xiu¹ sou¹

喻指一時失誤，鬧出笑話。[粵] 電台燒鬚錯報結果。

[宵夜] xiu¹ yé²

夜宵。

[小登科] xiu² deng¹ fo¹

結婚。[粵] 張三琴日小登科，迎娶李四個女。

[小學雞 1] xiu² hog⁶ gei¹

謔稱小學生。

[小學雞 2] xiu² hog⁶ gei¹

喻指十分愚蠢的弱智行為。[粵] 咁小學雞嘅。[普] 如此幼稚可笑的行為！

[小強] xiu² kêng⁴

俗指蟑螂。

[小露寶] xiu² lou⁶ bou²

俗指公司行政人員存放私人物品的流動儲物櫃。

[小龍門] xiu² lung⁴ mun⁴

（足球用語）指球在守門員胯下穿過。[粵] 射穿小龍門，過埋大龍門，入咗。[普] 球穿過守門員胯下滾進球門，得分！

[小貓三四隻]

xiu² mao¹ sam¹ séi³ zég³

謔指參加的人數極少。[粵] 嗰會得小貓三四隻。[普] 參加會議的人很少。

[小心駛得萬年船]

xiu² sem¹ sei² deg¹ man⁶ nin⁴ xun⁴

話語類句，勸喻凡事要小心，可保長久平安。[粵] 出車之前要再三檢查，小心駛得萬年船吖嗎。

[小數怕長計]

xiu² sou³ pa³ cêng⁴ gei³

喻指不經意的、持續的小開銷可能會變成一項經濟負擔。[粵] 小數怕長計，日日打的返工，一年落嚟唔少錢㗎。

[小泰國] xiu² tai³ guog³

特指在港泰國人聚居的九龍城。

[小息] xiu² xig¹

指中小學的課間休息。[粵] 等放小息再講。

[小城] xiu² xing⁴

（澳門用語）澳門人自稱澳門。

[小築] xiu² zug¹

"時鐘酒店" 的雅稱；見該條目。

[少啲 … 都唔得]

xiu² di¹ ... dou¹ m⁴ deg¹

框架結構，指（經驗、膽量、體力等）要足夠才能成事。[粵] 行呢條路上山，少啲膽量都唔得。

X

少減個 xiu² gam² go³

少了一個。粵 我哋大把助理，少減個，冇影響。普 我們有的是助理，缺一個，沒影響。

少數族裔 xiu² sou³ zug⁶ yêu⁶

指祖先來自南亞或東南亞（印度、巴基斯坦和尼泊爾）而本人則在香港土生土長的人士。據 2016 年的統計，少數族裔人士佔全港總人口的 3.8%，約為 25 萬人。

少少 xiu² xiu²

數量詞，表示一點兒。粵 到嗰度要廿分鐘多少少。

笑爆嘴 xiu³ bao³ zêu²

形容開懷大笑。粵 佢嘅棟篤笑好犀利，次次大家都笑爆嘴。

笑大人個口

xiu³ dai⁶ yen⁴ go³ heo²

形容十分荒唐可笑。粵 嗰嘅宣傳手法笑大人個口喇。普 ……可笑極了。

笑到見牙唔見眼

xiu³ dou³ gin⁴ nga⁴ m⁴ gin³ ngan⁵

形容笑得合不攏嘴（嘴巴張開，露出牙齒而眼睛瞇成一條縫兒）。

笑到喊 xiu³ dou³ ham³

社交網站上的表情符號，即 Face with Tears of Joy。形容笑到眼淚直流。

笑到轆地 xiu³ dou³ lug¹ déi²

形容狂笑（在地上打滾兒）。

笑到面黃 xiu³ dou³ min⁶ wong⁴

無情嘲笑；只用於被動式。粵 嗰都搞錯，分分鐘俾人笑到面黃。

笑笑口 xiu³ xiu³ heo²

形容微笑著。粵 佢笑笑口同我打招呼。

書膠 xu¹ gao¹

書本的塑料封皮。粵 本書包咗書膠，新嘅一樣。

書局 xu¹ gug²

書店。

書友仔 ❶ xu¹ yeo² zei²

校友。

書友仔 ❷ xu¹ yeo² zei²

同學。粵 佢係我中學嘅書友仔。

紓困 xu¹ kuen³

幫助有需要的人士紓解困難。

輸 ❶ xu¹

輸。粵 輸咗之後，你有冇問自己輸乜？普 ……輸在哪兒（原因）？

輸 ❷ xu¹

賭東道；輸了就請客。粵 如果你哋有邊個答到呢個問題，我就輸大家一餐飯。

輸波 xu¹ bo¹

輸球。

輸波輸品 xu¹ bo¹ xu¹ ben²

球輸了，體育品德也輸了。

輸打贏要 xu¹ da² yéng⁴ yiu³

"輸打" 指輸錢不甘心；"贏要" 指贏錢不饒人。喻指要賴。粵 買之前唔做足功課，事後又話人搵你笨，輸打贏要咩？普 買之前沒好好考慮，買了之後就說給人騙了，這不是耍賴是什麼！。

輸景觀 xu¹ ging² gun¹

"景觀" 指樓宇窗外的景觀；"輸景觀" 即指樓宇窗外景觀遜色。粵 比起上嚟，間樓輸景觀。

輸甩褲 xu¹ led¹ fu³

謔指輸得很慘（褲子也沒了）。

輸運氣 xu¹ wen⁶ héi³

運氣不佳。🔵 今次攞唔到獎係輸咗啲運氣。

輸鑊甘 xu¹ wog⁶ gem¹

招致重大損失（"鑊甘"為表示程度高的補語）。🔵 睇實個市，唔係分分鐘會輸鑊甘。

輸蝕 xu¹ xid⁶

遜色。🔵 論能力，佢唔輸蝕過張三。🟢 一點兒不比張三差

輸少當贏 xu¹ xiu² dong³ yêng⁴

話語類句，表示自我安慰，即輸得不多的話，可視作贏了。🔵 佢哋喺委員會仍屬大多數，輸少當贏。

輸人莫輸威，輸威莫輸陣
xu¹ yen⁴ mog⁶ xu¹ wei¹, xu¹ wei¹ mog⁶ xu¹ zen⁶

喻指人數不夠，但要有氣派；氣派稍遜，陣腳卻不能亂。

薯 xu⁴

形容老土。🔵 潮定薯好多時係一線之差。🟢 新潮還是老土很多時候是一線之差。

殊殊 xu⁴ xu⁴

（兒童用語）擬聲詞，指小便。🔵 個仔要屙殊殊。🟢 小兒子要撒尿。

薯蓉 xu⁴ yung⁴

土豆泥。

薯仔 xu⁴ zei²

土豆。

樹根手 xu⁶ gen¹ seo²

指青筋暴露、瘦長的手（形狀如樹根般）。

豎起中指 xu⁶ héi² zung¹ ji²

喻指對對方非常粗野的手勢。🔵 佢竟然向我豎起中指，撩交打呀！🟢 他居然向我作出不文手勢，尋釁打架！

說話 xud³ wa⁶

名詞，話。🔵 你呢句說話唔啱。🟢 你這句話說得不對。

雪 xud³

冰鎮。🔵 啲啤酒雪得唔夠凍。

雪菜 xud³ coi³

雪裡紅。

雪藏 xud³ cong⁴

（演藝界用語）打入冷宮，不安排工作。🔵 佢被公司雪藏，人氣下滑，最後淡出娛樂圈。

雪花 xud³ fa¹

喻指頭皮屑。🔵 你件西裝嘅膊頭咁多雪花嘅。

雪糕 xud³ gou¹

冰淇淋。

雪糕佬 xud³ gou¹ lou²

俗指廉政公署工作人員。

雪糕筒 xud³ gou¹ tung²

特指交通錐。

雪櫃 xud³ guei⁶

冰箱。

雪條 xud³ tiu²

冰棒。

雪耳 xud³ yi⁵

白木耳。

損 xun²

受傷流血。🔵 跌到兩隻腳都損晒。

損手 xun² seo²

指金融市場投資虧損。🔵 炒股損手。

X

219

選輸 xun² xu¹

選舉落敗。🔵 諗住選輸咗就去讀書。

算 xun³

了結。🔵 出事就塞啲現金券俾你就啦算。

算啦 xun³ la¹

話語類句，表示放棄。🔵 都有諗過同朋友開餐廳，但都係算啦。

算死草 xun³ séi² cou²

鐵公雞，形容十分摳門的人士。🔵 佢正一算死草，你想摳佢嘅錢，難嘞。

蒜米 xun³ mei⁵

顆粒度很小的大蒜。

蒜頭 xun³ teo⁴

蒜。

蒜茸 xun³ yung⁴

蒜茸。🔵 蒜茸炒豆苗。🔴 蒜蓉炒豆苗。

船到橋頭自然直
xun⁴ dou³ kiu⁴ teo⁴ ji⁶ yin⁴ jig⁶

車到山前必有路。🔵 諗咁多做乜吖？船到橋頭自然直。

船家 xun⁴ ga¹

指出租遊樂用途的小型機動舢板的人士。

船襪 xun⁴ med⁶

極短的船形襪子。

船頭對浪頭
xun⁴ teo⁴ dêu³ long⁶ teo⁴

指舢板應對海浪衝擊的技巧；由於船頭具有破浪功能，可減低舢板翻側的危險。

旋轉門 xun⁴ jun² mun⁴

（政治用語）指社會精英在官、政、學、商各個界別流轉，以利於培養政治人才。

Y

廿四孝 ya⁶ séi³ hao³

屬性詞，謔指無微不至地過分關懷。🔵 廿四孝男朋友。

踹 yai²

蹬（自行車）。🔵 週末我哋時不時上大帽山踹單車。

趒 yang³

蹬。🔵 趒上九樓好辛苦。🔴 蹬上九樓挺累的。

耶穌光 yé⁴ sou¹ guong¹

雲隙光，即陽光穿過雲隙的景象。

椰菜 yé⁴ coi³

捲心菜。

椰菜花 yé⁴ coi³ fa¹

菜花。

冶味 yé⁴ méi⁶

形容（菜餚）味道十分好。🔵 用蛋絲、肉絲同青椒絲一齊炒，十分冶味。

野生捕獲 yé⁵ sang¹ bou⁶ wog⁶

謔指意外地碰見某人🔵 張三俾傳媒野生捕獲喺公園跑步。

嘢 ❶ yé⁵

語素詞，跟數詞一、二連用，表示頻率。🔵 啲嘅原子筆用兩嘢就用唔到。🔴 用兩下就報廢。

嘢 ❷ yé⁵

指人，含厭惡義。🔵 咽隻嘢好鬼麻煩，唔好惹佢。🔴 那傢伙很難纏。

嘢 ❸ yé⁵

泛指物品。🔵 唔好搞我啲嘢。🔴 別動我的東西。

嘢 ❹ yé⁵

事情。🔵 上次單嘢唔關我事㗎。🔴 那件事與我無關。

惹火 yé⁵ fo²

屬性詞,指女性身材十分性感。🔵 個女歌手身材十分惹火。

夜 yé⁶

形容詞,晚。🔵 佢好夜至返嚟。🔴 很晚才回來。

夜場 yé⁶ cêng⁴

泛指夜總會、按摩場、卡拉 OK、枱球室、麻將館等由下午至通宵營業的場所。

夜更 yé⁶ gang¹

夜班。

夜鬼 yé⁶ guei²

夜貓子。

夜冷店 yé⁶ lang¹ dim³

指專售某商店或公司結業後,透過拍賣或清盤招標購入其貨品的店鋪。

夜馬 yé⁶ ma²

(賽馬用語)指晚上進行的賽馬活動。🔵 星期三跑夜馬,一落咗班,跑馬地就大塞車。

夜蒲 yé⁶ pou⁴

特指深夜流連於酒吧間。🔵 夜蒲老蘭。🔴 深夜在港島蘭桂坊酒吧間流連。

夜收工 yé⁶ seo¹ gung¹

晚下班。🔵 我逢禮拜三晚夜收工。

入稟法院 yeb⁶ ben² fad³ yun²

向法院提出申請。🔵 佢死唔還錢,我唯有入稟法院告佢。

入冊 yeb⁶ cag³

俗指關進監獄。與 "出冊" 相對。

入場 yeb⁶ cêng⁴

指進入某圈子。🔵 一房單位入場銀碼細。🔴 進入一房單位的買家圈子所需費用不大。

入廠 yeb⁶ cong²

俗指入院醫治。

入伙 yeb⁶ fo²

入住新居。🔵 我哋手續辦好晒,打算五月入伙。

入伙紙 yeb⁶ fo² ji²

俗指 "(樓宇)佔用許可證",藉此證明相關單位符合設計要求,適合居住。

入伙酒 yeb⁶ fo² zeo²

為慶祝入住新居而辦的酒席。

入櫃 yeb⁶ guei⁶

俗指販毒分子把毒品藏匿於肛門內以圖避過檢查。

入紙申請 yeb⁶ ji² sen¹ qing²

提出書面申請。🔵 入紙申請需時三個月。

入職 yeb⁶ jig¹

進入某一行業或機構工作。

入五 yeb⁶ ng⁵

俗指某人年滿五十歲。🔵 大家舉起五字手勢祝賀張三入五。

入腦 yeb⁶ nou⁵

進腦子;記住。🔵 溫習難入腦,最好外出走走,放鬆一下。

入票 yeb⁶ piu³

到銀行存入支票。

入錢 yeb⁶ qin²

(銀行)存款。🔵 等我入定啲錢喺支票

戶口。

入數 ❶ yeb⁶ sou³

（到銀行）存錢。🔵 收到現金馬上到銀行入數，放喺身度唔安全。

入數 ❷ yeb⁶ sou³

把負面的事情算到某人頭上。🔵 佢夾硬入我數。🔴 他強行要我負責。

入位 yeb⁶ wei²

指對對方的缺失或過失作針對性的攻擊。🔵 張三讀錯數字，李四即入位話佢有意為之。🔴 張三唸錯數字，李四即提出批評說這是存心唸錯。

入息 yeb⁶ xig¹

受薪人士一年全部納入計稅範圍的收入。入息包括兩部分，基本收入（如薪酬、津貼）和非經常性收入（如加班費）。🔵 張三被控虛報入息，法院判逃稅，即時入獄。

入肉 yeb⁶ yug⁶

形容（經濟損失）非常心疼。🔵 舊年經濟損失入肉。🔴 去年的經濟損失令人心疼。

入閘 yeb⁶ zab⁶

進入檢票口。

入樽 yeb⁶ zên¹

（籃球用語）扣籃，灌筐。

入罪 yeb⁶ zêu⁶

定罪。🔵 你入我乜罪？

一百歲唔死都有新聞聽 yed¹ bag³ sêu³ m⁴ séi² dou¹ yeo⁵ sen¹ men² téng¹

喻指稀奇古怪的事兒。🔵 債仔要債主倒貼利息買佢哋嘅債？真係一百歲唔死都有新聞聽。

一筆過 yed¹ bed¹ guo³

（金錢）一次性付給。🔵 最多一筆過俾

一萬蚊。

一 … 半 … yed¹ … bun³ …

固定型式，跟兩個相同的量詞連用，表示量少。🔵 老鼠間中都見有一隻半隻。🔴 偶爾也會發現一兩隻耗子。

一半半 yed¹ bun³ bun³

（機率）相等。🔵 我悲觀定樂觀？一半半喇。🔴 …… 一樣吧。

一齊 ❶ yed¹ cei⁴

形容詞，一塊兒的。🔵 你哋係一齊㗎？🔴 你們是一塊兒的？

一齊 ❷ yed¹ cei⁴

副詞，一起。🔵 大家一齊唱！

一場 yed¹ cêng⁴

限定詞，用於代表人的名詞前，表示共同經歷過。🔵 你哋兩個畢竟係一場夫妻。🔴 彼此曾經共同生活在一起（犯不著互相指責；犯不著斤斤計較）。

一場嚟到 yed¹ cêng⁴ lei⁴ dou³

話語類句，指既然大家從四面八方到這兒來了（請珍惜相聚的機會）。🔵 大家一場嚟到，坐多陣啦。🔴 既然來了，多待會兒吧。

一啖砂糖一啖屎 yed¹ dam⁶ sa¹ tong⁴ yed¹ dam⁶ xi²

"一啖砂糖"，即一口砂糖（態度友好）；"一啖屎"，即一口大便（態度惡劣）。喻指對人的態度瞬間一百八十度大轉變。🔵 佢哋嘅啵啵呶，需要你就一啖砂糖，唔需要你就一啖屎。🔴 …… 態度變幻無常。

一地雞毛 yed¹ déi⁶ gei¹ mou⁴

喻指十分混亂、無從收拾的局面。

一地兩檢 yed¹ déi⁶ lêng⁵ gim²

特指香港與深圳設有關卡的地區的邊檢人員集中在一個地方（如深圳灣口岸）辦公，由兩地人員同時對進出境人員、

Y

貨物進行過關和清關手續。

一地眼鏡碎

yed¹ déi⁶ ngan⁵ géng² sêu³

喻指出乎眾人意料之外。🔵 球隊兩度領先，最後竟然 2 比 3 輸咗，搞到看台上一地眼鏡碎。

一啲都唔 yed¹ di¹ dou¹ m⁴

複合副詞，一點兒也不。🔵 太辣又太鹹，一啲都唔好食。🔴 …… 一點兒也不好吃。

一定 yed¹ ding⁶

肯定。🔵 瘡就一定嘅嘞，但係好開心，終於返到香港。

一 … 都嫌多

yed¹ … dou¹ yim⁴ do¹

話語類句，表示應盡量避免。🔵 工業意外一單都嫌多。🔴 工業意外就算發生一起也嫌多。

一街都係 yed¹ gai¹ dou¹ hei⁶

臭了街。🔵 香港地，股市樓市專家一街都係。

一覺瞓天光

yed¹ gao³ fen³ tin¹ guong¹

安然入睡直到天亮。

一腳踢 yed¹ gég³ tég³

指獨力承擔全部工作。🔵 間鋪頭，由入貨、落貨、賣貨，都係我一腳踢。

一嚡嚡 yed¹ geo⁶ geo⁶

形容說話口齒不清。🔵 我講香港話一嚡嚡，人哋都聽唔明。

一嚡飯 yed¹ geo⁶ fan⁶

形容笨手笨腳。🔵 初出道一嚡飯。

一句講晒 yed¹ gêu³ gong² sai³

一言以蔽之。🔵 一句講晒，月薪唔低於五萬先至會考慮。

一句唔該使死人

yed¹ gêu³ m⁴ goi¹ sei² séi² yen⁴

話語類句，表示拒絕那些任意使喚別人的行為。🔵 喂！一句唔該使死人咩？自己搞掂囉。

一哥 ❶ yed¹ go¹

某一行業或領域的領頭羊（男性）。

一哥 ❷ yed¹ go¹

特指香港警務處處長。

一個對 yed¹ go³ dêu³

指從說話當時算起二十四小時。🔵 一個對之後先至可以食藥。

一個大吉利是

yed¹ go³ dai⁶ ged¹ léi⁶ xi⁶

（避諱用語）"大吉利是" 作為呼語，用於擋煞。🔵 一個大吉利是傳播疾病，盞衰。🔴 如果不幸傳播疾病，那真倒霉。

一個幾毫 yed¹ go³ géi² hou⁴

小量金錢。🔵 佢哋唔會為咗一個幾毫決定撐你。

一個嬌，兩個妙，三個吃不消，四個斷擔挑

yed¹ go³ giu¹, lêng⁵ go³ miu⁶, sam¹ go³ hég³ bed¹ xiu¹, séi³ go³ tün⁶ dam³ tiu¹

香港針對計劃生育的宣傳語：第一個小孩兒嬌；第二個，妙；第三個，吃不消；第四個，養不起（把扁擔都壓折了）。

一個開 yed¹ go³ hoi¹

一倍。🔵 呢批貨可以賺成一個開。🔴 賺一倍多錢。

一個唔覺意 yed¹ go³ m⁴ gog³ yi³

出乎意料之外。🔵 可能一個唔覺意，被老闆睇中，連升三級。

一個唔該 yed¹ go³ m⁴ goi¹

冷不防；出乎意料之外。🔵 股價一個唔該插咗 5%。🔴 股價突然下降 5%。

Y

223

一個唔好彩 yed¹ go³ m⁴ hou² coi²

一下子；形容突然發生的負面事件。粵 一個唔好彩被傳染。

一個唔小心 yed¹ go³ m⁴ xiu² sem¹

一不小心。粵 一個唔小心就交叉感染。

一個平字 yed¹ go³ péng⁴ ji⁶

划算。粵 請外傭都係得一個平字。普 請外傭還是由於比較划算。

一個屈尾十

yed¹ go³ wed¹ méi⁵ seb⁶

突然改變方向。粵 原先以為佢過澳門，點知佢一個屈尾十上咗廣州。

一吓間 yed¹ ha⁵ gan¹

副詞，一下子。粵 一吓間都唔知點答。

一蟹不如一蟹

yed¹ hai⁵ bed¹ yu⁴ yed¹ hai⁵

"蟹"指螃蟹。賣螃蟹總是好的讓人先挑走，剩下的都是次貨，喻指一代不如一代。

一係 … 一係

yed¹ hei⁶ ... yed¹ hei⁶

複句關聯結構，要麼 … 要麼。粵 一係你去，一係佢去，我唔去。

一殼眼淚 yed¹ hog³ ngan⁵ lêu⁶

"殼"指用來舀水的瓢。喻指滿眶眼淚，引指辛酸淚。粵 講起上嚟真係一殼眼淚。

一號風球 yed¹ hou⁶ fung¹ keo⁴

指熱帶氣旋烈風增強的戒備信號。

一支公 yed¹ ji¹ gung¹

謔指單獨一個人，也可說兩、三支公。粵 淨番我一支公。

一節淡三墟

yed¹ jid³ dam⁶ sam¹ hêu¹

（商業用語）指大節過後，市場趨淡一段

時間（"墟"指定期舉行的鄉鎮集市，一般為七日一墟）。

一嚟 … 二嚟 yed¹ lei⁴ ... yi⁶ lei⁴

複句關聯詞，一來 … 二來。粵 搭夜車，一嚟慳番酒店錢，二嚟第朝一早到，時間上好安排。

一理通，百理明

yed¹ léi⁵ tung¹, bag³ léi⁵ ming⁴

一通百通。

一輪嘴 yed¹ lên² zêu²

形容說話急促。粵 佢一輪嘴數出幾個原因。

一輪 yed¹ lên⁴

動詞後加補語，表示一段時間。粵 講咗一輪都冇行動。普 說了半天，不見行動。

一輪輪 yed¹ lên⁴ lên⁴

"輪"指時段，"一輪輪"則指各個時段情況不同。粵 一輪輪嘅，一輪人多啲，一輪人少啲。

一樓一 yed¹ leo⁴ yed¹

"一樓一鳳"的縮略詞，見該條目。粵 大廈底層有不少一樓一單位。

一樓一鳳 yed¹ leo⁴ yed¹ fung⁶

"鳳"為女性性工作者的雅稱。香港法律規定賣淫違法，但這只適用於一個住宅單位內多人賣淫的活動，而一名女子在自己租住的一個單位的性活動警方不能干預。所以，"一樓一鳳"（一單位一性工作者）並不違法。

一命二運三風水

yed¹ méng⁶ yi⁶ wen⁶ sam¹ fung¹ sêu²

指影響一個人發跡的三要素。

一眼關七 yed¹ ngan⁵ guan¹ ced¹

喻指各個方面都照顧到（"七"為前後左右上中下七個方面）。粵 每日照顧約六十個病人，一眼關七。

Y

一炮而紅 yed¹ pao³ yi⁴ hung⁴

"炮"指具有突破性的成功,即一下兒躥紅。

一皮 yed¹ péi⁴

(足球用語)進球一次。粵 甲隊大勝乙隊四個一皮。普 四比一。

一鋪清袋 ❶ yed¹ pou¹ qing¹ doi²

指一次性花光所有金錢。粵 買樓後儲蓄一鋪清袋。普 ……歸零。

一鋪清袋 ❷ yed¹ pou¹ qing¹ doi²

喻指徹底完蛋。粵 佢因出軌導致一鋪清袋,老婆離婚,工作叫停。

一鋪養三代

yed¹ pou³ yêng⁵ sam¹ doi⁶

購置一間商鋪可養活三代人。

一盤冷水照頭淋

yed¹ pun⁴ lang⁵ sêu² jiu³ teo⁴ lem⁴

直譯為"一盆冷水兜頭蓋臉澆下來"。

一池死水 yed¹ qi⁴ séi² sêu²

一潭死水。粵 香港球市一池死水。

一身 yed¹ sen¹

動詞後名詞性補語,表示強調。粵 俾人打咗一身。普 被打了一頓。

一身蟻 yed¹ sen¹ ngei⁵

直譯為"渾身是螞蟻",強調非常麻煩。粵 我都叫咗你唔好群埋啲班人,宜家搞到一身蟻。普 我曾經勸你別跟那幫人來往,現在惹得一身麻煩了吧。

一手 yed¹ seo²

屬性詞,表示技能。粵 煮得一手好餸。普 燒得一手好菜。

一 take 過 yed¹ take guo³

(電影製作用語)指演員拍某動作一次完成,不用反復重拍。粵 呢幾個動作要一take過拍晒。

一頭半個月

yed¹ teo⁴ bun³ go³ yud⁶

十天半個月。粵 我要出差去北京,一頭半個月返唔到嚟。

一頭霧水 yed¹ teo⁴ mou⁶ sêu²

形容摸不著頭緒。粵 件事究竟點起,我都一頭霧水。普 事情是怎麼發生的,我全不摸頭。

一鑊熟 yed¹ wog⁶ sug⁶

喻指一起完蛋,同歸於盡。粵 佢論住放火燒車,大家一鑊熟,好彩差人及時趕到。

一鑊粥 yed¹ wog⁶ zug¹

混亂不堪。粵 辯論會搞到一鑊粥。

一試便知龍與鳳

yed¹ xi³ bin⁶ ji¹ lung⁴ yu⁵ fung⁵

實踐會證明高低優劣。粵 條魚蒸得如何,一試便知龍與鳳。

一試定生死

yed¹ xi³ ding⁶ sang¹ séi²

指一場考試決定某人命運。譖指香港中學文憑試。粵 唔可以講一試定生死嘅嗎,考唔到大學仲有大把出路。

一時三刻 yed¹ xi⁴ sam¹ hag¹

在極短的時間之內,一時半刻。粵 一時三刻湊唔出咁多錢。

一時一樣 yed¹ xi⁴ yed¹ yêng⁶

喻指變化無常,此一時彼一時。粵 幾日之間講法好唔同,一時一樣,越講越亂。

一嘢 yed¹ yé⁵

形容急速的行動。粵 佢一嘢飲晒手中啲杯酒。普 一下兒把手中那杯酒乾了。

一日都係我唔好

yed¹ yed⁶ dou¹ hei⁶ ngo⁵ m⁴ hou²

話語類句,表示自責:"這全都怪我"。

一日都嫌長 yed[1] yed[6] dou[1] yim[4] cêng[4]

形容需要馬上行動。粵 政治真係一日都嫌長。普 政治（議題）一天也不能拖（必須立刻處理）。

一日 … 一日 yed[1] yed[6] ... yed[1] yed[6]

關聯結構。粵 工程一日未完成，一日有機會發生意外。

一人行一步 yed[1] yen[4] hang[4] yed[1] bou[6]

喻指各讓一步。粵 一人行一步，先有望解結。

一人少句 yed[1] yen[4] xiu[2] gêu[3]

（勸架用語）表示不要說下去了；互諒互讓。粵 一人少句唔好嘈。

一於 yed[1] yu[1]

連詞，不管怎樣。粵 一於去食泰國菜。

一於噉話 yed[1] yu[1] gem[2] wa[6]

話語類句，表示"就這樣定了"。粵 一於噉話，聽朝十點喺機場集合。

一姐 yed[1] zé[1]

某一行業或領域的領頭羊（女性）。

一眾 yed[1] zung[3]

泛指眾多。粵 呢次成功有賴公司一眾團隊的努力。

日更 yed[6] gang[1]

白班。粵 返日更。普 上日班。

弱過藥煲 yêg[6] guo[3] yêg[6] bou[1]

形容十分虛弱。粵 呢隻狗弱過藥煲。

弱勢社群 yêg[6] sei[3] sé[5] kuen[4]

特指長者、低收入家庭、傷殘人士、新從內地來港人士以及少數族裔。

藥妝店 yêg[6] zong[1] dim[3]

英語借詞：drugstore，指售賣藥品及化妝品的商店。

曳到飛起 yei[5] dou[3] féi[1] héi[2]

謔指小孩兒非常淘氣。

音樂椅 yem[1] ngog[6] yi[2]

旨在提升電影院內音響及視覺效果的座位。

音樂椅遊戲 yem[1] ngog[6] yi[2] yeo[4] héi[3]

指純粹為碰運氣的遊戲，即音樂播放時大家興高采烈，全站起來，但音樂一停，有人就會發現自己沒有椅子坐；由此比喻股價市場。

陰啲陰啲 yem[1] di[1] yem[1] di[1]

喻指逐步逐步變化，幅度小，不明顯。粵 樓價持續下跌，但唔係嘭嘭聲跌，而係陰啲陰啲嘅跌。

陰乾 yem[1] gon[1]

指逐步採取限制措施以終止某項計劃。粵 削減資源，陰乾我哋。

陰功 yem[1] gung[1]

形容可憐的處境。粵 個細路蕩失路，喺度喊，真陰功。普 那小孩兒迷了路，一直在哭，真可憐。

陰功豬 ❶ yem[1] gung[1] ju[1]

感歎詞，對小孩兒表示憐憫。粵 陰功豬，唔好喊啦嘛，媽咪錫番。普 啊，我的小可憐。

陰功豬 ❷ yem[1] gung[1] ju[1]

感歎詞，表示失望、無奈。粵 一年收少成廿萬，認真陰功豬。

陰招 yem[1] jiu[1]

不正當的手法。粵 黑店陰招詐財。

陰濕 yem[1] seb[1]

形容慣於暗中使壞。粵 佢個人好陰濕，

226

因住呀。普 這個人蔦兒壞，你要留神。

陰司紙 yem¹ xi¹ ji²

冥幣。

陰陰嘴偷笑

yem¹ yem¹ zêu² teo¹ xiu³

陰險地笑。粵 睇佢陰陰嘴喺度偷笑。
普 看他一臉陰笑。

飲茶 ❶ yem² ca⁴

到茶樓品茶、吃點心。

飲茶 ❷ yem² ca⁴

泛指給賞錢。粵 各位辛苦嘞，呢啲係俾
你哋飲茶。

飲茶 ❸ yem² ca⁴

話語類句，告別用語。粵 第日去飲茶
咧。普 改天去飲茶好了。（表面意義）
好，就這樣，改天見！（實際意義）

飲橙汁 yem² cang² zeb¹

"橙汁" 指解毒用的美沙酮（Metha-
done），其顏色為橙色。"飲橙汁" 即指
接受戒毒治療。粵 佢自願入喜靈洲飲橙
汁（政府解毒所設在喜靈洲）。

飲大咗 yem² dai⁶ zo²

喝酒喝多了，有醉意。粵 琴晚飲大咗，
今朝宿醉。

飲得杯落 yem² deg¹ bui¹ log⁶

（成功之後）安心地喝上一杯，以示慶
祝。粵 顧客多兩成，管理層飲得杯落。

飲咖啡 yem² ga³ fé¹

俗指到廉政公署協助調查。

飲管 yem² gun²

吸管。

飲恨 yem² hen⁶

沒有獲得而失望。粵 飲恨最佳新人獎。

飲可樂 yem² ho² log⁶

（澳門司警用語）警員違規受處分。

飲衫 yem² sam¹

泛指出席婚禮、宴會等的服飾穿戴。

飲頭啖湯 yem² teo⁴ dam⁶ tong¹

喝上第一口湯，喻指行內第一個獲利。
粵 佢睇準個市，率先做二手車生意，飲
咗頭啖湯。

飲勝 yem² xing³

祝願語，乾杯！粵 為張三學成歸來
飲勝！

蔭棚 yem³ pang⁴

擋陽遮陰的蓬架。

因住 yen¹ ju⁶

小心。粵 因住路滑跌嘅。普 小心路滑
摔倒。

忍口 yen² heo²

控制食慾。粵 減肥唔能夠淨係靠忍口。

忍唔住口 yen² m⁴ ju⁶ heo²

控制不住自己要說的話。粵 佢忍唔住
口，爆咗出嚟。普 …… 捅了出來。

忍尿指數 yen² niu⁶ ji² sou³

忍尿，即憋尿。謔指電視電影的內容是
否吸引，足以讓觀眾寧肯憋著而不捨得
離座上廁所。指數越高，吸引力越大。

隱蔽長者 yen² bei³ zêng² zé²

泛指拒絕與社區接觸的獨居長者。

隱青 yen² qing¹

泛指宅男宅女，在社會上不能接受挫
折，拒絕和別人溝通，缺乏信心重返社
會而自困在家裡。

隱形病人 yen² ying⁴ béng⁶ yen⁴

沒有明顯病癥的病人。

Y

227

隱形戰車 yen² ying⁴ jin³ cé¹

指安裝了錄影偵察速度系統但無警察標誌的交通部車輛，專門用於檢控超速及危險駕駛人士。

人包鐵 yen⁴ bao¹ tid³

喻指騎摩托。粵 踹電單車即係人包鐵，太危險。

人疊人 yen⁴ dib⁶ yen⁴

人意外地架在人身上。粵 電梯失控倒行，造成人疊人。

人多擠逼 yen⁴ do¹ zei¹ big¹

形容十分擁擠。粵 避免到人多擠逼嘅地方。

人夫 yen⁴ fu¹

成為別人的丈夫，指已經結婚。與"人妻"相對。

人間妖域 yen⁴ gan¹ yiu² wig⁶

俗指蘭桂坊一帶。

人見人愛，車見車載 yen⁴ gin³ yen⁴ ngoi³, cé¹ gin³ cé¹ zoi³

形容十分受歡迎。

人工 yen⁴ gung¹

工資。

人工心 yen⁴ gung¹ sem¹

俗指外置的雙心室輔助裝置。

人氣熱點 yen⁴ héi³ yid⁶ dim²

形容人多聚集的地方。粵 喺人氣熱點中環碼頭。

人字拖 yen⁴ ji⁶ to¹

夾腳式拖鞋。粵 踢住人字拖去買餸。

人球 yen⁴ keo⁴

特指無國籍、無收容地而被迫滯留本港的人士。

人龍 yen⁴ lung⁴

俗指（排隊）長隊。粵 一早出現等車人龍。

人情 yen⁴ qing⁴

特指婚宴上賓客給新人的紅包，表示祝福心意，一般為五百至八百元。

人情緊過債 yen⁴ qing⁴ gen² guo³ zai³

話語類句，指逢年過節需要做人情（如送禮），從世俗的角度說，做人情比還債重要。

人情紙 yen⁴ qing⁴ ji²

（澳門用語）政府機構表示批准申請的文件。

人頭戶口 yen⁴ teo⁴ wu⁶ heo²

俗指代名人或以他人名義代持股份。結果是，有"人頭"依照"主謀"指示進行失當行為，包括操縱上市公司股價或股東會投票結果。

人肉擋箭牌 yen⁴ yug⁶ dong² jin³ pai⁴

指用自己的身軀抵擋他人的攻擊。

人肉錄音機 yen⁴ yug⁶ lug⁶ yem¹ géi¹

指某人只是不斷重複預先準備好的講辭，拒絕回應任何問題。

人渣 yen⁴ za¹

喻指人品極壞的人。

人仔 ❶ yen⁴ zei²

形容小小年紀。粵 佢得歲半人仔，經已學習多種語言。普 他才一歲半。

人仔 ❷ yen⁴ zei²

俗指人民幣。粵 上深圳之前，換定人仔。普 兌換好人民幣。

潤 yên⁶

說話帶刺兒。**粵** 呢啲說話係特登潤佢嘅。

潤手霜 yên⁶ seo² sêng¹

護手霜。

孕味 yên⁶ méi⁶

喻指女性懷孕時的外在特徵。**粵** 肚凸凸,孕味濃。**普** 大腹便便,完全是懷孕的樣子。

贏個尾彩 yéng⁴ go³ méi⁵ coi²

指賭錢一直輸,最後才贏一回。**粵** 臨尾先贏番個尾彩。

贏粒糖,輸間廠 yéng⁴ leb¹ tong², xu¹ gan¹ cong²

撿了芝麻(以"糖"作比喻),丟了西瓜(以"廠"作比喻);因小失大。

贏面 yéng⁴ min²

贏的機率。**粵** 想贏面高啲,就要做足功課。

贏成條街 yéng⁴ séng⁴ tiu⁴ gai¹

喻指贏的幅度很大。**粵** 佢喺最後一圈贏對手成條街。**普** 大幅度領先對手。

樣 yêng²

模樣。**粵** 瘦到樣都變埋。

揚 yêng⁴

張揚。**粵** 女仔唔好太揚。

揚出去 yêng⁴ cêd¹ hêu³

公之於眾。**粵** 佢話要揚呢單嘢出去。

洋蔥 yêng⁴ cung¹

形容詞,指十分傷感。**粵** 條片勁洋蔥,睇到流眼淚。

洋蔥片 yêng⁴ cung¹ pin²

喻指傷感催淚的電影。

養草 yêng⁵ cou²

喻指不善利用丟空的土地。**粵** 塊地長時間養草浪費空間。

養唔熟 yêng⁵ m⁴ sug⁶

形容輕易離職的 90 後,高傲不群和具短暫愛情觀。

養聲 yêng⁵ xing¹

保養聲線。**粵** 佢聲帶一直未好,要休息養聲。

養兒一百歲,長憂九十九

yêng⁵ yi⁴ yed¹ bag³ sêu³, cêng⁴ yeo¹ geo² seb⁶ geo²

喻指可憐天下父母心。

樣辦 yêng⁶ ban²

貨辦;樣品。

讓線 yêng⁶ xin³

(交通用語)禮貌地避讓其他車輛,讓它們先通過。**粵** 讓線停低。

休憩亭 yeo¹ héi³ ting⁴

指供行人休息的亭子。

休學年 yeo¹ hog⁶ nin⁴

英語借詞:gap year,指提供給無心向學的中學生一年的休學期(屬特別措施),讓他們踏出社會,體驗工作,思考前路。期滿後,他們可選擇復課或繼續工作。

憂 yeo¹

為(某事)發愁;擔憂。**粵** 屋企唔憂冇飯開,亦唔會有多餘錢用。**普** 家裡不愁吃的,不過也沒有富餘的錢可用。

優質旅客 yeo¹ zed¹ lêu⁵ hag³

指人均消費較高的旅客群,如在住宿、餐飲、購物等方面;2015 年的統計數字為 8000 元 / 人次。

優哉游哉 yeo¹ zoi¹ yeo⁴ zoi¹

悠游自在。**粵** 我哋優哉游哉食足三句

Y

鐘。**普** 輕輕鬆鬆地吃了三個小時。

幽默 yeo¹ meg⁶

英語借詞：humour，幽默。**粵** 張三語出
驚人，往往幽大家幾默。

幼稚園 yeo³ ji⁶ yun²

學前教育機構，接收 3-6 歲兒童入學。

幼身 yeo³ sen¹

指形狀細長。**粵** 用幼身工具插入閘箱內
撬擊開門。

遊 yeo⁴

到處走動。**粵** 拎住茶壺四圍遊揾位。

遊車河 yeo⁴ cé⁴ ho²

乘車兜風，可擴展為“遊巴士河”、“遊
電車河”。

遊花園 yeo⁴ fa¹ yun²

“帶某人遊花園”，喻指跟某人兜圈子，
不照直說話。**粵** 佢喺記者會度完全答非
所問，帶記者遊花園。

遊軨河 yeo⁴ lib¹ ho²

謔指搭電梯時層層皆停。

遊船河 yeo⁴ xun⁴ ho²

乘船兜風。

游乾水 yeo⁴ gon¹ sêu²

“游水”即游泳；“乾”指在陸地，不在
水裡而“游”的動作猶如扒拉著跟前的
麻將牌。引指打麻將。

游龍舟水 yeo⁴ lung⁶ zeo¹ sêu²

“龍舟”喻指端午節，引指在端午節前後
游泳有助於洗滌心身。

猶自可 ❶ yeo⁴ ji⁶ ho²

還好。**粵** 唔揾猶自可，一揾就揾出一大
堆。**普** 不找還好，一找就找出一大堆。

猶自可 ❷ yeo⁴ ji⁶ ho²

還可以。**粵** 有實力嘅投資者猶自可，輸

極有限。**普** 有實力的投資者還可以，不
會輸到哪兒去（即實力不夠的投資者可
能輸得很慘）。

由得 yeo⁴ deg¹

表示讓某人做某事。**粵** 佢調查就由得佢
調查囉。**普** 他要調查就讓他調查好了。

由頭頂衰到落腳趾尾

yeo⁴ teo⁴ déng² sêu dou³ log⁶ gêg³ ji² méi¹

倒霉透頂（運身上下都不吉利）。與“行
運行到落腳趾尾”相對。**粵** 公司破產，
債主臨門，呢次真係由頭頂衰到落腳趾
尾咯。

油 ❶ yeo⁴

（茶餐廳用語）語素詞，指黃油，如“菠
蘿油”（菠蘿包加黃油）。

油 ❷ yeo⁴

形容詞，油膩。**粵** 貪咽度啲菜有咁油。

油尖旺 yeo⁴ jim¹ wong⁶

油麻地、尖沙咀和旺角三個地區的統稱。

油麻地果欄

yeo⁴ ma⁴ déi² guo² lan¹

1913 年建於九龍油麻地的水果批發市
場，屬於二級歷史建築，為港人的集體
回憶。

油炸鬼 yeo⁴ za³ guei²

油條。

郵差 yeo⁴ cai¹

郵遞員。

鬆 yeo⁴

塗（油漆、顏料等）。**粵** 鬆乜嘢顏色？

鬆掃 yeo⁴ sou²

油漆刷。

有寶 yeo⁵ bou²

沒什麼了不起（含貶義）。**粵** 日本馬
桶，有寶咩！

230

有賊心，冇賊膽

yeo⁵ cag⁶ sem¹, mou⁵ cag⁶ dam²

形容雖有歪念，但膽虛，不敢行動。

有凸 yeo⁵ ded⁶

有富餘。粵 仲有兩籠叉燒包，夠飽有凸。

有得走盞 yeo⁵ deg¹ zeo² zan²

指有迴旋餘地。粵 時間上預鬆啲，有乜事起上嚟，有得走盞。

有啲錢唔係你搵嘅

yeo⁵ di¹ qin⁴ m⁴ hei⁶ néi⁵ wen² gé²

直譯為"有些錢不是你掙的"，意指"你不是幹這一行，你就無法掙到這一行的錢"。喻指要安於本分，安於本行。

有電話入 yeo⁵ din⁶ wa² yeb⁶

話語類句，表示有電話進來（找我）。粵 我有電話入。普 有人給我打電話。

有花 yeo⁵ fa¹

有陰影。粵 X 光片有花，相信肺部已感染。

有份 yeo⁵ fen²

也。粵 佢都有份食。普 他也（一塊兒）吃。

有價講 yeo⁵ ga³ gong²

可以討價還價。粵 我鍾意喺呢度買嘢，有價講。

有監坐 yeo⁵ gam¹ zo⁵

固定結構，表示可能會被判入獄。粵 毒駕如果定罪，正常有監坐。

有機 yeo⁵ géi¹

指有機會自我改善。粵 你肯捱，總有機。

有金執 yeo⁵ gem¹ zeb¹

直譯為"有金子（鈔票）撿"，引指垂手而得的經濟利益。粵 閂埋門香港會有金執？普 關起門來（自我封閉）香港哪

裡有發展的機會？

有咁⋯得咁

yeo⁵ gem³ ... deg¹ gem³

固定型式，表示儘可能；與形容詞連用。粵 公司卅呀週年，當然要大事慶祝，有咁隆重得咁隆重。普 儘可能隆重其事（可以辦得多隆重就辦多隆重）。

有景 yeo⁵ ging²

指某人生活環境不錯。粵 睇嚟佢哋有景。

有講有笑 yeo⁵ gong² yeo⁵ xiu³

有說有笑。粵 佢哋幾個全程有講有笑。

有鬼 yeo⁵ guei²

用於否定句式："唔⋯（就）有鬼"，指（事情）不可能不（發生）。粵 發展商唔轉嫁俾消費者就有鬼。普 肯定轉嫁給消費者。

有開工，冇收工

yeo⁵ hoi¹ gung¹, mou⁵ seo¹ gung¹

喻指天天加班（有上班的時間，沒下班的時間），表示抗議工作時間過長。

有汗出，冇糧出

yeo⁵ hon⁶ cêd¹, mou⁵ lêng⁴ cêd¹

喻指汗水是流了，但工資往往領不到，抗議遲發工資或尚未領到工資。

有姿勢，冇實際

yeo⁵ ji¹ sei³, mou⁵ sed⁶ zei³

"有姿勢"指有門面功夫，"冇實際"指沒有實際行動，不能惠及社會大眾。

有自唔在，攞苦嚟辛

yeo⁵ ji⁶ m⁴ zoi⁶, lo² fu² lei⁴ sen¹

指本可以安閒自在地生活卻選擇自討苦吃。

有佢講，冇人講

yeo⁵ kêu⁵ gong², mou⁵ yen⁴ gong²

形容一言堂。粵 開嘅會都係有佢講，冇

人講。

有樓有高潮，冇樓咪白撞

yeo⁵ leo² yeo⁵ gou¹ qiu⁴, mou⁵ leo² mei⁵ bag⁶ zong⁶

俗指有房子可以考慮結婚，非誠勿擾。

有樓揸手 yeo⁵ leo² za¹ seo²

指擁有屬於自己的物業；這是香港人最核心的價值觀。

有落 yeo⁵ log⁶

話語類句，用於紅色小巴，乘客向司機表示需要下車。粵 唔該有落。

有路捉 yeo⁵ lou⁶ zug¹

有規律可尋。粵 隻股票升定跌有路捉。

有買趁手 yeo⁵ mai⁵ cen³ seo²

要買就趁手。粵 呢款係限量版，兩百蚊一件，有買趁手。

有…萬事足

yeo⁵ ... man⁶ xi⁶ zug¹

形容如果擁有（某人某物）就心滿意足，別無他求。粵 退休之後，有孫萬事足。

有乜為 yeo⁵ med¹ wei⁶

有什麼好處？粵 搞到噉有乜為呢？普 圖什麼？

有米 yeo⁵ mei⁵

指富有。粵 佢男朋友有米。

有冇得 yeo⁵ mou⁵ deg¹

疑問詞，用於詢問。粵 有冇得平啲呀？普 可不可以便宜點兒啊？

有冇搞錯 yeo⁵ mou⁵ gao² co³

感歎詞，表示不滿。粵 將架車停喺人哋門口度，有冇搞錯！普 …… 真是的！

有冇…先？ yeo⁵ mou⁵ ... xin¹

反問句，表示深究。粵 有冇咁著數先？普 有那麼便宜的事嘛？

有瓦遮頭 ❶ yeo⁵ nga² zé¹ teo⁴

喻指擁有屬於自己的房子居住。粵 喺香港，第一件事係要有瓦遮頭。

有瓦遮頭 ❷ yeo⁵ nga² zé¹ teo⁴

喻指從某地到某地有擋陽擋雨的設施。粵 沿路並非一直有瓦遮頭。

有眼無珠 yeo⁵ ngan⁵ mou⁴ ju¹

形容未能洞察對方（尤指情侶或夫妻）的真面目。

有危先有機

yeo⁵ ngei⁴ xin¹ yeo⁵ géi¹

有困難才有機會，喻指時勢造英雄。

有排 yeo⁵ pai⁴

相當長的時間。粵 每個步驟都有排學。普 每學一個步驟都得花上一段時間呢。

有錢冇命使

yeo⁵ qin² mou⁵ méng⁶ sei³

有錢沒命享。粵 錢喺賺唔晒嘅，注意唔好咁搏，因住有錢冇命使。普 不可能把錢都全掙了，注意別那麼拼命，當心有錢無福消受。

有 say yeo⁵ say

有發言權。粵 仔大仔世界，宜家做父母邊有 say 吖？普 現在做父母的沒有發言權了。

有心 yeo⁵ sem¹

成心，故意。粵 佢係有心定無意？

有心唔怕遲 yeo⁵ sem¹ m⁴ pa³ qi⁴

既然有此心，什麼時候實行並不重要。粵 佢話有心唔怕遲，終於陪太太去趟歐洲。

有商有量 yeo⁵ sêng¹ yeo⁵ lêng⁴

願意互相交流。粵 大家有商有量，乜事都好辦。

Y

有手有腳 yeo⁵ seo² yeo⁵ gêg³

喻指健康人士。圏 喺香港有手有腳係唔會餓死嘅。

有數為 yeo⁵ sou³ wei⁴

有利可圖。圏 買二送一，有數為嘞。圕 ……合算。

有頭髮邊個想做癩痢

yeo⁵ teo⁴ fad³ bin¹ go³ sêng² zou⁶ lad³ léi¹

直譯為 "腦袋能長上頭髮，誰願意得不長頭髮的黃癬"，喻指為勢所逼，身不由己。

有頭威，冇尾陣

yeo⁵ teo⁴ wei¹, mou⁵ méi⁵ zen⁶

起初聲勢很大，末了消失殆盡，虎頭蛇尾。

有癮 yeo⁵ yen⁵

成癮。圏 有舖雪糕癮。圕 很喜歡吃冰激凌。

有樣學樣 yeo⁵ yêng² hog⁶ yêng²

跟某人一樣做某事。圏 個男仔先爬出嚟，佢個妹有樣學樣亦跟住爬出嚟。

有異性，冇人性

yeo⁵ yi⁶ xing³, mou⁵ yen⁴ xing³

謔指有了男朋友（或女朋友）之後，就六親不認。

有營 yeo⁵ ying⁴

有營養。圏 嗳食法至有營。圕 這樣吃最有營養。

有餘 yeo⁵ yu⁴

（數量上）超過所要求的。圏 佢喺呢場波嘅表現合格有餘。圕 表現絕對合格。

有找 yeo⁵ zao²

（金錢上）有富餘。圏 小型婚宴一般十萬蚊有找。圕 用不了十萬塊。

有仔趁嫩生

yeo⁵ zei² cen³ nün⁶ sang¹

"嫩"表年輕。"有仔趁嫩生"指生小孩兒趁年輕。

有早知，冇乞兒

yeo⁵ zou² ji¹, mou⁵ hed¹ yi¹

固定結構，表示非現實的假設（如果早知道後果，世上沒有乞丐），喻指世事難料。

又 ❶ yeo⁶

強調副詞。圏 你呢，你又幾時去呀？

又 ❷ yeo⁶

句末助詞，一般跟"呢"連用，表強調；究竟。圏 唔知經過人哋多次投訴之後，公司使唔使做番啲嘢呢又。

又 … 過 yeo⁶ … guo³

固定型式，用於強調"又"前後出現的相同動詞的內涵。圏 我叻又叻過，跌又跌過，呢世人就係嗽嘞。圕 我曾經成功過，也曾經失敗過，這輩子就這樣了。

又係嘞 yeo⁶ hei⁶ bo³

話語類句，表示醒悟；倒也是。圏 A：你可以先去上海至去北京㗎。B：又係嘞。

又係嘅 yeo⁶ hei⁶ gé²

話語類句，表示譴責。圏 你又係嘅，好問唔問呢啲嘅問題。圕 你真是的，幹嗎問這樣不該問的問題。

又話 yeo⁶ wa⁶

句首副詞，表讓步。圏 又話大減價，啲嘢冇平到吖。圕 說是大甩賣，可東西一點兒沒便宜。

又 … 又盛 yeo⁶ … yeo⁶ xing⁶

固定型式，用於強調"又"後面的動詞所附帶的情態。圏 佢哋傾得好開心，又笑又盛。圕 他們聊得很開心，笑聲不斷（用於強調"笑"）。

右軚車 yeo⁶ tai⁵ cé¹

方向盤在右側的車輛，如在香港行駛的汽車（有別於【左軚車】）。見該條目。

伊館 yi¹ gun²

"伊麗莎白體育館" 的簡稱，為香港最出名的多功能體育館。

依郁 yi¹ yug¹

本指小孩兒多動，引指為動靜，表情況變化或出現可疑之處。粵 一有依郁，立即報告上級。

醫 yi¹

醫治。粵 精神病好難一時三刻醫好。普 精神病難以短期治癒。

醫番啖藥費 yi¹ fan⁴ sai¹ yêg⁶ fei³

喻指病入膏肓，到了不值得花錢醫治的地步（花錢治等於白花錢）。

醫館 yi¹ gun²

私人開業的中醫診所，以跌打、骨科為主。

醫生紙 yi¹ seng¹ ji²

俗指醫生開出的診斷證明，憑此向有關部門請病假。

醫肚 yi¹ tou³

謔指吃東西解餓。粵 行到咽度，先啣一啣，醫吓肚。普 歇一歇，吃點兒東西。

醫仔 yi¹ zei²

俗指沒有專科資格、經驗有限的年輕醫生。

椅罅 yi² la³

座位的縫隙。粵 用過嘅紙巾唔好攝入椅罅度。

意頭菜 yi³ teo⁴ coi³

為喜慶節日（農曆新年、婚嫁滿月、店鋪開張等）準備的傳統吉利菜式，如髮菜蠔豉（發財好市）。

疑點利益 yi⁴ dim² léi⁶ yig¹

（法庭用語）指案件中出現的疑點依法對被告有利。粵 法官喺疑點利益歸被告下裁定佢罪名唔成立。

宜家 yi⁴ ga¹

現在。粵 宜家幾點？普 現在是什麼時間？

疑雲 yi⁴ wen⁴

懷疑發生某一事件。粵 旺角廣華醫院發生棄嬰疑雲。

耳筒 yi⁵ tung²

耳機。

以⋯計 yi⁵ ... gei³

複合副詞，表示在若干時間之內。粵 團隊希望能以星期計嘅時間完成研究。普 ⋯⋯ 在數星期內完成研究。

議會 yi⁵ wui²

香港有兩級議會，即立法會和區議會。

議員 yi⁵ yun⁴

議員有立法會和區議會議員，而議員本身分三種，即委任議員、官方議員和民選議員。

二打六 yi⁶ da² lug¹

"二打六" 即二加六等於八，不夠十，表示資格不夠。喻指不稱職的人士。粵 請埋晒啲嘅二打六嚟，點做嘢呀？普 招來一幫二把刀，怎麼幹活兒？

二奶 yi⁶ nai¹

指受包養的非婚女性。

二奶命 yi⁶ nai¹ méng⁶

喻指在競爭中屢屢名列第二位（命運注定不是第一位）。粵 為求一洗二奶命，球隊高層豪簽七名新兵。普 為了擺脫老是第二的厄運。

二五仔 yi⁶ ng⁵ zei²

尤指向警方通風告密之人士。

二撇雞 yi⁶ pid³ gei¹

指八字鬍子。

二錢 yi⁶ qin⁴

虛擬數字，形容程度有所增加，只用於固定結構。粵 心都嬲多二錢重。普 心情更為悲觀（"嬲"表示鬱悶）。

易 yi⁶

容易。粵 考到公務員都唔易㗎。普 並不容易。

易辦事 yi⁶ ban⁶ xi⁶

俗指"零售商自動轉賬系統"（EPS），即持有銀行提款卡者在特約消費場所通過該系統可即時轉賬付款。

易過 yi⁶ guo³

比（什麼）容易。粵 排隊候補易過抽籤。普 比抽籤容易（進場）。

易過借火 yi⁶ guo³ zé³ fo²

形容非常容易。粵 跳過去之嗎，易過借火喇。普 ……容易得很。

易拉架 ❶ yi⁶ la¹ ga²

用於放置宣傳物品的、可折疊的金屬架子。

易拉架 ❷ yi⁶ la¹ ga²

用作桌子與桌子之間的活動屏風。

業界 yib⁶ gai³

行內。粵 呢啲都係業界關注嘅問題。

業權 yib⁶ kün⁴

產權。

熱廚房 yid⁶ cêu⁴ fong²

喻指政府機構，上下忙亂，是非多多。

熱到跳舞 yid⁶ dou³ tiu³ mou⁵

形容悶熱得很。粵 間房喐喐壞冷氣，熱到跳舞。

熱痱 yid⁶ fei²

痱子。粵 焗到周身熱痱。

熱褲 yid⁶ fu³

女性超短褲。

熱水罉 yid⁶ sêu² cang¹

指供應飲用熱水的電熱器。

熱話 yid⁶ wa⁶

熱門話題。粵 呢件事成為全香港人嘅剝花生熱話。

熱早咗 yid⁶ zou² zo²

話語類句，指炎熱的天氣提早到來。粵 今年熱早咗。

益 yig¹

動詞，讓（某人）得到好處。粵 有好野梗係益你。

逆權侵佔 yig⁶ kün⁴ cem¹ jim³

指某幅土地被連續佔用 20 年之後，佔用者可申請逆權侵佔而獲得該土地的業權。粵 張三父輩五十年前佔用咗銅鑼灣一塊無人認領嘅地皮經營小商店，五十年後嘅今日佢成功申請到逆權侵佔，成為該地皮嘅合法擁有者。

逆齡 yig⁶ ling⁴

動詞，顯得比實際年齡小。粵 帶上假髮，逆齡 10 歲。

逆女 yig⁶ nêu²

性格叛逆的女儿。

奄尖 yim¹ jim¹

形容挑剔。粵 新入職者奄尖，要求多唔肯捱。

厭 yim³

動詞，對（某事）產生厭倦情緒。粵 做嗰行，厭嗰行。

厭惡性行業

yim³ wu³ xing³ hong⁴ yib⁶

特指諸如屠宰、糞便清理、屍體搬運等令人感到厭惡的行業。

嫌錢腥 yim⁴ qin⁴ séng¹

話語類句，直譯為"嫌棄金錢，認為金錢腥臕不堪"，用於反問。🐵 你嫌錢腥呀？🐵 你拒絕金錢嗎？！

驗身 yim⁴ sen¹

體檢。🐵 年年驗身，令你放心。

驗屍噉驗 yim⁶ xi¹ gem² yim⁶

喻指全面精細地檢驗。🐵 佢攞住份文件驗屍噉驗。🐵 ……仔細地反復看。

煙霞 yin¹ ha⁴

朝霞和晚霞的統稱。

煙精 yin¹ jing¹

謔指終日煙不離手的人士。

煙尾 yin¹ méi⁵

大火之後的餘煙。

煙帽隊 yin¹ mou² dêu²

指消防處帶有防煙裝備、可進入火場滅火的小隊。

煙肉 yin¹ yug⁶

煙熏的豬肉；培根（英語借詞：bacon）。

蔫韌 yin¹ ngen⁶

（感情上）纏綿、（男女間）親密以致於不能解脫。🐵 佢哋兩個攬攬錫錫，蔫韌到死。🐵 他們倆親熱地互相摟抱，情意纏綿。

宴客 yin³ hag³

（足球用語）點球沒進。🐵 真估唔到佢十二碼宴客。

現金為王 yin⁶ gem¹ wei⁴ wong⁴

話語類句，源自英語：Cash is king，指手頭擁有可流動的現金最為關鍵。

現樓 yin⁶ leo²

可隨時入住的新樓房，與"樓花"相對。

英雄至怕病嚟磨

ying¹ hung⁴ ji³ pa³ béng⁶ lei⁴ mo⁶

指長者最擔心的是病患困擾。

英文中學 ying¹ men⁴ zung¹ hog⁶

指以英語為教學語言的普通中學；與"中文中學"相對。

英坭 ying¹ nei⁴

水泥。🐵 用快乾英坭填補。

英華仔 ying¹ wa⁴ zei²

指香港英華書院的校友。英華書院為歷史最悠久的本地學校。

應使得使 ying¹ sei² deg¹ sei²

話語類句，指（金錢）該花得花。

應承 ying¹ xing⁴

答應。🐵 應承得你嘅點會唔做吖？🐵 答應了你的怎會不幹呢？

影快相 ying² fai³ séng²

指警方應用特殊儀器，拍攝超速車輛的車牌，用於檢控。🐵 嘩，你開車開咁快，唔怕被影快相咩？

影子車 ying² ji² cé¹

指歹徒偽造某一輛車的車牌及駕駛證並套在另一輛同款同顏色但偷來的汽車上企圖犯案；被處理過的偷車即為"影子車"。

影子的士 ying² ji² dig¹ xi²

指遭歹徒偷走之後被套上假牌照營運載客的出租車。

影子學生 ying² ji² hog⁶ sang¹

指把從來沒上課的人士列入學生名冊，企圖騙取教育局的津貼。

影相 ying² séng²

拍照。

影印 ying² yen³

複印。

認真 ying² zen¹

程度副詞，十分。粵 爭啲跌倒，認真驚險。普 差點兒摔倒，十分驚險。

型 ying⁴

形容某人懂得穿著，形象很酷。粵 佢著衫好型。

型格 ying⁴ gag³

形容好看，有氣派。粵 呢啲家具嘅設計講求型格同實用集於一身。

迎新鈔 ying⁴ sen¹ cao¹

特指外觀完好的舊鈔票，而香港銀行在農曆新年前會提供足夠數量的迎新鈔給市民兌換，以方便他們用來封利是。

營 ying⁴

指營養。粵 不妨喺大手術前加營。普 …… 補充營養。

營業車 ying⁴ yib⁶ cé¹

賴以謀生的車輛，如出租車等。

腰斬 yiu¹ zam²

喻指半途中止（計劃、活動、比賽等）。粵 由於天雨關係，比賽被腰斬。

要嚟把鬼 yiu³ lei⁴ ba² guei²

話語類句，憤然表示沒用。粵 呢啲嘢要嚟把鬼咩？普 這些破玩意兒，要來幹什麼！

要死唔使病 yiu³ séi² m⁴ sei² béng⁶

喻指命中注定。

搖骰仔 yiu⁴ xig¹ zei²

形容多人站不穩，東倒西歪的。粵 巴士突然煞車，多個乘客搖骰仔致前額同手腳受傷。

瑤柱 yiu⁴ qu⁵

乾貝。

如是者 yu⁴ xi⁶ zé²

因此。粵 今日唔知聽日事，要過好每一天，如是者，佢一三五教彈琴，二四六做義工。

娛樂圈 yu⁴ log⁶ hün¹

演藝界。

魚蛋 yu⁴ dan²

街頭小吃，魚丸子。粵 放咗學，我好鍾意同啲同學仔篤魚蛋。普 吃魚丸子串。

魚毛蝦仔 yu⁴ mou¹ ha¹ zei²

喻指小嘍囉。

盂蘭節 yu⁴ lan⁴ jid³

相傳地府農曆七月開放陰靈上陽間領受佈施，而七月十四日盂蘭節則是陽間拜祭的日子。香港人很重視這習俗並在七月十五舉行盂蘭勝會。

預 yu⁶

把某人算作參加的一分子。粵 聽朝飲茶唔使預我，我一早要上深圳。普 別把我算在內 …… 。

預留 yu⁶ leo⁴

預先計劃留出某時段（做某事）。粵 幾忙都好，一星期點都預留一日打波。

預埋 yu⁶ mai⁴

把某人算作參加的一分子。粵 聽朝飲茶預埋佢哋兩個。

預約拘捕 yu⁶ yêg³ kêu¹ bou⁶

指執法人員在有證據懷疑某人違法或在取得拘捕令的情況下預先通知或約定對方將會被捕的司法程序。

預咗 yu⁶ zo²

心理上準備接受（某種負面結果）。粵 天氣太差，預咗蝕本。

月供 yud⁶ gung¹

指在分期付款安排下，每月付出特定金額。粵 層樓月供兩萬。

月球人 yud⁶ keo⁴ yen⁴

球，俗指一百萬港幣。月球人，謔指月薪高達百萬元的人士，如高級醫生。

月杪 yud⁶ miu⁵

月底。粵 佢上月杪嚟過。

月入中位數
yud⁶ yeb⁶ zung¹ wei² sou³

香港僱員月入中位數 2019 年為 18200 元（香港特區政府 2020 年 3 月 30 日公佈之數字）。

越窮越見鬼
yud⁶ kung⁴ yud⁶ gin³ guei²

謔指越沒錢，需要花錢的地方越多。

越南難民 yud⁶ nam⁴ nan⁶ men⁴

第一批越南難民於 1975 年 5 月 4 日抵港。1979 年大批難民開始湧進，同年，英國政府簽署《日內瓦公約》，落實香港作為越南難民"第一收容港"。為了應對難民潮，香港即設立禁閉營，直至 2000 年全部關閉。

粵語殘片 yud⁶ yu⁵ can⁴ pin²

"粵語長片"的代稱。電視台為照顧年長觀眾的喜好特意通宵播映上世紀五六十年代的舊片兒。

郁 ❶ yug¹

"郁"作補語，如結構"請得郁"，指請得動。粵 點請得郁呢位前輩呢？

郁 ❷ yug¹

打擊，整治。粵 佢咁大勢力你夠唔夠膽郁？

郁不得其正
yug¹ bed¹ deg¹ kéi⁴ jing³

喻指動彈不得。粵 飛機位太窄，佢哋兩個夾住我喺中間，真係郁不得其正。

郁吓 yug¹ ha⁵

指很容易產生某種負面結果，動不動。

粵 出去旅行郁吓都要使錢。普 動輒得花錢。

郁我吖笨 yug¹ ngo⁵ a¹ ben⁶

話語類句，用於挑釁。粵 郁我吖笨！普 敢動老子一根毫毛（試試）！

郁手 yug¹ seo²

動手打人。粵 點知佢突然郁手打我一拳。

肉赤 yug⁶ cég³

心疼；很不捨得。粵 個個月要交幾千蚊補習費，家長肉赤。

肉金 yug⁶ gem¹

嫖資。

肉緊 yug⁶ gen²

緊張。粵 唔見咗咪唔見咗囉，使乜咁肉緊啫？普 丟了就丟了，用不著那麼緊張。

肉肉哋 yug⁶ yug² déi²

有肉感（不太瘦）。粵 女仔肉肉哋比較好睇。普 女孩兒胖點兒好看。

冤情大使 yun¹ qing⁴ dai⁶ xi³

俗指申訴專員公署。

冤枉嚟，瘟疫去
yun¹ wong¹ lei⁴, wen¹ yig⁶ hêu³

形容不正當得來的財富也會在不正當的情況下失去。粵 嗽嘅生意，啲錢賺到都用唔到。冤枉嚟，瘟疫去。

鴛鴦 ❶ yun¹ yêng¹

屬性詞，指成雙的但搭配等不同的物品。粵 鴛鴦鞋。普 顏色各不同的鞋子。

鴛鴦 ❷ yun¹ yêng¹

（茶餐廳用語）指咖啡和奶茶混搭而成的飲料。

鴛鴦 ❸ yun¹ yêng¹

名詞，表情侶。粵 一對暮年鴛鴦。

Y

鴛鴦火鍋 yun¹ yêng¹ fo² wo¹

指中間分隔開的火鍋，食客可同時享用兩種不同口味的湯底。

鴛鴦眉 yun¹ yêng¹ méi⁴

喻指眉毛不對稱，左揚右垂或左垂右揚。

鴛鴦手 yun¹ yêng¹ seo²

由於日曬的緣故，胳膊的顏色深淺不一樣。🄿 夏天揸車嗰陣，唔戴手袖容易曬成鴛鴦手。

丸仔 yun² zei²

泛指丸狀的軟性毒品，如迷幻藥。

元貴 yun⁴ guei³

俗指男性性器官。

元蹄 yun⁴ tei⁴

豬蹄。

芫茜 yun⁴ sei¹

香菜。

原子筆 yun⁴ ji² bed¹

圓珠筆。

源頭人物 yun⁴ teo⁴ yen⁴ med⁶

指第一個發起人。🄿 呢單嘢嘅源頭人物係張三。

鉛芯 yun⁴ sem¹

鉛筆芯。

鉛芯筆 yun⁴ sem¹ bed¹

自動鉛筆。

軟餐 yun⁵ can¹

特指把食物打碎成糊狀、專為有吞嚥困難的長者提供的飯食。

軟黃金 yun⁵ wong⁴ gem¹

喻指補藥之王冬蟲夏草。

軟性毒品 yun⁵ xing³ dug⁶ ben²

指被列為違禁品的、毒性較弱的毒品，

如大麻、迷幻藥等。

蓉 yung⁴

半固體成泥狀的半成品食品。🄿 將啲餡料打成蓉．🄰 把細碎的食材拌成餡兒。

溶 ❶ yung⁴

溶化。🄿 熱到妝都溶埋。🄰 臉上化的妝都溶化變形。

溶 ❷ yung⁴

形容十分開心。🄿 個孫女好玩到不得了，見到佢成個溶晒。

榕樹頭 yung⁴ xu⁶ teo⁴

特指九龍油麻地廟街天后廟前廣場的歷史悠久且富有特色的夜市場。玉器買賣、看相算命和煲仔飯是其活招牌。

用家 yung⁶ ga¹

用戶。🄿 新軟件同用家期望有落差。

用腳投票 yung⁶ gêg³ teo⁴ piu³

謔指移民（動詞）。🄿 佢表示有機會嘅話唔排除用腳投票。

用腦 yung⁶ nou⁵

動腦筋。🄿 嗽都唔識，用吓腦好冇？🄰 ⋯⋯動動腦筋好嗎？

Z

揸 ❶ za¹

開車。🄿 寧願賺少一啲都唔揸夜更。🄰 寧願少賺一點也不開夜班車。

揸 ❷ za¹

掌握（為投資工具）。🄿 揸磚頭好過揸股票。🄰 手上有物業比股票強。

239

揸車 za¹ cé¹

駕駛（汽車）。粵 我住新界，日日揸車返工放工。普 每天開車上下班。

揸大膽車 za¹ dai⁶ dam² cé¹

特指無駕照及無第三者保險而違法開車。

揸兜 za¹ deo¹

"兜" 指行乞用的鉢盂；引指乞求。粵 選情告急，張三揸兜求選票。普 乞求選票。

揸兜科 za¹ deo¹ fo¹

喻指畢業後就業情況不佳的大學學科，如文史哲等。

揸 fit za¹ fit

動詞，引指為主事兒。"fit"，源自英語，指合適。粵 呢個部門由張三揸 fit。普 這個部門張三說了算。

揸 fit 人 za¹ fit yen⁴

主事人。粵 張三係呢個部門嘅揸 fit 人。

揸火箭 za¹ fo² jin³

喻指考試拿到 A 等（甲等）成績；字母 A 的外形像火箭。

揸頸就命 za¹ géng² zeo⁶ méng⁶

"揸頸" 指揸著脖子，喻指忍氣吞聲；"就命" 指聽任命運安排。粵 搞成噉，唯有揸頸就命嘞。普 落到這個地步，只好聽天由命了。

揸住 za¹ ju⁶

手裡拿著。粵 你左手揸住嘅係乜嘢？

揸手 za¹ seo²

擁有。粵 有樓揸手收租。普 擁有物業收租。

揸數 za¹ sou³

善於理財。粵 佢廿零歲當家，好識揸數。

揸莊 za¹ zong¹

動詞，領導，說了算。粵 仲係佢哋幾個揸莊。

渣都冇 za¹ dou¹ mou⁵

全部消失，一點兒不剩。粵 個股價跌到渣都冇。

渣馬 za¹ ma⁵

指香港渣打銀行每年舉辦的馬拉松賽跑。2019 年第 23 屆，參加人數達六萬多。據國際田聯，香港渣馬與日本東京和美國波士頓馬拉松同級。

喳 za¹

英語借詞：jar，扎（用於盛啤酒，一般分 500 毫升或 1000 毫升的）。粵 嚟喳啤酒。普 來一杯扎啤。

喳咋 za¹ za⁴

小吃的一種，指雜豆甜湯。

渣 za²

形容差勁。粵 你做嘢乜咁渣㗎？

咋 za³

句末語氣詞，表肯定。粵 我啱返嚟咋。普 我才剛回來。

炸兩 za³ lêng²

用河粉皮包裹著一根油條的小食。

炸一 za³ yed¹

用河粉皮包裹著半根油條的小食。

詐糊 za³ wu²

誤以為（成功），空歡喜。粵 入波被判詐糊。普 球進了，但被判無效。

詐型 ❶ za³ ying⁴

責罵。粵 事後有冇人同你詐型？

詐型 ❷ za³ ying⁴

埋怨。粵 咁擾民，梗係俾人詐型喇。

搾乾 za³ gon¹

喻指把錢財全騙走。粵 搾乾晒你哋嘅錢，然後走人。

拃 za⁶

量詞，一幫人。粵 食肆門口仲有一拃人等緊位。普 不少人排隊等位。

閘車 zab⁶ cé¹

故意加速超越前面的車，然後猛然剎車迫使對方停車的惡劣行為。

閘箱 zab⁶ sêng¹

內置電閘開關的箱子。

集體回憶 zab⁶ tei² wui⁴ yig¹

喻指某物會勾起某個群體歷史上的回憶。粵 大唱當年嘅經典歌曲，為全場歌迷帶來集體回憶。

集郵 zab⁶ yeo⁴

引指照相留念。粵 半路俾粉絲攔截集郵。

襲警 zab⁶ ging²

襲擊警務人員。粵 不法分子襲警罪加一等。

雜嘜 zab⁶ meg¹

屬性詞，指非原廠生產、自行拼湊而成的產品。粵 雜嘜油好唔健康。

紮職 zad³ jig¹

指紀律部隊內部升職。

紮醒 zad³ séng²

突然驚醒。粵 多夢易紮醒。

宅 zag³

不愛出門。粵 我哋都好宅，鍾意喺屋企煮飯。

宅男剩女 zag³ nam⁴ xing⁶ nêu²

形容拒絕與社會接觸，對社交活動不感興趣而整天宅在家裡上網的群體。

摘星 zag⁶ xing¹

特指食肆獲米之蓮星級推薦。

擇日不如撞日 zag⁶ yed² bed¹ yu⁴ zong⁶ yed²

相約見面不如偶遇那麼意外地高興。粵 哈！你又咁啱喺度嘅，擇日不如撞日嘞，大家飲餐茶咧。普 嘿，那麼巧你也在這兒，大家喝頓茶吧？

齋❶ zai¹

名詞，指素菜。粵 食齋。

齋❷ zai¹

形容詞，素（跟"葷"相對）。粵 個餐單幾齋㗎，以菜為主，肉要白焓，戒油戒酒。

齋❸ zai¹

副詞，只。粵 唔食飯，齋飲水。普 光喝水。

齋腸 zai¹ cêng²

素腸粉，沒有餡兒。

齋坐 zai¹ co⁵

指在餐飲場所逗留時間佔著位子不消費。粵 齋坐雙計。普 佔著位子不消費要收雙倍價錢。

齋菜 zai¹ coi³

素菜。粵 齋菜飯盒。

齋啡 zai¹ fé¹

茶餐廳指不加糖和花奶的咖啡；黑咖啡。

齋噏 zai¹ ngeb¹

"噏"指嘮叨。引指耍嘴皮子，光說不做。

債務重組 zai³ mou⁶ cung⁴ zou²

出於自願的原則，債務人可在合理的時間內，以適當的利息及合理的還款額，清還債務，避免破產。

Z

斬倉 zam² cong¹

（股票市場用語）指炒賣股票失利後，持有人無力增加按金或為避免更大損失，全部予以賣出。

斬多四両 zam² do¹ séi³ lêng²

"斬"指買燒烤肉。"斬多四両"則指多買點兒，引指為增加內容。粵 好，斬多四両，我喺度再講多兩句。

斬到一頸血 zam² dou³ yed¹ géng² hüd³

"斬"指宰客。這裡喻指狠狠地宰你。粵 欠信用卡錢等於欠大耳窿錢，分分鐘斬到你一頸血。普 ……宰你沒商量。

斬腳趾，避沙蟲 zam² gêg³ ji², béi⁶ sa¹ cung²

直譯為"把腳趾砍掉，以避開可致腳氣病的沙蟲"，即為了逃避小麻煩（"沙蟲"）而放棄大利益（"腳趾"）。喻指因噎廢食。

斬件 zam² gin²

分拆處理。粵 預算案係個一攬子計劃，唔能夠斬件處理。

斬纜 ❶ zam² lam⁶

停止（計劃、活動等）。粵 有議員提出斬纜，停止興建餘下線路。

斬纜 ❷ zam² lam⁶

斷絕關係。粵 當佢發現男友偷食時，即迅速斬纜。

暫租住屋 zam³ zou¹ ju⁶ ngug¹

指香港房屋協會提供給輪候公屋超過三年的人士暫住的單位。

站頭 zam⁶ teo⁴

（巴士等）排頭上車的位置。粵 架巴士嘅站頭係邊度？

站台 zam⁶ toi²

（選舉用語）出現於選舉場所，為特定的候選人棒場、造勢、助選。

盞 zan²

表示負面的結果；只落得。粵 你食到頂住個胃，盞辛苦。普 吃撐了，辛苦了自己。

盞嘥氣 zan² sai¹ héi³

輔動詞，完全犯不着。粵 問佢盞嘥氣。普 犯不着問他。

讚 zan³

稱讚。粵 佢唔出聲，但個心會讚你。

賺凸 zan⁶ ded⁶

多賺。粵 賺凸咗三百萬。普 多賺了三百萬。

賺番嚟 zan⁶ fan¹ lei⁴

掙回來。粵 我哋咁嘅年紀，每日都係賺番嚟㗎。普 我們這樣的年齡，每天都是上天恩賜的（讓指年紀很大，每天都可能死亡，還沒死就是上天恩賜的）。

賺奶粉錢 zan⁶ nai⁵ fen² qin²

喻指初為人父人母，需要賺錢養活剛出生的小孩兒。

爭 zang¹

相差。粵 佢同對手嘅水準爭好遠。普 遠遠不及。

爭崩頭 zang¹ beng¹ teo⁴

形容競爭非常激烈。粵 邊個接替張三做主任，真係爭崩頭。

爭櫈仔 zang¹ deng³ zei²

"櫈仔"指小板凳。由於過往排隊眾人都自己帶備小板凳坐著等候，"爭櫈仔"就喻指在競爭中搶佔有利位置。粵 補選爭櫈仔。

爭氣波 zang¹ héi³ bo¹

爭氣，"波"（球）為喻詞。粵 佢哋爆冷擊敗對手，打出爭氣波。普 ……爭回一口氣。

爭唔落 zang¹ m⁴ log⁶

不值得同情、為其辯護。**粵** 嗰嘅爛仔爭唔落。

爭贏 zang¹ yéng⁴

指在競爭中贏了（某人）。**粵** 當年爭贏兩百人獲聘。

找 zao²

找回（零錢）。**粵** 唔該找吓十蚊十蚊嘅俾我。**普** 勞駕給我找十塊錢十塊錢的。

找番 zao² fan¹

找回（零錢）。**粵** 點解找番廿蚊咋？**普** 怎麼才找回二十塊錢？

找數 ❶ zao² sou³

結賬。**粵** 呢餐飯唔使你找數，佢找數。

找數 ❷ zao² sou³

泛指對自己的言行、承諾負責。**粵** 佢舊年應承過，今年就嚟找數。**普** 去年答應，今年照辦。

找換店 zao² wun⁶ dim³

兌換店。

找贖 zao² zug⁶

找零錢。**粵** 香港嘅巴士、小巴、電車都不設找贖。

驟耳聽 zao⁶ yi² téng¹

猛的一聽。**粵** 驟耳聽，條件夠吸引呀可？

啫 zé¹

句末語氣詞，強調可接受的少量。**粵** 五百蚊啫，唔算貴。**普** 五百塊錢罷了，不算貴。

啫喱 ❶ zé¹ léi²

英語借詞：jelly，果凍。

啫喱 ❷ zé¹ léi²

指透明、膠狀的東西，消毒潔手啫喱。

遮 zé¹

名詞，雨傘。**粵** 落雨冇帶到遮。

遮仔會 zé¹ zei² wui²

俗稱警察儲蓄互助社。

借啲意 zé³ di¹ yi²

趁機。**粵** 佢話要接電話，借啲意就走咗。

借尿遁 zé³ niu⁶ dên⁶

藉口需要小便而伺機逃跑。

借錢如送禮，還錢如乞米

zé³ qin² yu⁴ sung³ lei⁵, wan⁴ qin² yu⁴ heg¹ mei⁵

話語類句，喻指借錢給人家不能期望人家會還，向人家討回借出去的錢猶如乞求。

借借 zé³ zé³

客套語，用於請求別人讓路。**粵** 唔該借借。**普** 勞駕讓讓。

蔗渣價錢，燒鵝味道

zé³ za¹ ga³ qin⁴, xiu¹ ngo² méi⁶ dou⁶

"蔗渣" 指甘蔗渣子，不值錢；要享受 "燒鵝味道" 需付出不少。兩句連用，形容成本低廉，但效果非凡。**粵** 呢齣電影出乎意料之外，蔗渣價錢，燒鵝味道呀！

姐姐仔 zé⁴ zé¹ zei²

婉稱女性性工作者。與 "哥哥仔"（親暱地稱呼小男孩兒）的用法不同。

執 ❶ zeb¹

整頓。**粵** 都冇炒人，只係希望執吓個架構啫。

執 ❷ zeb¹

調整。**粵** 每一個細節都要執吓，務求冇甩漏。

執 ❸ zeb¹

（相片）加工。**粵** 我叫師傅執我瘦啲。**普** 幫我在相片中顯得瘦一點兒。

Z

執 ❹ zeb¹

收拾。🔵 好心你執吓個書房啦。

執 ❺ zeb¹

整容。🔵 我都有執過眼袋。

執場 zeb¹ cêng⁴

清理施工場所。🔵 今日髹漆，聽日裝傢私，後日執場。

執達吏 zeb¹ dad⁶ léi⁶

俗指"執達主任"，即負責傳送法庭案卷和法律文件以及執行法庭判決和命令的司法人員。

執到 zeb¹ dou²

僥倖地得到；引申為幸運。🔵 我哋唔輸已經執到。

執到好籤唔識上

zeb¹ dou² hou² qim¹ m⁴ xig¹ sêng⁵

直譯為"抽到好籤不會順勢展開行動"；喻指不會利用有利的形勢。🔵 既然計劃已通過就即刻郁手，咪執到好籤唔識上。🔴 ……別坐失良機。

執番條命仔

zeb¹ fan¹ tiu⁴ méng⁶ zei²

直譯為"（從死亡邊緣）撿回一條性命"；喻指僥倖逃生。🔵 架車突然起火，好彩我走得快，算係執番條命仔。

執紙皮 zeb¹ ji² péi⁴

撿取棄置紙箱子的外包裝紙，引指到回收點加以變賣（並非自用）；喻指撿破爛兒維持生計。

執笠 zeb¹ leb¹

公司結業。🔵 資金周轉不靈，間鋪頭唔夠一年就執笠。

執漏 zeb¹ leo⁶

填補樓宇裝修過程中出現的漏洞。🔵 若業主收樓後發現有問題，可要求承建商將單位執漏。

執生 zeb¹ sang¹

隨機應變，尋求最好的結局。🔵 搞成噉，自己執生嘞。🔴 ……好自為之。

執死雞 zeb¹ séi² gei¹

喻指（由於有人放棄而）得到意外的機會。🔵 機會可遇不可求，輪唔到你執死雞。🔴 得馬上把握機會，因為沒人會放棄的。

執相 zeb¹ sêng²

修整模糊不清或顯示欠佳的相片。

執輸 zeb¹ xu¹

吃虧。🔵 公司大減價，我哋都唔好執輸，去掃吓平貨囉。🔴 我們也別吃虧，去買點兒東西吧。

執二攤 zeb¹ yi⁶ tan¹

接替別人由於種種原因而無法幹的工作。🔵 原本係佢做，但唔得閒，我係執佢二攤㗎做。

執正 zeb¹ zéng³

使（某物）整潔。🔵 個指示牌從外觀上要執番正。

執走 zeb¹ zeo²

消除（負面的東西）。🔵 補水搽粉，執走殘樣。🔴 疲態一掃而光。

質 zed¹

匆匆忙忙地吃。🔵 食嘢我有乜講究，質飽就算。🔴 我從不挑剔，胡亂吃飽就行了。

質素 zed¹ sou³

素質。

窒吓窒吓 zed⁶ ha⁵ zed⁶ ha⁵

說話吞吞吐吐，欲言又止。🔵 佢梗係身有屎，講嘢窒吓窒吓。🔴 他肯定心有鬼，說話吞吞吐吐的。

捽 ❶ zêd¹

用手來回擦。🔵 捽眼捽鼻。🔴 揉眼睛揉

鼻子。

捽 ❷ zêd1

俗指問責。[粵] 校長驚俾校董捽，老師驚俾校長捽。

捽數 zêd1 sou3

指公司要求員工在限期內達到某個業務指標。[粵] 佢唔想俾大公司捽數，自己出嚟同朋友合資開公司。

卒之 zêd1 ji1

副詞，終於。[粵] 佢卒之搵番佢架單車。[普] 他終於找回他的自行車。

側邊 zeg1 bin1

旁邊。[粵] 本書就喺你側邊。

側揹袋 zeg1 bui3 doi2

挎包。

側側膊 zeg1 zeg1 bog3

毫不經意地。[粵] 以為可以側側膊走過場。[普] 以為可以偷偷地溜走。

著草 ❶ zêg3 cou2

名詞，俗指黑社會內部組織之間的聯繫人。

著草 ❷ zêg3 cou2

動詞，俗指潛逃。[粵] 聽講佢經已著草外地嘞。

著到隻糉噉

zêg3 dou3 zég3 zung2 gem2

"糉子" 為喻詞，包得嚴嚴實實的食品。引指衣服穿得過多過厚；臃腫不堪。

著起龍袍唔似太子

zêg3 héi2 lung4 pou4 m4 qi5 tai3 ji2

直譯為 "穿起龍袍不像太子"，喻指不是（幹什麼的）材料。[粵] 佢做委員會主席？著起龍袍唔似太子嚅。[普] …… 不是這塊料兒。

雀局 zêg3 gug6

指安排了麻將娛樂的飯局。

雀友 zêg3 yeo2

一起打麻將的人士。

雀仔 ❶ zêg3 zei2

小鳥。

雀仔 ❷ zêg3 zei2

喻指為黑幫服務的販毒青少年。[粵] 佢養咗班雀仔嚟運毒。

著數 zêg6 sou3

有好處。[粵] 潮流興埋堆，埋大堆著數過埋細堆。[普] 潮流興扎堆，扎大堆（湊集的人數多）比扎小堆（湊集的人數少）好。

著咗 zêg6 zo2

用在兩個數目之間表示比例。[粵] 佢哋十個著咗九個都有學位。[普] 他們十個有九個拿了學位。

擠逼 zei1 big1

形容詞，擁擠。[粵] 並有出現乘客擠逼嘅情況。

仔 ❶ zei2

男孩兒。[粵] 佢生嘅係仔，唔係女。

仔 ❷ zei2

語素詞，特指某些英文中學名校的舊生。[粵] 喇沙仔。[普] 喇沙書院的舊生。

仔大女大 zei2 dai6 nêu2 dai6

兒女都大了。[粵] 宜家仔大女大，屋企靜咗好多。

仔大仔世界 zei2 dai6 zei2 sei3 gai3

指兒女大了，一切由他們自己做主，容不得別人（包括父母）干預。

仔細老婆嫩 zei2 sei3 lou5 po4 nün6

直譯為 "小孩兒小，老婆年輕"，喻指我有一家人要養。[粵] 我仔細老婆嫩，都要搵食嘅。

Z

仔死仔還在 zei² séi² zei² wan⁴ zoi⁶

失戀女性的自我安慰語言，指舊的男朋友走了，新的男朋友就會出現。

囝囝 zei² zei²

兒子。與"囡囡"相對。

喇 zei³

願意接受。粵 一百蚊做一日，你喇唔喇？

祭白虎 zei³ bag⁶ fu²

白虎為一種虎形紙符，"祭白虎"往往跟"打小人"同時進行，借白虎之力鎮壓小人。見條目【打小人】。

祭五臟廟 zei³ ng⁵ zong⁶ miu²

譖指吃飯解餓。粵 係時候去祭五臟廟嘞。

制水 zei³ sêu²

（茶餐廳用語）喻指乾河，即乾炒牛河。粵 A：整碟乾炒牛河。B：制水啦喂。普 A：來一客乾炒牛河。B：喂，乾炒牛河（這是茶餐廳顧客跟服務員的互動，服務員在重複顧客所點的菜）。

掣肘 zei³ zeo²

名詞，指阻撓、限制。粵 管理上諸多掣肘。

針對 zem¹ dêu³

指有選擇性地打擊某人。粵 不停埋怨被上司針對。

枕頭袋 zem² teo⁴ doi²

枕套。

浸過鹹水 zem³ guo³ ham⁴ sêu²

"鹹水"指海水。直譯為"在海水裡泡過"，喻指留洋，即留學。粵 佢哋幾個都浸過鹹水㗎。普 他們幾個都留過學的。

珍寶海鮮舫

zen¹ bou² hoi¹ xin¹ fong²

1976-2020 年營運的珍寶海鮮舫（Jumbo）是港島南區的地標，也是港人的集體回憶。憑藉舫上中國傳統宮廷式的豪華裝潢，曾經吸引過大量海外遊客，包括多國政要名人慕名而來。

真金白銀 zen¹ gem¹ bag⁶ ngen⁴

俗指現金。粵 要突圍，可以真金白銀向報紙買廣告位。

陣 zen⁶

較短的一段時間。粵 BB 百厭到死，睇少陣都唔掂。普 小寶貝淘氣極了，少看一會兒都不行。

樽 zên¹

量詞，用於瓶子灌裝的東西；瓶。粵 呢隻辣椒醬，買一樽送一樽。

樽頸位 ❶ zên¹ géng² wei²

瓶頸。粵 塞車嘅樽頸位喺香港仔隧道。

樽頸位 ❷ zên¹ géng² wei²

瓶頸，喻指難以突破的階段。粵 佢嘅演技已經到咗一個樽頸位，好難有突破。

樽領 zên¹ léng⁵

屬性詞，指高領（衣服）。

準 zên²

前綴，指人。表示將會具有某個身份。粵 林生同準林太（未婚妻）。

盡人事 zên⁶ yen⁴ xi⁶

盡力幫忙。粵 個客有啲嘅要求，我哋都要盡吓人事。

增值 zeng¹ jig⁶

充值。粵 唔該增值一百蚊。

爭 zeng¹

欠，表差距。粵 唔夠票，而且唔係爭一票兩票。

爭拗 zeng¹ ngao³

名詞，爭吵。粵 一涉及到錢就有好多爭拗。

Z

爭拗位 zeng¹ ngao³ wei²

引起爭議的地方。粵 一個常見嘅爭拗位係入院作檢查是否有得賠。

爭贏 zeng¹ yéng⁴

指在競爭中勝出。粵 爭贏成百個投考者。

精甩辮 zéng¹ led¹ bin¹

形容精明的人士（含貶義）。粵 佢份人精甩辮，你呃唔到佢嘅。普 他很會算計，你騙不了他。

精人出口，笨人出手

zéng¹ yen⁴ cêd¹ heo², ben⁶ yen⁴ cêd¹ seo²

直譯為 "聰明的人動嘴巴，愚蠢的人動手幹"，喻指聰明的人指點愚蠢的人做事而自己則坐享其成（後果由愚蠢的人承擔）。

正 zéng³

形容詞，標準。粵 佢嘅英文發音唔係幾正。普 …… 不太標準。

正斗 zéng³ deo²

（味道）地道。粵 呢度啲雲吞麵幾正斗。

將錢揼落鹹水海

zêng¹ qin² dem² log⁶ ham⁴ sêu² hoi²

直譯為 "把錢扔進大海"，喻指徒然浪費金錢。粵 投資一定要小心，以免將啲錢揼落鹹水海。

張嘢 zêng¹ yé⁵

語素詞，用於 2-9 之間的數字後面，表年齡。粵 我出年六張嘢，就嚟退休勒。普 明年六十歲。

長生津 zêng² seng¹ zên¹

指政府發放給合資格的人士予 "長者生活津貼" 的簡稱。

橡筋 zêng⁶ gen¹

橡皮筋。粵 用橡筋綁實。普 用橡皮筋固定。

周到 zeo¹ dou²

逮著。粵 上堂食零食，俾阿 Sir 周到。

周身病痛 zeo¹ sen¹ béng⁶ tung³

小病纏身。粵 退休咗，唔做野就周身病痛。

走 ❶ zeo²

免除，棄用。粵 走膠袋。

走 ❷ zeo²

（食肆用語）指免除某種調料。粵 咖啡走糖。

走冰 zeo² bing¹

指飲料中不攪冰粒或冰塊。粵 唔該嚟一杯細可樂，走冰。

走青 zeo² céng¹

（茶餐廳用語）指湯粉麵及粥品免加蔥花或香菜等調料。

走場 zeo² cêng⁴

（演藝界用語）趕場。粵 試過一晚走三場。普 到三個地方表演。

走地雞 zeo² déi⁶ gei¹

特指有較大室外活動空間的雞（跟圈養的雞有別）。

走犯 zeo² fan²

疑犯從警署逃脫。

走火警 zeo² fo² ging²

特指中小學校每月舉行一次的火警演習。

走夾唔唞 zeo² gab³ m⁴ teo²

"唞" 指停下來休息，喻指迅速迴避離開。粵 見到警察，走夾唔唞。普 …… 一分鐘也不耽誤。

走雞 zeo² gei¹

用於否定句式，表示某事發生的機率很大，確定無疑。粵 公司今年嘅盈餘唔會走雞。普 肯定有盈餘。

走辣 zeo² lad⁶

指菜餚中不攔辣味調料品。^粵 呢幾款米線有小辣、中辣、大辣，當然你可以叫走辣。

走甩狗 zeo² led¹ geo²

讓狗跑了。^粵 唔覺意走甩狗。

走佬袋 zeo² lou² doi²

指孕婦生產前外出須隨身攜帶的手提包，裡面備有個人身份證明文件、醫院相關文件及個人護理物品。

走唔甩 ❶ zeo² m⁴ led¹

肯定（有）；與數量名詞搭配。^粵 睇佢嘅身材，米八走唔甩。

走唔甩 ❷ zeo² m⁴ led¹

肯定（出現）；與抽象名詞搭配。^粵 輪到佢發言，呢類言論當然走唔甩。^普 …… 肯定會講這樣的說話。

走馬燈 zeo² ma⁵ deng¹

走私活動的一種方式，即走私集團利用水路貨櫃，以迂迴路線經不同國家，作虛假報關，偷運走私貨物來港。

走埋一齊 zeo² mai⁴ yed¹ cei⁴

戀愛，同居。^粵 佢哋兩個好襯，走埋一齊好正常。

走票 zeo² piu³

（選舉用語）指某黨派選民轉投對方黨派。^粵 雖然有人走票，但都係佢贏。

走水貨 zeo² sêu² fo³

"走" 指走私。即走私水貨。

走塑 zeo² sog²

指食肆停止供應塑料飲管和杯蓋。

走數 ❶ zeo² sou³

食言。^粵 話會俾三萬蚊，事後卻走數。^普 …… 事後竟翻悔。

走數 ❷ zeo² sou³

不遵守承諾。^粵 張三指李四藉口有病在身不出席係走數。

走甜 zeo² tim⁴

（茶餐廳用語）指飲品免加糖。

走堂 zeo² tong⁴

曠課。^粵 佢哋幾個走堂去睇戲。

走色 zeo² xig¹

（茶餐廳用語）指食品免加醬油。^粵 叉燒飯走色。

走盞 zeo² zan²

有迴旋餘地。^粵 本以為仲有時間走盞。^普 本以為還有時間富餘。

走精面 zeo² zéng¹ min²

專往有利於自己的方面鑽（含貶義）。^粵 佢個人最叻走精面，所以冇晒朋友。

酒腳 zeo² gêg³

指經常在一起喝酒的人士。

酒樓菜 zeo² leo⁴ coi³

泛指飯館供應的菜餚。^粵 酒樓菜貴過住家菜好多。

酒牌 zeo² pai²

由政府酒牌局發出的、可出售酒精飲料的營業執照。^粵 我哋冇酒牌，冇酒賣。

酒水 zeo² sêu²

酒和其他飲料的統稱。^粵 套餐唔包酒水。

酒水牌 zeo² sêu² pai²

食肆提供的酒和飲料的單子。

就 ❶ zeo⁶

動詞，表因應。^粵 都要就番目前嘅交通安排。

就 ❷ zeo⁶

動詞，表遷就。^粵 我都係就你哋方便。

Z

就 ❸ zeo⁶

副詞，表邏輯上的結果。粵 迷信你就輸。

就差唔多 zeo⁶ ca¹ m⁴ do¹

固定謂語，表示傾向性選擇，即 "還是 … 好"。粵 我去？你去就差唔多。普 我去？還是你去好。

就到 zeo⁶ dou²

動詞，能遷就。粵 睇就唔就到時間，佢都好忙。普 看時間上能否安排。

就腳 zeo⁶ gêg³

交通方便。粵 由呢度去超市都幾就腳（用不著兜兜轉轉）。

就住 zeo⁶ ju⁶

副詞，克制地。粵 人工有得加，啲錢要就住使。普 沒得加薪，錢要省著花。

就近 zeo⁶ ken⁵

附近。粵 就近食算喇。普 在附近吃好了（用不著跑老遠的地方）。

就算 … 都好

zeo⁶ xun³ ... dou¹ heo²

哪怕。粵 就算人都好，都唔夠。普 就算人都齊了，還是不夠。

就真 zeo⁶ zen¹

話語類句，用於小句後說明小句內容的真確性。粵 佢去開會？去咗游水就真！普 他哪兒去開會呀，去了游泳！

追 zêu¹

趁機會（做）。粵 去日本追櫻花（每年春季是賞花旺季，錯過機會就要等明年，此為 "追" 著時間去欣賞櫻花）。

追冰 zêu¹ bing¹

香港市區從不下雪，較高的地勢，如大帽山，在冬季植物偶爾會結霜。"追冰" 則指市民把握時間上山觀賞霜凍景象。

追單 zêu¹ dan¹

食肆裡催促服務員快上菜。

追款 zêu¹ fun²

盲目地追隨款式。粵 我好鍾意著 T 恤，但係唔會去追款。

追更 zêu¹ gang¹

補上耽誤的更次。粵 我今日由深圳遲咗返嚟，所以聽日唔得閒，要追更。

追劇 zêu¹ kég⁶

希望不要漏掉某一節的系列電視劇。粵 趕返屋企追劇。

追女 ❶ zêu¹ nêu²

（生育上）追求女孩兒。粵 阿珍有兩個仔，佢仲想同老公追多個女。

追女 ❷ zêu¹ nêu²

（情慾上）追求女性。

追生 zêu¹ sang¹

趁年輕再生育（另外的小孩兒）。粵 已經有兩個仔仔，唔會考慮追生第三胎嘞。

追數 ❶ zêu¹ sou³

追討欠款。粵 佢哋尾數未清，公司派我去追數。普 他們的餘款還沒付清，公司派我去追討。

追數 ❷ zêu¹ sou³

喻指要求兌現承諾。粵 佢哋應承贈送俾我哋嘅飲水機仲未到，你打電話追數。

追魂 call zêu¹ wen⁴ call

指無休止的電話騷擾。

追時間 zêu¹ xi⁴ gan³

追回耽誤的時間。粵 司機為追時間改道超速。

追藥 zêu¹ yêg⁶

指對特定藥物依賴性增加，服食量越來越大。粵 香港人對安眠藥產生追藥的情況好普遍。

Z

追月 zêu¹ yud²

動詞，指在農曆八月十六（中秋節的第二晚）賞月。📙 我哋打算去淺水灣追月。

追月夜 zêu¹ yud² yé⁵

指中秋夜的第二晚（農曆八月十六）。📙 中秋夜多雲，追月夜見明朗。

咀嘴 zêu² zêu²

接吻。📙 有人影到佢哋兩個咀嘴。

醉爆 zêu³ bao³

形容酩酊大醉。📙 醉爆不省人事。

醉貓 zêu³ mao¹

謔指喝醉的人士。

最後召集 zêu³ heo⁶ jiu⁶ zab⁶

英語借詞：final call，所剩時間不多。📙 公司生日狂減，最後召集。📘 公司週年大甩賣還有最後幾天。

墜手 zêu⁶ seo²

形容掂量起來相當沉。📙 呢塊玉幾墜手吓。

聚 zêu⁶

積聚。📙 香港靠嘅係以人氣聚財氣。📘 以人才促進發展。

聚腳 zêu⁶ gêg³

（眾人經常在某處）聚集。📙 呢間酒吧係佢哋經常聚腳嘅地方。

聚埋 zêu⁶ mai⁴

相聚在一起。📙 大家聚埋就講家鄉話。

聚頭 zêu⁶ teo⁴

相聚在一起。📙 各有各忙，難得聚頭。

左度右度 zo² dog⁶ yeo⁶ dog⁶

苦苦思量。📙 左度右度削減開支。

左近 zo² gen²

附近。📙 左近有冇便利店？📘 附近有便利店嗎？

左行右企 zo² hang⁴ yeo⁶ kéi⁵

使用自動扶梯的走動安排；左側行走，右側站立。📙 香港係左行右企，新加坡係左企右行。

左軚車 zo² tai⁵ cé¹

方向盤在左側的車輛，如在內地行駛的汽車。

左優仔 zo² yeo¹ zei²

左撇子。

咗 zo²

體貌助詞，表完成。📙 食咗飯未？📘 吃了飯沒有？

阻差辦公 zo² cai¹ ban⁶ gung¹

阻礙或干擾紀律部隊人員執行公務。

阻街 zo² gai¹

指小販亂放商品，妨礙交通。

阻住地球轉 zo² ju⁶ déi⁶ keo⁴ jun³

指阻礙某活動的正常運作（常用作指責）。📙 行開，咪阻住地球轉。📘 靠邊兒去，別妨礙我們。

阻你一陣 zo² néi⁵ yed¹ zen⁶

詢問引導語。📙 唔好意思，阻你一陣。📘 耽誤你一會兒（請問）。

阻頭阻勢 zo² teo⁴ zo² sei³

指從中干涉、攔阻。📙 冇你嘅事，咪喺度阻頭阻勢。📘 沒你的事兒，你擋什麼道兒？

阻人發達 zo² yen⁴ fad³ dad⁶

勸喻某人別妨礙他人做生意。📙 行喇，你又唔買，咪阻人發達喇。📘 走吧，你也不買，別妨礙人家做生意。

阻滯 zo² zei⁶

名詞，表不暢順的地方。📙 開張首日即有少許阻滯，扶手電梯發生故障。

助行架 zo⁶ heng⁴ ga²

指幫助行動不便的人士行走的器械；又稱"四腳架"。

坐房 zo⁵ fong²

特指在公司內部固定的獨立的辦公室工作。

坐館 zo⁵ gun²

指黑幫高層。

坐移民監 zo⁵ yi⁴ men⁴ gam¹

謔指遷居外國的移民，在獲得永久居留權之前，被迫在該國居留一段時間而不能自由離境（像"坐監"——坐牢一樣）。

坐疫監 zo⁵ yig⁶ gam¹

謔指在疫情影響下被迫在一段時間內隔離觀察，不能自由外出。

坐亞望冠 zo⁶ nga³ mong⁶ gun³

指穩拿亞軍而有機會取得冠軍。

坐廁 zo⁶ qi³

指可坐在馬桶上方便的廁所（跟"蹲廁"相對）。

坐和望贏 zo⁶ wo⁴ mong⁶ yéng⁴

和局是沒問題，但也有機會勝出。

作病 zog³ béng⁶

感覺很不舒服，好像要得病似的。粵 作病，唔一定要食藥，多飲水，多休息喇。

作大 zog³ dai⁶

誇張；言之過實。粵 嘅講法，作大咗啲啩？

作動臨盤 zog³ dung⁶ lem⁴ pun⁴

指（孕婦）臨產前胎兒躁動。

作古仔 zog³ gu² zei²

編造謊言。粵 佢好唔老實，喺度作古仔。普 他很不老實，在說瞎話。

作怪 zog³ guai³

作祟。粵 都係錢作怪。

在職貧窮 zoi³ jig¹ pen⁴ kung⁴

貧窮人口的一個類別，即有正當、穩定的職業，但入不敷出，人稱"窮得只剩份工"。

在在 zoi³ zoi³

副詞，確確實實地。粵 呢啲數據在在顯示，要環保就得付出代價。

再 zoi³

用於負面語境，表讓步。粵 再唔鍾意佢，都唔使賣咗間樓咁蠢居啩？普 不論你多麼不喜歡他，也用不著把房子賣了那麼愚蠢吧？

再下一城 zoi³ ha⁶ yed¹ xing⁴

指在競爭中又取得一次勝利。

再斬四両 zoi³ zam² séi³ lêng²

指進一步行動。粵 攞到文憑之後，再斬四両，索性讀埋碩士學位。

載人籠 zoi³ yen⁴ lung⁴

俗指建築工地上運載工人的簡易升降機。

妝 zong¹

名詞，指化妝、妝容。粵 搞到成面汗，個妝都溶晒。

莊閒 zong¹ han⁴

指社會上的主從關係。做莊的，起主導作用，發出指示；做閒的，起輔助作用，要懂得跟著指示走。

莊會 zong¹ wui²

大學學系的學生會。

莊員 zong¹ yun⁴

大學學系的學生會成員。

裝身 zong¹ sen¹

指外套襯衫、褲子鞋子和服飾等。粵 男人裝身貴過女人。

Z

251

裝修 zong¹ seo¹

俗指打砸破壞。**粵** 歹徒恐嚇要到公司裝修。

樁腳 zong¹ gêg³

在特定選區發揮基層作用的區議員和地區組織。

撞 ❶ zong⁶

指兩種不同的顏色放在一起會更顯眼。**粵** 黑撞金會突出啲。**普** 黑色與金色十分相襯。

撞 ❷ zong⁶

不經意地重複使用。**粵** 個名幾特別，起碼冇人撞。

撞板 zong⁶ ban²

喻指遭到拒絕。**粵** 佢近排心情唔好，你就唔好攞啲小事嚟煩佢，實撞板。**普** ……肯定會碰釘子。

撞板多過食飯

zong⁶ ban² do¹ guo³ xig⁶ fan⁶

直譯為"碰釘子的機會比吃飯還多"，意指肯定碰釘子。這是"撞板"的強調說法。

撞爆 zong⁶ bao³

撞上（某物）使其爆裂。**粵** 佢突然失去平衡，撞爆道玻璃門。

撞牆 zong⁶ cêng⁴

指激烈運動後體內糖分大量消耗而出現手軟腳軟的現象。

撞彩 zong⁶ coi²

運氣好。**粵** 今次攞到第三都係撞彩啫。

撞到 zong⁶ dou²

碰見。**粵** 乜咁啱嘅，喺度撞到你。**普** 怎麼這麼巧，在這裡碰見妳。

撞到應 zong⁶ dou³ ying³

（日期）恰好重疊。**粵** 呢兩個日子撞到應。

撞飛 zong⁶ féi¹

被汽車撞至拋起。**粵** 被車撞飛五米外。

撞款 zong⁶ fun²

指兩個款式的設計意外地重疊。**粵** 自選圖案杯貴係貴啲，勝在唔會同人撞款。

撞口撞面 zong⁶ heo² zong⁶ min⁶

形容碰見的都是（某類人）。**粵** 喺重慶大廈，撞口撞面嘅都係南亞人士。

撞號 zong⁶ hou⁶

號碼意外地重疊。**粵** 撞號嘞，呢度係私人電話，唔係乜嘢投訴熱線。

撞區 zong⁶ kêu¹

指同一政治傾向的團體在同一選區參選。

撞名 zong⁶ méng²

與別人的名字恰巧相同。**粵** 自己改過個名，免得同佢撞名。

撞凹 zong⁶ neb¹

撞到（某物）使其凹陷。**粵** 成個窗門跌落嚟，撞凹車頂。

撞啱 zong⁶ ngam¹

碰巧遇到。**粵** 我去行公司，撞啱佢哋兩母女喺度買鞋。

撞衫 zong⁶ sam¹

兩人意外地同穿顏色相同或款式相同的衣服。**粵** 佢兩個撞衫撞到正。

撞手神 zong⁶ seo² sen⁴

碰運氣。**粵** 訂唔訂到位，撞手神㗎咋。

撞會 zong⁶ wui²

兩個會議的日期意外地重疊。**粵** 唔想撞會，要求改期。

撞時間 zong⁶ xi⁴ gan³

兩個活動進行的時間意外地重疊。**粵** 冇嚟係因為同其他開會時間撞咗。

撞樣 zong⁶ yêng²

兩個產品的外形意外地重疊。

撞正 ❶ zong⁶ zéng³

碰巧碰上（某個時點）。粵 撞正放工時間。

撞正 ❷ zong⁶ zéng³

碰巧碰上（某種情況）。粵 出發嗰日撞正機場大混亂。

狀師 zong⁶ xi¹

俗指律師。

租霸 zou¹ ba³

指故意拖欠租金或拒付租金的租客。粵 樓宇放租至怕遇到租霸。

早輪 zou² lên⁴

前一段時間。粵 早輪佢咪講過嘅。普 早先他不是說過嗎。

早買早享受，遲買平幾球

zou² mai⁵ zou² hêng² seo⁶, qi⁴ mai⁵ péng² géi² keo⁴

指樓市不穩定，樓價存在各種可能性：早買早住用，晚點兒買可能會便宜幾百萬。

早鳥 zou² niu⁵

英語借詞：early bird，指預早訂購，價錢會有折扣優惠。粵 平常一張歐洲機票要七八千，早鳥優惠有機會減到四千幾。

早晨 zou² sen⁴

問候語和問候應答語，早上好。

早唞 zou² teo²

後輩向前輩晚間睡前的問候語：晚安。

早唞喇 zou² teo² la¹

話語類句，表制止。粵 你想呃我錢啫，早唞喇。普 你無非是想騙我的錢，靠邊兒吧！

祖家 zou² ga¹

特指在港英籍人士在香港回歸時返回英國，即"返祖家"。其他國籍人士，由於歷史原因，不用"祖家"。在澳門的葡萄牙人於澳門回歸時返回葡萄牙，則叫"返西洋"。粵 香港回歸之後，唔少英國人返咗去祖家。

祖堂地 zou² tong⁴ déi⁶

祖上留下來的地。粵 原先塊地係祖堂地。

造價 zou⁶ ga³

價格。粵 呢隻股今日上市，造價每股兩個半。

造馬 zou⁶ ma⁵

泛指用不法手段企圖影響比賽、選舉、投標等競爭性活動的結果。

造市 zou⁶ xi⁵

泛指用種種違規手段干擾金融股票市場，誤導投資者，從中獲利。

造人 zou⁶ yen⁴

諧稱使懷孕。粵 兩公婆放大假造人。普 夫妻倆放長假去備孕。

做 B 仔 zou⁶ B zei²

（澳門用語）指賭廳的一種經營模式，即只扮演出租賭枱的角色，從賭局中抽取佣金。

做大個餅 zou⁶ dai⁶ go³ béng²

擴充規模。粵 佢哋做大個餅嘅話，香港面臨嘅競爭威脅唔小。

做到氣咳 zou⁶ dou³ héi³ ked¹

忙得喘不過氣來。粵 呢排趕工，個個做到氣咳。

做到踢晒腳

zou⁶ dou³ tég³ sai³ gêg³

形容工作十分忙亂。粵 廚房做到踢晒腳。

Z

253

做到有氣冇碇唞 zou⁶ dou³ yeo⁵ héi³ mou⁵ déng⁶ teo²

形容工作十分繁重，沒法休息。^粵 政府醫院有啲醫生有時要做 36 個鐘一更，真係做到有氣冇碇唞。

做凸 zou⁶ dud⁶

指比所要求的完成得更多。^粵 話我哋做唔到，就做凸兩倍俾你睇。

做 facial zou⁶ facial

臉部護理。^粵 放咗工我要去做 facial，唔得閒陪你食飯。

做老襯 zou⁶ lou⁵ cen³

"老襯" 即傻瓜，喻指結婚。^粵 張三下個月做老襯。

做唔長 zou⁶ m⁴ cêng⁴

（由於工作條件或工作限制）無法長期幹這活兒。^粵 呢份工你做唔長㗎。

做女嗰陣 zou⁶ nêu² go² zen²

指女孩兒還沒結婚那段日子。^粵 我做女嗰陣，好鍾意跳舞。

做騷 zou⁶ sou¹

作秀。^粵 兩個人互相配合做騷而已。

做壞規矩 zou⁶ wai⁶ kuei¹ gêu²

開了個不好的先例。^粵 你喺細路仔面前做壞規矩，唔啱。

做人留一線，日後好相見 zou⁶ yen⁴ leo⁴ yed¹ xin³, yed⁶ heo⁶ hou² sêng¹ gin³

指給人留一條生路，日後相處不難。

做人情 zou⁶ yen⁴ qing⁴

給人送禮。^粵 點都要做的人情嘅。^普 總得送點兒禮物（包括金錢）。

做人世 zou⁶ yen⁴ sei³

指跟某人結成夫妻，過一輩子。^粵 又唔係同佢做人世。^普 沒打算跟他（她）

結婚。

做足功課 zou⁶ zug¹ gung¹ fo³

指在採取重大決定之前（如投資）必須了解清楚相關的各個方面。

竹館 zug¹ gun²

由於早期的麻將牌兒用竹子製成，所以 "竹" 喻指跟打麻將有關聯的東西。"竹館" 即麻將館的代稱。

竹戰 zug¹ jin³

喻指打麻將。

竹棚花牌 zug¹ pang⁴ fa¹ pai²

民間社區逢大節（如盂蘭節）都會出資搭建用竹子製成的花牌，以隆重其事。製成的花牌就是一座竹棚，橫跨傳統戲台表演粵劇。

竹升仔 zug¹ xing¹ zei²

"竹升" 指竹子較長較粗的一段，內中空而兩端封閉，喻指在中國出生而在外國長大的年輕人，對中國語言文化乃至外國語言文化都一知半解。女孩兒被稱為 "竹升妹"。

捉錯處 zug¹ co³ qu³

逮著他人失誤之處。^粵 俾人捉過錯處，唯有承認。

捉黃腳雞 ❶ zug¹ wong⁴ gêg³ gei¹

捉姦在床（指丈夫跟小三偷情，給妻子逮個正著）。^粵 佢前排俾人捉黃腳雞，俾人勒索咗一大筆錢。

捉黃腳雞 ❷ zug¹ wong⁴ gêg³ gei¹

捉姦在床（互不相識的女方色誘男方進行性交易，給女方的同黨逮著勒索）。見條目【色誘黨】。

嗾嚙 zug⁶ cen¹

嗆著。^粵 飲牛奶唔好飲得咁急，因住嗾嚙。

續命 zug⁶ méng⁶

延續生命，引指延續生存空間。**粵** 對中小企嚟講，派錢只能夠續命，冇法子救命。

棕地 zung¹ déi⁶

特指新界北部夾雜不少寮屋和倉儲物流等長期廢棄、難於開發利用的農地。

綜援 zung¹ wun⁴

"綜合社會保障援助計劃"的簡稱。該計劃目的在於援助由於年老、傷殘、患病、失業、低收入或其他原因而引致生活困難的人士。

忠粉 zung¹ fen²

指某名人的忠實粉絲。**粵** 佢都擁有唔少忠粉。

舂個頭埋去 zung¹ go³ teo⁴ mai⁴ hêu³

非理性地參與某事。**粵** 投資額咁大，諗清楚至好，唔好一下就舂個頭埋去。

中秋月 zung¹ ceo¹ yud²

中秋節的月亮。**粵** 八月十五落雨，今年又見唔到中秋月嘞。

中間落墨 zung¹ gan¹ log⁶ meg⁶

喻指時間上取中段進行（某事）。**粵** 延長一年拖得太耐，佢哋最後決定喺中間落墨，即係延長六個月。

中坑 zung¹ hang¹

中年男性（略含貶義）。

中學會考 zung¹ hog⁶ wui⁶ hao²

香港考試及評核局每年主辦的中五畢業生的統一公開考試。中學會考的各科成績對學生升學或就業都非常重要。

中文中學 zung¹ men⁴ zung¹ hog⁶

指以漢語（中文）為教學語言的普通中學；與"英文中學"相對。

中男 zung¹ nam³

指 36-50 歲的男性。

中央肥胖 zung¹ yêng¹ féi⁴ bun⁶

形容四肢纖瘦而脂肪大部積聚於腰腹的人士，即男性腰圍大於 36 吋，女性腰圍大於 32 吋。

中央圖書館 zung¹ yêng¹ tou⁴ xu¹ gun²

香港中央圖書館總館位於銅鑼灣高士威道，2001 年啟用，樓高十二層，為全港公共圖書館的中樞系統和資訊中心。

鍾意 zung¹ yi³

喜歡。**粵** 食乜嘢你鍾意就得。

鐘 zung¹

小時。**粵** 節瓜煮一個鐘直至腍身。

鐘點工 zung¹ dim² gung¹

按小時工作計酬的工人。

鐘數 zung¹ sou³

時間點。**粵** 固定喺某個鐘數食飯。

糭點 zung² dim²

泛指粽子的各類，如鹼水粽、鹹肉粽、裹蒸糭等。

中槍 zung³ cêng¹

被警方鐳射槍錄得超速。**粵** 超速中槍被捕。

中毒 zung³ dug⁶

（網絡用語）指電腦遭病毒入侵。

中招 zung³ jiu¹

受害。**粵** 成日韞喺房度，擔心經中央冷氣系統中招染病。**普** 整天困在屋裡，擔心經中央空調系統得病。

中籤 zung³ qim¹

指抽籤勝出。**粵** 中籤人士需於 48 小時內登記。

Z

中蛇 zung³ sé⁴

俗指遭到警方"放蛇"（警方佯裝顧客，潛入犯罪集團收集證據）而被逮捕。

中頭獎 zung³ teo⁴ zêng²

諧稱被（某物）擊中。粵 個仔喺屋企鍾意掟紙飛機，我都中過幾次頭獎。

眾籌 zung³ ceo⁴

社會人士即時捐款以協助實現某項活動。

種票 zung³ piu³

指多名選民同時報稱居住在同一虛假地址。

仲要 zung⁶ yiu³

還得。粵 有進步，仲要多啲練習。

HONG KONG

粵語語音系統

本書採用之拼音體系，為"廣州話拼音方案"。

（一）聲母（19個）

b	p	m	f
爸	趴	媽	花
ba	pa	ma	fa
d	t	n	l
打	他	拿	啦
da	ta	na	la
z（j）	c（q）	s（x）	y
渣	叉	沙	也
za	ca	sa	ya
g	k	ng	h
家	卡	丫	蝦
ga	ka	nga	ha
gu	ku	w	
瓜	誇	蛙	
gua	kua	wa	

（二）韻母（54個）

韻尾 元音	-i	-u	-m	-n	-ng	-b	-d	-g
a	ai	ao	am	an	ang	ab	ad	ag
呀	唉	拗	（監）*	（間）	（耕）	鴨	（壓）	（隔）
	ei	eo	em	en	eng	eb	ed	eg
	矮	歐	庵	（根）	鶯	（急）	（不）	（北）

元音＼韻尾	-i	-u	-m	-n	-ng	-b	-d	-g
é（些）	éi（卑）			én**（軑）	éng（廳）			ég（隻）
i 衣		iu 腰	im 淹	in 煙	ing 英	ib 葉	id 熱	ig 益
o 啊	oi 哀	ou 澳		on 安	ong（剛）		od（渴）	og 惡
u 烏	ui 回			un 碗	ung 甕		ud 活	ug 屋
ê（靴）		êu（居）		ên（津）	êng（香）		êd（出）	êg（腳）
ü 於				ün 鴛			üd 月	
	m 唔	ng 吳						

* 例字加 " （　） " 的，只取其韻母。

** én 用於外來詞音節的韻母。如："軑仔"，源於英語中的 van，即 "小巴"（小型公汽車）。

（三）聲調

調號	1	2	3	4	5	6
調類	陰平 陰入	陰上	陰去 中入	陽平	陽上	陽去 陽入
調值	˥˧$_{53}$ 或 ˥˥$_{55}$	˧˥$_{35}$	˧˧$_{33}$	˨˩$_{21}$ 或 ˩˩$_{11}$	˩˧$_{13}$	˨˨$_{22}$
例字	詩 色	史	試 錫	時	市	事 食

策劃編輯	鄭海檳
責任編輯	鄭海檳
書籍設計	a_kun
排　　版	陳先英
錄　　音	田南君

滾熱辣香港話 6000 例，
從初學到升 level 全搞掂！

粵語小詞典
CANTONESE VOCABULARY BOOKLET

鄭定歐 —— 編著

書　　名	粵語小詞典：滾熱辣香港話 6000 例，從初學到升 level 全搞掂！
編　　著	鄭定歐
出　　版	三聯書店（香港）有限公司
	香港北角英皇道 499 號北角工業大廈 20 樓
	Joint Publishing (H.K.) Co., Ltd.
	20/F., North Point Industrial Building,
	499 King's Road, North Point, Hong Kong
香港發行	香港聯合書刊物流有限公司
	香港新界荃灣德士古道 220-248 號 16 樓
印　　刷	美雅印刷製本有限公司
	香港九龍觀塘榮業街 6 號 4 樓 A 室
版　　次	2020 年 7 月香港第一版第一次印刷
	2023 年 8 月香港第一版第三次印刷
規　　格	32 開（130 mm × 190 mm）320 面
國際書號	ISBN 978-962-04-4652-8